Dominique Marny

LA ROSE
DES VENTS

Roman

Production Jeannine Balland
Romans Terres de France

© Presses de la Cité, 2000

ISBN 2-258-05179-7

Pour ma sœur, Carole

1

Assise sur la terrasse que bordait un balcon de pierre blanche, Solange observait les barques qui rentraient de la pêche. Depuis son installation à Sanary, elle avait pris l'habitude de se lever avec le jour quand arrivait l'été. Chaque matin, elle s'installait devant une table de fer forgé sur laquelle Suzanne, la femme de chambre, disposait le petit déjeuner composé d'une tasse de café brûlant et de tranches de pain grillé. Avant l'apparition des premiers clients, Solange profitait de sa solitude. Elle ferma les yeux et respira le parfum des fleurs qu'exacerbait la rosée. Un volet claqua puis un autre. On s'éveillait dans la villa voisine. Solange s'étira puis rajusta la ceinture de sa robe de chambre. Attiré par les miettes qui restaient dans son assiette, un oiseau s'approcha, suivi d'un autre. Peu à peu, le ciel sans nuage s'éclaircissait. Il ferait chaud en ce dernier dimanche de juin et, dans quelques heures, les vacanciers chercheraient de l'ombre sous le store que déroulerait André, l'un des garçons de salle.

Quatre ans auparavant, sur cette même terrasse, Solange avait pris la décision de transformer sa maison en une pension de famille. A la fin du printemps 1932, des Lyonnais avaient étrenné les chambres fraîchement tapissées de papier fleuri. L'amabilité de leur logeuse et la qualité des mets en firent des habitués qui revinrent au gré de leurs congés. Entre-temps, des Anglais et des Parisiens avaient eux aussi découvert les joies de ce lieu romanesque et confidentiel. Ils en vantèrent les charmes à leur entourage et, bientôt, Solange ne put répondre à la demande. Elle convoqua un architecte de Marseille afin d'aménager une dépendance dans laquelle elle s'installa, libérant ainsi les parties privées où elle avait vécu avec son époux.

A six heures et demie, Solange se leva pour gagner la cuisine où officiait déjà Mireille, une solide Provençale, qui, pour le plus grand plaisir des gourmets, exerçait son métier avec amour, compétence et intuition. Le corps ceint d'un grand tablier, les cheveux retenus dans un fichu, elle disposait dans de petites corbeilles en osier les croissants et les brioches dont la cuisson venait de s'achever.

— Bonjour, Mireille.

— Bonjour, madame.

— Rappelez-moi les menus prévus pour aujourd'hui.

— A midi, une salade de poulpes, suivie d'un ragoût. Et comme dessert, une tarte aux fraises. Ce soir : une soupe à l'oseille... et... je me souviens plus... Ah oui, des rougets. On doit me les apporter tout à l'heure.

Mireille régnait sur une vaste pièce dont le sol était recouvert de tomettes rouges. Pendues à une tringle en cuivre, de nombreuses poêles et casseroles brillaient de tous leurs feux. Sur une longue table de bois délavé, des bidons de lait et du beurre en motte attendaient d'être utilisés. Une odeur de café fraîchement moulu mêlée à celle du chocolat chaud chatouillait agréablement les narines.

— C'est bien cet après-midi qu'arrive Marianne ?

— Oui. Au car de six heures.

— Alors, je vais lui préparer ses plats favoris.

— Aubergines farcies, crème à la vanille et fondant à l'orange, s'amusa Solange.

— Tout juste !

— Et, moi, j'ai mis de la lavande dans son armoire, renchérit Suzanne, qui les avait rejointes.

Sur un plateau, la femme de chambre disposa avec rapidité des tasses, des soucoupes et des confituriers.

— Vous vous chargez trop, la mit en garde Solange.

— Oh, j'ai l'habitude !

— Laissez-moi prendre ces sucriers.

L'une après l'autre, elles pénétrèrent dans la salle à manger, dont les fenêtres ouvertes sur le jardin et la mer offraient un panorama dénué d'imperfections. Des chaises paillées étaient disposées autour de tables rondes où, dans des vases en porcelaine, s'épanouissaient des roses. Accrochés aux murs, des tableaux représentaient des scènes de la vie méridionale : lavandières battant leur linge, marchés aux primeurs, criées au poisson, goûters à l'ombre des pins parasols... Solange les avait achetés au gré de ses promenades dans les villages avoisinants. C'était alors l'époque de l'insouciance !

— Madame Pasquier a insisté pour être à côté de la famille Simonet, expliquait Suzanne. J'ai dû déplacer monsieur et madame Berthier.

Solange soupira. L'attribution des tables était un éternel casse-tête. Il fallait non seulement tenir compte des affinités de chacun mais aussi des opinions politiques qui, en cette année 1936, provoquaient de houleux débats. Madame Pasquier ne prédisait-elle pas que le gouvernement de Léon Blum mènerait le pays à la faillite, des propos qu'Yves Berthier aurait voulu lui faire ravaler ?

— Et ces congés payés, gémissait la vieille dame en agitant ses bracelets surchargés de breloques. A-t-on idée ! Nos plages vont être souillées par tous ces ouvriers... Pourquoi ont-ils droit à des vacances alors qu'ils viennent de faire grève ! Et Mistinguett qui a chanté en leur honneur ! Ce qu'elle m'a déçue !

Afin d'éviter l'affrontement, Jacqueline Berthier posait une main apaisante sur celle de son mari mais leur interlocutrice ne manquait jamais de poursuivre avec un malin plaisir :

— Le jour où les communistes viendront vous égorger, vous vous repentirez de ne pas m'avoir écoutée... mais il sera trop tard !

Solange s'était promis de ne plus jamais héberger Marcelle Pasquier dont l'égoïsme et la morgue altéraient l'atmosphère sereine et bon enfant qui régnait d'ordinaire à la Rose des Vents. En attendant, il faudrait la supporter jusqu'à la fin du mois d'août !

— Si seulement on pouvait la bâillonner, dit-elle à Suzanne qui, après le service du petit déjeuner, ferait le ménage dans les chambres.

— Bâillonner ! Mais, madame, c'est une muselière qu'il lui faut ! Celle qu'on met aux chiens qui mordent !

Abandonnant Suzanne à son travail, Solange sortit de l'hôtel puis, au détour d'une tonnelle, se dirigea vers une petite maison dont la façade disparaissait sous les bougainvillées. Dans le salon, profitant de la flaque de soleil que laissaient filtrer les volets entrouverts, un chat au pelage noir et blanc se prélassait sur un coussin. Il ouvrit les yeux au passage de sa maîtresse, qui le gratifia d'une caresse, puis replongea dans le sommeil. A l'étage, Solange écarta les rideaux de sa chambre. Le jardinier était en train d'arroser les géraniums qui dans des jarres de terre vernissée s'épanouissaient en grappes vermillon. En contrebas, des baigneurs nageaient et elle aurait aimé les imiter. Elle consulta la pendulette posée sur sa table de chevet. Il était trop tard mais, en fin de journée, elle accompagnerait Marianne qui, selon son habitude, poserait sa valise, enfilerait un maillot puis, impatiente, se faufilerait entre les rochers pour prendre la température de la Méditerranée.

Après avoir mis de l'ordre autour du lit où, sur le tapis, traînaient des revues, une lime à ongles et un verre d'eau,

12

Solange s'enferma dans la salle de bains. Sa toilette accomplie, elle s'approcha d'un miroir qui lui renvoya un visage hâlé et éclairé par de grands yeux noisette. D'un geste rapide, elle ôta les épingles retenant sa chevelure et à coups de brosse énergiques lustra ses boucles brunes. Trente-quatre ans, se disait-elle sans débusquer la moindre ride sur son front ou au coin de ses paupières. Trente-quatre ans et déjà veuve ! Il fallait admettre que, depuis son adolescence, aucun événement majeur de son existence ne s'était déroulé selon les normes en vigueur. La prenant au dépourvu, les années tourangelles envahirent soudain sa mémoire.

Ebéniste à Loches, son père n'était pas un mauvais homme, cependant il n'imaginait pas que l'on pût éduquer des enfants sans leur infliger de dures punitions. Face à tant de rigidité, Solange avait dû choisir entre l'obéissance aveugle ou la rébellion. Elle avait adopté la seconde attitude, ce qui engendra de terribles affrontements. L'enfermement dans un pensionnat religieux ne la fit cependant pas fléchir. La mère supérieure avait beau la mettre au pain sec, la priver de récréations, Solange continuait de braver les foudres d'une société qu'elle jugeait puritaine et peu généreuse. Lire en cachette des romans prêtés par des élèves lui avait, en effet, appris qu'il existait une autre vie où il n'y avait pas de place pour les idées sectaires. Mais comment s'en approcher ? Le mariage s'avérant l'unique moyen de se soustraire à la tutelle paternelle, elle accepta de se fiancer avec le fils des voisins qui, la guerre terminée, s'apprêtait à devenir tapissier. Lorsque Justin glissa à son annulaire une modeste bague, Solange ressentit un frisson de déplaisir. Elle avait dix-sept ans, lui vingt-deux et elle n'éprouvait aucune attirance pour ce garçon que les combats dans les tranchées avaient rendu taciturne. Le destin la prit toutefois en pitié, un jour d'avril. Elle se rendait avec sa mère à Tours afin de compléter son trousseau lorsque celle-ci fut victime d'un malaise dans la rue. Des passants s'approchèrent et, parmi ceux-ci, un homme qui se préparait à monter dans sa voiture.

— Cela ne va pas? demanda-t-il avec sollicitude.

— Non, répliqua Solange. Nous étions en train de parler et, tout à coup, maman s'est évanouie.

En lui administrant des gifles, l'inconnu tenta de ranimer madame Valmont puis, à la cantonade, demanda :

— Une personne aurait-elle des sels?

Une femme fouilla dans son sac et brandit un flacon que l'on fit respirer à la malade, qui, au bout de quelques instants, ouvrit les yeux.

— Respirez encore, ordonna l'homme.

S'adressant à Solange, il ajouta :

— Il faudrait délacer son corset. Transportons-la derrière cette porte cochère.

Peu à peu, Françoise Valmont retrouva ses esprits, mais elle se sentait épuisée.

— J'ai demandé l'adresse d'un médecin. Je vous y emmène, déclara sur un ton sans réplique son sauveteur.

Dans la salle d'attente, Solange eut tout le loisir de l'observer pendant que le praticien examinait sa mère. De taille moyenne, il devait avoir une quarantaine d'années. Sans être beau, il n'était pas dénué de charme. Au fil de la conversation, elle apprit qu'il se trouvait pour quelques jours à Tours.

— Une jolie ville... Vous y habitez?

— Hélas non, soupira Solange.

Il se produisit alors un fait digne de figurer dans la plus romanesque des fictions. En s'emparant de la main de la jeune fille, l'étranger murmura :

— Vous allez sans doute me juger ridicule ou fou mais vous ressemblez trait pour trait à celle dont j'ai toujours rêvé.

— Enfin... monsieur...

14

— Je ne vous demande rien d'autre que de garder cette carte de visite. Un jour, peut-être...

De la poche de son veston, il sortit un petit bristol. *Jacques Favier*, lut Solange. Suivait une adresse parisienne.

— Je séjournerai à Tours jusqu'à vendredi prochain. A l'hôtel de l'Univers.

En l'interpellant du seuil de son bureau, le médecin empêcha la jeune fille de répliquer.

— Rien de grave, mademoiselle, toutefois votre mère a besoin de repos et de remontants.

Solange hocha la tête mais ses pensées voguaient ailleurs. En quelques secondes, sa vie s'était colorée. Un homme l'avait remarquée... et quel homme ! Sûr de lui, affable, certainement habitué à diriger... Il était maintenant en train de prendre congé.

— Comment vous remercier ? répétait madame Valmont...

« Si elle savait », pensait Solange.

Ce matin, la scène la faisait encore sourire. Dix-sept années s'étaient pourtant écoulées depuis cette date mémorable ! Alors qu'elle boutonnait sa robe de cotonnade fleurie, Solange constata qu'elle avait maigri. Un surplus de travail et la chaleur en étaient sans doute les causes mais, en cette saison, le repos ne serait pas au programme. Dès la semaine prochaine, elle accueillerait en un roulement ininterrompu une trentaine de clients qui se répartiraient dans les douze chambres mises à leur disposition.

A ces pensionnaires s'ajouteraient les autochtones qui, au gré d'une promenade, s'installeraient dans la salle à manger ou sur la terrasse afin d'y déguster les recettes de Mireille. Immanquablement, ils y côtoieraient les Allemands qui, depuis 1933, s'étaient réfugiés à Sanary. Ecrivains pour la plupart, ils avaient fui Hitler et les nazis qui n'acceptaient pas qu'ils fussent juifs, communistes ou tout simplement pacifistes. Echappant de justesse à l'arrestation et à l'incarcération, ils avaient franchi la frontière puis certains d'entre eux s'étaient installés à Paris ou Nice tandis que d'autres se dirigeaient vers la côte varoise. La douceur du climat méditerranéen, une végétation luxuriante et le calme propice à l'écriture se révélant de précieux alliés, des compatriotes les imitèrent et, bientôt, on put parler d'une colonie allemande à Sanary. Face à la situation, les villageois se montrèrent tout d'abord réticents, voire hostiles. La guerre de 14-18 demeurant omniprésente dans les mémoires, on ne pouvait ouvrir les bras aux anciens ennemis. Toutefois, après une longue et sévère observation, on les toléra. D'autant plus qu'ils faisaient, tout au long de l'année, marcher le commerce !

Thomas Mann, le célèbre auteur de *La Montagne magique,* avait été l'un des premiers à se présenter à la Rose des Vents pour y déjeuner avec Katia, son épouse.

— On dit qu'il est prix Nobel ! s'était exclamée Suzanne, à laquelle aucune information n'échappait.

— Et alors... ça veut dire quoi ? répliqua Mireille.

— Je sais pas mais c'est sûrement important !

La cuisinière avait haussé les épaules. Prix Nobel ou pas, tout client devait se régaler ! Célibataire, elle se dévouait corps et âme à son métier. Chaque préparation de repas était une aventure qui débutait avec l'achat des produits. Légumes, fruits et poissons étaient choisis avec un soin extrême. Le reste était affaire de doigté. Pour confectionner un ailloli, une bouillabaisse ou une ratatouille, Mireille suivait les recettes de sa grand-mère et de sa mère mais elle ne manquait jamais d'y ajouter sa touche personnelle et le résultat n'en était que plus parfait. Monsieur et madame Favier l'avaient engagée alors qu'ils venaient d'acheter la propriété où ils pensaient connaître des jours heureux... Elle se souvenait encore de Solange qui, jeune mariée, courait les antiquaires pour décorer la maison, elle se souvenait de son rire et des chansons qu'elle ne cessait de fredonner. Qui aurait pensé que des ombres menaçantes allaient entamer cette aptitude au bonheur? Quand tout avait basculé, Mireille, jamais à court d'idées, avait proposé à Solange :

— Pourquoi vendre cette maison que vous aimez tant? Transformez-la en auberge!

— En auberge! Mais qui s'en occupera?

— Vous... et je ferai de bons petits plats.

Une complicité s'était installée entre les deux femmes... et ce fut sans doute l'une des clés de leur succès. En dépit des soucis financiers auxquels Solange avait dû faire face pendant les deux premières années, elle n'avait jamais perdu confiance.

— Grâce à vous, Mireille, confia-t-elle à son cordon bleu dès qu'elle se jugea sauvée de la faillite.

Huit heures sonnaient lorsque Solange entama sa tournée d'inspection par une visite au fumoir où, derrière le bar, André et Raymond étaient en train de passer en revue des bouteilles.

— Bonjour, madame, la saluèrent-ils avant qu'André n'ajoutât :

— Il va bientôt nous manquer des alcools et des liqueurs.

— Je vais tout de suite inscrire la commande.

Chaque jour, elle notait dans le cahier qui ne la quittait guère les problèmes à régler. Une tringle à rideaux décrochée, une baignoire bouchée, des ampoules électriques à changer, des fourmis dans une chambre, un dessus-de-lit brûlé par une cigarette... sans compter les clients qui trouvaient leur matelas trop dur ou trop mou, les horaires des repas trop contraignants. Madame Pasquier constituait à elle seule un centre de récriminations. Rien n'avait grâce à ses yeux, encore moins les enfants qui, en s'amusant dans le jardin, poussaient parfois des cris perçants.

— Leurs parents pourraient les emmener à la plage, se plaignit-elle au milieu de la matinée. Il est impossible de se reposer avec de pareils garnements !

— Mais, madame, ils sont en vacances, tempéra Solange.

— Hélas !

Jusqu'à la fin de l'après-midi, l'hôtelière ne connut aucun moment de répit. Faire les comptes, répondre au téléphone, préparer des excursions, louer un bateau pour monsieur Berthier.

— Si vous le voulez bien, nous réglerons cela plus tard, répondit-elle à son client. Ma filleule arrive dans vingt minutes par le car et je lui ai promis d'aller la chercher.

— Je comprends mais...

Sourde à son insistance, elle prit les clés de sa voiture sur le bureau puis marcha à vive allure vers le véhicule. Rien ni personne ne lui ferait manquer son rendez-vous !

2

Solange ne put retenir un élan de joie en apercevant Marianne qui, sa valise à la main, descendait du car où beaucoup de voyageurs, épuisés par la chaleur, s'éventaient avec un journal.

— Le voyage a dû te sembler long, lui dit-elle en l'embrassant.

— Je ne pense qu'à me baigner! Cela fait si longtemps...

Pensionnaire au couvent des Oiseaux à Paris, Marianne venait de passer son bachot et entamait des vacances bien méritées. En s'asseyant dans la voiture, à côté de sa marraine, elle respira à pleins poumons les senteurs qui, dès qu'elle se trouvait loin de Sanary, lui manquaient. Assourdie par le concert des cigales, elle porta son regard vers la mer où de nombreux voiliers se rapprochaient de la côte. Pour regagner l'hôtel, le véhicule emprunta une route qui traversait des oliveraies. Devant sa ferme, une femme sarclait la terre. Elle adressa un signe à Solange, qui lui commandait régulièrement des légumes, puis s'essuya le front et reprit sa tâche.

— L'hôtel est plein? demanda Marianne.

— Pas encore... Le gros des arrivées est prévu pour lundi.

— Et les clients? Sympathiques?

— Plus ou moins.

— Tu me fais peur !

— Mais non... Nous avons seulement une vieille dame irascible, une malade imaginaire qui réclame tous les jours le médecin et un bourreau des cœurs. Quand tu le verras, tu comprendras notre douleur ! Il va sûrement te faire la cour.

— Mon Dieu ! Quel tableau !

La venue de Marianne faisait oublier à Solange sa fatigue. N'ayant pas eu d'enfant, elle la considérait comme sa fille, une fille qu'elle aurait eue très jeune car, non sans amusement, elle s'était aperçue que, cette année, elle avait exactement le double de son âge. Trente-quatre ans contre dix-sept...

A peine furent-elles entrées dans la cour de l'hôtel que Mireille jaillit de sa cuisine.

— La voilà, ma beauté ! s'écria-t-elle en serrant la voyageuse contre sa forte poitrine.

Dans un mélange de provençal et de français, elle avoua combien elle s'était languie de sa « tourterelle ».

— Aïe... quelle petite mine... on voit que tu viens de la capitale !

Obéissant à un rite immuable, elle entraîna Marianne vers un banc qu'ombrageait un pin parasol puis lui apporta un verre de grenadine accompagné d'olives vertes.

— Quelques jours à la Rose des Vents et tu seras retapée, lui promit-elle.

« Quelques heures suffiront », se dit Marianne quand, ayant réussi à se libérer de cette envahissante sollicitude, elle descendit la colline jusqu'à la mer. Il lui sembla que le chant des cigales était devenu plus strident. Des cris d'enfants qui se baignaient dans la crique lui rappelèrent son premier séjour à Sanary. Elle venait d'avoir neuf ans et n'avait plus de parents. Son père était mort au front alors que l'armistice allait être signé. Sa mère, Charlotte Lebel, lui avait donné naissance cinq mois plus tard et Marianne avait été élevée dans la haine des Allemands.

— N'oublie jamais qu'ils ont tué ton père, lui répétait la veuve en la faisant prier tous les soirs devant un crucifix et une photographie du défunt.

La malheureuse n'avait jamais ôté ses vêtements de deuil et, pour Marianne, ce crêpe et ces voiles constituaient un barrage contre les sentiments. Comment aurait-elle pu rechercher du réconfort et de la tendresse auprès de cette femme qui ressemblait aux statues des cimetières ? Elle en avait presque peur, ainsi que de l'appartement parisien dont l'atmosphère confinée et triste aurait anéanti les tempéraments les plus optimistes. Seules les visites de son tuteur et parrain lui apportaient un peu de gaieté. Jacques Favier était un ami d'enfance de son père disparu. En le choisissant pour veiller sur le destin de Marianne, Charlotte ne s'était pas trompée. Jacques et sa femme Solange s'attachèrent à l'enfant qui, sous leur protection et dans leur belle maison provençale, découvrit que la vie n'était pas une punition mais une récréation. Jacques lui apprit à nager et à pêcher, Solange invitait des petits compagnons de jeux avec lesquels elle mangeait des tranches de pain tartinées de sardines, se déguisait ou partait à l'assaut des collines avoisinantes afin d'y observer les oiseaux. Juillet, août, septembre... l'été se terminait trop vite !

En ce moment même, elle renouait avec la liberté. Nageant sur le dos dans l'eau tiédie par le soleil, elle regardait les mouettes tournoyer dans le ciel. Tous ses membres se détendaient tandis qu'elle se laissait flotter comme un bouchon.

— J'arrive, lui cria Solange, débarrassée de son peignoir de bain.

21

En quelques brasses, elle rejoignit la jeune fille, qui lui proposa d'atteindre la bouée.

— La première arrivée.

— Tu gagnes toujours...

— N'oublie pas que je manque d'entraînement!

Elles furent ex-aequo, ce qui pour Solange constituait une prouesse.

— Je ne me lasserai jamais de cette vue, avoua Marianne alors qu'elles regagnaient avec tranquillité le rivage.

A flanc de falaise, la Rose des Vents se devinait entre les pins et les eucalyptus. Sa façade ocre pâle disparaissait presque sous le chèvrefeuille qui courait autour des fenêtres que protégeaient des volets vert tilleul. Sur la terrasse et sous la treille, des tables et des fauteuils en fer forgé permettaient à leurs occupants de contempler la mer. En contrebas, une plate-forme accueillait des chaises longues pour ceux et celles qui voulaient se prélasser. Ce fut là que s'étendirent, pour se sécher, Solange et Marianne. Elles sentaient le sel se durcir sur leur peau et un inexprimable bien-être les envahissait tandis qu'à l'ouest le ciel se teintait de rose. Pour des instants comme ceux-là, Marianne aurait donné des mois, des années de grisaille et de monotonie. Avec délectation, elle s'étira puis en laissant retomber ses mains toucha la fourrure d'un animal.

— Tu es là! s'exclama-t-elle en découvrant le chat qui, avec un ronronnement de bonheur, s'installa sur ses genoux.

— Jamais il ne condescend à venir jusqu'ici, s'étonna Solange.

— Même pour te rejoindre?

— Même pour me rejoindre.

Dragonet avait été offert à Marianne lorsqu'elle était petite fille. Une boule de poils qui, très vite, était devenue une mascotte. Aucun privilège ne lui étant refusé, l'animal ne cherchait pas l'aventure et, aux promenades, préférait la compagnie des coussins et les caresses. Ce soir, il reprenait ses droits sur sa maîtresse. Amusée par le spectacle, Solange les contemplait. Marianne et Dragonet étaient dotés d'une grâce qui tenait en esclavage ceux qui les approchaient. Conscients de leur pouvoir, il leur arrivait d'en user et abuser. Solange se souvenait de la fillette maigrichonne et timide que lui avait présentée Jacques au début de leur mariage. A ce moment-là, personne n'aurait pu penser qu'elle deviendrait jolie ! Aujourd'hui, pourtant, son visage aux traits réguliers attirait les regards. Sous des sourcils bien dessinés, des yeux mordorés révélaient une forte sensibilité et un attrait pour le rêve mais un petit nez impérieux indiquait que l'on ne parviendrait à aucun résultat en lui imposant des contraintes. Marianne savait ce qu'elle voulait et son sourire désarmant achevait de gagner à sa cause ceux qui n'auraient pas adhéré à ses désirs.

En voyant des clients remonter de la crique, Solange sut que son répit se terminait.

— Le devoir m'appelle, soupira-t-elle.

— Je te rejoins dans quelques minutes.

— Non. Repose-toi encore un peu.

— Je voudrais t'aider.

— Pas aujourd'hui.

Marianne s'enfonça dans son siège. Jamais elle ne se lasserait de contempler le ciel et l'eau dont les bleus s'assombrissaient à mesure que déclinait la lumière. D'arbre en arbre, des martinets se croisaient en poussant de longs cris, ce qui réveilla l'instinct chasseur de Dragonet. Il avait quitté les genoux de la jeune fille pour s'embusquer derrière des taillis. Sensible à la paix qui l'envahissait, Marianne évalua les efforts que lui avait demandés la préparation de son examen. En poursuivant des études jusqu'au baccalauréat, elle avait exaucé le souhait de sa mère. Avant de mourir d'une fièvre typhoïde, Charlotte

Lebel lui avait, en effet, demandé de se former l'esprit. Marianne se souvenait encore de la main brûlante et desséchée qui emprisonnait la sienne. Etait-ce sa mère, cette femme aux pommettes rouges et à la peau parcheminée ? Retenant ses sanglots, elle avait acquiescé. La nuit suivante, elle était une orpheline de neuf ans ! Les regards de curiosité mêlée de pitié des élèves lui devinrent vite insupportables mais, en prenant rapidement la tête du classement, elle renversa la situation. On envia, voire jalousa celle qui arborait tout au long de l'année la croix d'honneur et repartait de la distribution des prix avec les plus beaux volumes. Marianne avait pourtant d'autres préoccupations que les études. Elle aimait la vie, l'amusement. La bande d'adolescents qu'elle retrouvait d'été en été sur le rivage méditerranéen faisait partie de ses plus précieux trésors. Les enfants des villageois se mélangeaient aux vacanciers et Sanary se transformait en paradis terrestre ! Demain, elle retrouverait Sylvie, la fille de la mercière, et Antoine qui lui offrait des bouquets de fleurs sauvages ou des oursins pêchés clandestinement. D'un coup de canif rouillé, il les ouvrait puis ils en dégustaient le corail.

— Tu es comme mon frère, lui avait dit Marianne qui, enfant unique, rêvait de fratrie.

— Ah non !

Etonnée par sa réaction de colère, Marianne s'était défendue :

— Qu'ai-je dit de méchant ?

Il y eut un silence avant que le garçon n'avouât :

— Je suis ton amoureux.

Son amoureux ! Elle n'y avait jamais pensé ! Antoine n'était pas vilain mais ne s'apparentait pas au prince charmant qu'elle rêvait de conquérir. La crainte de lui faire de la peine l'avait néanmoins empêchée d'être franche. Il garda ses illusions jusqu'à ce qu'elle rencontrât Manuel.

Elle prononça à voix basse le prénom. Manuel... Etait-il déjà arrivé à Sanary? De peur de se trahir, elle n'osait le demander à Solange. En gravissant le chemin qui menait à l'hôtel, elle rêva de le découvrir tout à l'heure sur la terrasse. Six mois s'étaient écoulés depuis Noël, où il l'avait embrassée...

Solange s'était éclipsée de la petite maison où toutes les deux tentaient de retrouver l'intimité qui leur faisait cruellement défaut pendant la belle saison. La chambre de Marianne se situait à l'étage, à côté de celle qu'occupait sa marraine. Suzanne avait déjà sorti de la valise ses vêtements, qu'elle trouva pliés dans les tiroirs de la commode en acajou ou suspendus dans l'armoire. Sur un guéridon, embaumaient des lis. Marianne s'approcha de la fenêtre et, à travers la moustiquaire, regarda des enfants qui se lançaient un ballon sur le terrain réservé à leurs jeux. Les cheveux encore mouillés par la baignade, ils dépensaient leurs dernières forces avant de rejoindre leurs parents pour le dîner. L'odeur des plantes et des fleurs qu'arrosait le jardinier monta aux narines de la jeune fille et lui rappela son premier séjour à Sanary. Elle avait quitté la capitale, par le train, avec Jacques et Solange puis le chauffeur les avait emmenés en voiture de Marseille jusqu'à la propriété que rien, alors, ne destinait à devenir un hôtel. A leur arrivée, les mufliers, les dahlias et les pensées, qui venaient d'être mouillés par une courte averse, exhalaient tout leur suc. Une vague de nostalgie envahit Marianne et, pour tenter de s'y soustraire, elle prit un bain puis s'habilla. Alors qu'elle déambulait dans la pièce, son regard se dirigea vers une photographie des Favier. Assis sur la plage voisine de Port-Issol, Jacques plissait légèrement les yeux. Son bras entourait d'un geste protecteur les épaules de Solange, qui riait. Marianne n'avait connu leur histoire qu'après la mort de son tuteur.

25

Un soir, alors qu'elles évoquaient le passé, Solange lui avait raconté leur rencontre à Tours.

— Il m'avait dit qu'il resterait quelques jours à l'hôtel de l'Univers et cette pensée ne me quitta plus. A peine rentrée à Loches, où habitaient mes parents, j'ai mesuré ce que serait ma vie si j'épousais le fade et ennuyeux jeune homme que l'on me destinait. Ma décision fut prise en une nuit. J'avais un peu d'argent pour m'offrir le car. Jacques n'était pas là lorsque, le cœur tremblant, je le demandai à la réception de l'hôtel... Il n'allait revenir qu'en fin d'après-midi.

— Tu l'as attendu, souffla Marianne.

— Non, j'ai marché dans la ville jusqu'à six heures. Puis le concierge l'a appelé dans sa chambre. Il est descendu et, en me voyant, a compris que je le suivrais où il irait.

— Mais tu ne le connaissais pas. Il pouvait te raconter n'importe quoi.

— J'en prenais le risque.

— Et tes parents?

— Ils n'ont plus jamais voulu me revoir et nous avons dû attendre ma majorité pour nous marier car mon père refusait de donner son consentement. J'étais devenue un sujet de scandale.

L'admiration de Marianne pour Solange s'accrut. Quel courage avait dû lui être nécessaire pour couper les ponts et revendiquer sa liberté dans ces années d'après-guerre! Quant au reste de l'aventure, elle la connaissait! Jacques et Solange s'étaient aimés jusqu'au 9 mars 1931 où, conduisant sa voiture, il s'était tué en ratant un virage alors qu'il rentrait de Briançon. La jeune fille n'oublierait jamais la convocation de la mère supérieure dans son bureau. Face à ce nouveau deuil, tout avait basculé. Incapable de contenir sa peine, elle pleura à gros sanglots dans les bras de la religieuse. Ainsi, après les décès de son père et de sa mère, l'homme qui avait su égayer son enfance et lui recréer un foyer disparaissait à son tour...

La lumière avait décliné lorsqu'elle pénétra dans l'hôtel où la plupart des hôtes étaient en train de dîner. S'inquiétant de leur bien-être, Solange allait de table en table et Marianne fut une nouvelle fois surprise de voir cette femme, qui avait connu le luxe, se mettre avec autant de simplicité au service des autres.

— Bonsoir, Marianne, la saluèrent des habitués.

Avec politesse, elle répondit aux questions de chacun.

— Comme vous avez changé! s'exclama Jacqueline Berthier... une vraie jeune fille!

Marianne, qui détestait ce genre de platitude, continua néanmoins de sourire. Un inconnu la regardait avec convoitise, sans doute le fameux bourreau des cœurs qu'avait évoqué sa marraine. De la terrasse lui parvinrent des rires accompagnés de plaisanteries qu'elle ne pouvait comprendre puisqu'elles étaient formulées en allemand. Obéissant aux anciennes injonctions de sa mère, elle détourna la tête.

— Besoin d'aide? demanda-t-elle à Raymond qui, avec André, apportait des plats.

— Non. Pour l'instant tout va bien.

Les deux serveurs sortaient d'une école hôtelière réputée. En les embauchant, Solange avait tourné le dos à l'amateurisme. Si elle voulait hisser la Rose des Vents à un bon niveau, le personnel devait se montrer performant. Infatigables, ils assuraient de longues journées puisque le bar ne fermait qu'à minuit. C'était là que se réfugiaient les joueurs de billard et les fumeurs de cigares.

Solange et Marianne se mirent à table quand le service fut terminé.

— Pas trop fatiguée par le voyage?

— Au contraire! Je me sens dans une forme éblouissante et je ne veux pas que tu me laisses inactive. Dès demain, je t'aiderai à la réception ou ailleurs.

— Marché conclu.

En même temps qu'elles dégustaient les aubergines puis la crème à la vanille, toutes deux s'adonnaient à la joie de leurs retrouvailles et, évitant d'un commun accord les sujets graves, passaient en revue les mille riens qui avaient jalonné leur séparation.

— Tout à l'heure, je te ferai visiter deux nouvelles chambres. J'ai aussi aménagé une petite bibliothèque où j'ai rassemblé les romans policiers qu'affectionnait Jacques ainsi que des nouveautés.

— Excellente idée!

— Il faudra aussi que nous allions acheter des disques à Toulon.

Plus qu'un discours, ces quelques phrases prouvèrent à Marianne que Solange, doucement, revenait à la vie. Ce n'était plus une parade destinée au monde extérieur mais un véritable élan.

— C'est sans doute le succès de la Rose des Vents, répondit celle-ci à ses compliments. Ne plus avoir la banque et les huissiers aux trousses... Quel soulagement!

La crise boursière de 1929 avait ruiné Jacques et, après son décès, Solange s'était trouvée dans une situation difficile. Il ne lui restait plus que sa propriété dont certains terrains alentour étaient hypothéqués. Refusant les dettes, elle vendit plusieurs hectares mais, sourde à l'avis des financiers qui, tels des vautours, guettaient la maison et son emplacement paradisiaque, joua son va-tout. «Impossible n'existe pas», lui avait souvent répété son époux lorsqu'il était au faîte de ses affaires.

Interrompant leur échange, Solange se leva afin de saluer les Allemands qui s'approchaient de leur table.

— Tout s'est bien passé?

— A la perfection, répliqua avec un fort accent un homme d'une cinquantaine d'années.

— Je vous présente ma filleule. Elle arrive de Paris.

A l'intention de celle-ci, elle ajouta :

— Monsieur Fischer habite une villa à Port-Issol.

— Vous devez avoir le même âge que ma fille, déclara l'étranger en dévisageant Marianne.

— J'ai dix-sept ans.

— Elle en a dix-neuf. Erika, appela-t-il.

Une grande blonde, à l'allure sportive, s'avança mais Marianne, qui n'avait pas envie de s'en faire une amie, ignora son sourire et demeura étrangère à la conversation.

— Pourquoi tant de froideur ? lui demanda Solange dès qu'elles furent seules. Erika est une excellente joueuse de tennis. Tu pourrais...

— Jamais... Et je ne comprends pas ta proposition...

— Je connais tes idées mais...

— Qui peut prouver que cet homme auquel j'ai dû serrer la main n'a pas tué mon père ?

— Marianne, sois raisonnable ! La guerre est terminée depuis longtemps. De plus, ces gens sont des pacifistes qui ont fui le régime nazi... Crois-tu que ce soit simple pour eux de connaître l'exil ?

— Oh, ils n'ont pas l'air de se refuser grand-chose.

— Souhaitons que cette situation ne t'arrive jamais !

3

Le soleil brillait dans un ciel uniformément bleu quand Solange et Marianne partirent pour Sanary, où se déroulaient le marché aux primeurs et la criée. Sur le port, autour des pointus, on déchargeait la pêche qui bientôt se transformerait en bouillabaisse ou en friture. A l'écart des filets séchant le long du quai, des femmes vantaient dans un langage imagé les rougets, rascasses et sardines qu'avaient rapportés leur mari ou leur fils. Il était tôt et les vacanciers ne s'étaient pas encore mêlés aux villageois qui faisaient leurs achats. Un peu plus loin, des Provençales déambulaient le long des étals où légumes et fruits se côtoyaient en pyramides colorées. Les tomates, les poivrons, les aubergines déclinaient leurs rouge, vert et violet à côté des petits artichauts qui craquaient sous la dent et du fenouil dont le goût anisé accompagnerait agréablement un loup grillé. Attentive à l'accent chantant, aux plaisanteries bon enfant, Marianne se sentait d'humeur joyeuse, mais comment en aurait-il été autrement alors qu'elle éprouvait la sensation de participer à une opérette dont les protagonistes connaissaient à la perfection les refrains ?

A ses côtés, Solange faisait les emplettes qui n'incombaient pas à Mireille et s'attardait devant les épices et les olives.

— Bonjour, madame Favier, la saluaient avec amabilité les commerçants.

Il n'en avait pas toujours été ainsi ! Aujourd'hui encore, Solange se souvenait de son emménagement sur la côte varoise. Grâce à sa grand-mère maternelle, Jacques avait des origines méditerranéennes mais ce n'était pas suffisant pour être accepté dans une région où l'on prisait peu la compagnie des gens du Nord. Monsieur et madame Favier n'étaient pas des Sanaryens et, ils avaient beau avoir de l'argent, personne n'était décidé à leur ouvrir les portes. Les travaux entrepris dans leur villa, acquise en 1924, furent observés avec une extrême vigilance. Il n'aurait pas fallu qu'ils peignent une façade ou des volets dans des tons criards ! Quant à l'accès direct à la mer... on n'avait pu, hélas, le leur enlever ! Alors, à défaut de sanctions, les médisances s'étaient installées. La différence d'âge entre Jacques et Solange fut évoquée. Elle l'avait certainement épousé pour ses biens !

— Que nous importe ! tempérait Jacques.

— Je n'aime pas que l'on mette en cause tes qualités, répliquait Solange, que ces critiques blessaient.

— En posséderais-je quelques-unes ?

— Ne te moque pas de moi !

Le panier débordait d'emplettes quand Solange s'assit à la terrasse du Café Schwob pour y boire un thé en attendant que Marianne la rejoignît. La jeune fille n'avait pu résister à l'attrait du marché aux fleurs dont elle revint, un quart d'heure plus tard, les bras chargés de glaïeuls et de soucis.

— J'ai rencontré Hélène, annonça-t-elle gaiement. Ils sont arrivés avant-hier.

Hélène était la cousine de Manuel et une amie de Marianne. Ses parents possédaient une villa non loin de la Rose des Vents et, au fil de leur adolescence, elles étaient devenues inséparables. La Cride s'avérait leur lieu de prédilection. Au bas de cette colline sauvage, elles se baignaient, discutaient des garçons qui leur faisaient la cour, s'échangeaient des livres, mordaient dans des tranches de melons tiédis par le soleil et jouaient à la crapette.

— La famille au grand complet? demanda Solange.

— Je crois, répliqua Marianne en se sentant rougir.

— Eh bien, nous les inviterons à prendre un verre demain ou après-demain.

Un marchand de journaux proposait aux consommateurs le *Petit Var* mais ceux qui l'achetèrent le gardèrent plié sur leur table. Personne ne se serait privé du spectacle qu'offrait le port où se poursuivait la criée. Une brise venue de la mer agitait la chevelure des palmiers qui se découpaient sur le ciel où des oiseaux s'envolèrent dès que résonnèrent les cloches de l'église. Eblouies par le soleil, des dévotes, la tête recouverte d'une mantille, sortaient en bavardant de la messe basse à laquelle elles venaient d'assister. Sanary-sur-Mer était maintenant bien éveillé. Les commerçants avaient ouvert leurs boutiques et les vacanciers n'allaient pas tarder à prendre le chemin des plages. Pour Solange et Marianne, il était temps de regagner la Rose des Vents, où le service du petit déjeuner devait se terminer.

Une voiture était garée devant le perron de l'hôtel et André sortait du coffre des valises et des jouets.

— Monsieur et madame Girard sont à la réception, dit-il à Solange.

— Mon Dieu! Je ne les attendais qu'en fin de journée!

— Ils ont préféré rouler pendant la nuit.

Tentant de refréner l'agitation de deux garçonnets, un couple attendait dans le vestibule qu'on les conduisît vers leurs chambres.

— Pardonnez-moi de ne pas vous avoir accueillis, déclara Solange en prenant une clé sur le tableau. Mais ne souhaiteriez-vous pas boire un sirop d'orgeat avant de vous installer?

— Oh oui! s'écrièrent en chœur les enfants. Et après, on se baigne...

— On verra, tempéra leur mère.

— Tu avais promis, se rebiffa le plus âgé.

— Continue et tu seras privé de plage!

Rapidement, Solange montra aux arrivants le salon et la salle à manger puis les entraîna au premier étage où elle les invita à pénétrer dans un petit appartement qui sentait bon la cire et l'élixir de lavande.

— Vous bénéficiez de la vue sur la mer, dit-elle en repoussant les volets.

Si monsieur Girard s'attarda sur le panorama, sa femme n'y prêta aucune attention. Tout semblait l'excéder; néanmoins, Solange mit cette attitude sur le compte de la fatigue.

— Vous avez choisi d'être en pension complète?

— C'est exact, répondit monsieur Girard. Mais il y a une modification au programme! Mon épouse et les enfants resteront, comme prévu, jusqu'à la fin du mois de juillet; quant à moi, je partirai le 16.

En même temps qu'il parlait, Solange surprit le regard haineux de madame Girard et, intriguée, l'observa avec davantage d'attention. Blonde, pâle et plutôt jolie, elle avait une apparence fragile qui s'accordait mal avec l'expression revêche de son visage. Cette impression se confirma au cours du déjeuner. La nouvelle venue changea trois fois de table. Elle était trop au soleil ou trop à l'ombre! Le menu eut à son tour droit aux critiques.

— Voilà qui promet, murmura Marianne.

— Elle risque de remporter le prix des enquiquineuses devant madame Pasquier, s'amusa Solange.

— Si elles ne s'entre-tuent pas avant!

Après avoir fait la sieste, Marianne prit sa bicyclette et se dirigea vers la plage de Port-Issol, lieu privilégié des baigneurs. Elle y trouva Hélène qui, étendue sous un parasol de toile rouge, somnolait en l'attendant.

— Mmm, je me suis endormie, murmura celle-ci en découvrant son amie.

— On se baigne !

Hélène venait chaque été du Caire, où son père enseignait le français au lycée d'Héliopolis, et Marianne l'écoutait avec délectation lui raconter sa vie exotique et l'histoire des pharaons. La découverte du tombeau de Toutankhamon par Howard Carter l'avait passionnée au point de lui insuffler l'envie de devenir archéologue.

— Tu es folle ! s'était récriée Hélène.

— Pourquoi ? J'adore l'aventure !

— Justement ! Une fois qu'on a trouvé les objets, il faut les répertorier en d'interminables listes. Un affreux travail de fourmi !

Cette indication avait sur-le-champ étouffé l'enthousiasme de Marianne, qui ne s'imaginait qu'en célèbre aventurière du désert.

Néanmoins, sa préoccupation était aujourd'hui différente.

— Manuel est arrivé ? demanda-t-elle alors que toutes deux attachaient leur bonnet de bain.

— Hier soir.

— Ah oui...

— Il est parti retrouver des amis à Bandol.

— A Bandol, répéta Marianne.

Ainsi, il avait préféré se rendre dans la station balnéaire voisine plutôt que de chercher à la rencontrer. L'avait-il si rapidement oubliée ? Non sans amertume elle se remémora les nombreux instants où elle avait anticipé leurs retrouvailles. Manuel habitait Bordeaux, où son père était négociant en vins. Sœurs jumelles, sa mère et celle d'Hélène se partageaient, pendant les congés, la vaste maison que leur famille possédait depuis plus de trente ans sur les hauteurs de Sanary. Marianne avait toujours été amoureuse du séduisant cousin d'Hélène qui, hélas, ne la voyait pas! Il avait fallu la dernière Saint-Sylvestre pour qu'il se rendît compte qu'elle avait grandi. Solange avait exceptionnellement ouvert son restaurant entre Noël et le jour de l'An afin de satisfaire les habitués qui, bravant l'inconfort de villas mal chauffées, passaient la fin de l'année au bord de la Méditerranée. Aidée de sa filleule, elle s'était amusée, pour le réveillon, à créer avec de la mousse, des coquillages et des fleurs un décor féerique qui, ajouté au menu de Mireille, enthousiasma les convives. Manuel était venu avec ses parents et, dès la fin du souper, n'avait plus quitté Marianne.

Nager n'atténua pas la déception de la jeune fille et elle dut se forcer pour écouter Hélène qui, par le menu, lui contait son premier bal.

— J'ai rencontré un militaire anglais! Toutes les filles tournaient autour de lui mais il m'a invitée trois fois à danser. Crois-tu que cela signifie quelque chose?

— Je ne sais pas!

— Ah, répliqua Hélène, déçue.

Coupant court à cette conversation qui l'agaçait, Marianne explora les fonds marins jusqu'à ce que son amie eût regagné la plage où elle la vit adresser de grands signes à Sylvie, la fille de la mercière, qui arrivait chargée d'un grand sac.

— Il y en a, du monde, cette année, remarqua la Sanaryenne en découvrant les plagistes.

Exposant leur peau blanche aux rayons du soleil, hommes et femmes se reposaient. Pour la première fois, les journées de farniente seraient payées par leurs employeurs! Installés sur des draps de bain ou aidant leurs enfants à bâtir des châteaux de sable, ils découvraient l'oisiveté autorisée. Certains venaient de Valence, d'autres de Mâcon ou de Clermont-Ferrand. Des thermos circulaient ainsi que des friandises. On faisait parfois connaissance.

Rapidement, Sylvie se libéra de son corsage et de sa jupe puis elle noua ses cheveux en queue de cheval.

— Je vais me tremper, annonça-t-elle.

— Marianne est dans l'eau, lui dit Hélène.

Le trio se reformait. Sylvie, obligée d'aider sa mère au magasin, avait moins de temps libre que ses deux amies mais, dès qu'elle le pouvait, elle les rejoignait à la Cride ou ailleurs. Rien ne l'amusait autant que d'écouter leurs propos citadins.

— Elles vont te tourner la tête, la mettait en garde son père, un Provençal qui appréciait peu les « chochoteries ».

Sylvie se contentait de sourire. A la voir derrière le comptoir de la mercerie en train de mesurer du ruban ou de compter des boutons, personne n'aurait pensé qu'elle rêvait d'univers chatoyants, mais, en lui dévoilant l'histoire de Solange Favier, Marianne avait, sans le vouloir, instillé le poison dans l'esprit romanesque de la jeune fille qui, à son tour, espérait connaître le grand amour. Hélas, jusqu'à présent, aucun homme n'avait fait battre son cœur. Si seulement elle pouvait se faire embaucher à la Rose des Vents ! Là, elle verrait du monde ! Hélas, madame Favier voulait des gens d'expérience et elle n'en possédait aucune.

— L'hôtel est plein ? demanda-t-elle à Marianne pendant qu'elles revenaient vers la plage.

— Pas tout à fait.

— Rappelle à ta marraine de penser à moi si elle a besoin d'un dépannage.

— Promis !

Durant le reste de l'après-midi, toutes trois renouèrent avec les habitudes des années précédentes. Sylvie donna les dernières nouvelles de Sanary, Hélène reparla de son militaire et Marianne feuilleta des magazines de mode qu'elles passèrent au crible. La température s'était atténuée et, autour d'elles, les parasols se fermèrent, les mères habillèrent leurs enfants, on rangea les pelles et les râteaux, les coquillages ramassés furent lavés puis enfermés dans des mouchoirs. Une journée se terminait, accompagnée de coups de soleil et de multiples découvertes. Excités par leurs baignades, des garçonnets se lancèrent du sable. L'un d'entre eux pleura en se frottant les yeux. Un chien aboya, suivi d'un autre. Ce fut à ce moment qu'arriva un groupe d'Allemands qui s'installèrent près du filet de volley-ball. Parmi eux, Marianne reconnut Erika qui, sans tarder, courut vers la mer puis, dans un crawl parfait, se dirigea vers la première bouée.

— Tu as soif? demanda Hélène en débouchant un thermos.

La citronnade les désaltéra et, avec un regain d'énergie, elles reprirent leur bavardage jusqu'à ce que débutât une partie de volley. Erika terminait de se sécher quand elle reconnut Marianne.

— Bonjour! cria-t-elle en lui adressant un grand signe.

A côté d'elle, l'un de ses compatriotes suivit son regard.

— Vous voulez jouer? proposa-t-il aux trois jeunes filles.

— Pourquoi pas? répondit Hélène en se levant.

Sylvie l'imita à son tour.

— Tu viens? dit-elle à Marianne.

— Non, non, je suis fatiguée.

Les équipes se formaient quand un homme d'environ vingt-cinq ans déboucha du sentier. Grand et mince, les cheveux châtain clair et bouclés, le visage hâlé, il tenait sous son bras un livre et un drap de bain qu'on ne lui laissa pas déplier.

Dans une langue dont Marianne ne comprenait pas un mot, Erika l'appela. Il y eut un échange au cours duquel le nouveau venu sembla soulever un problème. Erika regarda alors la Française rencontrée à la Rose des Vents puis, en quelques enjambées décidées, la rejoignit.

37

— Nous sommes en nombre impair. Accepteriez-vous de jouer avec nous ?

Sous peine d'être grossière, Marianne ne put refuser et, à contrecœur, retrouva Sylvie dans l'une des équipes dont les membres se présentèrent à tour de rôle.

— Je m'appelle Ernst, annonça le dernier arrivant en lui tendant la main.

La partie débuta et Marianne, prise par le défi, oublia momentanément sa réserve. Guettant le ballon, elle courait pour le renvoyer à ses adversaires qui, eux non plus, n'avaient pas l'intention de se laisser dominer. Alors qu'elle se précipitait vers sa cible, Ernst, en reculant, la renversa.

— Aïe ! s'écria-t-elle en massant sa cheville.

— Je suis désolé, dit-il, agenouillé à côté d'elle.

Sur un ton ferme, il ajouta :

— Laissez-moi faire.

Et de ses doigts longs et souples, il palpa son pied puis son mollet.

— Est-ce grave ? demanda Hélène qui, à son tour, s'était approchée.

Son amie ne répondit pas. Penché sur elle, Ernst faisait doucement remuer sa cheville.

— Vous avez très mal ?

— Oui.

— Je ne crois pourtant pas qu'il y ait de... comment appelez-vous cela ?

— Foulure.

— Oui, foulure... Mais il faudrait tout de même mettre un bandage.

— Ma marraine va s'en occuper.

— Vous habitez loin ?

— A la Rose des Vents, s'interposa Erika en français.

— Comment êtes-vous venue jusqu'ici ? demanda Ernst à Marianne.

— A bicyclette.

— Alors, je vais vous raccompagner en voiture.

— Mais non...

— Ne bougez pas d'ici jusqu'à ce que je revienne.

Un quart d'heure plus tard, Marianne s'éloignait de Port-Issol dans une Citroën.

— Vous êtes là pour les vacances? demanda-t-elle en voulant se montrer courtoise.

— Les parents d'Erika m'hébergent pour quelques mois.

— Etes-vous berlinois?

— Non, je viens de Munich mais, ces trois dernières années, j'ai vécu à Paris.

— Je comprends maintenant pourquoi vous parlez si bien le français.

— Je l'ai pratiqué tout jeune avec notre gouvernante. Elle était vendéenne.

Au détour d'un virage apparut le portail de la Rose des Vents.

— Un superbe endroit! J'y ai dîné plusieurs fois avec les Fischer.

Suzanne, qui partait vers la buanderie, haussa les sourcils en découvrant Marianne en galante compagnie puis poursuivit son chemin.

— Ne posez pas le pied par terre, conseilla l'Allemand en même temps qu'il aidait la jeune fille à s'extirper du véhicule.

Appuyée sur son bras, elle clopina jusqu'au vestibule où Solange parlait au téléphone.

— Nous allons appeler le médecin, décida celle-ci dès qu'elle eut compris la situation.

Discret, Ernst s'apprêtait à prendre congé.

— Je suis sincèrement désolé, répéta-t-il à Marianne.

— Ce n'est rien, je vous assure.

— Pour me faire pardonner, je vous emmènerai au cinéma avec Erika...

Prise au dépourvu, elle acquiesça. Un tourbillon de pensées contradictoires l'envahissait. Pourquoi repousser ces étrangers qui, en définitive, n'avaient rien de déplaisant? Sa mère n'avait-elle pas exagéré en la mettant en garde contre un peuple dont chacun des éléments ne pouvait être malfaisant? Le bruit la ramena néanmoins au présent. Lancés comme des bolides, les enfants Girard passèrent en faisant tourner des crécelles, suivis de leur père qui les menaçait d'une punition. Assis devant le bar où Raymond secouait un shaker, des clients attendaient leur cocktail en échangeant des plaisanteries. La Rose des Vents se préparait à une nouvelle soirée. Bientôt le cliquetis des couverts résonnerait dans la salle à manger et sur la terrasse. Une première étoile brillerait dans le ciel. Les femmes glisseraient un châle sur leurs épaules. Elles croiseraient le regard de leurs maris ou de leurs amis et, immanquablement, tous, au seuil d'une nuit aux envoûtants parfums, se sentiraient privilégiés.

4

Dès le surlendemain, Marianne put marcher normalement et aider Solange, dont l'hôtel affichait complet. Semblable à une ruche, l'établissement résonnait de préparatifs et, à la cuisine, Mireille ne désarmait pas. Secondée par deux jeunes paysannes, elle déclinait ses recettes avec une inlassable virtuosité.

— L'important... c'est d'aimer son métier, répétait-elle à qui voulait l'entendre. Choisir une tomate, respirer un melon, tâter une pêche... c'est déjà du plaisir.

Le matin, quand elle pénétrait dans son royaume, elle ne pouvait retenir un tressaillement de joie. Certes, le travail ne manquerait pas mais elle ne se lassait pas de disposer les mets sur les belles assiettes de Moustiers. Ayant grandi dans une famille où l'on ne connaissait pas l'opulence, le décor créé par les Favier l'avait éblouie. Elle n'oublierait jamais le jour où elle s'était présentée ! En mars 1926, la boulangère lui avait annoncé que le couple recherchait une jeune femme pour seconder leur cuisinière.

— Oh, j'oserais pas proposer mes services ! s'était récriée Mireille.

— Qu'est-ce que tu risques ! Seulement de pas convenir !

A contrecœur, elle avait sonné au portail. Après l'avoir

dévisagée, le gardien lui demanda d'attendre. Quelques minutes plus tard, elle pénétrait dans un salon aux murs tendus d'indiennes. Madame Favier lui parut d'emblée sympathique et ce fut avec simplicité qu'elle répondit à ses questions.

— Je peux pas vous mentir. J'ai pas encore travaillé dans une vraie place.

— La boulangère m'a dit que vous aviez préparé des repas de mariage, de communion.

— Et d'enterrement, se rengorgea Mireille.

— Eh bien... nous pourrions tenter un essai.

— Peut-être... mais j'ai un peu peur.

— Allons voir Lucie. Je vous préviens, elle n'a pas toujours bon caractère.

L'avertissement n'était pas exagéré. Lucie était lunatique mais Mireille sut l'apprivoiser en lui donnant satisfaction. Pendant trois ans, elle travailla sous ses ordres. Toutefois, lorsque monsieur Favier connut des revers de fortune, la cuisinière en chef préféra trouver une place plus prestigieuse chez des grands bourgeois de Marseille et Mireille occupa son poste. Commença alors une période sombre. La maison, qui avait bruissé d'invitations et de fêtes, n'ouvrait plus ses portes qu'à la tristesse. Solange Favier avait beau faire, rien n'égayait l'humeur de son époux. Qu'était devenu l'homme affable, cultivé, hospitalier ? Mireille, qui ne possédait rien, se trouva en fin de compte chanceuse. A quoi servait l'argent si celui-ci transformait les êtres en fantômes quand il venait à disparaître ? Nombre de fois, elle s'était demandé comment Solange n'avait pas, à son tour, perdu pied mais, en dépit de son inexpérience en la matière, la jeune femme s'était penchée sur les comptes et avait tenté de sauver ce qu'elle pouvait. Si, ces dernières années, des usines étaient parties en fumée, si des cargos appartenaient à d'autres propriétaires, la propriété demeurait au nom des Favier. Mireille, qui savait tirer les cartes, avait cherché dans les tarots des réponses à sa propre inquiétude. Allait-elle perdre sa place ? Inlassablement la Maison-Dieu sortait dans son jeu, talonnée par la Roue de la Fortune. Les mêmes lames que celles retournées avant la mort de son fiancé Justin. Mon Dieu, jamais elle n'oublierait son regard malicieux, sa voix qui devenait velours lorsqu'il prononçait son nom ! Jamais elle n'oublierait sa demande en mariage et ses paroles de réconfort avant qu'il ne parte pour le front ! Il était mort sur le Chemin des Dames ; néanmoins Mireille avait longtemps refusé l'évidence. On s'était trompé sur l'identité du défunt et, bientôt, Justin frapperait à sa porte ! Les mois s'écoulèrent, la guerre se termina. On dédia un monument aux soldats morts pour la patrie. Le nom de Justin fut gravé en lettres d'or sur la plaque commémorative et Mireille accepta enfin la vérité. Dans son cœur, elle garda leurs souvenirs d'enfance et d'adolescence, les fenaisons et les vendanges accomplies côte à côte, les farandoles et les grandes tablées où coulait à flots le vin du pays, le retour de la pêche et la fête foraine à Toulon où il l'avait pour la première fois embrassée dans le cou. D'autres garçons lui firent la cour mais, fidèle à son amour perdu, elle n'y prêta aucune attention.

— A-t-on idée de vouloir rester vieille fille ! lui reprochait sa mère. Qui te fera vivre quand ton père sera plus là !

L'engagement chez les Favier était tombé à point nommé. Non seulement, il donna à Mireille une indépendance financière mais un logement. D'un vieux sac, elle avait sorti son peu d'effets personnels pour les disposer dans la chambre qui, avant même qu'elle n'y vécût, s'apparentait à un paradis. D'un coup de marteau elle disposa sur le mur blanchi à la chaux un crucifix puis, après en avoir astiqué le cadre, installa la photo de Justin au-dessus de la commode où elle rangea ses deux jupes, un tablier de rechange, le châle qu'elle mettait l'hiver pour se rendre au marché et le missel offert par la paroisse quand elle avait fait sa première communion. Jusqu'au décès de monsieur Favier, l'existence se déroula au rythme du courrier qui n'apportait pas de bonnes nouvelles. Les menus se simplifièrent et les serviteurs se virent, à tour de rôle, congédiés. La propriété risquait d'être mise en vente quand eut lieu l'accident. Mireille n'oublierait jamais le cri d'animal blessé qui résonna dans le vestibule au moment où Solange fut informée du drame. Elle aussi refusait l'évidence qui, en quelques secondes, changeait les données de son existence! Durant l'inhumation qui se déroula dans l'église du village, la veuve, masquée par ses voiles de deuil, demeura figée dans sa douleur à côté de la petite Marianne qui, elle, ne parvenait pas à contenir ses sanglots.

Aujourd'hui la Rose des Vents avait retrouvé une atmosphère sereine. Sur les chaises longues, à l'ombre des pins parasols, les clients lisaient ou somnolaient comme le faisait autrefois monsieur Favier et en fin d'après-midi, à l'heure de la pétanque, résonnaient les exclamations de joie ou de dépit des joueurs. Un canotier sur la tête, les hommes se défiaient par équipes. Certains avaient le geste élégant tandis que d'autres privilégiaient l'efficacité. En cas de litige, un mètre était brandi.

— Mademoiselle, venez nous donner votre avis, demanda Yves Berthier à Marianne qui passait alors qu'il mesurait la distance entre le cochonnet et deux boules concurrentes. On me dit que je triche!

— Excusez-moi... Je ne peux m'attarder!

Fidèle à sa promesse, Solange avait convié la famille d'Hélène à boire un verre sur la terrasse et Marianne vivait dans l'inquiétude. Manuel serait-il là ou aurait-il, une nouvelle fois, préféré ses amis et les plaisirs de Bandol? Elle l'aperçut, assis devant une table où rafraîchissait une bouteille de champagne. Trois jours avaient suffi à hâler sa peau. Il se leva pour la saluer et, sous son regard, elle se sentit rougir.

— Bonjour, Marianne. Comment va ton entorse ?

— Oh... ce n'était rien !

Existait-il un échange plus banal ? La jeune fille éprouva soudain de la honte pour son attirance. Pendant que tous conversaient, elle observa Manuel et comprit que ses préoccupations étaient très différentes des siennes. Avec Solange, il évoqua les remous qui agitaient l'Espagne depuis plusieurs mois puis le coup de force des Italiens en Ethiopie. La politique semblait le passionner. Comme antidote à son dépit, Marianne but un verre de champagne. Hélène, qui avait fait de même, était d'humeur joyeuse. De la tête, elle ponctuait la mélodie américaine qu'un jeune homme jouait sur le piano que Solange avait installé devant un buisson de lauriers-roses. Ce choix semblait convenir à madame Pasquier qui, assise dans un fauteuil de rotin, buvait du porto en songeant probablement à son passé.

— L'Europe va exploser, prédisait Manuel. Hitler est très dangereux et personne ne semble s'en rendre compte.

— Mais si, répliquait Florence, la mère d'Hélène.

— Que faisons-nous alors qu'il instaure des lois contre les Juifs et envahit la Rhénanie ?

En même temps qu'il prononçait cette phrase, Manuel s'était tourné vers Marianne qui, prise au dépourvu, ne trouva aucune réplique. Rien, décidément, ne se déroulait comme elle l'avait espéré ! Mais, emporté par ses convictions, il poursuivit son discours.

— Manuel veut devenir journaliste, souffla Hélène. Grand reporter... comme Albert Londres ou Joseph Kessel.

Soudain, un brouhaha couvrit la mélodie que jouait le pianiste. Trois hommes et deux femmes attendaient en bavardant et riant qu'on leur attribuât une table.

— Excusez-moi, dit Solange en quittant ses invités.

Elle salua les arrivants puis leur demanda s'ils avaient réservé.

— Hélas non, répliqua un homme d'une quarantaine d'années au visage poupin et à la carrure d'athlète. C'est ennuyeux?

— Nous allons trouver une solution. Vous êtes cinq, n'est-ce pas?

Quelques minutes plus tard, une table ronde était dressée sous un platane.

— Monsieur Béranger nous a vanté votre établissement, expliqua l'étranger.

— Monsieur Béranger! Le pilote!

— Nous travaillons tous ensemble, expliqua-t-il en désignant ses deux amis qui, accoudés avec leurs compagnes contre la balustrade, contemplaient le panorama.

— Quelles sont ces îles là-bas? demandait la plus jeune, une blonde qui avait le rire facile.

— Les Embiez, répliqua l'un des hommes.

Solange sursauta. La voix, basse et modulée, lui rappelait celle de son époux mais la ressemblance s'arrêtait là. L'aviateur était plus grand que Jacques et son allure plus décontractée. Fugitivement, elle croisa son regard lorsqu'il gagna sa place. Ses cheveux, ses yeux avaient la couleur de l'encre mais une expression volontaire imprégnait le visage aux traits fermes, bien dessinés. Le nez aux fortes encoches, la bouche aux lèvres pleines indiquaient une nature qui devait privilégier les plaisirs de l'existence. Il le prouva en réclamant la carte des vins qui pendant un long moment mobilisa son attention.

— On juge un restaurant à sa cave, déclara-t-il à la cantonade.

— Souhaitez-vous que je vous conseille? proposa Solange après avoir énoncé le menu.

Non seulement il fut le seul à ne pas choisir les mets dont elle vanta les mérites mais il l'interrompit dès qu'elle évoqua certains crus.

— Ne vous donnez pas cette peine, nous connaissons la région.

— Dans ce ce cas... répliqua Solange, piquée au vif.

Elle avait à peine tourné les talons que la sirène blonde murmura :

— Philippe, vous l'avez vexée!

— Je n'aime pas que les femmes se transforment en sommeliers.

— La tienne ne risque pas de le devenir! Elle n'aime que le thé, s'exclama l'un de ses deux acolytes.

Philippe Bergeron ne répliqua pas. La dispute qu'il avait eue tout à l'heure avec Nathalie lui revenait à l'esprit. A peine descendu de l'hydravion qui le ramenait d'Istanbul, il avait demandé à l'opératrice de Marignane le numéro de leur appartement parisien.

— Tu m'as manqué, lui avait-il avoué, et j'ai hâte de te retrouver.

— Quand seras-tu à Paris?

— A la fin de la semaine.

— Pas avant!

— Je dois encore assurer un vol pour Naples!

— Et après Naples, il y aura, bien entendu, autre chose!

— Mais non... je t'ai promis que nous partirions pour Biarritz.

— Comment te croire?

— Cette fois-ci, rien ne m'empêchera de vous retrouver, toi et Nicole. Mais donne-moi de ses nouvelles... Comment va-t-elle?

— Elle a fêté ses six ans la semaine dernière.

— Ne crois pas que j'aie oublié! Je lui ai même acheté un cadeau. Il lui plaira beaucoup.

Ce dialogue empreint de reproches à peine déguisés et de culpabilité était entré dans les habitudes de leur couple. Quand, huit ans plus tôt, Nathalie avait épousé Philippe, elle n'avait vu en lui que le prestigieux pilote

47

d'Air Orient puis, très vite, s'était plainte de ses nombreux et lointains voyages.

— Tu n'es jamais là, répétait-elle en voyant sa jeunesse se diluer dans une solitude dont elle avait honte. Toutes mes amies ont un mari qui s'occupe d'elles et de leurs enfants.

— Que souhaites-tu, Nathalie? Que j'abandonne mon métier?

En même temps qu'il prononçait ces mots, il savait qu'il ne lui pardonnerait jamais d'exiger de lui un tel sacrifice. Depuis l'enfance, il avait rêvé de piloter et, au début de la guerre, s'était lamenté d'être trop jeune pour monter à bord des Morane qui bombardaient les lignes ennemies. Toutefois son rêve était tenace et, après avoir accompli son service militaire dans l'aviation, il s'était donné toutes les chances en passant son brevet de pilote civil. En 1926, il entrait à la CIDNA, ex-compagnie franco-roumaine, et accomplissait ses premières missions en Europe. La délivrance rapide du courrier entre les capitales étant devenue une priorité, des hommes comme lui décollaient, de préférence la nuit, afin d'emporter colis et enveloppes. Puis Charles Noguès, vétéran de la guerre aérienne et as de l'aviation civile, avait fondé l'AUOLA avec l'espoir d'ouvrir des lignes vers l'Orient et l'Extrême-Orient. Philippe, qui lui vouait une admiration sans limites, avait connu l'une des plus belles journées de son existence quand son héros l'avait choisi pour travailler sous ses ordres. Il s'était sans attendre présenté au brevet qui permettait de piloter des hydravions, appareil nécessaire pour traverser de larges territoires maritimes et se poser sur les fleuves ou les lagunes asiatiques. Ce fut le début de la grande aventure.

— Que se passe-t-il? Vous semblez contrarié, remarqua sa voisine.

— Ce n'est rien. Juste un peu de fatigue.

En levant son verre, Philippe ajouta :

— Buvons plutôt à votre bonheur.

Michel Corbin, le pilote radio avec lequel il avait l'habitude de voler, allait se fiancer dans moins d'une semaine avec Luce, rencontrée dans un meeting aérien. Petite et menue, la jeune Marseillaise possédait une nature enjouée qui s'apparentait à celle de son futur époux. En effet, au fil de leurs périples, Philippe n'avait pu qu'apprécier les qualités de son équipier. Ils s'étaient connus en 1933, quand les cinq compagnies françaises avaient fusionné pour donner naissance à Air France. Michel Corbin venait de la prestigieuse Aéropostale et, entre les deux hommes, s'étaient d'abord installés le respect et la confiance puis l'amitié. Ayant foi en leur bonne étoile, ils ne s'étaient jamais laissé impressionner par des tempêtes ou des pannes de moteur, et, la chance ne les ayant jusqu'à présent jamais trahis, ils s'abandonnaient à la providence.

Face à Philippe, Bernard Lasalle tentait de séduire une secrétaire de l'agence Air France à Marseille. Blonde, le visage trop maquillé, les ongles laqués de rouge carmin, Thérèse comptabilisait un nombre impressionnant de soupirants, mais on ne lui connaissait aucun amant. Bernard, qui n'avait peur de rien et certainement pas d'une rebuffade, s'était lancé à sa conquête ; néanmoins, pendant le repas, Philippe eut l'impression que les regards et les sourires de la belle lui étaient plutôt destinés.

— Si on allait danser au casino de Bandol ? proposa-t-elle avec un accent qui résumait toute la Provence.

— Bonne idée, renchérit Bernard.

La nuit enveloppait maintenant la terrasse et le chant des crapauds avait remplacé celui des cigales. Fatigués par une journée de soleil et de baignade, des clients regagnaient leurs chambres tandis que d'autres entamaient des parties d'échecs ou de cartes. Avec une inaltérable patience, Solange se préoccupait du bien-être de chacun et Philippe, qui l'observait, admirait ses compétences professionnelles.

— Tout s'est bien passé? leur demanda-t-elle quand ils réclamèrent l'addition.

— A la perfection, la rassura Bernard.

— Si vous n'êtes pas pressés de nous quitter, je vous invite à prendre un verre au bar.

A sa suite, ils traversèrent un salon où des vacancières, assises dans des sièges recouverts de percale fleurie, bavardaient en brodant. Par une porte entrouverte, Philippe aperçut une bibliothèque dont la cheminée devait, pendant l'hiver, offrir de grands feux. L'idée que cette maison plairait à Nathalie lui traversa l'esprit. Pourquoi n'y séjourneraient-ils pas tous les deux afin d'y retrouver l'intimité qui leur échappait?

— L'hôtel est-il ouvert toute l'année? demanda-t-il à Solange.

— Non. La saison débute à Pâques pour se terminer à la Toussaint.

— Dommage!

— Nous en profitons pour accomplir des travaux de réfection.

En même temps qu'elle parlait, Solange disposa sur un plateau des verres et une carafe contenant du cognac. Ses gestes étaient précis, gracieux, et Philippe s'étonna de voir cette femme délicate occuper des fonctions qui, a priori, n'auraient pas dû lui incomber. Etait-elle mariée? Et si tel était le cas, pourquoi ne voyait-on pas son époux? Intrigué, il la regarda avec davantage d'attention et lui donna un peu plus de trente ans.

— Madame Favier, l'appela l'un des serveurs.

— Oui, Raymond. Que se passe-t-il?

— Les enfants de monsieur Girard sont en train de jouer aux billes dans le couloir. Madame Pasquier vient de descendre en robe de chambre. Elle peut pas dormir!

50

— Où sont leurs parents?

— Je sais pas.

— Sans doute sur la terrasse au-dessus de la crique... Allez voir et demandez à Marianne de surveiller les petits en attendant qu'ils reviennent.

Madame Favier! Elle était donc mariée! Philippe en eut la confirmation quand elle lui présenta un verre d'alcool. Se confondant avec la bague qu'elle portait à l'annulaire gauche, une fine alliance symbolisait un attachement.

— Merci, murmura-t-il.

Abandonnant ses amis à leur conversation, il goûtait la quiétude du moment. Après tant de voyages, tant de chambres anonymes en Orient ou en Occident, il appréciait le charme d'une vraie demeure. A la Rose des Vents, rien n'obéissait au hasard ou à un confort tape-à-l'œil. Chaque meuble provençal appartenait aux XVIIIᵉ et XIXᵉ siècles. Commodes et armoires peintes de motifs fleuris, bibliothèques aux portes grillagées, rideaux retenus par de lourdes cordelières, tout incitait à croire que l'on se trouvait chez de bienveillants amis. Derrière le bar, Solange rangeait des bouteilles sur les étagères. De grosses épingles en écaille retenaient sa chevelure sur sa nuque et le soleil avait bruni ses épaules que révélait une robe de shantung aux fines bretelles. Incontestablement, elle était séduisante mais Philippe était surtout sensible à son mystère.

— Vous dirigez cet hôtel depuis longtemps? lui demanda Luce.

— Nous avons eu le coup de foudre pour cet endroit il y a une douzaine d'années, mais il a fallu attendre pour que la propriétaire, une vieille dame sans héritiers, se décide à s'en séparer.

En même temps qu'elle évoquait le passé, Solange s'animait. Elle revoyait le jour où, naviguant avec Jacques entre Toulon et Marseille, ils avaient aperçu de leur voilier la maison à flanc de colline. Jetant l'ancre, ils avaient à la nage gagné la crique puis, trempés et pieds nus, gravi le sentier qui, se faufilant entre les pins, les cyprès et les mimosas, menait à la villa dont les volets étaient fermés. Tout semblait à l'abandon et, pourtant, une voix cassée provenant de l'étage les fit sursauter.

— Que cherchez-vous?

— Nous trouvions l'endroit joli, répondit Jacques, mal à l'aise dans son maillot de bain.

— N'avez-vous pas vu la pancarte : «Propriété privée»?

— Non.

Après s'être excusés, ils avaient regagné la mer mais le poison circulait dans leurs veines. Sans en toucher mot à Solange, Jacques entama une enquête auprès du notaire de Sanary puis, en costume de ville cette fois, rendit visite à mademoiselle Viguier qui entrait dans sa quatre-vingtième année.

— Vendre! Vous n'y pensez pas! Mes grands-parents ont bâti cette demeure il y a plus d'un siècle!

Mais une pneumonie fit pencher la balance en faveur des Favier. Affaiblie, mademoiselle Viguier comprit qu'elle ne pourrait plus éviter la maison de retraite. La transaction fut signée un matin d'avril 1925. Le mistral avait nettoyé le ciel de Sanary et son souffle ployait les arbres. Retenant son chapeau qui menaçait de s'envoler, Solange s'était, à la suite de Jacques, engouffrée au Café de la Marine et plus jamais les anchois qu'ils y dégustèrent en buvant un vin de Cassis n'avaient eu ce goût de bonheur.

— Une maison! Une vraie maison! répétait-elle en cherchant la main de son mari.

— Il faut lui trouver un nom.

— Pourquoi pas la Rose des Vents?

L'irruption de Marianne sortit Solange de sa songerie.

— Les petits monstres sont au lit, lui chuchota sa filleule. On a récupéré leurs parents dans le jardin. Ils étaient en train de se disputer.

— Jolie famille !

Philippe, qui suivait leur aparté, se demandait si elles étaient sœurs quand Thérèse, tenace dans ses idées, remarqua :

— Il serait grand temps d'aller danser.

— Je crains de ne plus en avoir la force, répliqua Michel en étouffant un bâillement.

— Vous n'êtes que des vieillards !

— Parle pour eux, ma belle ! Moi, je suis en pleine forme, se défendit Bernard en même temps qu'il s'extirpait de son fauteuil. Slow ou tango, je suis ton homme.

Mais l'abus d'alcool le fit tituber et il dut se rattraper au bar.

— Allez, les enfants, debout !

Tandis que Luce s'emparait de son sac puis se dirigeait vers le vestiaire pour se repoudrer, Thérèse sortit sur la terrasse où, seul à une table, le pianiste terminait de dîner. Bernard, qui l'avait suivie, trébucha contre une amphore, jura puis s'approcha du piano. Il commençait de frapper violemment les touches quand Solange l'interrompit.

— Monsieur... Les clients se reposent.

— Et alors... ?

A son tour, le pianiste le rejoignit.

— Excusez-moi, mais je suis le seul à pouvoir jouer de cet instrument.

— Tiens donc, le nargua l'aviateur en tentant de le pousser.

— Bernard ! Arrête !

L'ordre avait claqué sur un ton glacial mais Bernard ne souhaitait pas se calmer. Néanmoins, sans se laisser intimider, Philippe l'attrapa avec fermeté par le bras puis l'entraîna vers la sortie. Combien de fois, au cours de leurs escales, avait-il évité à son compagnon des bagarres qui auraient tourné à son désavantage ? Parvenu à la voiture, il le confia à Michel.

— Je reviens, dit-il à Luce et Thérèse qu'il croisa en retournant vers la terrasse.

Le pianiste avait disparu mais Solange, accoudée à la balustrade qui dominait la mer, fumait une cigarette. Un paquebot croisait au large et elle semblait ne pouvoir détacher son regard de ses illuminations. Philippe hésita à interrompre sa contemplation. Elle semblait si lointaine, si inaccessible ! Sous la brise, le feuillage des arbres frissonnait et les senteurs nocturnes se faisaient plus enveloppantes. Une sorte de perfection s'imposait, comme si tout avait trouvé sa place : la Rose des Vents sous la bienveillante clarté des étoiles, le bruit du ressac et la silhouette de cette femme que sa réserve et son mystère rendaient presque intimidante.

— Je ne peux me priver de ces instants, lui confia-t-elle quand le gravier crissant sous les pas de Philippe l'avertit de sa présence.

Sans répondre, il s'accouda à son tour.

— Où va ce bateau ? Qui emmène-t-il ? J'imagine tous ces gens qui bientôt vont s'endormir dans leurs cabines. Peut-être se rendent-ils en Italie... ou bien en Grèce...

— Les enviez-vous ?

— Non, répondit Solange. J'ai beaucoup voyagé avec mon mari et, maintenant, ma vie est ici.

Aucun regret ne filtrait dans sa voix et Philippe, habitué aux perpétuelles récriminations de Nathalie, en éprouva de l'étonnement.

— Les goûts changent...

— Oh, ce n'est pas aussi simple, répliqua Solange.

Pour la première fois, elle se trahissait ! Un événement difficile avait dû se produire dans son passé et il avait envie de le découvrir. Son époux l'avait-il quittée ? Etait-elle veuve ?

— Philippe ! appela soudain une voix féminine.

Partie à sa recherche, Luce lui adressait de grands signes.

— J'arrive !

A l'adresse de Solange, il ajouta :

— Mes amis m'attendent mais, avant de partir, je voulais vous féliciter pour votre carte des vins.

— Tiens, tiens, s'amusa son hôtesse.

En entendant pour la première fois son rire, Philippe comprit qu'elle était faite pour la gaieté et les journées ensoleillées, la gourmandise et la liberté.

— A bientôt, murmura-t-il en serrant la main qu'elle lui tendait.

5

Marianne se coucha sans attendre le retour de Solange avec laquelle elle aimait pourtant bavarder avant de s'endormir. Au creux du lit dont elle avait repoussé le drap, elle se remémorait le début de la soirée et ne trouvait aucune réponse satisfaisante à ses espérances. Ni par la parole ni par le geste Manuel ne lui avait prouvé qu'elle l'intéressait. Désireuse de mesurer son pouvoir de séduction, elle se sentait misérable face à tant d'indifférence. Etait-elle trop jeune, pas assez jolie? Manquait-elle de mystère ou de savoir-faire?

Elle était loin de se douter qu'au même moment sa marraine se sentait, elle aussi, malmenée dans ses certitudes. Etait-ce de côtoyer des couples en vacances qui ravivait sa douleur d'être veuve? Ce soir, Solange aurait pactisé avec le diable pour sentir la présence de Jacques à ses côtés et sa nostalgie donnait naissance à de sombres pensées. N'ayant jamais cru à la thèse de l'accident, elle demeurait persuadée que son époux avait, en ratant volontairement un virage, mis fin à ses jours. Depuis que sa fortune avait périclité, il était en effet devenu taciturne et amer.

— Je ne peux plus rien t'apporter, disait-il à Solange.

— C'est faux!

Comme elle avait été naïve d'imaginer que l'amour

56

qu'elle lui vouait finirait par le sauver de lui-même! Aujourd'hui, alors qu'elle boutonnait sa chemise de nuit, elle se souvenait de son dernier regard quand, après l'avoir embrassée, il était parti pour Briançon afin d'y vendre une cartonnerie qui, les hypothèques remboursées, ne lui laisserait aucun argent.

— Je serai de retour mercredi, avait-il annoncé avant de monter dans sa voiture.

Ce fut l'unique fois où il lui mentit! En dépit de la chaleur, Solange frissonna. Jamais elle ne se pardonnerait son manque de vigilance! Par la fenêtre ouverte, les bruits de la nuit pénétraient dans la chambre mais elle n'y prêtait pas attention. Concentrée sur son tourment, elle revoyait son mariage, qui s'était déroulé, à Paris, dans la plus stricte intimité. Jacques n'étant pas croyant, ils avaient échangé leurs alliances devant le maire du VIIIe arrondissement. Elle portait un tailleur bleu marine, un chapeau de paille blonde et tenait entre ses doigts un bouquet de pois de senteur.

— Te voilà devenue respectable, s'était amusé son époux.

Quatre années de concubinage les avaient tenus au ban de la société, néanmoins aucun argument n'était parvenu à amadouer le père de Solange qui, enfermé dans son ressentiment, refusait de donner le consentement exigé par la loi. Dès qu'elle s'était appelée Favier, Solange avait en toute logique cherché à devenir rapidement mère. Jacques avait quarante-cinq ans, elle, vingt et un... Son souhait ne fut, hélas, jamais exaucé... et, aujourd'hui encore, elle maudissait sa stérilité! Un enfant aurait peut-être raccroché son mari à la vie! Mireille était la seule à connaître cette blessure.

— Il adorait Marianne, lui répétait pour la consoler la cuisinière.

Lorsque la petite fille s'était trouvée orpheline, Jacques et Solange l'avaient, en effet, considérée comme leur enfant. Ayant hérité de peu, la fillette avait par leurs soins bénéficié des meilleures institutions et, quand leurs moyens s'étaient amenuisés, les Favier s'étaient efforcés de ne pas priver leur protégée d'une éducation privilégiée. Excellente élève, celle-ci avait répondu à leurs espoirs; cependant, en ce début d'été, Solange percevait de l'hésitation chez la jeune fille.

— Je n'ai pas envie de continuer des études, lui avoua Marianne, le surlendemain, alors qu'elles conversaient à l'ombre d'un figuier.
— Pourquoi?
— Paris ne me plaît guère.
— Dans ce cas, il existe d'excellentes universités à Aix ou Marseille.
— Peut-être...
La fatigue engendrée par les révisions du bachot n'était certainement pas étrangère à cette attitude.
— Tu verras plus clair à la fin de l'été, tempéra Solange.
En attendant, Marianne la secondait à la réception où il fallait satisfaire les multiples demandes des clients. A l'inverse de Solange, la jeune fille connaissait des rudiments d'anglais et d'italien, ce qui facilitait les relations avec deux familles venues du Kent et de Rome. Elle prenait aussi les commandes sur la terrasse où, chaque soir, André et Raymond, face à l'affluence, ajoutaient des tables. Non seulement elle réussissait à amadouer madame Pasquier, qui ne renvoyait plus de façon systématique ses plats, mais les enfants Girard cessaient de hurler en sa présence. En revanche leur mère lui parlait sur un ton sec, presque méprisant.
— Elle semble détester son mari, confia-t-elle à Suzanne qui, sans relâche, devait changer une taie d'oreiller, une serviette-éponge ou apporter de nouveaux portemanteaux dans la chambre des Parisiens.

58

— Il est pourtant sympathique !

Le malheureux multipliait, en effet, les attentions afin de contenter Rosemarie Girard qui, lorsqu'elle ne pouvait faire autrement, posait sur lui un regard glacial. L'ayant épousé pour se consoler d'un amour déçu, elle lui faisait payer quotidiennement sa déception d'avoir vu son fiancé lui préférer sa meilleure amie. D'autre part, Raoul Girard ne devait son début de fortune qu'à son travail, ce qui ne correspondait pas aux critères d'élégance que prisait sa femme. De la petite droguerie héritée de son père, il avait fait une quincaillerie dont la notoriété ne cessait de grandir.

— Ce sont toujours les garces qui bénéficient du meilleur, se lamenta Suzanne, qui depuis quelques semaines avait mauvaise mine et semblait soucieuse.

La femme de chambre soupirait pour le fils d'un viticulteur que subjuguait, hélas, la danseuse d'un bar à matelots de Toulon. Néanmoins, elle préférait se contenter des miettes que lui laissait sa rivale plutôt que de renoncer à un homme qui, en dépit de tous ses défauts, lui inspirait une inaltérable passion.

— Mais non, rétorqua avec agacement Marianne.

Désespérément, elle voulait croire que Manuel ne rencontrait aucune sirène à Bandol et, non sans inquiétude, attendait qu'il revînt à la Rose des Vents, où elle se jurait de se montrer plus enjôleuse. Toutefois, plusieurs jours s'étaient écoulés depuis sa visite sans qu'il se manifestât sur la plage de Port-Issol ou ailleurs.

— Il est parti en bateau, rétorqua Hélène quand elle chercha à connaître les motifs de cette absence.

— Loin ?

— Vers Porquerolles.

L'invitation d'Ernst tomba à point nommé pour égayer Marianne. Fidèle à sa promesse, l'Allemand réitéra sa proposition de l'emmener au cinéma avec Erika. Auparavant, ils dîneraient chez les Fischer.

Un labrador au pelage noir aboya dès que la jeune fille agita la cloche du portail. Ce fut Hans Fischer qui vint lui ouvrir. Sa poignée de main était ferme, son regard franc.

— Bonsoir, dit-il avant de l'entraîner sous un cèdre où étaient installés des fauteuils en osier.

Après avoir salué madame Fischer, Marianne s'assit.

— Erika et Ernst ne vont pas tarder, expliqua Hans. Ils sont allés chercher de l'huile d'olive au moulin. Nous en manquions.

En attendant leur retour, Marianne accepta une menthe à l'eau puis un petit canapé que le chien vint renifler.

— Assez, intima son maître.

Pendant qu'elle conversait, Marianne observait les lieux où régnait une agréable bohème. Disséminés sur la pelouse, des matelas recouverts de toile invitaient au repos tandis qu'une machine à écrire posée sur une table indiquait que quelqu'un devait, à certaines heures de la journée, s'adonner au travail. Certainement Hans Fischer qui, avant de quitter l'Allemagne, comptait parmi les plus talentueux auteurs de son pays.

Un crissement de gravier attira l'attention de la visiteuse. Un homme d'une soixantaine d'années poussait dans une chaise roulante une compagne un peu plus jeune. Ils s'appelaient Sam et Sarah Silberman, et Marianne comprit qu'ils venaient d'arriver à Sanary.

— Nous étions à Nice mais notre ami Hans a bien voulu nous héberger.

En dépit de sa méfiance envers les anciens ennemis de sa patrie, Marianne se surprenait à aimer l'atmosphère de cet endroit où chacun semblait décidé à donner le meilleur de lui-même.

— L'heure exquise, murmura avec un fort accent Sam Silberman en levant son verre à la santé de l'assistance.

Son épouse l'imita puis adressa à Marianne un sourire qui balaya ses ultimes défenses. On ne voyait pas les jambes de la paralysée, que recouvrait une longue jupe de cotonnade, simplement le bout de ses pieds chaussés de sandales rouges. De multiples bracelets Arts déco s'entrechoquaient autour de ses poignets et un turban achevait de lui donner une allure originale. Mais plus que tout, le regard de Sarah captait l'attention. Sous de fins sourcils redessinés au crayon, ses yeux pailletés d'or brillaient d'intelligence, d'humour et de compréhension.

— Sam m'a descendue jusqu'à la plage de Port-Issol, était-elle en train de raconter, et j'en ai fait une aquarelle.

En même temps qu'elle parlait, elle flattait l'encolure du chien qui s'était approché. Sa voix modulée et la manière dont elle s'exprimait étaient incontestablement celles d'une actrice et Marianne en eut la confirmation quand Hilda lui murmura :

— Madame Silberman a joué sur les plus grandes scènes de Berlin.... avant de contracter la poliomyélite en nageant dans une rivière, ajouta-t-elle dans un murmure.

— Il y a longtemps ?

— Une douzaine d'années, mais son mari a été merveilleux.

Après avoir vérifié qu'on ne les écoutait pas, Hilda Fischer ajouta :

— Dès qu'elle a été immobilisée, il a cherché dans le répertoire des rôles qui pourraient lui convenir.

Leur échange fut interrompu par le ronronnement d'une voiture. Quelques instants plus tard, Erika poussait le portail, suivie d'Ernst qui portait un bidon et un panier empli de bouteilles.

— Excusez-nous de ne pas vous avoir accueillie, dit-il à Marianne.

— Ma mère ne peut plus manger une salade si elle n'est pas arrosée d'huile d'olive, expliqua Erika. Quant à papa, il lui faut son vin de pays... sinon la machine à écrire devient silencieuse... ce qui, en toute honnêteté, nous permet d'écouter tranquillement le chant des oiseaux.

En guise de réponse, Hans haussa les épaules.

Après avoir traversé un salon où s'imposait un sympathique désordre, Marianne suivit ses hôtes jusqu'à la salle à manger. Au centre d'une table ovale que recouvrait une nappe de damas vert pâle, deux soupières de faïence fleurie attendaient les convives qui prirent place dans un joyeux brouhaha. Assise entre Ernst et Hans, Marianne était sensible à la sollicitude dont elle était l'objet. Hans lui servait la soupe de poisson au fumet prometteur tandis que Ernst, après l'avoir goûté, faisait couler dans son verre un vin blanc et glacé.

— Je vous informe que Sam a préparé le dîner, déclara Hilda en dépliant sa serviette.

— Sam est un cordon bleu auquel on ne peut, hélas, rien refuser, tint à souligner Erika qui avait consacré une partie de l'après-midi à éplucher les légumes destinés à la ratatouille.

— Tu pourrais ouvrir un restaurant, plaisanta Hans Fischer.

— Je suis trop vieux, répliqua l'intéressé.

— Mais non, répliquèrent en chœur ses amis.

— A New York, tu ferais fortune, déclara Heinrich.

— Non seulement personne ne m'y attend mais Sarah et moi n'avons pas envie de quitter l'Europe.

N'était-il pas assez difficile de ne plus vivre à Berlin? Pour lutter contre la nostalgie qui l'envahissait, Sam se tourna vers sa femme. Lorsqu'il lui avait demandé de partager sa vie, trente ans plus tôt, aurait-il imaginé qu'il lui ferait subir la blessure de l'exil? Pour sauver sa vie, Sam avait quitté, parmi les tout premiers, l'Allemagne. Metteur en scène de renom, il n'avait plus trouvé de travail quand Hitler s'était hissé au pouvoir. Très vite avaient

62

commencé les arrestations. Des Juifs comme lui furent emprisonnés, d'autres disparurent...

— Ton nom est sur leurs listes, l'avertit un ami qui, contrairement à d'autres, ne l'avait pas renié.

Sarah, qui accomplissait une cure à Berck, au nord de la France, devait rentrer le surlendemain et, sans le savoir, se jeter dans la gueule du loup. Par mesure de sécurité, il ne lui confia pas un mot de ses intentions lorsqu'elle lui téléphona. A l'infirmière qui s'occupait d'elle, il alla même jusqu'à donner les dernières instructions quant à leur retour à Berlin.

— Je serai à la gare devant votre wagon, promit-il.

Il lui restait à attendre que les domestiques fussent couchés. Dans ces temps troublés, tout individu pouvait se transformer en délateur. Dix heures allaient sonner à la grande pendule du vestibule quand, porteur d'une modeste valise, il prit un tramway puis un train. Le lendemain, il rejoignait Sarah à Berck et, à mesure qu'il l'informait de sa décision, prenait conscience du sacrifice qu'il leur infligeait à tous les deux. Main dans la main, ils demeurèrent longtemps silencieux. Le passé affluait à leur mémoire.

— Tu n'avais pas le choix, murmura Sarah.

— Mais, ma chérie, je suis si malheureux de t'entraîner dans cette existence de nomade...

— Est-ce ta faute ?

— Non.... bien sûr...

— Sam, tu m'as toujours donné ce dont je rêvais et plus encore...

— J'aurais tant voulu continuer !

— Rien n'est fini. Nous sommes ensemble sains et saufs... Nous nous aimons.

Pour la première fois depuis qu'ils se connaissaient, ils avaient peur de l'inconnu. Qu'allaient-ils devenir hors de leur pays alors qu'ils n'étaient plus très jeunes ? Financièrement ils pouvaient, pendant un temps limité, faire face car Sam avait, au fil de sa carrière, placé de l'argent à l'étranger. Mais le reste : leur maison, leur famille, leurs amis? Ils commencèrent par s'installer à Paris où régulièrement leur parvenaient de mauvaises nouvelles. La chasse aux Juifs se poursuivait et les intellectuels de tous horizons, hostiles à Hitler, risquaient la déportation. En 1933, leurs publications furent sorties des bibliothèques puis brûlées sur la place publique. Désespérés par la folie qui s'était emparée de leurs compatriotes, écrivains, peintres, journalistes, acteurs et scientifiques découvrirent, les uns après les autres, le goût amer de l'exil mais aussi la fraternité qui liait les esprits libres. Dans un café de Montparnasse, Sam et Sarah retrouvèrent Hans, que sa position pacifique avait rendu suspect. Il occupait avec Hilda et Erika un appartement près des Invalides; toutefois, les frais devenant trop élevés, le Bavarois se laissa convaincre par le célèbre auteur Lion Feuchtwanger de se replier sans attendre vers Sanary.

— Pour le prix d'un modeste deux pièces dans la capitale, tu bénéficieras d'une maison où tu pourras travailler en contemplant la mer.

Au cours d'une journée ensoleillée d'avril 1935, les Fischer découvrirent la villa Cassiopée, dont le charme les ramena peu à peu vers certains plaisirs de l'existence. Erika fut inscrite dans une école à Aix où elle perfectionna son français et Hilda devint plus méridionale que les autochtones. Quant à Hans, il entama un long roman dans lequel, à travers les tribulations d'une dynastie d'industriels, il se préparait à raconter les bouleversements sociaux que traversait l'Allemagne depuis la dernière guerre. Autour d'eux, des compatriotes tentaient de trouver un nouveau sens à leur destinée et, l'entraide s'instaurant, ils hébergeaient momentanément ou en permanence ceux qui n'avaient plus de toit. Ce fut ainsi que Sam et Sarah rejoignirent leurs amis Fischer quand,

64

après un séjour de deux ans à Nice, ils s'étaient trouvés dans le besoin.

— Nous avons une grande chambre au rez-de-chaussée... Elle est à vous, leur avait proposé Hans au téléphone.

Quelques aménagements permirent à Sarah de circuler avec sa chaise roulante et une communauté s'instaura où primaient le respect et l'émulation. De longues conversations occupaient les deux hommes qui, autrefois, avaient travaillé ensemble. Sam avait monté plusieurs pièces écrites par Hans et, chaque fois, le succès avait été au rendez-vous.

Ce soir, l'atmosphère autour de la table rappelait certains dîners berlinois où chacun faisait assaut de bons mots. Les échanges se faisaient en français ou en allemand mais Ernst traduisait pour Marianne ce qu'elle ne pouvait comprendre.

— Nous sommes une curieuse tribu, lui lança Erika, qui était obligée d'élever la voix pour se faire entendre.

— Curieuse et sans aucun doute fatigante, rectifia Ernst.

Conquise par le climat bohème et chaleureux qui l'entourait, Marianne maudissait sa culture trop scolaire. Non sans admiration, elle écoutait Erika que rien ne semblait désarçonner et qui pouvait donner un avis sur les divers sujets abordés.

— J'aimerais avoir le dixième des connaissances de votre fille, avoua-t-elle à Hans.

— Oh, vous savez.... elle a toujours baigné dans cette ambiance... Bébé, elle entendait déjà parler de Goethe ou de Nietzsche.

Se tournant vers Ernst, il ajouta :

— Toi aussi... tu as été élevé dans le plus pur romantisme littéraire.

— Je ne sais pas si je dois m'en vanter, répliqua le jeune homme en riant.

— Vous écrivez ? demanda Marianne.

— J'essaie.

— Ernst faisait partie de nos jeunes espoirs mais les circonstances l'ont obligé à boucler sa valise.

La séance de cinéma était commencée quand ils pénétrèrent dans le casino de Bandol.

— Que fait-on ? demanda Erika.

— Nous n'avons raté que dix minutes du premier film, constata Ernst.

Ils trouvèrent trois sièges au quinzième rang mais Marianne eut de la difficulté à se concentrer sur les images qui défilaient devant ses yeux. Le repas chez les Fischer emplissait encore son esprit et sa vie lui semblait soudain étriquée. Que savait-elle du monde et des autres ? Le sentiment d'ignorance ressenti face à Manuel s'était aiguisé ce soir. Autour d'elle, les spectateurs s'amusaient des péripéties qui se déroulaient sur l'écran et, à plusieurs reprises, Ernst et Erika les imitèrent. Pour la première fois, Marianne se demanda quelle était leur relation. Selon les informations qu'elle était parvenue à recueillir, le jeune homme semblait être avant tout un ami de Hans, même si une génération les séparait.

— Mon père a été le professeur d'Ernst, lui apprit Erika quand ils prirent un verre à la terrasse d'un café et, tout de suite, il a perçu qu'il était un petit génie.

— Erika... ce n'est pas drôle, se défendit l'intéressé.

— Mais je dis la vérité !

A cette heure avancée de la nuit, Bandol vivait encore au rythme de ses vacanciers. Devant le casino, des voitures déposaient ou prenaient des clients mais Ernst regardait les bateaux qui, amarrés le long du port, tanguaient dans un grincement de poulies. Enfant, il n'avait connu que la mer du Nord quand ses parents l'emme-

66

naient en vacances non loin de Hambourg. Sinon, sa vie s'était écoulée à Munich, où son père était médecin. Sans qu'il pût s'en défendre, des souvenirs affluèrent à son esprit : la grande maison cossue où flottait une odeur d'encaustique et de pin. Dans sa chambre, située au second étage, il avait pris l'habitude dès son plus jeune âge de se raconter des histoires puis, la lecture devenant sa plus fidèle compagne, il s'était risqué à imiter ceux et celles qui, par leurs écrits, enflammaient son imagination. Il composa tout d'abord des poèmes qu'il cachait derrière une lourde armoire puis rédigea des contes et comprit que rien n'égalerait jamais l'intensité de ces instants où l'espace et le temps lui appartenaient. Au collège, il s'ennuya jusqu'à ce que Hans Fischer lui enseignât la littérature. Il avait alors seize ans ! Premier en dissertation, il dominait la classe et sa soif de connaissance n'avait pas de limites. En dehors des cours, le professeur et l'élève s'adonnaient à de longues conversations et, grâce à son mentor, Ernst se familiarisa avec la littérature française puis se passionna pour les grands auteurs russes. Lorsqu'il entra à l'université, leur relation prit un autre tour. Hans, dont la notoriété était déjà établie, aida son protégé à publier des nouvelles dans certaines revues berlinoises. Il lui ouvrit sa maison où se réunissaient scientifiques et artistes. Erika l'adopta et il devint un peu le frère qu'elle n'avait pas eu.

Renouant avec le présent, il observa Marianne qui invitait Erika à naviguer jusqu'au phare du Rouveau.

— Un ami pêcheur pourrait nous emmener, disait-elle. On emporterait un pique-nique.

— Je croyais qu'il était interdit d'y accoster.

— Justement, la promenade n'en sera que plus amusante, répliqua Marianne.

Ernst l'observa alors avec davantage d'attention. Au-delà d'une apparence lisse et bien élevée couvait chez la jeune fille une rébellion qui l'intriguait. Sur son passé, elle était demeurée discrète mais une blessure donnait à son

regard une profondeur particulière. L'espace d'un instant, son regard plongea dans le sien mais, soudain intimidée, elle baissa les yeux.

— Aurai-je la permission de me joindre à votre équipée ? demanda-t-il.

— Bien sûr, répondit-elle.

6

Marianne avait donné rendez-vous à Antoine, son ami d'enfance, dans le port de Sanary et la matinée se terminait lorsqu'elle le rejoignit, accompagnée d'Erika, d'Ernst et d'Hélène.

La casquette rejetée à l'arrière du crâne, Antoine roulait une cigarette quand il aperçut ses passagers. Après avoir approché son embarcation du quai, il aida les jeunes filles à monter à bord puis attrapa le panier empli de victuailles que lui tendait l'Allemand.

— Bon sang, c'est du plomb! Il y a de quoi nourrir un régiment! s'exclama-t-il.

— On m'a conseillé d'apporter quelques bouteilles pour amadouer le gardien du phare, répliqua Ernst.

— Pas bête...

Très vite, ils gagnèrent le large. Le mégot vissé aux lèvres, Antoine s'était enfermé dans un silence réprobateur. Marianne aurait tout de même pu l'avertir qu'elle frayait avec des Boches! Fugitivement, il l'observa et la trouva changée. Plus citadine et, en dépit de la camaraderie avec laquelle elle le traitait, plus lointaine... Autour d'eux, voiliers et pointus traçaient leur sillage sur une mer lisse.

— Une belle journée, finit-il par déclarer.

Aux abords de l'îlot au centre duquel s'élevait le phare,

Antoine alla vers une petite jetée puis lança une corde afin d'amarrer son bateau.

— Venez, lança Marianne à ses amis en leur désignant du doigt un lieu abrité des regards.

L'eau transparente aurait poussé les moins téméraires à se baigner! Dans une succession de sauts, ils s'y jetèrent les uns après les autres et, sans attendre, Erika incita Ernst à explorer les fonds marins. Marianne les imita tandis qu'Antoine et Hélène continuaient de nager tranquillement la brasse.

— Tu savais qu'elle voyait ces gens-là? demanda le Sanaryen à sa camarade d'enfance.

— On les a connus sur la plage.

— Tu leur trouves de l'intérêt?

— Ils sont sympathiques.

— Au village, on les aime pas.

— Oh... au village, personne n'aime personne.

— C'est faux!

— Ecoute, Antoine, je n'ai pas envie qu'on se dispute.

— Tu es devenue aussi pimbêche que Marianne.

— Et toi, tu es un sale jaloux, répliqua Hélène en s'éloignant.

Depuis qu'ils se connaissaient, il en avait toujours été ainsi. Antoine ne cessait de critiquer les «étrangères» et, simultanément, ne pouvait se passer de leur compagnie. Marianne était sa préférée. Il l'avait toujours adorée, admirée... mais, hélas, la réciproque n'existait pas! Quant à Hélène... Sa coquetterie le déconcertait! Adolescents, ils s'étaient embrassés plusieurs fois.

— Je te plais? avait-il alors demandé.

— Pas vraiment.

— Alors pourquoi... tu me laisses te caresser?

— Je m'exerce pour les suivants.

La réponse l'avait laissé pantois et il ne la lui aurait sans doute pas pardonnée si elle ne lui avait raconté avec un incomparable brio les faits et gestes des actrices de cinéma. Connaissant son attirance pour les vamps, elle allait même jusqu'à lui offrir des photographies prises dans les magazines.

— Je lui découpe celles qui ont la plus grosse poitrine, disait-elle à Marianne et Sylvie qui s'esclaffaient.

Au bout d'une vingtaine de minutes, tous mirent fin à leur baignade pour se rassembler autour du pique-nique.

— Je reviens, les avertit Marianne après s'être emparée de deux bouteilles.

En prenant le chemin du phare, elle se remémora ses pensées quand, fillette, elle contemplait le faisceau qui balayait la nuit. Elle imaginait l'homme qui, au milieu des flots, avait pour mission de guider les bateaux. Que faisait-il dans sa solitude? Regrettait-il de ne pas parcourir le monde? Lisait-il des récits de fabuleux voyages?

En montant les marches conduisant à celui qui, aujourd'hui, assurait la permanence, elle se sentait heureuse. Il existait des moments où les moindres faits et gestes se paraient de couleurs chatoyantes et cette journée en faisait partie.

— Bonjour, dit-elle à Jeannot, l'un des plus vieux gardiens.

— Je me doutais bien que c'était ta petite bande, répliqua celui-ci d'une voix cassée.

— Nous ne sommes tout de même pas les seuls à débarquer au Rouveau!

— Les autres osent pas s'attarder.

Sans relever la dernière phrase, Marianne déposa avec précaution le vin sur une table de bois blanc.

— Fallait pas, déclara Jeannot.

— On ne va pas rompre les bonnes habitudes.

— Alors, on trinque.

Il essuya deux gobelets de fer, sortit son tire-bouchon puis ils devisèrent en buvant quelques gorgées.

— Il faut que j'y aille, l'avertit au bout de quelques minutes Marianne.

— C'est Antoine qui t'a menée jusqu'ici?

— Oui.

— Tu le salueras pour moi.

— Promis.

— Et surtout... pas un mot sur cette escale. On doit pas savoir que je ferme les yeux sur vos incartades.

Après avoir juré de garder le silence, Marianne s'éclipsa. Durant son absence, Hélène et Erika avaient déplié une nappe de lin blanc sur laquelle elles disposaient des œufs durs, des anchois frais, des tomates bien mûres et du saucisson.

— J'a faim, s'exclama Antoine qui avait déjà bu trois verres de vin blanc.

Ernst avait mis leurs boissons à rafraîchir dans la mer et le déjeuner fut non seulement excellent mais copieusement arrosé. La sieste arriva à point nommé. Allongées sur des draps de bain, Erika et Hélène s'endormirent tandis que Marianne, un peu à l'écart, songeait à un éventuel retour de Manuel. Avec qui naviguait-il? Hélène ne semblait rien savoir sur ses agissements mais, sa réputation de bavarde étant bien établie, on ne pouvait en vouloir à l'absent de ne pas s'être confié à sa cousine. De la place où elle se trouvait, elle apercevait Ernst qui, à l'ombre, lisait. Pris par son occupation, il semblait avoir oublié leur compagnie. Plus tard, il se leva pour se baigner. Grand, élancé, il offrait une silhouette élégante et son crawl était aussi parfait que celui d'Erika. Lorsqu'il se sécha, elle l'observa. Ses cheveux châtains, sa peau brunie par le soleil le faisaient davantage passer pour un Latin que pour un Allemand. Privilégiant la solitude, il s'assit contre un muret et, après avoir allumé une cigarette, contempla les flots

Trois années s'étaient écoulées depuis son départ précipité vers Prague, où il apprit que le régime nazi l'avait, comme d'autres écrivains, déchu de tous ses droits. Plus de nationalité, plus de passeport! Pour avoir été l'un des

premiers à dénoncer le national-socialisme et ses ignomi-
nies, Ernst était devenu un apatride, un renégat. Le poids
de l'exil fut heureusement compensé par la certitude de
ne pas s'être trompé en alertant ses semblables sur les
dangers qu'encourait l'Allemagne. Il continua de lutter
contre Hitler dans des articles de plus en plus virulents
qu'il envoyait à Amsterdam aux éditions Querido. La plupart des intellectuels pourchassés y publiaient leurs écrits
dans leur langue natale. Après avoir obtenu un passeport
tchécoslovaque, il se rendit à Paris, où il retrouva son
professeur Hans Fischer, Klaus Mann, le fils du célèbre
romancier, Erich Maria Remarque, Anna Seghers, Ber-
tolt Brecht et bien d'autres... Une vie de bohème s'organisa alors où se mêlaient l'entraide, l'émulation et la rage
de combattre l'inacceptable. Après l'incendie du Reichs-
tag, qui s'était produit durant la nuit du 28 février 1933,
feu que les nationaux-socialistes avaient immédiatement
imputé aux communistes, la terreur s'était accrue. On ne
comptait plus les tueries commises par la Gestapo. Mais
comment arrêter l'horreur quand un peuple se réjouissait
d'avoir trouvé son «Sauveur»?

En dépit de l'agrément de cette journée méditerranéenne où tout incitait au farniente, Ernst ne parvenait
pas à être heureux. Trop de souvenirs emplissaient sa
mémoire. Comment profiter de tels instants alors qu'il
était coupé de ses racines et de son passé? Il avait tant
laissé de lui-même à Munich... Le visage de Liselotte
s'imposa soudain. Qui aurait prédit que la fillette auprès
de laquelle il avait grandi, l'adolescente qui lui avait inspiré ses premiers poèmes, la jeune fille qu'il s'était juré
d'épouser le renierait quand il réclamerait sa confiance?
Afin d'échapper à la nostalgie, il quitta son lieu de repli
et, en regardant la mer, la trouva plus agitée.

— Il serait raisonnable de rentrer, conseilla-t-il à Erika.
— Pourquoi? On est bien, s'insurgea Hélène.
Marianne, qui avait fini par s'assoupir, se releva.

— Un ciel de mistral, déclara-t-elle. Où est Antoine?

Le garçon demeurait invisible.

— Il est peut-être en train de se baigner, déclara Erika.

— Non. Mais je crois savoir où il se trouve.

Pendant que Marianne s'éloignait, ses compagnons commencèrent de rassembler leurs affaires puis les rangèrent dans le bateau. Ils s'y étaient installés quand la jeune fille revint avec le pêcheur qui marchait en titubant.

— Tu vois bien que la mer a changé, lui disait-elle.

— Quelle mauviette tu fais... c'est rien!

Ernst dénoua la corde qui retenait l'embarcation puis se tint à côté du Sanaryen. Au tiers du parcours, la houle devint plus forte et ce qui devait arriver se produisit : Antoine, qui avait bu avec le gardien, fut malade.

— Je vais mourir, disait-il, la tête au-dessus de l'eau.

Ernst l'avait remplacé à la barre mais les flots se creusaient. Consciente des risques qu'ils couraient, Hélène ne disait mot, néanmoins son cœur battait la chamade.

— Tu sais naviguer? demanda Erika à son ami.

— Pas vraiment, répondit-il en allemand.

Antoine, qui continuait de vomir, se trouvait dans l'incapacité de donner le moindre conseil.

— Et si nous accostions aux Embiez? proposa Hélène.

— Nous en sommes déjà trop loin, répliqua Ernst.

— En effet, il vaut mieux continuer, déclara Marianne.

Assise en face d'Ernst, elle tentait de se souvenir des conseils que Jacques Favier donnait à Solange quand il lui apprenait à naviguer; toutefois ce fut la confiance qu'elle semblait lui accorder qui aida le jeune homme à maîtriser la situation. A mesure qu'ils approchaient de la côte, ils discernaient les arbres malmenés par le mistral. Enfin, la jetée se profila et chacun poussa un soupir de soulagement.

Au moment de débarquer, Marianne éprouva la tentation d'abandonner Antoine à son ivresse.

— Il ne peut rien lui arriver, sinon de retrouver tôt ou tard ses esprits.

Plus charitable, Ernst sortit le garçon du bateau puis l'allongea sur le quai afin qu'il ne subisse plus le roulis. En songeant à ce qu'ils venaient d'affronter, l'Allemand ressentait à la fois du soulagement et une immense fatigue.

— Heureusement que nous n'étions pas seules avec cet abruti, remarqua Hélène. Plus jamais je n'embarquerai sur son rafiot...

En arrivant à la Rose des Vents, Marianne reconnut la voiture du médecin. Hâtant le pas, elle trouva le vestibule et la cuisine déserts.

— Madame Favier n'est pas souffrante? demanda-t-elle avec inquiétude à Raymond, qui fermait des parasols sur la terrasse.

— Non, non, il s'agit de Suzanne. Un malaise.

Une heure plus tard, elle apprenait que Suzanne, enceinte de trois mois, devait s'arrêter de travailler.

— Suzanne... enceinte, se récria-t-elle. Mais de qui?

— De son viticulteur, la renseigna Solange. C'est une véritable catastrophe.

— Il est au courant?

— Depuis peu.

— Et alors?

— Bien entendu, il ne veut entendre parler de rien.

— Mon Dieu... que va-t-elle devenir?

— Une cousine de Mireille habite Salon. Suzanne attendra chez elle l'accouchement. Je lui donnerai l'argent nécessaire.

— Et après?

— Elle reviendra travailler ici, si elle le souhaite.

— Je me doutais bien qu'elle avait un problème.

— Moi aussi...

— Et personne ne savait?

75

— Pas même Mireille. La malheureuse craignait qu'elle ne me dise la vérité et que je la renvoie. Comment a-t-elle imaginé pareilles bêtises !

Suzanne avait commencé à s'inquiéter de son état trois semaines plus tôt. N'osant aller chez le médecin, elle espérait jour après jour que l'apparition de ses règles mettrait fin à son tourment. Son vœu ne fut hélas pas exaucé et, lorsqu'elle commença à ressentir des nausées, elle comprit qu'elle était bel et bien enceinte. Avorter fut sa première réaction. On lui avait parlé d'une faiseuse d'anges qui vivait à Ollioules. Mais, dans un sursaut d'espoir, elle décida de tenter sa chance auprès de son amant. Jamais elle n'oublierait la honte ressentie quand il se mit à hurler qu'il n'était pas le père et qu'elle n'avait qu'à se tourner vers ses autres partenaires pour trouver un imbécile qui se laisserait duper ! N'ayant pas été infidèle à celui qui la fixait avec haine et mépris, elle chercha à se défendre mais il la frappa. Comme une somnambule, elle rentra à la Rose des Vents puis s'enferma dans sa chambre où elle trembla comme une feuille en sanglotant et en claquant des dents. Ce fut dans cet état que la trouva Mireille qui, affolée, courut chercher Solange. Une heure plus tard, le praticien confirmait les craintes de Suzanne.

— Je veux pas le garder, répétait celle-ci à la cuisinière.

— Allons, cesse tes sottises. Tu vas pas mettre ta vie en péril.

— Jamais mes parents me pardonneront.

— On ne vit pas pour ses parents, s'interposa Solange.

S'approchant de Suzanne, elle demanda :

— Vous le voulez, ce petit enfant ?

— Je hais son père et j'ai pas de quoi l'élever. Et, en plus, je serai une fille mère !

— La vie n'est pas finie. Vous pouvez rencontrer un autre homme... Et si vous recouriez à une avorteuse, vous risqueriez de devenir stérile.

76

— Qui me prendra avec le gosse? pleurait Suzanne.

— Et alors, ça sera pas un pestiféré, se récria Mireille.

— En ce qui me concerne, je m'engage à vous loger, vous et le petit, si vous décidez de rester à Sanary.

— Je pourrai pas me montrer avec mon ventre.

Ce fut à ce moment-là que Mireille songea à sa cousine qui s'était trouvée dans la même situation.

— Elle t'accueillera chez elle jusqu'à la naissance. C'est une brave femme. Tu seras pas malheureuse. Et puis, t'auras pas à craindre les ragots, personne te connaîtra là-bas...

— Et qui va me remplacer si je pars pour Salon?

Solange et Mireille se regardèrent. Suzanne parlait à nouveau le langage de la vie.

— A toi, je peux maintenant dire la vérité : j'ai peur de ne pas trouver une remplaçante compétente, déclara Solange à Marianne. En cette période de l'année, les bons employés ont été engagés.

— Je pourrai faire une partie de son travail.

— Il n'en est pas question!

— Pourquoi?

— Tu es en vacances et elles sont bien méritées.

— Alors, engage Sylvie. Elle rêve de travailler à la Rose des Vents.

— Sa mère a sûrement besoin d'elle à la mercerie!

— Elle serait ravie qu'elle gagne de l'argent.

— La crois-tu capable d'accomplir du bon travail?

— Qui ne tente rien n'a rien et, de toutes les façons, tu n'as guère le choix...

7

Suzanne quitta la Rose des Vents le 16 juillet. Officiellement, elle souffrait d'anémie et avait besoin de repos. Solange l'accompagna jusqu'à la gare de Toulon.

— Je suis si triste de vous mettre dans l'embarras! lui dit la femme de chambre avant de monter dans son wagon.

— Ne pensez pas à moi mais à vous et à l'enfant.

— J'y arrive pas!

— Dès que vous vous serez éloignée des mauvais souvenirs, vous y parviendrez.

— Oh non... j'ai trop honte, sanglota Suzanne. Quand ma famille saura... ils voudront plus jamais me voir.

— Je vous l'ai déjà dit! Votre vie vous appartient.

En prononçant ces paroles, Solange pensait à ses propres parents qui l'avaient reniée. Depuis son veuvage, pas un mot de réconfort n'était venu adoucir son chagrin. Comment pouvait-on mettre une fille au monde et ne pas lui tendre la main dans les pires moments? En essayant de raisonner son employée, elle demeura jusqu'au départ du train et, lorsque celui-ci s'éloigna, elle n'eut pas envie de rentrer tout de suite à Sanary.

Depuis le début de la saison, aucune journée ne s'était écoulée sans qu'elle eût à s'occuper des uns et des autres. Aujourd'hui, elle désirait oublier ses responsabilités et flâner à travers la ville. La matinée n'étant guère avancée, il faisait encore frais. Elle commença par s'asseoir à la terrasse d'un café pour boire une orange pressée. Installé à une table voisine, un inconnu l'observait et le manège l'amusa. Après le décès de Jacques, plusieurs occasions de nouer des aventures s'étaient présentées mais aucun homme n'avait réussi à la séduire. Demeurerait-elle célibataire jusqu'à la fin de ses jours? Certains avaient beau lui répéter qu'aucun amour ne ressemblait à un autre, elle ne souhaitait pas connaître une nouvelle passion. Lorsque la voiture de Jacques s'était éloignée de Tours, elle avait maudit son geste fou. Quelle mauvaise surprise lui réservait l'homme qu'elle avait, avec tant d'inconscience, choisi de suivre? Sur la défensive, elle avait pénétré dans l'immeuble parisien dont il poussait la porte cochère. Il habitait, au troisième étage, un vaste appartement. Des sofas et des fauteuils recouverts de soie jaune entouraient une table en bois de rose. Aux murs étaient accrochées des toiles de Vuillard et des encres de Vallotton. Tous les meubles et les objets étaient raffinés, et lorsqu'elle aperçut, dans la chambre à coucher qui lui était destinée, un lit en forme de coquille, elle ne put retenir une exclamation d'admiration. Jacques lui accorda du temps pour venir vers lui et il n'eut pas à regretter cette décision. Jour après jour, elle apprit à le connaître et, simultanément, découvrit la liberté. Occupé par ses affaires, il partait tôt le matin, lui accordant de longues heures pour déambuler dans la capitale. Les musées la passionnèrent, ainsi que les magasins d'antiquités. Le soir, ils se retrouvaient pour se rendre au théâtre et au concert. Ne demandant qu'à apprendre, Solange se montrait une disciple enthousiaste. Les conversations qui accompagnaient cette formation la rapprochaient de son compagnon qui ne devint son amant que lorsqu'il la sentit amoureuse. Renouant avec le présent, Solange appela le garçon afin de payer sa consommation puis se leva pour gagner les rues avoisinantes. Au gré de sa promenade, elle acheta un costume de bain pour Marianne et se laissa tenter par un nouveau parfum. Du port montaient des matelots américains en permission. L'un d'entre eux lui offrit une fleur qu'il venait de cueillir dans un jardin. Elle la fixa à la boutonnière de sa robe puis, d'un pas allègre, regagna sa voiture.

Pendant l'absence de Solange, Marianne avait accompli avec Sylvie le ménage de l'hôtel. Après le nettoyage des salles communes, elles s'étaient préoccupées des chambres. Rien ne les amusait plus que d'entrer dans l'intimité des clients.

— Regarde, s'exclama Sylvie en montrant les bigoudis et la voilette mauve de madame Pasquier.

Au fil de la matinée, elles découvrirent les manies des uns et des autres. Une Anglaise avait disposé sur sa table de chevet les photographies de ses chiens successifs tandis que les Berthier collectionnaient les médicaments. Dans l'antre des garnements Girard cohabitaient automobiles, soldats de plomb, toupies et moules salis par le sable. Chez leur mère, le spectacle était plus civilisé. Sur la coiffeuse, les produits de beauté se mélangeaient aux colifichets.

— Elle est toute seule avec ses enfants, s'étonna Sylvie.

— Son mari est parti avant-hier pour Paris.

La fin de la matinée approchait quand elles eurent terminé leur besogne. Sylvie était fourbue mais n'en montra rien. Pour ne plus perdre sa jeunesse à la mercerie, elle était prête à s'épuiser. A l'office, Raymond et André empilaient les assiettes qu'ils se préparaient à disposer sur les tables de la terrasse.

— Je peux vous aider, proposa Sylvie.

— A chacun son ouvrage, s'interposa Mireille qui, de sa cuisine, écoutait les dires de chacun.

André leva les yeux aux ciel mais ne dit mot. A la Rose des Vents, on apprenait vite à ne pas mécontenter la cuisinière, dont madame Favier ne remettait jamais en cause les avis. Il compta les couteaux et les fourchettes nécessaires pour dresser le couvert des pensionnaires puis se préoccupa des verres. Le jeune homme aimait son métier et la clientèle s'en rendait compte. Diligent, rapide, il ne faisait pas répéter les commandes et gardait le sourire face aux exigences les plus saugrenues. Dernier couché, il s'accordait de fumer une cigarette dans un hamac quand le silence enveloppait l'hôtel. A plusieurs reprises, il lui était arrivé de s'endormir dans ce couchage de fortune où Solange le trouvait à l'aube, les vêtements froissés et la cravate dénouée. En quelques instants, il passait un maillot de bain et, alors que la lune pâlissait dans le ciel, nageait jusqu'à la première bouée.

— Ce soir, il y aura du monde et on aura besoin de bras supplémentaires, chuchota-t-il à Sylvie, qui le remercia d'un sourire.

En l'absence de Suzanne, elle occupait la chambre de celle-ci.

— C'est la première fois que je quitte la maison, avoua-t-elle à Marianne en se laissant tomber sur le lit.

Enfin, elle n'aurait pas à se boucher les oreilles pour ne plus entendre les retours avinés de son père et les plaintes de sa mère qui, en fin de compte, se complaisait dans son rôle de martyre ! Enfin, elle n'aurait plus à débiter du ruban, des fermetures Eclair et des boutons !

— Surtout, ne te fais pas d'illusions, l'avait prévenue madame Favier. Suzanne reprendra sa place dès qu'elle sera en meilleure santé.

Sylvie s'était contentée de hocher la tête. Tant d'événements pouvaient se produire au cours d'un été...

Le dîner se terminait lorsque les Fischer vinrent avec leurs amis Silberman prendre un dernier verre à la Rose des Vents. Marianne était avec Sylvie en train de ramasser les objets oubliés sur les tables du jardin lorsqu'elle aperçut Erika qui, de la terrasse, la cherchait.

— Sam et Sarah souhaitaient connaître l'hôtel, expliqua-t-elle en désignant du regard le couple qui s'engageait sur la terrasse.

Avec l'aide d'André, le fauteuil roulant fut installé près d'une table où brûlaient des bougies puis Sam disposa sur les épaules de sa femme un châle en cachemire.

— Quel endroit merveilleux! répétait celle-ci en découvrant les lieux. Ernst n'a pas exagéré quand il nous en a vanté les qualités.

— Il ne vous a pas accompagnés? demanda Marianne, que cette absence soudain contrariait.

— Si, si... Il est en train de garer la voiture le long de la route, lui répondit Hans.

Solange s'était approchée et l'Allemand lui présenta ses amis. Certains clients suivaient avec curiosité leur conversation et, parmi ceux-ci, Rosemarie Girard qui, après avoir réussi le tour de force d'endormir ses enfants, venait de redescendre. Depuis le départ de son mari, elle était devenue plus aimable, en particulier avec le pianiste qui, chaque soir, jouait des mélodies de Gershwin et d'Irving Berlin. En ce moment même, les notes s'élevaient et Solange se félicitait d'avoir engagé le jeune homme qui ne vivait, en réalité, que pour la grande musique. Son salaire de l'été lui permettrait de reprendre à la rentrée ses études au conservatoire de Marseille. Ernst arriva en même temps que les consommations et s'assit entre Solange et Sarah qui, de ses doigts chargés de lourdes bagues, tapotait l'accoudoir de son siège. Au début de sa maladie, ne plus danser s'était révélé une terrible punition. Comment accepter de voir les autres virevolter à leur guise? La fatalité dont elle était victime lui fut insupportable jusqu'au moment où elle décida de sublimer la situation. Si le destin la malmenait, ne lui avait-il pas auparavant prodigué tout ce qu'elle désirait et plus encore? En feuilletant les albums de photographies, en relisant les coupures de presse ou le courrier de ses admirateurs, elle mesura la chance dont elle avait bénéficié pendant la première partie de son existence. La beauté, la grâce, l'opportunité d'incarner les plus beaux personnages de la littérature, l'amour... Sarah cessa alors de se lamenter et mit à profit sa paralysie pour explorer de nouvelles disciplines. Avec l'aide de Sam, elle découvrit puis récita de magnifiques poèmes, se familiarisa avec l'aquarelle et, surtout, devint attentive aux plus infimes détails du monde dans lequel elle évoluait. Sa sensibilité et son intuition s'aiguisèrent et, ce soir, elle appréciait tout simplement d'être vivante dans un pays où ne régnaient ni la terreur ni le racisme. Eclairée par le halo des bougies, elle discernait le visage de Sam qui conversait avec Marianne. Des souvenirs affluèrent : sa timidité lorsqu'on le lui avait présenté — il était déjà célèbre — puis la sensation, dès qu'ils s'étaient parlé, de l'avoir toujours connu. Tant d'événements, tant de complicité les liaient! En y songeant, sa gorge se serra. Le pianiste jouait maintenant une mélodie de Cole Porter et plusieurs personnes en fredonnèrent le refrain. Lorsqu'il eut terminé, Ernst le rejoignit. Quelques phrases furent échangées et, bientôt, un second tabouret fut apporté.

— En me proposant une prestation à quatre mains, vous prenez le risque que tous les spectateurs s'enfuient, le prévint l'Allemand.

— Allons-y, répliqua François en attaquant les premières mesures d'une chanson à la mode.

Les applaudissements encouragèrent les deux hommes qui se lancèrent ensuite dans des tangos. Plusieurs couples sortirent du salon où ils bavardaient et commencèrent à danser. Hans Fischer s'inclina devant Solange qui, ne pouvant refuser sous peine de se montrer grossière, se laissa enlacer. Depuis la mort de Jacques, elle ne s'était accordé aucun divertissement mais, emportée par la maestria de son cavalier, elle se surprit à rire aux éclats. Tout en évoluant, elle voyait la façade illuminée de la Rose des Vents où des pensionnaires avaient ouvert leurs volets et, derrière les moustiquaires, ne perdaient rien de cette soirée improvisée. Des petites filles en chemise de nuit tapaient dans leurs mains avec ravissement tandis que madame Pasquier, un foulard noué à la diable sur ses bigoudis, hésitait entre se plaindre ou profiter du spectacle.

Dans les bras de Sam Silberman, Marianne se laissait, elle aussi, entraîner dans des figures compliquées. Du regard, elle chercha Sarah en espérant que celle-ci ne serait pas contrariée par leur prestation.

— Ne vous inquiétez pas, lui dit Sam qui avait deviné ses pensées. Sarah a besoin de me savoir joyeux!

Jusqu'à l'épuisement, François et Ernst enchaînèrent valses et slows. Alors que l'Allemand essuyait son front à l'aide d'un mouchoir, Sarah le félicita.

— J'ignorais que tu étais si doué.

— Il fallait bien que toutes ces abominables années de solfège servent à quelque chose!

Ernst n'ajouta pas qu'il avait renoué avec le piano quelques années plus tôt pour accompagner Liselotte lorsque la jeune fille chantait. Pour elle, il se serait transformé en lapin rose, en funambule... Comment aurait-il imaginé qu'elle s'éloignerait de lui lorsqu'il avait pris position contre Hitler? Et pourtant.. elle avait été l'une des premières à lui adresser des reproches.

— Tu te trompes, répétait-elle. L'Allemagne a besoin d'un homme comme notre Führer.

— Un homme qui emploie la violence et pousse à la délation!

— Mes parents ont la certitude que, grâce à son programme, nous pourrons bientôt marcher la tête haute. Il n'y aura plus de chômage, plus de misère.

— Liselotte, je t'en supplie, ouvre les yeux!

Non seulement elle avait campé sur ses positions mais il avait connu la douleur de la voir militer en faveur de son pire ennemi. Influencés par leur père, un important banquier de Munich, Liselotte et son frère étaient entrés dans un groupe de jeunes fondé par le régime nazi. Simultanément, elle espaça leurs rendez-vous qui de quotidiens devinrent hebdomadaires puis bimensuels jusqu'au jour où elle lui signifia son désir de rompre.

— Nous n'avons plus rien à partager, lui dit-elle sur un ton dénué d'émotion.

— Plus rien à partager ! Mais, depuis que nous sommes enfants, nous n'avons rien accompli l'un sans l'autre !

— Eh bien, c'est devenu différent.

— Alors... tu ne veux plus m'épouser ?

— T'épouser ! Pour devenir une moins que rien ! Certainement pas !

Pour Ernst, le monde s'effondrait. Jamais il n'avait capté dans le regard de la jeune fille un tel mépris. Aurait-il imaginé que la douce, la tendre Liselotte, qui lui avait juré un amour éternel, le renierait pour se laisser duper par un individu dénué de tout scrupule ? Refusant d'écouter sa supplique, elle s'était éloignée en emportant les cendres de leur relation. Ernst connut alors une succession de nuits sans sommeil où il échafaudait des plans pour la reconquérir mais avec l'aube s'imposait une réalité qui annulait ses espérances. Une semaine avant de partir pour Prague, il la croisa dans la rue et, en l'apercevant, Liselotte tourna délibérément la tête. Depuis, la souffrance n'avait plus quitté Ernst.

Sam avait reconduit Marianne jusqu'à sa chaise où, essoufflée, elle se laissa tomber.

— Il faut se méfier des vieux messieurs, lui disait son cavalier. Ils sont infatigables.

En même temps qu'il parlait, il s'était dirigé vers Sarah.

— Tu n'as pas froid ? demanda-t-il.

— Non et je m'amuse, répliqua sa femme en cherchant sa main.

A la demande de Solange, François les avait rejoints et Sarah le questionna sur son itinéraire de musicien.

— Vous jouez avec beaucoup de sensibilité, le complimenta-t-elle.

— J'essaie mais ce n'est pas toujours facile. Les gens font du bruit.

— C'est le problème des restaurants et des bars.

Sylvie, qui aidait André à débarrasser les dernières tables, écoutait ces paroles. Sensible au visage d'archange du pianiste, elle ne le quittait pas des yeux. Tout comme Rosemarie Girard qui, soudain, trouvait un attrait à ses vacances. Son mari au loin, elle avait tout loisir d'exercer sa séduction sur les hommes qui lui plaisaient. Enfin, elle ne s'ennuyait plus ! A contrecœur, elle monta dans sa chambre lorsqu'elle vit qu'elle ne pouvait davantage s'attarder.

— Merci, murmura-t-elle à François en passant près de lui.

Il lui adressa un sourire puis reprit sa conversation avec Sarah qui lui racontait ses débuts à Berlin. En même temps qu'il l'écoutait, il imaginait une ville bruissant de spectacles et d'innovations. Il voyait des cabarets, des fauteuils de peluche rouge, de l'agitation et du bonheur. Cela devait ressembler à Paris, où il rêvait de se rendre. Mais, en attendant, il lui fallait terminer ses études au conservatoire et gagner de quoi subsister.

Sam étouffa un bâillement que surprit, néanmoins, son ami Hans.

— Il est temps, je crois, de rentrer.

Dans la cuisine de leur villa, les Allemands firent une dernière halte avant de se diriger vers leurs chambres et, en dépit de leur fatigue, mangèrent du poulet froid et du fromage.

— Madame Favier est charmante, disait Sarah, et son établissement lui ressemble.

Ernst demeurait silencieux. Cette fin de soirée lui rappelait les vacances dans la propriété que possédait le père de Liselotte au Tyrol. Il s'y rendait avec ses parents depuis qu'il était petit garçon car les deux familles étaient étroitement liées. Aux jeux de l'enfance avaient succédé les découvertes de l'adolescence puis les questions qui, invariablement, accompagnaient l'entrée dans l'âge adulte. Avec les innombrables cousins de Liselotte qu'il retrouvait chaque été, Ernst discutait jusqu'au milieu de la nuit dans le grand office où la cuisinière laissait à leur intention des strudels et des gâteaux au chocolat qui fondaient dans la bouche. Tous, évidemment, aspiraient à un grand destin. Liselotte voulait devenir photographe et elle se voyait en train de parcourir le monde afin d'en rapporter de précieux témoignages.

— Ainsi, tu m'abandonneras, lui chuchotait-il à l'oreille.

— Le temps de te manquer, répliquait-elle avec un sourire désarmant.

Après avoir bu un grand verre d'eau, il abandonna Hans et Sam à une conversation léthargique puis, sans allumer la lumière dans sa chambre, se dirigea vers la fenêtre. Un faible croissant de lune éclairait la pinède qui suivait la courbe de la colline avoisinante. Le silence nocturne l'apaisait après l'agitation des dernières heures mais il savait déjà qu'il ne pourrait trouver le sommeil. Allumant la lampe posée sur son bureau, il s'assit puis son regard erra sur les objets qui surgissaient de la pénombre. Deux grandes valises occupaient le sommet de l'armoire. Elles lui servaient à transporter les quelques effets et livres qui l'accompagnaient dans son existence de nomade. De son passé, il ne possédait rien ou presque et c'était mieux ainsi... Une photographie de sa mère, une autre de son père côtoyaient le pot qui contenait ses crayons. Fils unique, il avait bénéficié de toutes leurs attentions et son départ d'Allemagne les avait meurtris.

— Je partage ton avis, lui avait dit son père, mais faut-il tout sacrifier à des convictions politiques ?

— Si je ne le faisais pas, je ne pourrais plus me supporter.

Non seulement le vieil homme avait compris la position de son fils mais il avait plaidé sa cause auprès de sa femme qui, elle, ne voulait rien entendre.

— T'exiler, répétait-elle... Te rends-tu seulement compte que nous ne nous verrons plus jamais !

— Il faut espérer que les événements changeront.

Profondément malmené par le chagrin qu'il leur infligeait, Ernst partit un matin d'hiver 1933. Jamais il n'oublierait le bruit de la neige sous ses pas. Comme un somnambule, il croisa des groupes d'enfants qui le long de la chaussée accomplissaient des glissades. Que n'aurait-il donné pour avoir leur âge et leur inconscience ! La gorge serrée, il traversa les rues qu'il avait tant de fois empruntées pour se rendre à l'école. Seulement, ce n'était pas un cartable qu'il portait, ce jour-là, mais le bagage d'un errant.

Au cœur de cette nuit méditerranéenne, il revoyait dans leurs plus infimes détails les moments où son existence avait basculé et comprenait que de ce déchirement était véritablement née la volonté de devenir un auteur. En effet, rien, depuis, n'avait en intensité égalé l'acte d'écrire. A Paris, il avait rédigé un roman d'initiation qui relatait sa jeunesse bavaroise et, depuis son arrivée à Sanary, s'était lancé dans le récit d'une passion contrariée par des événements politiques et sociaux. Les pages dactylographiées étaient rangées dans une chemise en carton beige sur laquelle il n'avait pu encore inscrire un titre. Il songea à l'ouvrir pour relire les derniers passages puis se ravisa. Il était trop fatigué pour affronter les fantômes du passé !

8

Une semaine après cette soirée agitée, Solange fut obligée de s'aliter. Accompagnée de fièvre, une douleur fouaillait son ventre et elle se sentait nauséeuse. Appelé sur-le-champ, le médecin décela une crise d'appendicite.

— Il va falloir vous opérer.

— Certainement pas, se défendit la jeune femme qui, avec une grimace de douleur, s'était redressée sur son lit.

— Je ne vous laisserai pas risquer votre vie.

— Mais nous sommes en pleine saison. Je ne peux abandonner l'hôtel.

Quelques minutes plus tard, Marianne l'assurait que l'établissement n'aurait pas à souffrir de son absence.

— Nous nous en occuperons avec Mireille et Sylvie.

— Et nos pensionnaires? Ils sont habitués à me voir.

— Ils comprendront.

Une heure plus tard, le pianiste François, qui savait conduire, sortit du garage l'automobile de Solange, installa celle-ci sur la banquette arrière puis attendit que Marianne prît place à côté de lui pour démarrer. Un chirurgien réputé de Marseille avait été prévenu et une chambre réservée dans la clinique où il pratiquait ses interventions.

Les événements s'étaient déroulés avec tant de rapidité

que Solange n'avait pas eu le temps de réfléchir sur son état mais, au moment où le véhicule s'engagea dans la ville, elle commença d'avoir peur. Et si elle ne se réveillait pas ? Non loin de la place Castellane, le véhicule emprunta une petite rue puis se gara devant un édifice de pierre blanche.

Une religieuse les accueillit dans un vestibule où trônait la statue de la Vierge.

— Vous allez vous installer et le docteur Maréchal viendra vous examiner dans une dizaine de minutes.

François se dirigea vers le jardin où des convalescents faisaient leur promenade tandis que Marianne accompagnait la malade au second étage, où flottait une odeur d'éther et de désinfectant.

— Je suis certaine que j'aurais pu terminer l'été sans encombre, répétait celle-ci.

— Cesse de dire des bêtises, répliqua Marianne en ouvrant un sac dont elle sortit une chemise de nuit. Et ne cherche pas à me cacher que tu as mal.

Spontanément, elle s'approcha de sa marraine. Aujourd'hui les rôles étaient inversés. C'était à elle de lui prodiguer du réconfort.

— Sois tranquille, tout ira bien et, pour ton retour, nous organiserons une grande fête à la Rose des Vents.

Le docteur Maréchal les interrompit en faisant une entrée intempestive dans la pièce. Saluant la jeune fille d'une brève inclinaison de tête, il s'avança vers sa patiente. Discrète, Marianne se réfugia dans le couloir où il la découvrit un peu plus tard.

— J'opérerai madame Favier demain matin, lui dit-il sur un ton plus amène. Nous allons, maintenant, procéder à une série d'examens, mais vous pourrez lui rendre visite en fin d'après-midi.

Après avoir embrassé Solange puis téléphoné à Mireille afin de lui donner les dernières nouvelles, Marianne rejoignit François qui l'attendait, assis sur un banc.

90

— Sans doute avez-vous des choses à faire, lui dit-elle.

— Je n'ai rien prévu sinon de vous rendre service.

— Dans ce cas, nous pourrions aller sur la Canebière.

Cette avenue avait toujours fasciné Marianne. Fillette, elle n'était jamais aussi heureuse que lorsque Jacques et Solange l'emmenaient manger une glace dans l'un des nombreux cafés qui ne désemplissaient pas. En dépit de ses soucis, elle en retrouva la cacophonie avec un plaisir qui amusa le pianiste.

— J'adore observer la foule, lui confia-t-elle avant de passer sa commande à un garçon qui, son plateau surchargé de boissons, accomplissait des acrobaties afin de ne pas heurter les consommateurs à la recherche d'une table vacante.

Autour d'eux, les idiomes se chevauchaient. D'élégants Américains habillés de tussor faisaient cirer leurs chaussures tandis que des matelots grecs discutaient avec animation en consultant le plan de la ville. Un peu plus loin, un quatuor d'Anglaises aux cheveux blancs écrivaient des cartes postales puis se les échangeaient pour y ajouter, à tour de rôle, quelques mots. Au milieu du brouhaha, un chanteur essayait de se faire entendre et, en l'observant, François se remémora les nombreux endroits où, face à son piano, il s'était senti indésirable.

Fidèle à ses habitudes, Marianne dégustait une glace au café surmontée d'un bonbon à la violette. Il ne l'avait encore jamais vue en citadine ! Un panama de paille ombrait son visage où brillaient des yeux à la couleur indéfinissable... mordorés, peut-être. Son teint hâlé obéissait à la mode et lui donnait une allure de princesse lointaine que confirmait un gracieux port de tête. Sensible à sa féminité, il suivait le ballet des doigts délicats autour de la petite cuillère, admirait la forme parfaite des ongles que recouvrait un vernis transparent.

— Avez-vous toujours vécu à Marseille ? lui demandait-elle.

— J'y suis arrivé à l'âge de quatre ans. Ma mère, une Piémontaise, était veuve et...

— Elle aussi ! s'exclama Marianne.

— ... elle s'est remariée avec un épicier turc.

— La mienne est demeurée inconsolable.

Marianne évoquait rarement ce sujet mais son interlocuteur lui inspirait confiance et, à mesure qu'ils se dévoilaient des bribes de leur passé, certaines similitudes les étonnèrent.

— Vous avez de la chance d'avoir une vocation, remarqua Marianne. Moi, je ne sais toujours pas ce que je veux faire !

— Une femme n'est pas obligée de travailler.

— Je déteste l'oisiveté !

L'attention de François s'était soudain détournée vers un homme en uniforme qui venait de s'asseoir à la table voisine. Il avait l'impression de le connaître, impression qui se confirma quand celui-ci le salua en déclarant :

— Nous nous sommes rencontrés à Sanary.

François revit alors la scène qui s'était déroulée un mois auparavant sur la terrasse de la Rose des Vents.

— Mais oui... je me souviens ! Vous m'avez évité une bagarre.

Marianne avait à son tour reconnu l'aviateur qui, avec ses amis, s'était, l'espace d'une soirée, mêlé aux clients de l'hôtel.

— Vous êtes en promenade ? était-il en train de lui demander.

— Pas tout à fait, répliqua-t-elle sans lui dévoiler le motif de sa présence en ville.

Un garçonnet, la casquette vissée sur le crâne, passait entre les consommateurs et proposait de sa voix chantante la dernière édition d'un quotidien national. Philippe Bergeron le héla pour en acheter un exemplaire qu'il déposa sur le guéridon de marbre à côté de la bière qu'il venait de commander. Après quelques jours au Caire, il appréciait la transition que lui prodiguait ce port cosmopolite. Elle lui permettait de renouer en douceur avec son pays où il séjournait, hélas, de moins en moins. Alors que ses voisins se levaient, il les assura d'une prochaine visite à la Rose des Vents puis ouvrit le journal dont la première page était occupée par la guerre d'Espagne et le début des jeux Olympiques à Berlin. Lecture et boisson terminées, il se mêla à la foule qui descendait vers le port où il partageait un petit logement avec Michel Corbin. Rien de spacieux mais une vue imprenable sur le pont transbordeur et le fort Saint-Jean. Aux alentours de la Bourse, la cohue s'intensifia. C'était la fermeture des bureaux et, avec la chaleur estivale, personne ne songeait à rentrer chez soi. Tapis sur l'épaule, des Marocains proposaient leur marchandise à des marins qui s'apprêtaient à profiter de leur escale dans les bars et les maisons closes dont regorgeait la cité. Puis ce fut l'éblouissement du port où voisinaient pêcheurs, badauds, marchandes de poissons ou de coquillages et enfants vendant des pistaches. Vêtues de boubous aux couleurs éclatantes, des Africaines semblaient perdues mais, plutôt que de les inquiéter, cette situation les faisait rire aux éclats sous l'œil goguenard d'un portier d'hôtel. Des odeurs de résine, de goudron et de barbe à papa flottaient dans l'air saturé de soleil. Un sac de voyage à la main, Philippe longea le quai où séchaient des filets. Son uniforme attirait l'attention et il regrettait d'avoir oublié de se changer en arrivant à Marignane. Heureusement sa maison n'était plus très loin.

— Bonjour, monsieur Bergeron, lui disait-on.

On n'était pas impunément pilote d'Air France ! Des gamins arrêtèrent de jouer aux billes pour lui demander de quelle contrée il revenait et il lut dans leur regard l'espérance de l'imiter un jour. Poussant la porte étroite de la demeure dont il occupait le second étage, il grimpa les marches d'un escalier de pierre dont les murs s'écaillaient. Un tour de clé et il fut chez lui. Sur la table de la cuisine, l'attendait un mot de Michel l'avertissant qu'il passerait la soirée avec Luce. Depuis que les tourtereaux s'étaient fiancés, Philippe se retrouvait fréquemment seul et cette situation le mettait un peu plus face au tour absurde que prenait son existence.

Après s'être lavé, il revêtit une chemise dont il roula les manches et un pantalon de toile puis, pieds nus, s'approcha de la fenêtre. Dans un va-et-vient continu, les bateaux revenaient de la haute mer ou levaient l'ancre et il ne se lassait pas de les contempler. Pour Philippe, la découverte de Marseille s'était apparenté à un coup de foudre. De souche bourguignonne, il avait grandi dans la campagne et, à son rêve de piloter un avion, s'était ajouté celui de ne pas vivre loin de l'eau. Sa mutation à Marignane avait comblé ses espérances mais compliqué son existence. En effet, Nathalie ne voulait pas quitter Paris, où résidaient sa famille et ses amis.

— Pourquoi irais-je m'installer dans un endroit où nous ne serons jamais ensemble? répliquait-elle chaque fois qu'il abordait le sujet.

— Je séjourne à Marseille entre chaque voyage. Nous nous verrions davantage.

— Demande ton transfert sur une ligne qui partirait de Paris.

— Tu sais bien que l'Orient et l'Extrême-Orient sont ma spécialité... et que les hydravions décollent de l'étang de Berre.

— Je ne vois pas pourquoi je devrais, moi, accomplir tous les sacrifices... Et puis Nicole a besoin de voir régulièrement ses grands-parents, ses oncles et ses tantes.

— Maternels, avait souligné Philippe, dont la famille résidait à Dijon.

Sachant qu'elle ne fléchirait pas, il avait fini par accepter de partager pendant ses escales l'appartement de Michel et, en cette fin d'après-midi, il lui semblait, une nouvelle fois, absurde d'être privé de sa famille. A Biarritz, pourtant, pendant deux semaines, il s'était montré le plus prévenant des époux, le plus attentif des pères, mais Nathalie était restée lointaine. A tel point qu'il lui avait demandé si elle l'aimait encore.

— Bien sûr, avait-elle répliqué d'une voix neutre.

Dans ses yeux, néanmoins, ne filtraient plus l'attente ou l'émoi qu'il y avait discernés les premières années de leur union et il s'en trouvait profondément malheureux. Vers quel abîme se dirigeaient-ils ? Son regard se posa sur la photographie de Nicole et sa gorge se serra. Quelques jours auparavant, il l'aidait à bâtir un château de sable et lui expliquait les pas du fandango. Des taches de rousseur piquetaient son petit nez retroussé et la perte d'une incisive rendait son sourire imparfait.

— Mes amies, elles arrêtent pas de dire que tu es très beau et qu'elles aussi elles voudraient un papa aviateur, lui avait-elle avoué avec fierté.

Avant de la quitter, il lui avait offert une poupée en costume basque.

— Et le monsieur, où est-il ?

Rapidement, il était retourné au magasin afin de combler sa lacune.

— Ah... c'est mieux comme ça ! s'était-elle écriée en plaçant le couple sur une étagère de sa chambre.

Un hurlement de sirène attira Philippe vers la fenêtre. Le va-et-vient des marchandises s'était interrompu sur le pont transbordeur pendant que passait un navire. On se serait cru au cinéma ! Sur le quai en contrebas, les badauds regardaient eux aussi le spectacle. Afin d'y apporter leur tribut, les cloches de la Majore se mirent à sonner, affolant les oiseaux. Les cris des marchands ambulants étaient devenus plus aigus, et, à mesure que déclinait le jour, se multipliaient les éclairages. Philippe alluma le poste de radio puis, en écoutant des chansons sirupeuses, soupesa sa solitude. Au cœur de cette cité où se mêlaient l'espérance des immigrés qui voyaient en la France un eldorado, le désarroi de ceux qui partaient au loin tenter une nouvelle chance, les retrouvailles ou les larmes, il ne parvenait pas à se situer. N'était-il qu'un éternel errant?

Michel rentra un peu avant minuit et, la cravate en bataille, se laissa tomber sur une chaise au cannage troué.

— Alors, comment s'est passé cet aller et retour au Caire?

— La routine.

Le pilote radio se servit un verre de bière puis alluma une cigarette. Ce serait son tour de décoller le lendemain.

— Luce va bien? demanda Philippe pour dire quelque chose.

— Elle profite de ses vacances!

Institutrice, la jeune fille bénéficiait de longs congés qu'elle passait à se dorer sur la plage.

— A propos, poursuivit Michel en se frottant les yeux, toi qui aimes la région... son cousin s'apprête à vendre une masure du côté de La Cadière.

— Ah oui...

— Le site est splendide.

— Et alors?

— Tu devrais la visiter.

— La visiter! Nathalie ne voudra jamais en entendre parler, surtout s'il s'agit d'un modeste bâtiment.

— Rien ne t'empêche de faire un placement.

— Rien, sinon le bon sens.

Propriétaire d'un appartement à Paris, Philippe trouvait que cela suffisait. Il l'avait acheté pour satisfaire Nathalie. Cinq pièces dans le quartier de Passy où s'était déroulée son enfance de petite citadine. Il s'y rendait lorsqu'il bénéficiait d'un congé de plusieurs jours et se sentait presque un étranger dans ce lieu qui correspondait si peu à ses goûts.

— Tu as tort, lui disait Michel.

— Et toi... pourquoi ne te laisserais-tu pas tenter?

— J'économise pour m'acheter un voilier.

— Luce aime naviguer?

— Elle adore.

— Tu as bien de la chance!

Michel choisit le silence pendant quelques instants. Ses rares visites chez les Bergeron l'avaient renseigné quant à l'état de leur couple. Mais avaient-ils jamais été assortis? Autant il comprenait l'attirance qu'avait eue son ami pour la beauté de Nathalie, autant il mesurait le fossé qui les séparait. Attachée à ses origines bourgeoises, la jeune femme privilégiait l'image extérieure et les biens matériels. Epouser un aviateur, un héros en quelque sorte, ne pouvant que servir sa réputation, elle n'avait pas réfléchi à l'envers de la médaille. Détestant la futilité et les mondanités, Philippe ne vivait que pour l'aventure, les défis et les responsabilités que réclamaient ses missions. A plusieurs reprises, Michel l'avait senti malheureux. Il le soupçonnait même de se juger coupable d'une situation dont il n'avait pas imaginé les écueils.

— Si nous nous promenons, un jour prochain, du côté de Bandol ou Sanary, on fera un détour par La Cadière, insista-t-il.

9

A la Rose des Vents, les pensionnaires prenaient quotidiennement des nouvelles de Solange.

— Elle ne devrait plus tarder à rentrer, répondit Marianne à madame Pasquier.

— Il faudra qu'elle se ménage...

— La connaissant, cela m'étonnerait !

La convalescente piaffait, en effet, d'impatience.

— Interviens pour qu'ils me laissent sortir, avait-elle demandé à sa filleule.

— Il n'en est pas question !

— Mais l'hôtel ?

— Je te l'ai déjà dit mille fois... Tout va bien.

Marianne ne mentait pas pour la rassurer. Dès qu'elle s'était trouvée seule à la tête de l'établissement, elle avait pris en main la comptabilité et les problèmes administratifs. Le plus difficile restait néanmoins de donner des ordres au personnel, notamment à Sylvie qui jouait de leur amitié pour agir à sa guise.

— Elle est trop familière avec les clients, disait Mireille.

Sylvie avait, en effet, tendance à raconter sa vie aux uns et aux autres quand elle aidait Raymond et André à servir le dîner. Il lui arrivait aussi d'être trop apprêtée sous le tablier blanc qu'elle nouait avec agacement. Si seulement elle avait pu bénéficier des mêmes prérogatives que

Marianne, qui jouait à l'hôtesse ! L'après-midi, quand elles allaient toutes deux retrouver Hélène à la plage, elle tentait de cacher sa jalousie mais son tourment se réveillait à chacune des apparitions de François. Amoureuse du pianiste, Sylvie ne supportait pas la connivence qu'il partageait avec son amie, d'autant qu'à cette contrariété s'ajoutaient les avances de Rosemarie Girard qui, grâce à une défection, avait pu prolonger son séjour.

— Je l'ai entendue parler à son mari au téléphone. Elle lui disait que les enfants adoraient l'endroit et qu'ils trépignaient pour rester.

— Cela ne nous regarde pas, répliqua Marianne qui vérifiait le paiement des dernières commandes.

— Tu devrais mettre en garde François, insista Sylvie.

— Il est assez grand pour savoir ce qu'il fait.

Marianne surestimait la lucidité du jeune homme qui, chaque soir, se trouvait confronté à un numéro de charme parfaitement orchestré. Première arrivée sur la terrasse, Rosemarie s'asseyait à côté du piano et réclamait ses airs favoris.

— Vous perdez votre temps dans un endroit comme celui-ci, lui disait-elle. Il vous faut des scènes dignes de votre talent.

— J'y songerai quand j'aurai terminé le conservatoire.

Un matin, elle lui proposa de l'accompagner dans le bateau qu'elle avait loué pour la journée.

— J'ai promis aux enfants de pique-niquer dans une calanque.

Quand il s'agissait de naviguer, François ne savait pas dire non ! Ils partirent dans l'embarcation d'Antoine, avec lequel Marianne s'était réconciliée.

— Si je découvre que tu as touché un verre de vin, je ne te recommanderai plus jamais aux clients de l'hôtel !

— Juré...

Antoine apprit aux deux garçonnets à pêcher, ce qui les fit tenir tranquilles puis, après avoir dépassé La Ciotat, ils jetèrent l'ancre devant la calanque de Figuerolles, où les avait déjà précédés un voilier. Ceinturés par des bouées de liège, les enfants se jetèrent à l'eau, où ils s'entraînèrent à nager en suivant les conseils de François. Pendant ce temps, Rosemarie, qui n'avait pas quitté le bateau, détaillait le pianiste comme s'il s'était agi d'une gourmandise qu'elle se préparait à croquer. Tromper son mari était depuis longtemps entré dans ses habitudes mais, cette fois-ci, elle s'était choisi un soupirant plus jeune qu'elle. Cela la changerait de tous les précédents qui avaient le double de son âge! Sa silhouette d'adolescent lui plaisait ainsi que son visage d'archange. Après avoir emprisonné ses boucles blondes dans un bonnet de bain, elle sauta à son tour dans la mer et, à la surprise de ses fils, avec lesquels elle ne jouait jamais, participa à leurs bagarres aquatiques jusqu'à ce qu'elle se plaignît d'un point de côté. Ce fut bien entendu François qui l'aida à gagner le rivage pendant qu'Antoine surveillait les petits.

— Vous vous sentez mieux? demanda le pianiste en la voyant reprendre son souffle avec difficulté.

— Oui, oui, ne vous inquiétez pas, répliqua-t-elle en posant sa main sur la sienne.

Peu habitué aux gestes amoureux, encore moins à ceux des femmes mariées, François se trouvait dans l'embarras.

— Personne ne nous voit, le rassura-t-elle en percevant sa gêne.

— Ce n'est pas cela!

— Ne me dis pas que je te fais peur.

— Je connais monsieur Girard.

— Et alors?

Cherchant son regard, elle lui chuchota :

— Est-ce que je te plais?

— Oui, bien sûr....

— Maman, François, s'écria du bateau Patrice, l'aîné des garçons. On a faim !

— Oh, ceux-là... ils ont toujours besoin de quelque chose, maugréa Rosemarie avant de lancer : On arrive.

Le reste de la journée fut occupé par des jeux plus sages et François se sentit soulagé. N'osant rencontrer le regard de Rosemarie, il se consacrait aux enfants dont, pour une fois, il appréciait les incessantes demandes. Au retour, il se tint près d'Antoine, qui lui raconta la monotonie de son existence de pêcheur.

— J'ai pas envie de faire comme mon père, avouait celui-ci. Heureusement, il y aura bientôt le service. Et toi, tu l'as déjà faite, l'armée ?

— Oui.

— Je languis d'y aller. Ça me sortira de ce trou !

Depuis le début de l'été, Antoine en voulait à la terre entière. Tout avait changé cette année, en particulier sa relation avec Marianne, qui non seulement consacrait la majeure partie de son temps à l'hôtel, mais lui parlait à peine, sinon pour lui proposer de promener ses clients. Et jamais sans des sous-entendus quant à son attirance pour l'alcool !

— Tu vas pas me parler du Rouveau chaque fois qu'on se voit, s'était-il défendu le matin même. Est-ce que je te demande jusqu'à quand tu vas faire les yeux doux à des Boches ?

A la recherche d'un affrontement, il aurait voulu qu'elle répliquât mais elle n'en fit rien. Claquant avec fureur la porte de la Rose des Vents, il était redescendu jusqu'à la crique où il avait attendu ses passagers. Lorsqu'il les ramena en fin d'après-midi, des pensionnaires se baignaient au bas de l'établissement. A mi-falaise, entre les roches et les pins parasols, une silhouette familière attira son attention. Sylvie observait leur arrivée. D'un geste du bras, il la salua mais, au lieu de lui répondre, la jeune fille se dissimula derrière un taillis. Décidément, ses camarades devenaient de plus en plus bizarres !

— Quand est-ce qu'on recommence ? demandait Patrice.

— On verra, répliquait sa mère.

Avec soulagement, Antoine les vit regagner la rive. Ces gamins étaient insupportables ! Il pensa aux torgnoles que lui avait, à leur âge, administrées son père, et ses fesses lui en cuisaient encore !

Penchée sur sa comptabilité, Marianne ne prêta pas attention à l'homme qui pénétra dans le vestibule puis resta devant le bureau jusqu'à ce qu'elle levât les yeux.

— Manuel ! s'exclama-t-elle en ôtant d'un geste brusque ses lunettes.

— Te voici devenue bien sérieuse.

— Il le faut !

— Hélène m'a mis au courant. Ta marraine va mieux ?

— Une lionne en cage ! Et toi... ta croisière ?

— Au bout de quelques jours, je me suis senti, moi aussi, en captivité... Et puis je déteste la promiscuité.

— Ah oui ?

— Mais là n'est pas le sujet. Un ami donne une fête, ce soir, à Bandol et j'ai pensé à toi.

— A moi ?

— A toi et à Hélène. On a besoin de filles !

— C'est très gentil mais je ne peux pas quitter la Rose des Vents.

— Pour une fois !

— J'ai promis à Solange de veiller à tout. Imagine qu'il se passe quelque chose pendant mon absence.

— Trouve une solution.

Sur un ton plus pressant, il ajouta :

— Je retourne à Bordeaux après-demain.

— Déjà !

— On m'a engagé pour faire un remplacement dans une feuille de chou régionale.

102

Pour Marianne, les vacances perdaient soudain toutes leurs couleurs.

— Mais tu es à peine resté à Sanary, balbutia-t-elle.

— Je sais... et nous nous sommes peu vus. Allez, je passerai te prendre vers onze heures.

— Non... non.

Sans écouter ses protestations, il l'abandonna à son dilemme. «Impossible d'y aller», se dit-elle pendant les premières minutes. Puis l'idée fit son chemin. Onze heures! Les clients auraient tous fini de dîner! Mireille, fatiguée, serait probablement en train de dormir, ce qui l'empêcherait de remarquer son absence. Réflexion faite, le risque n'était pas énorme! Après avoir refermé son registre, elle alla trouver Sylvie qui terminait de nettoyer les chambres et la mit au courant de la situation.

— Ne t'inquiète pas, répliqua celle-ci. Je te remplacerai.

— Tu es sûre?

— Qui voudrait te priver de danser avec le beau Manuel!

— Ce que tu peux être bête!

— Bête mais perspicace!

Peu de clients étaient encore éveillés lorsque Marianne, qui avait à peine eu le temps de se changer, monta dans la voiture où l'attendaient Manuel et Hélène.

— J'étais sûr que tu viendrais, lui dit-il.

A l'entrée de Bandol, le véhicule se dirigea vers une colline qui dominait la station balnéaire et, bientôt, Manuel poussa le portail d'une villa. Dans le jardin, des couples étroitement enlacés dansaient en suivant les intonations de la voix masculine qui, distillée par le gramophone, susurrait des mots d'amour. Manuel présenta au maître de maison sa cousine et Marianne puis, les abandonnant à leur sort, entra dans la maison.

— Un verre de punch? proposa leur hôte.

Marianne acquiesça mais, déjà, se demandait ce qu'elle était venue faire dans cet endroit où elle ne connaissait personne. Maudissant les années de pensionnat qui l'avaient tenue à l'écart des surprises-parties, elle observait les participants dont tous avaient plus de vingt ans. Habillées à la dernière mode, des filles que rien ne semblait intimider riaient en fumant des cigarettes américaines ou virevoltaient entre les bras de leurs cavaliers qui, parfois, les emmenaient à l'abri des regards.

— Vous dansez? proposa un inconnu.

Elle se laissa entraîner dans un mambo et, peu à peu, sa timidité s'évanouit. Puis d'autres partenaires se présentèrent.

— En vacances à Bandol? lui demanda l'un d'entre eux.

— A Sanary.

L'attention de Marianne dévia soudain vers la jeune fille blonde que Manuel avait choisie pour cavalière. Le cœur battant, elle détaillait celle dont le discours semblait l'amuser. D'une main légère, il caressait ses cheveux qui ondulaient autour d'un visage de poupée. Incapable d'en supporter d'avantage, Marianne quitta la piste pour s'asseoir à l'écart, sous une tonnelle. A ses pieds, elle voyait la ville illuminée, l'enseigne du casino, le serpent lumineux que formaient les automobiles le long du port et cette atmosphère de joie, de plaisir, aiguisait son désarroi. Déçue, fatiguée, elle ne pensait plus qu'à rentrer mais il lui faudrait, hélas, attendre le bon vouloir de Manuel. Revenant sur ses pas, elle chercha Hélène qui semblait avoir oublié son amoureux du Caire dans les bras d'un géant blond.

— Ah, je vous cherchais partout, lui dit son premier cavalier en l'entraînant dans une valse.

Elle dansa jusqu'à en tituber et la nuit était avancée quand elle se laissa tomber sur un banc. Sans doute s'y serait-elle endormie si des éclats de voix ne l'avaient sortie de sa torpeur.

A une vingtaine de mètres, un groupe s'était massé autour de deux hommes que l'on essayait de séparer. En s'approchant, elle reconnut Manuel qui, ayant attrapé par sa cravate un garçon, le secouait sans ménagement.

— Ravale ce que tu viens de dire! hurlait-il.

— Manuel... laisse-le... ce n'est ni le moment ni le lieu pour faire de la politique, tempérait le maître de maison.

— Que se passe-t-il? s'inquiéta Marianne, qui s'était approchée.

— Ils ne sont pas d'accord sur la décision qu'a prise le gouvernement français de ne pas intervenir dans la guerre d'Espagne, lui expliqua une jeune fille.

— Avec des gens comme toi, l'Europe sombrera dans le fascisme, continuait de crier Manuel.

On parvint tout de même à lui faire lâcher prise et il s'éloigna tandis que son adversaire reprenait son souffle en répétant :

— Ce type est un fou dangereux.

En revenant vers la villa, Marianne, dont la soirée était définitivement gâchée, trouva Manuel qui, les cheveux en désordre et la veste jetée sur l'épaule, prenait congé de leur hôte.

— Ah, justement je te cherchais, lui dit-il sans cacher sa mauvaise humeur. Avertis Hélène que nous rentrons.

Sur le chemin du retour, il ne desserra pas les dents et conduisit avec une nervosité qui en disait long sur son état d'esprit.

— Tu sembles bien contrarié, remarqua sa cousine, à laquelle la bagarre avait échappé.

— Occupe-toi de tes affaires.

La jeune fille se retourna pour chercher une explication auprès de Marianne qui ne broncha pas. Et le trajet se poursuivit dans le silence jusqu'à la Rose des Vents, dont le perron était faiblement éclairé par une applique en fer forgé autour de laquelle tournoyaient quantité de moustiques et de papillons de nuit.

Sans un sourire, Manuel ouvrit la portière arrière puis salua brièvement sa passagère. Alors que s'éloignait le véhicule, Marianne se demanda si elle reverrait son conducteur avant qu'il ne partît pour Bordeaux. Un miaulement l'accueillit quand elle entra dans la petite maison et elle sentit contre ses jambes la fourrure de Dragonet qui la suivit jusqu'au canapé où elle s'allongea. L'aube n'allait pas tarder à poindre mais en dépit de sa lassitude Marianne savait qu'elle ne parviendrait pas à s'endormir. A mesure que filtrait le jour, elle discernait les meubles et les objets que Solange avait rassemblés. Le sofa était recouvert d'une indienne aux tons chauds. Autour d'une table basse, des fauteuils provençaux alternaient avec de petits guéridons que coiffaient les abat-jour de jolies lampes en opaline. Dans la cheminée, hiver comme été, des bûches attendaient d'être allumées et, lorsque crépitait une flambée, Dragonet ronronnait de bonheur devant l'âtre. Pour l'instant, il demeurait blotti à côté de Marianne.

— Petite fripouille, lui dit-elle alors qu'il réclamait de nouvelles caresses.

Foulant le gravier du jardin, le pas de Mireille la fit sursauter. Il ne fallait surtout pas que la cuisinière, qui chaque matin venait la réveiller, la trouvât en robe de soirée. D'un bond, elle quitta son siège, s'engagea dans l'escalier et se glissa tout habillée dans son lit dont elle tira le drap jusqu'à son menton.

— Marianne, entendit-elle à travers la porte. C'est l'heure !

Puis Mireille entra dans la chambre.

— Allez... Courage !

— Mummm... J'ai fait des cauchemars.

— Et moi, j'ai pas fermé l'œil.

106

— Ah bon! Pourquoi?

— Sylvie a pas arrêté d'aller et venir.

— Elle était sans doute malade.

— Et puis une voiture a manœuvré devant le portail!

— Je n'ai rien entendu, répondit hypocritement Marianne, qui marqua une pause avant d'ajouter en se frottant les yeux : Quelqu'un a dû se tromper et faire demi-tour.

10

— Tu es souffrante ? demanda Marianne à Sylvie qui, dans l'office, buvait un café.

— Non, non.

— Alors, pourquoi tu nous as fait autant de raffut pendant la nuit ? s'exclama Mireille.

— Je n'ai pas digéré le dîner.

— Et en plus, elle se plaint de ma cuisine !

Marianne, qui ne voulait pas être mêlée à la dispute, gagna le bureau où l'attendaient les additions de la veille. Solange avait raison de dire qu'elle gagnait beaucoup d'argent avec les extras que s'octroyaient ses pensionnaires, le soir, au bar ! Puis elle prépara les factures qui leur étaient présentées chaque fin de semaine. A l'heure du déjeuner, elle était à jour.

— Tu as terminé le ménage des chambres ? demanda-t-elle à Sylvie quand elle la vit passer avec son chariot empli de linge.

— Il reste celle de la Girard.

— Elle n'est pas encore descendue ?

— Non. Elle vient de confier ses gamins aux Berthier.

Après un silence que Marianne ne chercha pas à interrompre, Sylvie lança d'une voix mauvaise :

— On comprend qu'elle se repose...

— Si elle élevait mieux ses enfants, elle serait certainement moins fatiguée !

— Ses enfants ? Moi, je parlais de sa vie amoureuse.

— Elle n'en a pas pour le moment ! Son mari est à Paris !

— Ma pauvre fille, tu es complètement aveugle ! Que croyais-tu qu'elle faisait pendant que tu roucoulais avec Manuel ?

— Je ne roucoulais pas, rectifia Marianne avec humeur.

— Elle initiait notre cher pianiste.

— Mais non !

— J'ai vu tout son manège ! Elle est d'abord montée avec les enfants. François, lui, est allé fumer une cigarette au bord de l'eau et elle l'a rejoint.

— Tu en es certaine ?

— Je l'ai suivie.

— Sylvie !

— Et j'ai tout vu.

A mesure que Sylvie lui contait les ébats qu'elle avait surpris, Marianne se sentait mal à l'aise. Etait-il possible que François, avec lequel elle commençait à nouer des liens amicaux, pût s'intéresser à une femme mariée ! Depuis un certain temps, la jeune fille voyait s'effriter toutes ses illusions et elle en concevait une certaine amertume. Qui croire ? Manuel, François, Antoine ? Tous, pour des raisons différentes, s'étaient montrés décevants ! Et Sylvie, dont elle percevait la haine, ne lui inspirait pas davantage confiance.

— Je t'avais pourtant prévenue, lui disait celle-ci, et tu ne m'as pas crue. Maintenant, il est trop tard. Elle fera de lui ce qu'elle voudra.

— Mais pourquoi pleures-tu ? s'étonna Marianne en s'approchant de son amie.

— Pour rien, s'écria la jeune fille. Pour rien !

Après une sieste réparatrice, Marianne n'éprouva pas l'envie de se rendre à la plage de Port-Issol. Pourquoi ne jouerait-elle pas au tennis avec Erika? Enfourchant sa bicyclette, elle se rendit chez les Allemands puis agita la cloche de leur portail sans déclencher de réaction. Montant sur un parapet de pierre, elle observa le jardin. Chaises longues et sièges étaient rangés. Elle se préparait à rebrousser chemin quand elle entendit des pas.

— Tiens, Marianne, s'étonna Ernst.

— Je cherchais Erika.

— Ils sont tous partis pour Hyères. Mais entrez...

— Non, non, je ne veux pas vous déranger, répondit la jeune fille en découvrant de la tristesse sur le visage de son interlocuteur.

— Au contraire, votre compagnie me fera du bien.

Ils gagnèrent un coin ombragé et s'assirent sur la pelouse.

— J'ai reçu une très mauvaise nouvelle tout à l'heure, dit-il d'une voix étouffée. L'un de mes proches amis a mis fin à ses jours, avant-hier.

— Mon Dieu, murmura Marianne.

— Il habitait Paris depuis deux ans mais ne supportait plus de ne pas retourner en Allemagne. L'exil lui a ôté la force d'écrire... et l'écriture était sa vie.

En prononçant ces paroles, Ernst n'avait pas regardé sa visiteuse qui, volontairement, demeurait silencieuse.

— Nous savions tous qu'il n'allait pas bien mais je n'aurais jamais imaginé... sinon j'aurais sauté dans un train.

Ernst avait connu Golo à Amsterdam, puis ils s'étaient revus dans la capitale française pour, ensemble, affronter le déracinement. Dans les cafés de Montparnasse et de Saint-Germain-des-Prés, ils avaient tenté avec d'autres de recréer une petite Allemagne mais, plus fragile que ses compagnons, Golo avait cherché dans les drogues et l'alcool un soulagement à son désarroi.

— Plusieurs fois, j'ai essayé de le faire participer à

110

des projets littéraires. Il acquiesçait mais n'allait pas plus loin.

En même temps qu'il parlait, Ernst alluma une cigarette et Marianne vit que sa main tremblait.

— Vous n'avez pas à vous sentir coupable.

— C'est ce que j'essaye de me dire! Et en même temps, je m'en veux d'être ici, dans ce lieu paradisiaque. Je m'en veux d'avoir entamé un roman et de bénéficier de l'affection des Fischer. Qu'étais-je en train de faire, avant-hier, alors qu'il sombrait?

Ernst s'était levé et, à brûle-pourpoint, proposa à Marianne une promenade dans la campagne.

— Excusez-moi. Je ne parviens pas à tenir en place. Mais je pourrais comprendre que vous ayez autre chose à faire.

— Je vous accompagne, murmura-t-elle en le suivant jusqu'à la voiture.

Très vite, ils furent au milieu des vignobles dont les ceps étaient chargés de promesses. Puis le véhicule s'engagea dans une petite route bordée d'oliviers aux troncs noueux. Un bruit de clochettes indiqua, avant qu'ils ne le découvrent, un troupeau de chèvres qui broutait à flanc de colline. Une paix infinie s'étendait sur ce paysage que les siècles avaient caressé sans le dénaturer et la vitre ouverte laissait filtrer des odeurs d'eucalyptus et de lavande dont se grisaient Ernst et Marianne. Ni l'un ni l'autre ne parlaient. Qu'auraient-ils ajouté à la confidence qui venait de les rapprocher? Depuis sa venue en Provence, Ernst avait un besoin vital de ces collines parsemées de cyprès qui, en fin d'après-midi, se teintaient d'or et de poésie. A la porte d'un village, il rangea l'automobile.

— Marchons un peu, voulez-vous?

Des maisons de pierre bordaient des ruelles où les femmes avaient sorti des chaises pour bavarder d'un seuil à l'autre. Certaines écossaient des petits pois ou épluchaient des haricots verts, tandis que leurs voisines préparaient du raccommodage. Par les fenêtres, aux volets entrouverts, filtraient des chansons et, parfois, des éclats de rire. Ernst et Marianne s'approchèrent d'une fontaine où des jeunes filles emplissaient des jarres puis s'assirent à la table d'un café. A côté d'eux, des vieillards jouaient aux cartes en buvant du pastis.

— Merci de m'avoir suivi, murmura Ernst.

Marianne constata que les traits de son visage étaient moins tirés. Non que la souffrance en eût disparu mais le trajet qu'il venait de parcourir à travers une nature géné-reuse et intacte avait, temporairement, adouci la blessure. Lorsqu'il ôta ses lunettes de soleil, elle rencontra son regard et comprit qu'il se livrait sans réserve. Emue par cette attitude, elle songea au sacrifice que lui imposait une existence loin des siens. Quel était le passé d'Ernst, à quoi avait ressemblé son enfance de petit Munichois ? Pour la première fois elle osa le questionner et, à mesure qu'il parlait, se familiarisa avec les rues enneigées de la ville, les Noëls dont il gardait une inaltérable nostalgie, l'odeur de craie et de poussière des salles de classe, et la maison où, au cours de la journée, se présentaient sans interrup-tion les patients du docteur Seeling.

— Mon père leur donnait sans compter son temps et son énergie.

— Et vous, que vous accordait-il ?

— Toute son attention lorsque nous étions ensemble. J'oubliais alors son agenda trop chargé et ses absences lorsqu'il se rendait en consultations extérieures.

En évoquant sa mère, il ne montra pas le même enthousiasme.

— C'est une femme inquiète avec ce que cet état entraîne de désenchantement et de frustration.

— Il y a longtemps que vous ne les avez vus ?

— Plus de trois ans ! Mais le pire reste l'impossibilité de leur écrire sous peine de leur nuire. Etre les parents

112

d'un homme qui s'est rebellé contre le régime les a rendus suspects. Leurs agissements et leur courrier sont surveillés. Nous utilisons des subterfuges ; toutefois cela comporte des risques de plus en plus importants.

Ernst hésita avant d'ajouter :

— Après mon départ, mon père a perdu une grande partie de sa clientèle. En dépit de ses compétences, les gens ne voulaient plus qu'il les soigne.

— Je ne pensais pas que toute une population soutenait Hitler !

— Il faut se rendre, hélas, à l'évidence. Beaucoup d'Allemands le voient sauver leur pays de la honte infligée par un traité de Versailles qui les a mis à terre. Quant aux autres... la peur des dénonciations et des représailles a achevé de les convaincre. Imaginez, un seul instant, les déchirements au sein des familles, les amitiés disloquées... les amours...

Il n'acheva pas sa phrase et Marianne ne relança pas la conversation. Elle-même avait besoin d'une pause pour mesurer la petitesse de ses préoccupations face à ce qu'elle découvrait. Ses discussions avec Hélène et Sylvie lui parurent ridicules ainsi que son attirance pour Manuel. Qu'avait-elle accompli jusqu'à maintenant ? Où se situaient ses intérêts ? Avoir tenu les rênes de la Rose des Vents lui avait permis de mesurer son attachement à ce lieu mais Solange aurait-elle envie qu'elle la secondât tout au long de l'année ? En son for intérieur, Marianne le souhaitait. Privée de vrai foyer, de vraie famille, elle avait besoin de se créer des attaches et sa marraine représentait son unique pôle affectif.

— J'ai peur d'avoir assombri votre après-midi, lui avoua Ernst.

— Au contraire ! Vous m'avez permis de mettre un peu d'ordre dans mes idées.

Ernst eut un bref sourire. La présence de la jeune fille lui était bénéfique. Il l'observa pendant qu'elle regardait les joueurs de pétanque, un peu plus loin, sous les platanes. Il l'avait toujours trouvée jolie mais aujourd'hui, sans en être consciente, Marianne était en parfait accord avec le monde qui l'entourait. Il n'y avait qu'à la voir sourire à un enfant ou flatter l'encolure du chien qui s'était approché! Repoussant son tourment, il la fit parler jusqu'au moment où les cloches de l'église annoncèrent l'angélus.

— Excusez-moi mais on doit m'attendre à la Rose des Vents, dit-elle avec une nuance de regret dans la voix.

En revenant sur leurs pas, ils croisèrent une bande de garnements qui dévalaient la rue.

— Oh, les amoureux, oh, les amoureux! s'écrièrent-ils en chœur.

— Qu'ils sont bêtes! remarqua Marianne.

Non sans une pointe d'amusement, Ernst se rendit compte qu'elle avait rougi. Il songea à Erika dont il était devenu le confident et qui, par le menu, lui contait ses émois de jeune fille.

— Je te sers de cobaye, lui disait-elle, mais méfie-toi... je vais prendre un pourcentage sur ton prochain roman.

Une poudre à la couleur de feu s'étendait sur les champs où se découpaient les silhouettes des paysans qui rangeaient leurs outils. Ernst et Marianne en croisèrent tout au long du chemin. A pied ou juchés sur des charrettes, ils regagnaient leurs fermes où les attendait la soupe du soir. Et demain ils accompliraient les mêmes gestes puis après-demain. Arrimés à la terre dont ils prélèveraient les trésors, ils mêleraient, avec leur sueur et leurs courbatures, leur propre histoire à celle de l'humanité.

— Allez-vous rester cet hiver à Sanary? demanda Marianne.

— Non. Je dois me rendre à Amsterdam et à Paris.

— Vous ne reviendrez pas chez les Fischer?

— Dans notre situation à tous, il est impossible de faire

114

des projets. Hans et Hilda continueront-ils de louer la villa ? Quant à moi... On m'a proposé une tournée de conférences en Amérique.

Il marqua une pause avant d'ajouter :

— Nous ne sommes que des bouchons et Dieu seul sait où nous déposeront les vagues.

En même temps qu'il se confiait, Marianne l'observait. Il n'avait pas remis ses lunettes de soleil et, lorsqu'il tournait de temps à autre la tête dans sa direction, elle rencontrait son regard gris où filtraient la concentration, le désenchantement et une lueur de défi. Ernst possédait une beauté âpre, dense et infiniment bouleversante. Tel qu'elle le découvrait, en ces moments de détresse, il lui rappelait les héros de son enfance qui, au prix de leur vie, livraient bataille à l'injustice et à la médiocrité. Rien dans ses traits n'était timoré, encore moins complaisant. Elle regarda ses mains posées sur le volant, élégantes et fortes à la fois. La surprenant, il arrêta la voiture.

— Je ne résiste pas aux abricots, lui dit-il avant d'ouvrir sa portière.

Elle le vit se pencher au pied de l'arbre pour en revenir avec des fruits dont il lui offrit la majeure partie.

— Tout le monde est rentré, constata-t-il quand un peu plus tard il découvrit, garée le long du mur qui bordait la villa, l'automobile des Silberman.

Ernst accompagna Marianne jusqu'à sa bicyclette.

— A bientôt.

— A bientôt, répondit-elle en trouvant trop bref leur adieu.

Toutefois, si elle s'était retournée avant de gagner le premier virage, elle aurait constaté qu'il n'avait pas bougé et la regardait s'éloigner

Certains pensionnaires avaient commencé à dîner quand elle arriva à la Rose des Vents.

— Où étais-tu ? s'écria Sylvie.

115

— J'avais des courses à faire à Sanary, mentit la jeune fille.

— Quelle idée... avec cette chaleur!

— Et toi, tu t'es baignée?

— Oui. Avec Hélène et Manuel.

— Il est venu à Port-Issol?

— Une bande d'amis l'accompagnait. C'était plutôt amusant.

— Je n'en doute pas, répondit Marianne qui, curieusement, ne regrettait pas d'avoir eu d'autres occupations.

— Il était avec une jolie blonde.

— Je sais. Ils ont dansé ensemble la nuit dernière.

— Et cela ne t'a pas contrariée? insista avec perfidie Sylvie.

— Manuel est libre de faire ce qu'il veut!

En même temps qu'elle prononçait cette phrase, Sylvie s'étonna de se sentir si sereine. Cette journée l'avait-elle à ce point transformée? Tout au long de la soirée, elle accomplit son travail mais, dès qu'il fut terminé, évita les bavardages avec Mireille ou François et regagna sa maison. Solange rentrant le lendemain, des bouquets de fleurs donnaient à chacune des pièces une allure de fête. L'odeur de la lavande flottait dans l'air, mêlée à celle de la citronnelle que détestaient les moustiques. Après avoir allumé les lampes, Marianne passa en revue les livres de la bibliothèque et sortit *La Vagabonde* de Colette puis elle s'installa au creux du canapé et s'immergea dans sa lecture. Jamais elle n'avait éprouvé cette sensation de bien-être, cette cohérence entre elle-même et son environnement. En dépit du sommeil qui la submergeait, elle tentait de prolonger ce moment si rare mais, bientôt, ses pensées se diluèrent, s'effilochèrent, et la fatigue eut le dernier mot.

11

Solange avait une petite mine lorsqu'elle revint à la Rose des Vents mais rien ne pouvait lui plaire davantage que d'être chez elle.

— Jamais je n'ai trouvé le temps aussi long, répétait-elle en montant dans sa chambre.

Le chirurgien s'était montré formel : madame Favier devait se reposer. Autant dire qu'il s'était adressé à une sourde ! A peine installée, la convalescente voulut arpenter l'hôtel de long en large.

— Tout va bien... tu n'as pas à t'inquiéter, tenta de la rassurer Marianne.

— J'en suis certaine mais je ne peux plus supporter l'oisiveté. Comprends-moi... Il y va de mon moral !

Les journées reprirent leur cours habituel ; toutefois Marianne se rendit rapidement compte que sa marraine lui confiait des responsabilités de plus en plus importantes. Alors, profitant d'un moment où elles étaient tranquilles, elle avança un premier pion :

— Solange, tu m'avais demandé de réfléchir à ce que je souhaitais faire à la rentrée et j'ai trouvé.

Face au silence de son interlocutrice, elle poursuivit.

— J'aime travailler à la Rose des Vents et, si tu étais d'accord, je pourrais t'y seconder.

— Ce que tu dis tombe à point nommé car, à la clinique, j'ai compris que je ne devais plus veiller seule sur l'hôtel. Seulement, tu risques de t'ennuyer pendant la morte saison.

— Je pourrais suivre des cours d'anglais et de sténo-dactylo à Marseille.

Un pacte fut conclu. Marianne serait rémunérée pendant les mois où elle travaillerait et Solange lui paierait ses leçons.

— Tu vas voir... nous aurons le plus délicieux hôtel des environs, s'exclama la jeune fille

— Il n'est déjà pas mal, se défendit Solange.

Prenant à cœur ses nouvelles fonctions, Marianne consacrait moins de temps à la plage et plus à sa marraine pour évoquer d'éventuelles innovations.

— Il faudrait améliorer nos bénéfices quand nos hôtes auront regagné leurs pénates, disait Solange. On peut compter sur quelques repas de mariage mais ce n'est pas suffisant.

— Au lieu de fermer le restaurant après la Toussaint... pourquoi ne pas le maintenir jusqu'au 1er janvier?

— C'est peut-être une idée.

Elles discutèrent ensuite des rénovations à entreprendre. Toutes deux souhaitaient que l'établissement fît l'éloge de la Provence. Dans ce but, elles se rendirent à Ollioules chez une brodeuse qui créait de magnifiques trousseaux. Face aux draps ajourés ou chiffrés, l'une et l'autre demeu-rèrent sans voix tant elles eurent l'impression que ces entrelacs avaient été dessinés par des fées. Il en allait de même pour les serviettes de toilette en nid-d'abeilles où l'on avait envie de plonger le visage. Fière de son savoir, la vieille femme les regardait de ses yeux usés par l'ou-vrage. Combien d'heures n'avait-elle pas consacrées à cette perfection qui invitait au repos ou tout simplement au bien-être? Après avoir choisi un beau lin, Solange sor-tit de son sac un dessin représentant une rose des vents.

118

— Pourriez-vous me la broder sur les draps que je vais vous commander ?

Ce fut ensuite le tour des serviettes de toilette.

— Je ne connaissais pas ce motif, remarqua Marianne dès qu'elles furent seules.

— C'est Jacques qui l'avait tracé quand nous avons baptisé la propriété. Je l'ai retrouvé dans un tiroir de son bureau.

A Marseille, elles découvrirent chez un antiquaire des boutis dont les rouges et les verts profonds donneraient une note colorée et douillette aux chambres.

— On a déjà envie de se glisser dessous, s'amusa Solange, qui, durant l'hiver, appréciait le confort de ces dessus-de-lit.

Ces heures consacrées à la décoration de son hôtel lui rendaient son entrain. Rien ne valait les projets et, depuis son opération, elle n'en manquait pas. Etait-ce l'immobilité forcée qui l'avait poussée à réfléchir sur son avenir ? Jusque-là, elle avait paré au plus pressé, sa survie et celle de la Rose des Vents, mais, maintenant qu'elle avait recouvré le goût de vivre et une tranquillité financière, elle ne boudait ni le mouvement ni les transformations. En lui ayant proposé de rester à Sanary, Marianne n'était pas étrangère à cet état d'esprit. Rien ne valait l'émulation et, déjà, sa filleule avait fait preuve d'initiative, notamment en plaçant chez chacun des pensionnaires un cahier où étaient inscrits les titres des livres qu'ils pouvaient emprunter dans la bibliothèque. En faveur des enfants, elle avait mieux aménagé la salle de jeux et, un jour sur deux, organisait à leur intention des concours de dessin, de découpage ou de modelage.

— As-tu remarqué combien les fins d'après-midi sont devenues calmes ? dit-elle à Solange.

Rosemarie Girard lui avait même adressé ses félicitations mais Marianne s'était empressée d'abréger la conversation. Elle n'aimait ni la femme ni la mère ! Même

119

si elle refusait d'écouter les commérages de Sylvie, il demeurait impossible d'ignorer sa relation avec François. Mireille, qui s'était empressée de la conter à Solange, abreuvait le jeune homme de sous-entendus dont tout le monde profitait... à tel point qu'il se présenta, un matin, dans le bureau pour donner sa démission.

— Je suis désolé mais il me faut partir avant la fin du mois d'août, déclara-t-il à la jeune femme.

— Eh bien, François... j'en suis moi aussi navrée. Nous vous regretterons.

— J'espère que vous ne garderez pas un trop mauvais souvenir de mon passage.

Dans l'incapacité de poursuivre, il balbutia encore quelques excuses puis, après avoir perçu ses gages, se retira.

— J'aime bien ce garçon et, pourtant, je ne peux le garder, avoua plus tard Solange à sa filleule.

— Je comprends ce que tu éprouves. Moi aussi je l'appréciais.

En voyant le jeune homme descendre avec sa valise de la chambre qu'il occupait dans les dépendances, Sylvie sentit son cœur se serrer.

— Vous nous quittez? murmura-t-elle d'une voix blanche.

— Oui.

— Pourquoi?

En même temps qu'elle posait cette question, Sylvie se rendait compte qu'elle aurait mieux aimé continuer de le voir lui en préférer une autre plutôt que d'affronter son absence.

— Mireille semble peu m'apprécier mais...

— Mireille... Elle critique tout le monde!

— Je me suis moi-même mis dans une situation qu'elle a le droit de juger.

— Où allez-vous?

120

— A Marseille.

François n'aimait guère cette solution; cependant il n'avait pas le choix. Tout plutôt que de sentir les regards narquois des uns et des autres, en particulier de Raymond et André qui, sans nul doute, le jalousaient d'avoir obtenu les faveurs de Rosemarie. Quelle allait être la réaction de sa maîtresse lorsqu'elle découvrirait qu'il était parti sans lui laisser la moindre missive? Sans doute le détesterait-elle pour ce qu'elle considérerait comme la pire des mufleries mais, conscient de l'emprise qu'elle avait sur lui, il ne voulait pas qu'elle lui arrachât son adresse.

— Alors, on ne se verra plus, lui disait Sylvie.

— Sait-on jamais!

Sur le chemin qui le menait vers l'arrêt du car, il dut s'éponger le front à plusieurs reprises. Un étau serrait sa gorge lorsqu'il pensait à ce qu'il allait faire jusqu'à la rentrée. Jouer dans un bar minable? Maudissant la stupidité qui l'avait jeté dans les filets de Rosemarie, il aurait voulu gommer ces deux semaines où il avait perdu la tête. Chaque fin de soirée, elle le rejoignait au pied de la falaise où, se croyant à l'abri des indiscrétions, ils faisaient l'amour. Pour François, qui n'avait connu que quelques aventures sans lendemain, cette femme s'était montrée une excellente initiatrice mais, conscient qu'elle l'utilisait comme un objet de plaisir, il n'avait jamais éprouvé la moindre parcelle de tendresse à son égard. Aujourd'hui, il lui en voulait d'avoir gâché son séjour à la Rose des Vents et son début d'amitié avec Marianne. L'arrachant à ses remords, une voiture klaxonna puis, après l'avoir dépassé, s'arrêta.

— Vous allez loin? demanda l'Allemand qui, un soir, avait joué avec lui du piano.

— A Marseille.

— Moi aussi. Montez. Ce sera mieux que le car.

Ernst repoussa des journaux et un paquet de livres pour faire de la place à son passager puis demanda :

— Vous êtes en congé?

— Si l'on veut.

Durant le trajet, les deux hommes confrontèrent leurs goûts musicaux et, au fur et à mesure qu'ils s'approchaient de la ville, le pianiste sentait son humeur s'alléger. Sans disparaître complètement, le poids de la culpabilité perdait de son intensité. Lorsqu'ils arrivèrent près de l'avenue du Prado, François remercia Ernst qui lui annonça son intention de bientôt quitter la France.

— Alors, je vous souhaite bonne chance, ne sut-il que répondre.

La chance ! Il y avait longtemps qu'Ernst ne savait plus ce que signifiait ce mot. Tout comme la justice... S'il n'avait eu foi en la littérature, il aurait peut-être sombré comme Golo ou d'autres. La liste des désespérés qui avaient cherché à en finir ne cessait, hélas, de s'allonger. On pouvait même parler d'une épidémie de suicides parmi les exilés. Hommes et femmes à égalité !

Après avoir déposé une courte nouvelle aux *Cahiers du Sud*, une revue dont il aimait les choix et la qualité, il prit le chemin de la gare Saint-Charles, où il acheta un billet de train pour Amsterdam via Paris et Bruxelles. Puis il se rendit à l'hôtel Splendide et, dans le hall, chercha Stefan, un ami munichois qui faisait escale à Marseille avant d'embarquer pour Casablanca.

— Ernst, le héla celui-ci en se levant du fauteuil où il était installé.

Après une affectueuse accolade, les deux hommes se dirigèrent vers un salon puis choisirent des sièges dans l'embrasure d'une fenêtre.

— En t'attendant, je réfléchissais à nos existences, disait Stefan. Qui aurait prédit, quand nous bâillions d'ennui sur les bancs du lycée Wilhelm, que nous deviendrions des pestiférés !

Au cours de leur adolescence, Stefan et Ernst avaient compris que leurs intérêts littéraires se situaient aux antipodes de ce que leur enseignaient des professeurs timorés et sectaires. Très vite, ils s'étaient prêté les ouvrages de Hölderlin ou Novalis. L'amour de la musique les avait aussi rapprochés. Combien de fois ne s'étaient-ils rendus à l'Opéra afin d'assister aux représentations du *Vaisseau fantôme*, de *Madame Butterfly*, du *Chevalier à la rose* ou de *Don Juan*! Gorgés de beauté, grisés par les plus belles voix que comptait le monde lyrique, ils regagnaient ensemble leurs domiciles et, au creux de ces nuits inoubliables, dans le labyrinthe des rues désertes, échangeaient leurs impressions ou chantaient à gorge déployée les arias qui leur avaient provoqué le frisson.

Aujourd'hui, en buvant un café, les deux hommes reprenaient un dialogue interrompu, pendant près de deux ans, par leurs voyages. L'exil avait conduit Stefan à New York et Los Angeles puis il était allé en Chine et, après un périple asiatique, une visite éclair à Paris, se préparait à découvrir l'Afrique du Nord. En même temps qu'ils se racontaient leurs aventures, l'un et l'autre se rendaient compte que le temps n'avait pas altéré leur échange, aussi fluide, aussi naturel que s'ils s'étaient rencontrés la veille.

— As-tu reçu de récentes nouvelles de Munich? finit par demander Ernst.

— Pas directement mais j'ai croisé à Paris, dans le métro, le frère de Liselotte.

Stefan avait hésité avant de prononcer le prénom.

— Il t'a parlé? questionna Ernst.

— Au début, il a fait comme s'il ne me voyait pas mais nous étions au coude à coude. Alors, il m'a salué avec froideur et dégoût. Quand je pense qu'on a grandi tous ensemble!

— Es-tu parvenu à savoir ce qu'il faisait?

— Il milite pour le parti nazi.

— Et sa sœur?

— Elle s'est mariée le mois dernier avec un militaire, un colonel, je crois...

Ce fut comme si Ernst avait reçu une pierre en pleine poitrine. Il avait beau s'être préparé à cette éventualité, que celle-ci se fût concrétisée le bouleversait. Ainsi tout était définitivement perdu.

— C'est sans doute mieux ainsi, murmura-t-il.

Stefan, qui avait connu sa relation avec Liselotte, le regardait avec inquiétude.

— J'aurais pu te le cacher mais tu l'aurais appris un jour ou l'autre, et puis nous sommes dans une situation où nous devons affronter les réalités. Il y va de notre survie.

— Ne t'inquiète pas, Stefan, tu as eu raison de m'en parler.

Ainsi la peste noire avait continué ses méfaits et enfermé un peu plus dans ses filets Liselotte, qui non seulement lui avait préféré un idéal qu'il rejetait mais venait d'épouser l'incarnation de cet idéal. Volant en éclats, le passé ne faisait soudain plus figure de référence. Comment continuer de regretter un être qui avait trahi?

— Ce sera plus facile, maintenant, de lutter contre la nostalgie, murmura-t-il en essayant de croire qu'il se trouvait sur la voie de la guérison. Et, maintenant, parle-moi de ton voyage.

— Pourquoi ne me rejoindrais-tu pas au Maroc?

— J'ai d'autres projets.

— Mais après?

— Après, j'aimerais m'installer quelque part. Je suis fatigué de tous ces déplacements, fatigué de ne pas avoir un lieu où j'aurais mes habitudes de travail. J'ai aimé ce séjour à Sanary, chez les Fischer. Ils sont chaleureux, leur maison est accueillante, l'atmosphère propice à l'écriture.

En même temps qu'il évoquait son séjour méditerranéen, Ernst mesurait son attachement à cette région. De

124

sa chambre, il respirait l'odeur de la pinède et, même s'il ne la voyait pas, sentait la présence de la mer. Chaque matin, il allait s'y baigner et, après un petit déjeuner sous la tonnelle où le rejoignaient les oiseaux à l'affût de la moindre miette de pain, s'asseyait à son bureau afin d'avancer son roman. Ecrire sur son enfance et son histoire d'amour amputée était sans doute le meilleur exorcisme qu'il pouvait s'accorder. Privilégiant l'intimisme, il descendait au plus profond de lui-même pour en rapporter la quintessence de ses sensations et cette démarche lui permettait de mettre de l'ordre dans ses pensées.

— Moi aussi, j'aimerais ne plus aller et venir, avoua Stefan, mais il ne s'agit que d'un vœu pieux. Bouger m'empêche de trop réfléchir au futur. Sincèrement, Ernst, crois-tu que nous rentrerons un jour prochain dans notre pays?

— Hitler n'en est, hélas, qu'à ses débuts et il se crée de solides alliances en Europe. Il vient de voler à la rescousse de Franco, et Mussolini lui fait les yeux doux. Je crains que nous n'allions tout droit vers une guerre.

Tout en évoquant l'éventualité d'un conflit, Ernst songeait aux Fischer et aux Silberman qui, plus âgés, ne reverraient peut-être jamais leur patrie, et il se trouvait chanceux. Aussi difficile qu'elle pût se révéler, sa vie était devant lui... mais eux? Hans écrivait en sachant que son peuple ne serait pas autorisé à le lire. Hilda avait perdu sa maison et la majorité de ses amis. Quant à Sam et Sarah! Même si ceux-ci ne se plaignaient jamais, il savait combien s'avérait intolérable leur situation. Se savoir maudits, pourchassés, déchus de tous leurs droits uniquement parce qu'ils étaient juifs s'ajoutait à l'épreuve qu'avait connue Sarah en perdant l'usage de ses jambes. Où puisaient-ils leur force? Sans doute dans l'amour qui les unissait depuis tant d'années! Cette évidence replaça Ernst face à sa solitude. Une aiguille piqua son cœur.

Comme il avait été présomptueux de se croire délivré d'une relation qui avait illuminé sa jeunesse !

— Je vais devoir te laisser, lui dit Stefan. Mon bateau appareille dans quelques heures et mes bagages ne sont pas terminés.

Ils se séparèrent devant la porte à tambour de l'hôtel où s'engouffraient des voyageurs de toutes nationalités.

— Prends soin de toi, déclara Ernst à son ami sans réussir à cacher son émotion.

— Toi aussi.

Savaient-ils seulement s'ils se rencontreraient à nouveau et dans quelles conditions ? Bien sûr, il leur arrivait de laisser des adresses mais le pourraient-ils dans le futur sans courir de grands risques ? En revenant sur ses pas, Ernst se laissa happer par la foule et, anonyme parmi les anonymes, se demanda si tous ces gens qui l'entouraient avaient conscience de marcher sur un volcan.

12

Août touchait à sa fin et, à la Rose des Vents, les pensionnaires se préparaient à reprendre le chemin de leur foyer. Rosemarie Girard fut la première à plier bagage.

— Je pensais que madame Pasquier serait notre pire cliente, remarqua Solange, mais je me suis trompée.

Depuis le départ de François, Rosemarie avait déterré la hache de guerre. Pas une journée ne s'écoulait sans qu'elle fît un scandale. Furieuse d'avoir été abandonnée, elle se vengeait sur tout ce qu'elle trouvait. Ses enfants recevaient gifles, fessées, et le personnel de l'établissement devait en permanence essuyer plaintes et reproches. Elle s'en prit aussi à certains pensionnaires en leur reprochant d'être bruyants ou de lui imposer la fumée de leurs cigarettes.

— Si rien ici ne vous convient, je ne vois pas pourquoi vous vous attardez, lui déclara Solange à bout de patience.

— Que voulez-vous que je fasse de mes fils à Paris ? répondit la jeune femme d'une voix haineuse. Et vous oubliez, sans doute, que mon époux vous a réglé la totalité de notre séjour.

— Ecoutez, madame, je préfère vous rembourser la

somme restante plutôt que de supporter votre état d'esprit.

En même temps qu'elle parlait, Solange avait ouvert un tiroir pour prendre la fiche de sa cliente, qui lui demanda avec inquiétude :

— Que faites-vous ?

— Nos comptes.

— Mais vous ne pouvez pas me mettre dehors !

— Qui m'en empêcherait ?

— Je veux appeler mon mari !

— Libre à vous, répliqua Solange en lui tendant l'appareil afin qu'elle se mît en rapport avec l'opératrice.

Désarçonnée, Rosemarie la dévisageait. Depuis le début de l'été, elle enviait Solange pour sa liberté et sa sérénité. Une rivalité s'était, de sa part, installée et ne pas avoir le dernier mot dans leur affrontement augmentait sa fureur.

— Je ne le trouverai pas à cette heure-ci, finit-elle par dire en consultant sa montre. Mais vous ne pouvez pas me renvoyer avec les enfants.

— Il y a d'autres hôtels dans les environs. Marianne vous en donnera la liste et vous réservera deux chambres dans celui qui vous conviendra.

Comprenant qu'elle avait perdu la bataille, Rosemarie s'éloigna en clamant ses griefs à qui voulait l'entendre. Le soir, elle commanda un plateau dans ses appartements et on ne la vit plus jusqu'au lendemain, où elle demanda un taxi pour se faire conduire à Bandol dans une pension de famille qu'elle avait découverte au cours d'une promenade. A la Rose des Vents, le soulagement fut général.

— Je n'ai jamais vu pareille punaise ! s'exclama Marianne.

— Que le diable l'emporte ! renchérit Sylvie, qui ne lui pardonnerait jamais d'avoir gâché l'histoire dont elle se serait voulue l'héroïne.

Dans le but de revoir François, la jeune fille avait fouillé le bureau de Solange afin d'y trouver son adresse puis s'était empressée de lui envoyer une carte postale qui, espérait-elle, entraînerait une réponse à la poste restante de Bandol, où personne ne la connaissait. Dans peu de temps, elle allait renouer avec la monotonie de la mercerie et cette situation lui serrait la gorge. Elle imaginait déjà les journées d'hiver où elle débiterait agrafes, boutons et gros-grain. Avoir travaillé à la Rose des Vents aiguisait sa frustration. Mais comment sortir de cette impasse? Comment obtenir les mêmes privilèges que Marianne? Au lieu de les rapprocher, le travail exercé côte à côte avait rendu Sylvie jalouse. Que n'aurait-elle donné pour posséder un peu de cette brillance qui faisait le charme de son amie! Les années d'enfance volaient en éclats face à ce constat qui, aux yeux de la Sanaryenne, relevait de la pure injustice.

— Que se passe-t-il? lui demanda Marianne alors qu'elles remplissaient des carafes d'eau. J'ai l'impression que tu m'en veux...

— Mais non! Que vas-tu chercher là?

La surprise que Marianne réservait à sa marraine allait marquer la fin du mois d'août 1936. Profitant d'une obligation pour Solange de se rendre à Toulon, la jeune fille, avec l'aide de Raymond et André, organisa un campement sur la plage de galets où se réuniraient les invités. Des sièges et des coussins furent descendus au bas de la falaise puis quelques tables dressées. Ce fut au cours de ce va-et-vient que se présentèrent Philippe Bergeron, Michel Corbin et sa fiancée Luce qui, après être passés à La Cadière, projetaient de dîner à la Rose des Vents.

— Le service au restaurant aura lieu plus tôt, les avertit Marianne en expliquant la situation. Toutefois, si cela ne vous dérange pas, nous vous accueillerons avec plaisir.

— Pouvons-nous nous baigner? demanda Luce.

— Bien entendu... mais la crique est un peu envahie par nos préparatifs.

— En attendant, laissez-nous vous aider, proposa Philippe pendant qu'il ôtait des mains de la jeune fille les assiettes qu'elle se préparait à emporter.

Michel s'empara à son tour de paniers dans lesquels étaient rangés des verres et, en file indienne, ils empruntèrent le sentier qui menait à la mer.

A peine délestés de leur fardeau, ils s'éclipsèrent derrière un gros rocher pour revêtir leurs maillots de bain puis rejoignirent Luce qui faisait la planche en les attendant. Les deux hommes étaient rentrés l'avant-veille de Bagdad et Philippe, fatigué par les rayons d'un soleil aveuglant, appréciait la lumière de cette fin d'été. Pendant qu'il nageait, il songeait à l'après-midi qu'il venait de vivre. Michel, qui n'avait pas oublié de l'entraîner à La Cadière, venait de le placer devant un dilemme dont il se serait passé. La masure appartenant à la famille de Luce se situait à deux kilomètres du village, dans un panorama qui ne pouvait laisser personne indifférent. Entourée d'oliviers et de vignes, bâtie en pierres sèches et coiffée de tuiles anciennes, elle dominait un paysage de collines où s'échelonnaient quelques hameaux. Philippe s'était assis sur un banc de bois bancal et, peu à peu, la paix l'avait envahi, accompagnée de la sensation que cette maison l'attendait. Lorsqu'il y entra, un oiseau affolé s'échappa par une fenêtre privée de carreau. Dans la cheminée restait une bûche à demi consumée. Il leva la tête vers le plafond éventré. Une échelle menait à l'étage où il dut frotter une allumette pour vérifier l'état de la charpente. Lorsqu'il redescendit, Luce et Michel avaient disparu. Il fit le tour du terrain bordé de mûriers et planté d'arbres fruitiers puis revint vers le banc où s'était posée une coccinelle. S'agissait-il d'un présage ? En y repensant, maintenant qu'il regagnait le rivage, il avait tendance à le croire.

— Jamais je n'aurais pensé que l'eau fût aussi chaude, lui dit Luce en ôtant son bonnet de bain.

Après s'être essuyé avec un drap en éponge, Philippe s'approcha de Marianne qui amassait du petit bois dans la cavité qu'elle venait de creuser au milieu des galets.

— C'est pour le feu, expliqua-t-elle.

— Si vous me permettez...

Après avoir agrandi le foyer, il tria les branches apportées par Raymond et, en un tournemain, prépara la flambée autour de laquelle se réuniraient les invités.

— Voilà qui est mieux.

— En effet, acquiesça Marianne avant d'ajouter avec une spontanéité qui l'étonna : Pourquoi ne vous joindriez-vous pas à nous?

— Non, non... vous avez vos amis.

— Ne soyez pas compliqué, insista la jeune fille.

— C'est vrai, s'interposa Michel, ne soyons pas compliqués et acceptons cette invitation si gentiment formulée.

— A la seule condition de pouvoir vous commander des bouteilles de champagne, finit par déclarer Philippe. Combien serons-nous?

— Une quinzaine.

— Bien... Je m'habille et remonte pour demander à votre barman de faire le nécessaire.

Il était huit heures lorsque la voiture de Solange franchit le portail. Fatiguée par les démarches administratives qu'elle avait accomplies en faveur de l'hôtel, elle n'aspirait qu'à prendre un bain et entra directement dans sa petite maison où Marianne terminait de s'habiller.

— Je suis fourbue, avoua la jeune femme en se laissant tomber dans le premier fauteuil, et si je m'écoutais je me coucherais sans dîner.

— Dès que tu te seras changée, tu te sentiras mieux.

131

— Maintenant qu'il y a moins de pensionnaires, tu ne pourrais pas t'en occuper toute seule ? Pour une fois...

— Mais non... c'est toi qu'ils aiment voir... Allez, fais un effort !

Dans la baignoire, Solange ferma les yeux. Peu à peu, la chaleur de l'eau dilua ces dernières heures passées avec les fonctionnaires de Toulon qui veillaient sur le bon fonctionnement des établissements hôteliers. Face aux patentes, taxes, impositions, elle avait parfois envie de baisser les bras puis l'énergie reprenait ses droits. La Rose des Vents étant son défi, il n'était pas question de l'abandonner. Elle se serait probablement endormie si Dragonet, en grimpant sur l'appui de la baignoire, ne l'avait sortie de sa torpeur. S'interdisant de regarder le lit où elle avait envie de se glisser, elle se vêtit d'une simple robe de cotonnade fleurie puis roula ses cheveux en chignon.

Sur la terrasse, les pensionnaires avaient terminé leur repas et Raymond ôtait les derniers couverts.

— Pourquoi ont-ils dîné si tôt ? s'inquiéta Solange.

— Ils étaient tous pressés de se rendre à Bandol. Il y a bal.

— Ah... Je n'étais pas au courant ! Et Marianne... Où est-elle ?

— A la crique. Elle demande que vous l'y rejoigniez.

— A la crique !

Une odeur de fumée surprit Solange alors qu'elle s'approchait du rivage. Puis elle aperçut des lueurs, entendit des bribes de conversation et enfin découvrit, groupés autour d'une flambée, amis et connaissances.

— Mon Dieu, que se passe-t-il ? s'écria-t-elle.

— Rien d'autre qu'une fête en ton honneur, expliqua Marianne en lui tendant une flûte où pétillait du champagne.

— Mais ce n'est pas mon anniversaire !

— Non ! Seulement la fin des vacances, déclara Hans Fischer en s'approchant.

Avec un rire heureux, la jeune femme salua son entourage. Hilda et Erika, Sam et Sarah Silberman, Ernst Seeling, Hélène et ses parents, les Berthier puis Michel Corbin et Luce.

— Nous sommes des rescapés de la dernière heure, expliqua l'aviateur. Votre filleule a préféré nous inviter plutôt que de nous savoir esseulés sur la terrasse où nous avions pensé réserver une table.

— Elle a bien fait, répliqua Solange en même temps qu'elle se tournait vers le dernier convive.

Philippe Bergeron sortit de la pénombre et, à la lumière des flammes, elle distingua son visage. Ses traits étaient détendus et l'amusement se lisait dans ses yeux sombres. En découvrant sa présence, Solange se sentit presque intimidée et elle dut faire un effort pour que cette réaction passât inaperçue.

— Je vous avais dit que je reviendrais, murmura-t-il d'une voix qui lui rappela une nouvelle fois celle de Jacques.

Mireille, debout près des tables où étaient disposés les plats, ne pouvait cacher son contentement. Tout ce qui touchait à Solange la concernait et, si celle-ci semblait heureuse, elle l'était à son tour. Ce soir, la cuisinière retrouvait l'atmosphère d'antan à la Rose des Vents ! Certes, il y avait ces Allemands mais, à l'exemple de Marianne, elle tentait de ne pas les tenir responsables d'une guerre qui, dans les deux camps, avait dépassé les combattants. D'ailleurs, elle avait remis à leur place des commerçants qui s'étonnaient de leurs trop fréquentes visites à l'hôtel ! Qui pouvait colporter ces informations ? Certainement pas André ou Raymond ! Restait Sylvie qui, pour se rendre intéressante, devait raconter par le menu les faits et gestes de chacun.

La nuit étant tombée, de multiples bougies éclairaient

la crique ainsi que les barques échouées sur les galets. Marianne, qui avait pensé à tout, plaça un disque sur le gramophone et la plainte d'un saxophone s'éleva vers le ciel où se dessinaient les premières étoiles. De nouvelles bouteilles de champagne furent débouchées tandis que, sur un brasero, Raymond commençait de griller des poissons pêchés quelques heures auparavant.

Sarah Silberman, qu'à tour de rôle Ernst et Philippe avaient descendue dans leurs bras, était maintenant assise dans un large fauteuil d'osier et une joie qu'elle n'avait pas éprouvée depuis longtemps l'envahissait. Attentive à la vibration de l'air, aux lampes qui, à l'horizon, indiquaient la présence de bateaux, elle revivait son premier voyage avec Sam quand celui-ci l'avait emmenée au Lavandou. Ils venaient de se connaître et, pendant une semaine, s'étaient accordé une fugue ponctuée de soirées semblables à celle-ci. A ses côtés, elle percevait la présence de Solange pour laquelle elle avait ressenti de la sympathie dès leur première rencontre. Etait-ce parce que leur hôtesse vivait sa féminité sans en jouer ou la forcer? Pour avoir souvent répété : «On naît fille et l'on devient parfois femme», Sarah était toujours conquise par les gardiennes d'une grâce que tant d'autres avaient oubliée. Au faîte de sa carrière d'actrice, elle-même n'avait jamais ajouté d'ingrédients à sa séduction naturelle. Sortant un paquet de cigarettes du petit sac qui ne la quittait jamais, elle en présenta le contenu à Solange.

— Merci, dit la jeune femme avant de se diriger vers le feu.

— Vous allez vous brûler, la mit en garde Philippe, l'obligeant à reculer.

Il lui présenta un briquet sur lequel se détachaient ses initiales. Raffiné, l'objet ne pouvait être qu'un cadeau. D'une épouse, d'une maîtresse? Elle se rendit compte qu'elle ignorait tout de sa vie, sinon qu'il pilotait des avions.

134

— Vous vous promeniez dans les environs? demanda-t-elle.

— Michel m'a entraîné dans un véritable traquenard.

Sans omettre le plus infime détail, Philippe raconta ce qu'il avait ressenti dans la «maison du bout du monde», comme il l'appelait déjà.

— On y arrive par un chemin bordé de ronces et défoncé par les ornières. Un chemin qui découragerait les meilleures volontés! Mais après...

— Après... c'est l'émerveillement.

— En effet.

— J'ai connu cette situation avec la Rose des Vents et, croyez-moi, il faut savoir n'écouter que son attirance ou son intuition.

— L'intuition est une qualité féminine, vous le savez bien! D'ailleurs, vous pourriez la visiter et me donner votre avis.

— Pourquoi pas!

Autour d'eux, les convives avaient commencé à se servir. Dans leurs assiettes, les radis tout frais, les petits artichauts violets côtoyaient des tians de légumes où dominait l'odeur du basilic. Ernst prépara une assiette qu'il offrit à Marianne puis ils rejoignirent Hélène qui s'était adossée contre un rocher. Avant de venir, Ernst avait terminé ses bagages. Demain, il prendrait le train pour Paris et cette dernière soirée se parait de nostalgie. Par tous les pores de sa peau, il goûtait ces instants, sachant déjà que la douceur de l'air, l'odeur du pin, celle du romarin, le clapot de la mer lui manqueraient cruellement. Le feu était devenu plus ardent et il le contemplait en se souvenant des bivouacs de son enfance quand il campait au bord des lacs. A côté de lui, Marianne demeurait silencieuse. Depuis leur promenade dans l'arrière-pays, il avait fréquemment songé à la jeune fille. Tout à l'heure, elle lui avait appris qu'elle travaillerait de façon permanente à la Rose des Vents. Il l'imaginait déjà sous la lumière

135

hivernale en train de préparer Noël. Lorsqu'elle bougea, il sentit son parfum de jasmin.

— Je vais vous chercher un autre coussin, dit-il en se levant.

Marianne le regarda tandis qu'il revenait avec son butin et accepta enfin l'évidence. Ernst la séduisait au point d'avoir éclipsé Manuel qui ne s'était même pas donné la peine de venir lui dire adieu. Un voile se déchirait soudain, la plaçant face à une vérité qui l'effrayait car, sachant la situation et les choix d'Ernst, elle ne pouvait rien en attendre. Tandis qu'il plaçait le coussin derrière son dos, ses mains l'effleurèrent.

— Vous serez mieux, lui promettait-il.

Les loups grillaient accompagnés d'une senteur de fenouil. Succédant au champagne, un vin de Cassis au goût fruité accompagnait les mets et l'atmosphère était devenue fort joyeuse. Michel Corbin, qui connaissait bon nombre d'historiettes amusantes, capta l'attention et déclencha même des fous rires chez certains. Solange ne s'était pas autant amusée depuis longtemps. Toutes les luttes, toutes les responsabilités s'envolaient et seules comptaient la chaleur de la flambée et l'amitié. Avec étonnement, elle prenait conscience que des liens ténus s'étaient tissés entre ces êtres qui n'auraient jamais dû se rencontrer. Exilés, voyageurs impénitents ou simplement vacanciers, ils s'étaient découverts l'espace d'un été et, quoi qu'il advînt pour chacun d'entre eux, ces moments deviendraient de bénéfiques souvenirs. Concentrée sur ses réflexions, elle ne s'était pas aperçue que Philippe l'observait. Marianne avait appris au pilote que sa marraine venait de subir une opération et il était surpris par son entrain. L'existence n'avait pourtant pas épargné leur hôtesse car, pendant qu'ils attendaient son arrivée, il avait enfin obtenu la réponse à la question qu'il s'était posée lors de sa première visite. Solange était veuve.

136

— Depuis longtemps? avait-il demandé à Florence, la mère d'Hélène.

— Cinq ans.

Loin d'imaginer qu'elle occupait les pensées de son voisin, Solange avait ôté ses chaussures. Elle aimait sentir le poli des galets, leur fraîcheur, sous ses pieds. Depuis longtemps, elle ne s'était sentie aussi légère! Les chandelles, qui continuaient de brûler, donnaient à la crique une atmosphère théâtrale. Hans avait approché une chaise du siège de Sarah afin de lui chuchoter quelques mots à l'oreille. Un peu plus loin, Mireille, la mine recueillie, était en train de découper un gâteau au chocolat dont elle disposait les parts sur les assiettes que lui présentait André. Les Berthier avaient choisi, quant à eux, de s'asseoir sur le banc d'un bateau échoué. Au fil des années, ils étaient devenus les plus anciens clients de l'hôtel. Ernst les avait rejoints et ils discutaient en employant à tour de rôle leurs langues natales. Philippe se leva pour ranimer le feu puis alla complimenter Mireille sur ses qualités de cuisinière.

— Vous vous en êtes fait une alliée indestructible, lui dit Solange lorsqu'il revint près d'elle.

Ils furent interrompus par l'apparition de Michel en maillot de bain. Ce fut le signal qu'attendaient certains! Bientôt Luce, Hélène, Marianne, Erika, Hans et Ernst, après s'être déshabillés derrière les rochers, s'avancèrent dans l'eau.

— Accroche-toi à moi, disait le pilote à sa fiancée. Je vais te remorquer.

Marianne, qui aspirait au calme, se dirigea vers un bateau que son propriétaire avait ancré un peu plus loin. En longues brasses coulées, elle atteignit son but puis se hissa dans l'embarcation. De son poste, elle discernait les lumières des rares maisons nichées sur les collines avoisinantes et, à sa gauche, les illuminations de Bandol. Tordant ses cheveux qu'elle n'avait pas emprisonnés dans un bonnet, elle les libéra d'un surplus d'eau. A quelques mètres, un nageur s'approchait.

— Marianne ! appela Ernst.

— Je suis là.

— Ah... dans cette obscurité, je m'inquiétais de ne plus vous entendre.

Il grimpa à ses côtés puis lui demanda si elle n'avait pas froid.

— Non, il n'y a pas de vent.

Le silence s'installa, interrompu parfois par les éclats de voix qui provenaient du rivage. Emue par la présence d'Ernst, Marianne ne trouvait aucun sujet de conversation. Ce fut lui qui, après quelques minutes, murmura :

— Vous avez beaucoup égayé mon séjour à Sanary.

Elle eut un petit rire avant d'avouer :

— Si vous saviez...

Et, pour la première fois, elle lui conta les mises en garde de sa mère contre les Allemands, sa propre réserve, voire son antipathie pour ceux qui avaient tué son père.

— Je ne voulais pas vous approcher, vous et Erika.

— Vous n'êtes pas la seule, murmura-t-il. Partout où je vais, que ce soit à Paris, Marseille ou ailleurs, je peux mesurer le ressentiment que nous inspirons. Et si rien du passé n'a été oublié, certains se méfient déjà du futur. Il arrive fréquemment, lorsque nous nous asseyons dans des cafés, que des Français quittent la table voisine.

— Cela doit être insupportable.

Ernst ne répondit rien. Comment expliquer le malaise qu'il éprouvait à se savoir, pour des raisons différentes, rejeté de tous ? S'il n'avait eu la rage de témoigner et d'écrire, il serait probablement devenu fou. Pourtant, dans ce cauchemar, il existait de timides instants de bonheur comme celui qu'il était en train de connaître. Sans doute ne reverrait-il jamais Marianne mais ce qu'ils avaient partagé rejoindrait dans sa mémoire les pépites

138

d'or qu'il protégeait de la boue. La sentant frissonner, il murmura :

— Même si la température est clémente, vous risquez de vous enrhumer. Rentrons.

Parvenu à la crique, il s'empara d'un drap de bain puis le plaça sur les épaules de la jeune fille en même temps qu'il déposait un rapide baiser sur sa tempe. Lui-même n'aurait pu expliquer ce geste tant il avait été spontané. Tous les deux s'approchèrent ensuite du feu auprès duquel se séchaient Michel et Luce mais Marianne restait sourde aux propos qui s'échangeaient. Dans quelques heures, Ernst aurait quitté Sanary! Ce fut Hans qui, à tous, rappela, un peu plus tard, ce prochain départ.

— Buvons un dernier verre à la santé de notre ami et souhaitons-lui la carrière et le succès qu'il mérite. Je suis, pour ma part, certain que l'Amérique saura reconnaître son talent.

Ces quelques phrases accentuèrent le malaise de Marianne. La gorge serrée, elle leva son verre pour le reposer aussitôt. Instinctivement, elle chercha un secours auprès de Solange mais celle-ci écoutait les propos de Sam qui lisait dans les lignes de sa main.

— Vous entamez une seconde vie... à la fois magnifique et difficile. Il y aura un homme près de vous pour vous protéger. Toutefois, il ne pourra aplanir certains événements.

— Il s'agit certainement de mon comptable.

— Votre comptable! Cela m'étonnerait.

— Hans, appela Hilda, il serait temps de rentrer. Sarah est fatiguée.

— Tout se suite, répondit l'Allemand avant d'ajouter à l'adresse de Solange : Non, ce n'est pas votre comptable mais, pour l'instant, vous ne pouvez imaginer ce que, moi, j'ai vu.

Tous étaient maintenant sur la terrasse. Les Berthier se préparaient à regagner leur chambre. Luce et Michel remerciaient Marianne de les avoir si gentiment associés à cette fête. Des rires fusaient, des rendez-vous s'échangeaient. Erika proposait à Hélène une partie de tennis pour le surlendemain.

— Un double. Tu remplaceras Ernst.

Celui-ci venait d'asseoir, dans son fauteuil roulant, Sarah, qu'il avait remontée de la crique avec l'aide de Philippe. Marianne, qui volontairement demeurait à l'écart, le vit se diriger vers Solange mais elle ne put entendre leurs propos.

Puis Ernst la rejoignit et elle eut l'impression que lui aussi était ému quand il retint ses mains dans les siennes.

— Surtout, ne changez pas, murmura-t-il.

De ses lèvres, il effleura ses doigts puis se détourna et sans s'attarder se dirigea vers la voiture.

13

Septembre était maintenant bien entamé et la Rose des Vents avait changé de pensionnaires. Anglais et Américains découvraient à leur tour les charmes de la Méditerranée. Solange pouvait se féliciter d'avoir fait une bonne saison mais cette évidence déplaisait à certains. Deux jours après la fête donnée dans la crique, la gendarmerie s'était présentée. Une plainte avait été déposée contre l'hôtelière qui avait eu l'inconscience d'allumer un feu au pied d'une colline plantée de pins et d'épineux.

— Il n'y avait aucun risque d'incendie, se défendit la jeune femme. Nous avions creusé un foyer au milieu des galets.

L'amende dut néanmoins être payée.

— Qui a pu nous dénoncer? demanda-t-elle à Mireille.

— Oh, des jaloux, il y en a partout mais encore plus dans ce patelin. Et puis, faut pas oublier que vous êtes pas de la région.

— Tout de même! Je n'ai jamais fait de tort à quiconque.

— Et vos concurrents? Vous y pensez?

Les tracas n'étaient pas terminés. Plusieurs contrôles se succédèrent : la sécurité, l'hygiène.

— Ils se sont forcément donné le mot, déclara Raymond à Marianne.

Non seulement Solange venait du nord de la France mais elle était une femme! C'était plus que ne pouvaient en supporter ses ennemis. Néanmoins, face à cette hostilité, elle décida de ne pas fléchir et songea aux travaux qu'elle allait bientôt entreprendre. Trois nouvelles salles de bains seraient installées au cours de l'hiver et les chambres qui donnaient sur l'arrière de l'établissement repeintes. Il lui faudrait moderniser la buanderie, ajouter des placards dans l'office, nettoyer les caves. Pendant que des ouvriers établissaient des devis, elle continuait de servir ses clients. Avec la fin de l'été, les soirées s'écourtaient mais elle aimait cette atmosphère qui précédait la rentrée. Bientôt, Mireille sortirait ses chaudrons et commencerait de préparer les confitures qui, tout au long de l'année, enchanteraient les petits déjeuners. Reines-claudes, mirabelles, mûres, cassis exhaleraient leurs parfums et, mêlés à celui du sucre fondu, embaumeraient la cuisine.

Lorsqu'elle quittait la Rose des Vents, le temps de faire des emplettes, elle retrouvait les réalités d'un monde qui n'allait pas bien et cette impression s'amplifia au fil des semaines. Affichés devant les kiosques, les gros titres des journaux n'annonçaient que de mauvaises nouvelles. En Espagne l'Alcazar de Tolède, tenu par les nationalistes, avait été détruit par un bombardement, le franc venait de connaître une dévaluation et Hitler, après avoir annoncé une prolongation du service militaire, venait de décider le renforcement du réarmement.

Marianne suivait elle aussi le cours des événements. Sa rencontre avec Ernst l'avait sensibilisée aux problèmes internationaux et, chaque jour, elle lisait *Paris-Soir*. Ses visites chez les Fischer l'aidaient aussi à comprendre une actualité qu'elle avait jusque-là ignorée. Elle les voyait deux ou trois fois par semaine. En dehors de l'amitié qu'elle éprouvait pour ses hôtes, c'était une façon d'avoir des nouvelles du jeune homme.

— Nous avons reçu une carte d'Amsterdam, lui dit au mois d'octobre Erika. Il y est resté plus longtemps qu'il ne le pensait. Son éditeur lui a demandé de reprendre certains passages de son manuscrit

— Et maintenant? Compte-t-il toujours se rendre à New York?

— Il y partira début novembre. Un contrat mirobolant... pour une série de conférences.

Début novembre! Marianne calculait les mois qui la séparaient d'hypothétiques retrouvailles. Pas une heure ne s'écoulait, en effet, sans qu'elle songeât à cet homme qu'elle risquait de ne jamais revoir. Il n'était pas impossible qu'il choisît de rester en Amérique tout comme il était envisageable qu'il rencontrât une femme dont il tomberait amoureux. Et, pourtant, aussi infimes que fussent ses chances, elle gardait espoir. Pour tromper son impatience et ses inquiétudes, elle étudiait et lisait. Surprise par tant de sérieux, Solange chercha en vain les causes de ce changement.

— Il doit y avoir de l'amourette là-dessous, répliqua Mireille à ses questions.

— Vous pensez à Manuel?

— Oh, je crois que celui-là, il est aux oubliettes.

— Qui alors?

— C'est pas à moi de le dire!

Avec la venue de l'automne, Marianne commença de suivre des cours à Marseille. Elle s'y rendait deux fois par semaine et, le reste du temps, s'entraînait chez elle au travail de dactylo. Erika avait pris le chemin de l'université d'Aix dont elle revenait chaque week-end pour retrouver ses parents et les Silberman qui envisageaient de passer un nouvel hiver à Sanary. Fin novembre, tous eurent la joie d'apprendre que le prix Nobel de la Paix était attribué au pacifiste allemand Carl von Ossetzky, un choix qui plaçait dans l'embarras le gouvernement allemand car le lauréat était emprisonné dans ses geôles depuis plusieurs années.

— C'est un magnifique pied de nez à Hitler, déclara Sam, mais, hélas, je crains que notre malheureux ami ne subisse la vengeance de ses sinistres sbires.

Personne n'osa lui donner tort car, jour après jour, se renforçaient le règne des nazis et les liens qui unissaient ceux-ci aux nationalistes espagnols ainsi qu'aux disciples de Mussolini. Semblable à un bateau qui tente de tenir bon dans la tempête, Hans avançait dans son roman. Chaque feuillet dactylographié s'ajoutait au témoignage d'un homme qui avait toujours prôné la justice, défendu l'art et combattu le racisme. Lui aussi prendrait bientôt le chemin d'Amsterdam afin de donner son texte aux éditions Querido. Mais ensuite? A quoi consacrerait-il son énergie? A cette question s'ajoutaient les problèmes financiers. Vivre en Provence leur coûtait moins cher que d'habiter une capitale, mais combien de temps encore pourraient-ils puiser dans leurs réserves?

— Je vendrai mes bijoux, répondit Hilda, à laquelle il venait de confier ses inquiétudes.

— J'aimerais tant que nous n'en arrivions pas là...

— Sarah l'a bien fait!

— Je sais, ma chérie.

Ils marchaient dans la campagne qui s'était parée de teintes automnales. Une odeur de mousse et de champignons les accueillit quand ils entrèrent dans un sous-bois dont le sentier ondulait entre des fougères. En même temps qu'ils avançaient, Hans songeait que l'exil l'avait rapproché de son épouse. Mariés depuis un quart de siècle, ils avaient connu une crise dans leur couple qui les aurait sans doute menés vers la rupture s'ils n'avaient dû quitter l'Allemagne. Hans, qui ne vivait que pour l'histoire et la littérature, souffrait qu'Hilda y demeurât imperméable et qu'elle ne s'intéressât qu'aux recettes de cuisine et aux ouvrages de dame. Qu'était devenue la jeune fille blonde et espiègle qui lui avait fait battre le cœur ? Ce qui devait arriver arriva et il fit la connaissance un peu avant cinquante ans d'une jeune enseignante dont les intérêts s'approchaient des siens. Malgré la discrétion avec laquelle il avait mené cette liaison, Hilda l'avait découverte et, fatalement, il s'était trouvé devant un choix dont il ne serait pas sorti indemne. En l'obligeant à quitter sa patrie, le destin se substitua néanmoins à sa volonté. Non seulement Hilda le suivit sans proférer le moindre reproche mais, dans cette épreuve, elle se montra une compagne exemplaire. A Paris, elle s'instaura couturière et, avec l'argent que rapportait son travail, leur permit de ne pas dépenser leurs économies. Telle qu'il la voyait, aujourd'hui, marcher devant lui, la silhouette voûtée par les heures consacrées au travail mais le pas alerte, il éprouvait de l'amour et, de toutes les forces qui lui restaient, tenterait de la protéger. Afin qu'elle conservât les bijoux que lui avaient légués ses grands-mères et mère, et auxquels il la savait profondément attachée, il était prêt à écrire comme un damné !

— Tu n'es pas trop fatiguée ? s'inquiéta-t-il en la voyant ralentir l'allure.

— Un peu.

— Alors, prenons ce raccourci.

Il passa son bras sous le sien et ils gagnèrent des champs plantés d'oliviers autour desquels s'activaient des journaliers. Pour se protéger d'un froid piquant, les paysannes avaient installé des braseros au pied des arbres dont elles cueillaient les olives pour les lancer ensuite dans une corbelette qu'une courroie de cuir retenait à leur cou. Fervents de traditions méditerranéennes, Hans et Hilda restèrent un moment à les observer puis ils reprirent leur marche.

— S'il ne s'agissait que de nous, je ne me ferais pas de tourment, avoua l'Allemande, mais je pense à Erika, qui aurait dû avoir une autre jeunesse.

— Une jeunesse semblable à la tienne!

Issue de la grande bourgeoisie munichoise, Hilda avait connu les meilleurs pensionnats, les bals féeriques, les voyages éducatifs à travers l'Europe et il ne pouvait lui en vouloir de regretter que leur fille ne bénéficiât pas des mêmes privilèges.

— Je comprends ce que tu ressens mais Erika va devoir affronter un monde différent de celui dans lequel nous avons vécu.

— J'ai tellement peur pour elle, Hans! Pour l'instant, nous pouvons la protéger mais, s'il nous arrivait malheur, que deviendrait-elle?

— Hilda, fais-moi plaisir, ôte de ton esprit ces idées noires.

— Il m'est impossible de refuser la vérité! Et la vérité me souffle que nous n'en sommes qu'au début de nos épreuves.

Hans ne répliqua rien. Une nouvelle année d'exil allait se terminer. Il regarda autour de lui le paysage qui offrait au soleil hivernal ses tonalités plus sombres. Dans leur malheur, la Provence était devenu leur bien le plus précieux, un joyau qui dispensait quotidiennement un ciel souvent privé de nuages, des parfums entêtants et le calme. Il devait leur installation à Lion et Marta Feuchtwanger, auxquels ils rendaient régulièrement visite dans leur Villa Valmer. Lion avait été l'un des premiers à quitter l'Allemagne et à attirer ses compatriotes dans le Sud de la France. Entourée d'un jardin où s'étageaient des terrasses, sa vaste maison lui permettait d'accueillir régulièrement des exilés. Dans son bureau et en compagnie des quelque deux mille volumes que comptait sa bibliothèque, il travaillait comme un forcené à un roman qui relaterait leur exil à tous. Certains lui reprochaient ses opinions communistes — il projetait d'ailleurs d'aller dans les mois à venir en Russie — mais tous admiraient son énergie et son sens de l'entraide. Il n'existait pas

146

une journée sans que s'engagent des discussions politiques et littéraires chez cet homme qui n'hésitait pas à déclarer :

— Il faudrait que la France et l'Angleterre déclarent la guerre à l'Allemagne.

Hilda ne pouvait sans trembler entendre semblables paroles. Une grande partie de sa famille était restée dans son pays natal et, si la séparation lui paraissait déjà insupportable, comment l'envisager en imaginant que les siens pourraient périr sous des bombardements ? Aujourd'hui, elle s'abandonnait à un pessimisme qu'elle ne parvenait à juguler et la présence de son mari, habituellement rassurante, n'annulait pas ses appréhensions.

— Erika n'a plus de véritable foyer, et quelle sorte de jeune homme risque-t-elle de rencontrer pour en fonder un à son tour ? Un exilé comme nous ?

— Peut-être un Français.

— Ah oui... et si les deux pays entraient en conflit... où se situerait-elle ?

Hans demeura silencieux. Lui-même n'était plus sûr de rien quant à leur avenir. Un moment, il avait songé à s'expatrier en Amérique mais il ne connaissait pas la langue et, dans ce pays gigantesque, serait incapable d'assurer une existence convenable à sa femme et à sa fille. Il songea à Ernst dont il avait reçu, la veille, des nouvelles. Son protégé parlait l'anglais ; jeune, brillant, il incarnait la résistance face à une insupportable idéologie. Les universités le réclamaient ainsi que les éditeurs. Se laisserait-il séduire par ces chants de sirènes et oublierait-il son passé ? Hans était partagé entre deux points de vue : d'un côté, il jugeait nécessaire qu'Ernst alertât l'opinion publique sur ce qui se tramait au cœur du continent européen, d'un autre, il éprouvait le désir égoïste de reprendre leurs stimulantes conversations. Depuis longtemps, le disciple avait dépassé le maître, toutefois Hans n'en éprouvait aucune amertume. A travers leur ami, il éprouvait l'étrange sensation qu'un peu de lui-même avait franchi l'Atlantique.

Hilda continuait de livrer ses pensées :

— Un temps, j'ai espéré qu'Erika et Ernst tomberaient amoureux l'un de l'autre.

— Tu as toujours été trop romanesque !

— Sans doute... mais, dans le cas présent, j'ai abandonné mes illusions.

— Cela me paraît sage.

— En fait, il n'a jamais oublié Liselotte.

Hans et Hilda avaient non seulement connu la jeune fille mais l'avaient souvent reçue avec Ernst avant que tous deux se séparent.

— Je ne les ai pourtant jamais trouvés assortis, poursuivit Hilda. Elle était futile, capricieuse.

— Qu'importe puisqu'il l'aimait !

En même temps qu'il formulait cette réponse, Hans songeait à leur propre cas. Hilda ne ressemblait en rien aux femmes qu'il avait courtisées avant de la connaître et pourtant il s'était démené pour l'arracher à son rival tant il était certain d'avoir trouvé celle qui lui dispenserait la douceur dont il avait soif. Si la passion n'était jamais entrée dans leur relation, les épreuves leur avaient permis de mesurer la profondeur de leurs sentiments. Privé de la présence d'Hilda, Hans se serait senti perdu, voire abandonné, et elle, en dépit de la passagère infidélité de son mari, continuait de vouer à celui-ci une admiration et un attachement sans faille.

Le froid s'était accentué et ils ne furent pas mécontents de trouver un feu dans leur cheminée.

— Vous arrivez au bon moment. Sam est en train de préparer le thé, les avertit Sarah, qui brodait des épis de blé sur un napperon en organdi blanc.

Fatiguée par leur marche, Hilda s'approcha de la cheminée, dans laquelle ils avaient l'habitude d'ajouter aux bûches quelques pommes de pin. En fermant les pau-

148

pières, elle pouvait se transporter à Munich. Petite fille disciplinée, Erika terminait sa leçon de piano et tout à l'heure elle viendrait goûter en sa compagnie. Dans son cabinet de travail, Hans préparait les cours du lendemain. Le soir même, ils se rendraient au concert puis souperaient avec des amis dans une brasserie illuminée. La vie leur semblerait clémente et, plus tard, au creux de leur grand lit à baldaquin, ils se blottiraient l'un contre l'autre afin d'écouter le vent souffler contre les volets de la maison bavaroise.

— Avez-vous fait une belle promenade? lui demanda Sarah.

— La campagne s'endort et cette image entraîne un peu de nostalgie.

Face à son amie, Hilda s'interdit d'en dire davantage. Elle s'obligea même à sourire et à lui proposer d'entamer avec leurs époux une partie de bridge. Les cartes avaient un pouvoir hypnotique qui maintenait à distance les inquiétudes.

14

A la Rose des Vents, les travaux de réfection avaient commencé. L'établissement résonnait de chansons fredonnées par les ouvriers italiens et les corridors étaient encombrés d'échelles, de carreaux en céramique et de seaux contenant de la peinture. Dans les pièces qui ne nécessitaient pas une rénovation, les volets avaient été tirés, des housses recouvraient les lits privés de leurs habituelles parures et la naphtaline diffusait dans les armoires une dissuadante odeur. Avec la morte saison, les saisonniers étaient partis. André travaillait dans un restaurant de Nice, Raymond s'était fait engager sur un bateau de croisière et Sylvie, en cachette de ses parents, cherchait une place de vendeuse à Marseille. Après un été chargé, Solange appréciait cette pause qui lui permettait de réfléchir à une nouvelle atmosphère. Désirant un hôtel gai et reposant, elle s'était tournée vers des couleurs rappelant le ciel et le soleil. Bleu pâle, jaune paille, chambres et salles de bains feraient oublier aux futurs vacanciers les frimas ou leurs soucis ! Dans le but de trouver l'objet ou le tableau susceptible de donner une touche plus personnelle au décor qui, peu à peu, s'organisait, elle avait repris le chemin des antiquaires. Marianne l'accompagnait parfois dans ses escapades à travers l'arrière-pays. Il leur arriva même d'aller jusqu'à Tourtour ou Moustiers, d'où elles rapportèrent des tasses à café. S'arrêtant au gré des agglomérations, toutes les deux s'imprégnaient d'une campagne qui vivait au rythme des cultures et des richesses que livrait une terre généreuse. Un jour, non loin de la côte, alors qu'elle traversait, seule cette fois-là, le village du Castellet, Solange découvrit, oubliée dans la cour d'une maison, la fontaine dont elle rêvait. De la gueule d'un lion, l'eau avait jadis coulé dans un bassin dont la pierre était à demi mangée par de la mousse séchée. La jeune femme imaginait déjà le murmure qui bercerait ses siestes quand elle l'aurait installée sous les fenêtres de sa chambre. Après une âpre discussion avec le brocanteur, elle déboursa une somme encore trop élevée mais la fontaine lui serait livrée le surlendemain et, bientôt, reprendrait vie.

Marianne écoutait la radio quand elle la retrouva.

— J'ai acheté des calissons, l'avertit la jeune fille en grignotant l'un d'entre eux.

— Mireille sera furieuse. Elle refuse que nous mangions les sucreries qu'elle n'a pas préparées.

— Je compte sur toi pour ne pas me dénoncer.

— Seulement si tu m'en offres quelques-uns, s'amusa Solange.

En même temps qu'elle plaisantait, elle s'était dirigée vers le plateau où l'attendait le courrier. Entre les factures et les lettres administratives, elle décacheta un faire-part de mariage.

— Luce Ferrandi et Michel Corbin, répéta-t-elle avant de demander à Marianne : Ces noms te disent sûrement quelque chose puisque tu es, toi aussi, invitée…

— Aurais-tu déjà oublié l'aviateur et sa fiancée qui sont venus deux fois l'été dernier ?

Luce descendait de voiture quand Solange et Marianne arrivèrent à l'église. Debout sur les marches du parvis, elles regardèrent se former le cortège et, tandis que les enfants d'honneur se rangeaient deux par deux derrière la mariée, Solange découvrit Philippe Bergeron qui photographiait une petite fille dont la mère renouait les rubans du chapeau.

— Nicole, regarde-moi, lui disait-il, et souris...

— Mais, papa, j'ai encore perdu des dents, se défendait la demoiselle, et maman dit que c'est laid !

Le regard de Solange se fixa alors sur celle qui devait être l'épouse du pilote. Elégante dans son manteau de faille bleu marine, madame Bergeron aurait pu passer pour une jolie femme si, par leur froideur, ses traits n'avaient donné l'impression d'être ciselés dans du marbre. Sans se préoccuper de son mari qui continuait d'immortaliser la cérémonie, elle pénétra dans la nef pour gagner l'un des premiers bancs. En même temps que résonnaient les orgues, Solange et Marianne prirent à leur tour place dans l'assistance. Philippe passa devant elles sans les voir et se dirigea vers le chœur afin de remplir son rôle de témoin auprès de Michel. Alors que les mariés échangeaient leurs alliances, Solange vit qu'il était grave. Pensait-il à ses propres noces comme elle-même était en train de le faire ? Depuis peu de temps, elle pouvait évoquer le souvenir de Jacques sans en éprouver de chagrin...

Alors que sonnaient à toute volée les cloches, une pluie de riz s'abattit sur monsieur et madame Corbin qui rirent aux éclats avant de s'embrasser. Ce fut à ce moment-là que Philippe aperçut Solange. En quelques enjambées, il la rejoignit et, sans cacher son admiration, la dévisagea derrière la voilette qui ornait son petit chapeau beige.

— J'ai souvent voulu retourner à la Rose des Vents mais je n'en ai malheureusement pas trouvé la possibilité.

— Et cette maison que vous deviez me faire visiter ?

— Ma proposition tient toujours ! En janvier, je m'arrêterai plus longtemps à Marseille. Mais serez-vous à Sanary pendant la morte-saison ?

152

— Je n'ai pas l'intention d'en bouger avant le printemps.

La petite demoiselle d'honneur les avait rejoints. Elle salua avec politesse Solange après que son père l'eut présentée avec fierté comme étant sa fille.

— Je l'avais deviné pendant que vous la preniez en photo.

— Avais-je l'air tellement béat ?

— Oh oui, rit Solange.

— Pourrais-je savoir ce qui vous amuse autant ? demanda une voix dénuée de charme.

En se retournant, Solange se trouva face à l'épouse de l'aviateur.

— Nathalie, je te présente madame Favier, qui possède un charmant hôtel à Sanary. Souviens-toi... je souhaitais t'y emmener avec Nicole avant la rentrée des classes.

— Ah oui, peut-être, répliqua sur un ton peu amène Nathalie Bergeron avant de tourner les talons.

— C'est près d'ici ? demandait Nicole.

— Pas très loin... au bord de la mer, répliqua Solange avant d'ajouter : Tu aimes nager ?

— Papa m'a appris mais j'ai encore un peu peur.

En prononçant ces paroles, l'enfant avait glissé sa main dans celle de son père pour l'entraîner vers les mariés.

— Excusez-moi, lança Philippe en s'éloignant.

On approchait de Noël mais, cette année, Solange n'ouvrirait pas le restaurant qui, ayant subi une importante fuite d'eau lors d'un gros orage, avait besoin, lui aussi, d'être repeint. Elle se préparait donc à passer des fêtes en toute tranquillité quand un appel téléphonique de sa mère changea ses prévisions.

— Maman ? répéta-t-elle, interloquée.

— Solange... ton père est malade. Il te demande.

— Mais comment m'as-tu retrouvée ?

— Je me souvenais que tu t'étais installée à Sanary. La

demoiselle des postes m'a aidée. Il faut que tu viennes. Papa insiste.

— C'est grave?

— Oui. Une pneumonie.

— Je pense pouvoir être là après-demain.

— J'espère qu'il ne sera pas trop tard!

Alors que son train entrait en gare de Tours, Solange éprouva pour la première fois de l'émotion. Tout s'était passé si vite qu'elle n'avait pas eu le temps de réfléchir aux conséquences qu'entraînerait immanquablement cette incursion dans le passé. Délibérément, elle se dirigea vers l'hôtel de l'Univers, où elle avait retrouvé Jacques une quinzaine d'années auparavant. Tandis que ses pas résonnaient sur les dalles du vestibule, elle se souvenait de sa gêne quand, en se faisant violence, elle s'était présentée devant le concierge pour demander si monsieur Favier séjournait toujours dans l'établissement. Aujourd'hui, la situation s'avérait différente. On accueillit madame Favier avec déférence et le directeur la mena vers l'une des meilleures chambres où elle s'accorda une heure de repos avant de reprendre la route dans la voiture qu'elle venait de réserver.

Tandis que le chauffeur sortait de la ville, les pensées de Solange se fixaient sur l'épreuve qui l'attendait. Sa mère éprouverait-elle un élan de tendresse à son égard... et son père? Face à la mort, avait-il besoin de s'acheter une conduite en se réconciliant avec sa fille? Pour sa part, la jeune femme n'éprouvait rien d'autre que de la pitié envers ces deux êtres qui l'avaient obstinément sacrifiée aux conventions.

Un véhicule stationnait devant sa maison natale. Après avoir agité le heurtoir, elle attendit qu'on lui ouvrît. Ce fut sa mère qui la fit entrer.

— Ah, te voilà, remarqua celle-ci sur un ton d'une incroyable neutralité.

154

En même temps qu'elle la suivait dans le salon, Solange renouait avec l'odeur de propreté qui avait accompagné ses années de jeunesse. Aucun meuble n'avait bougé et sur la cheminée se découpaient les vilaines statuettes en bronze qu'elle y avait toujours connues.

— Monsieur le curé est avec ton père, lui apprit dans un chuchotement Françoise Valmont.

— Il est malade depuis longtemps?

— Depuis la semaine dernière. Une angine qu'il n'a, bien entendu, pas voulu soigner et qui s'est transformée en pneumonie.

Un silence pesant s'installa entre les deux femmes jusqu'à ce que le religieux les rejoignît.

— Votre mari est plus calme, dit-il à madame Valmont.

Se tournant vers Solange, il demanda :

— Vous êtes sa fille, n'est-ce pas?

— En effet.

— Nous venons tout juste de parler de vous.

— Ah oui...

— Il vous attend avec impatience.

Après les nombreuses années qui s'étaient écoulées, le mot «impatience» parut peu approprié à Solange qui néanmoins quitta son siège pour gagner l'étage et pousser la porte de la chambre parentale. Plongée dans la pénombre, la pièce ressemblait à une crypte. Une odeur de transpiration mêlée à celle des potions augmenta le malaise de la jeune femme qui s'approcha du lit où gisait René Valmont. Elle découvrit un homme épuisé dont une barbe de plusieurs jours mangeait le visage rougi par la fièvre.

— C'est toi, Françoise? demanda-t-il d'une voix sifflante et saccadée.

— Non, papa.

Immobile, Solange attendait une réaction de celui qui

ne lui avait jamais porté secours quand elle en aurait eu besoin.

— Solange, murmura-t-il. Tu es venue...

Une main bougea sur les couvertures et Solange la prit dans la sienne mais ce geste n'était dicté que par de la pitié. En contemplant l'homme affaibli qui semblait envahi par les remords, elle avait la sensation de se trouver devant un étranger. Certes, il lui avait donné le jour, il l'avait éduquée jusqu'à l'âge de dix-huit ans mais le tour qu'avait pris son existence ne devait rien aux préceptes qu'il avait tenté de lui inculquer. Si elle était demeurée à Loches, sous sa tutelle et son influence, elle n'aurait pas accompli le centième du chemin que lui avait fait emprunter sa révolte.

— Je ne voulais pas partir sans te revoir, disait son père.

— Parler te fatigue.

— Au point où j'en suis!

La phrase se termina dans une quinte de toux et Solange prit sur la table de chevet un mouchoir propre pour essuyer le menton de son père. Puis elle tenta de remettre de l'ordre dans les oreillers.

— J'ai soif.

Dans la carafe, l'eau était tiède. Elle en remplit néanmoins le fond d'un verre puis passa son bras sous les épaules du malade dont elle sentit la brûlure au travers du pyjama. Il s'étrangla, cracha mais parvint à absorber un peu de liquide.

— Merci, dit-il quand il eut repris son souffle.

Elle attira une chaise puis s'assit. René Valmont avait à nouveau fermé les paupières. Somnolait-il? Sans bouger, elle demeura à ses côtés jusqu'à ce que sa mère les rejoignît.

— Je crois qu'il dort, chuchota Solange.

— J'ai préparé ta chambre si tu veux prendre un peu de repos.

156

— Merci, mais j'habite à Tours.

Tandis qu'elle prononçait ces paroles, la jeune femme se rendait compte qu'elle aurait été incapable de renouer avec ses habitudes de jeunesse. Ce qui l'entourait lui paraissait hostile et lorsqu'elle dut, plus tard, ingurgiter quelques cuillerées de soupe aux pois cassés, elle eut la nausée. Pas un instant, au cours de leur dîner, sa mère ne prit de ses nouvelles. Sans doute se moquait-elle de savoir quelle existence était la sienne! Mais n'en avait-il pas toujours été ainsi? Les agissements de Françoise Valmont n'avaient-ils pas, en permanence, tourné autour de son époux? Et maintenant que celui-ci allait disparaître, qu'allait-elle devenir? Une veuve inconsolable? En la regardant déambuler, Solange découvrit combien elle s'était voûtée, voire ratatinée, mais le poids des ans n'était pas le seul responsable de ce vieillissement prématuré. Immanquablement, s'y ajoutaient l'abnégation et la frustration de n'avoir jamais vécu selon ses propres souhaits.

Avant de partir, elle remonta chez son père, qui dormait d'un sommeil saccadé. Sur la pointe des pieds, elle s'écarta puis, après avoir pris congé de sa mère, retrouva sa voiture de location qui lui apparut comme le plus beau des carrosses. A mesure qu'elle s'éloignait de Loches, l'envahissait un soulagement semblable à celui qu'elle avait éprouvé le jour de sa fugue. L'obscurité l'empêchait d'apercevoir le paysage qu'elle devinait à force de l'avoir tant de fois traversé. Ramenant sur ses genoux le plaid déposé sur la banquette, elle songea aux retrouvailles qu'elle venait de vivre et qui ne la bouleversaient pas. Que signifiaient les liens du sang et quelle importance revêtaient-ils face aux liens du cœur? Les deux personnes auxquelles elle était profondément attachée, Marianne et Mireille, étaient entrées dans sa vie au gré d'événements dont elles n'étaient ni les unes ni les autres responsables. Le hasard? Solange n'avait pas envie d'y réfléchir.

Le vestibule de l'hôtel bruissait encore de conversations lorsqu'elle réclama sa clé. Il n'était pas tard et elle commanda un whisky qu'elle but allongée sur son lit. Autour d'elle, les murs tendus de toile de Jouy rose formaient un écrin protecteur. Les lumières étaient douces, les oreillers douillets... aussi, en dépit des circonstances, goûtait-elle sans la moindre trace de culpabilité ce qu'elle considérait comme une récréation. Le lieu où elle se trouvait ramena tout naturellement sa pensée vers Jacques mais, plutôt que d'éprouver l'habituelle nostalgie, elle ressentait une paix nouvelle, comme si son mari lui accordait la permission d'exister sans regrets. D'une certaine façon, la boucle se bouclait en cette nuit tourangelle qui représenterait, au sein de son existence, une étape décisive. Pour la première fois, Solange prenait conscience de la cohérence qui gouvernait ses actes. Adapté à sa personnalité, son parcours devenait limpide et cette adéquation lui insufflait une force jusqu'alors inconnue. En même temps qu'elle sombrait dans le sommeil s'évanouirent les dernières ombres et elle dormit d'un sommeil sans cauchemar.

René Valmont connut, le lendemain, des heures plus clémentes. Toutefois, le médecin empêcha son épouse de se bercer d'illusions. Les yeux rougis par les veilles, celle-ci allait et venait à travers la maison en essayant de puiser dans les tâches ménagères un remède à son angoisse. Avec Solange qui s'était présentée en début de matinée, elle évita les conversations étrangères pour se limiter au strict quotidien. Sa fille se plia d'autant plus volontiers à cette démarche que le contraire n'aurait servi qu'à raviver d'inutiles rancœurs. Quand son père ne l'appelait pas à son chevet, elle demeurait assise auprès du poêle de la cuisine, la seule pièce qui aurait été à peu près chaleureuse si Françoise Valmont, toujours maniaque, n'avait houspillé sans cesse la servante, une adolescente d'une quinzaine d'années, qui essuyait ses larmes du revers de la main.

Deux jours s'écoulèrent ainsi, au cours desquels l'état du malade empira. Dans de rares éclairs de lucidité, il réclamait sa fille qui restait auprès de lui jusqu'à ce qu'il tombât dans une sorte d'inconscience. Comme elle l'aurait fait pour un inconnu dans la détresse, Solange prononçait des mots de réconfort mais le chagrin l'effleurait à peine. Quelle complicité avaient-ils partagée? Quelles joies? Quelle confiance? A plusieurs reprises, elle s'était demandé si elle n'était venue que pour obéir aux conventions et porter secours à sa mère.

Le quatrième soir, la jeune femme ne reprit pas le chemin de Tours mais veilla René Valmont qui, selon l'avis du médecin, ne passerait pas la nuit. Assise sur une chaise inconfortable, elle luttait contre le sommeil et sursautait lorsque le tintement de la pendule la sortait de sa léthargie. Dans un fauteuil voisin, sa mère égrenait son chapelet en marmonnant des prières. La lueur de la seule lampe allumée dessinait des ombres sur les murs qui rendaient un peu plus oppressante l'atmosphère de la pièce. René Valmont mourut à l'aube sans avoir repris conscience. Sa respiration s'arrêta, laissant place à un grand silence avant que son épouse n'éclatât en sanglots. Discrète, Solange quitta la chambre pour gagner le rez-de-chaussée où elle fit bouillir de l'eau avant de moudre du café. Dehors, le ciel demeurait sombre. Peut-être allait-il pleuvoir. Un quart d'heure plus tard apparut la petite servante, le visage encore chiffonné de sommeil. Dès que la jeune femme lui eut appris la situation, elle se crut obligée de pleurnicher.

A mesure que se déroula la matinée, les visites se succédèrent : le médecin venu pour constater le décès, le curé pour mettre au point les détails de l'inhumation, les voisines qui dévisagèrent Solange comme l'enfant prodigue. Avec une précision d'automate, la jeune femme accomplit les gestes que l'on attendait d'elle et, lorsque tous les détails matériels furent réglés, proposa à sa mère de rester mais celle-ci lui préféra la compagnie de deux amies d'enfance.

De Tours, Solange téléphona à Marianne afin de lui annoncer la nouvelle.

— Souhaites-tu que je te rejoigne? lui demanda sa filleule.

— Non, ce n'est pas la peine.

— Tu es sûre?

— Certaine.

Après un court silence, Solange ajouta :

— Ne t'inquiète pas. Je ne suis pas effondrée.

Les heures qui suivirent furent consacrées à l'achat d'un manteau noir et d'un chapeau orné du crêpe qui lui couvrirait le visage pendant l'enterrement. Autour d'elle, les gens se préparaient à fêter la Nativité. Ils formaient des queues le long des magasins dont les vitrines regorgeaient de victuailles ou arpentaient les rues, les bras chargés de paquets. Devant l'hôtel de ville, un père Noël se faisait photographier en compagnie d'enfants qui le contemplaient avec des regards conquis. Un peu plus loin, au son d'un piano mécanique, un cracheur de feu attirait des clients devant une baraque foraine où l'on vendait du nougat. Des effluves de sucre et d'amandes grillées chatouillèrent les narines de Solange pendant qu'elle s'achetait un billet de tombola. Peu pressée de s'enfermer à l'hôtel de l'Univers, elle poursuivit sa promenade à travers les rues de la vieille ville. Après les heures qu'elle venait de traverser, ce fourmillement de vie la régénérait. Devant elle, des jeunes commencèrent à fredonner quelques notes de *Marinella*, la chanson de Tino Rossi, et elle dut se retenir pour ne pas les imiter. Avec la tombée de la nuit, les fenêtres des maisons s'éclairaient, transformant places et placettes en scènes de théâtre, et

160

Solange songeait aux actes de la vie quotidienne qui se jouaient à l'abri des regards. Le froid devenant plus vif, elle se décida à rentrer. A l'hôtel, l'atmosphère était à la fête. Debout devant la crèche qui trônait dans l'un des salons, des petites filles évoquaient les présents qu'elles espéraient tandis que, plus loin, leurs gouvernantes, tout en les surveillant, commentaient la nouvelle qui, depuis plusieurs jours, provoquait la stupéfaction dans le monde entier. Le roi Edouard VIII d'Angleterre avait annoncé son abdication en faveur de son frère. «J'ai trouvé impossible de porter un lourd fardeau de responsabilités et d'assumer mes devoirs de souverain sans l'aide et le soutien de la femme que j'aime», avait-il déclaré à ses sujets. La personne en question, celle par qui arrivait le scandale, était une Américaine.

— Tout de même, abandonner la couronne pour une divorcée! s'exclamait sur un ton outragé l'une des vieilles demoiselles.

— Ah, l'amour entraîne des sottises! répliquait son interlocutrice.

— Je vous trouve bien conciliante. Cette madame Simpson n'est, après tout, qu'une aventurière!

Sans s'attarder, Solange monta dans sa chambre et jeta sur le lit ses emplettes. Des macarons, disposés dans une assiette de porcelaine, l'attendaient sur un guéridon ainsi que des marrons glacés. Devant l'armoire où la cameriste avait rangé le linge fraîchement repassé, ses chaussures cirées et lustrées brillaient comme des miroirs. Solange réfléchissait au temps qu'elle devrait encore demeurer en Touraine quand une dispute éclata dans la pièce voisine. Un homme et une femme se jetaient des mots orduriers, tout cela parce qu'il allait passer Noël avec son épouse et ses enfants. Pour ne pas en entendre davantage, Solange se réfugia dans la salle de bains. Un intense sentiment de solitude l'envahissait soudain. Marianne et Mireille lui manquaient cruellement ainsi que la Provence et ses tra-

161

ditions autour de la naissance de Jésus. Pour la première fois depuis longtemps, elle pleura jusqu'à l'épuisement et sans honte… pour la première fois depuis longtemps, elle s'accorda le luxe d'être vulnérable !

15

Un vent glacial soufflait sur le cimetière. Devant le caveau familial, Solange grelottait et ce fut d'une main engourdie qu'elle agita, dans un ultime adieu, le goupillon au-dessus du cercueil de son père. A ses côtés, sa mère pleurait, imitée par ceux et celles qui l'entouraient. Avec plus ou moins d'hypocrisie, chacun, chacune, y allait de sa larme en battant la semelle. Les inévitables condoléances furent néanmoins abrégées par une bourrasque qui ploya les arbres. Françoise Valmont fut conduite au pas de course jusqu'à la voiture de Solange et, bientôt, elles purent se réchauffer en buvant un grog devant le poêle de la cuisine. Noël avait été fêté la veille par la population mais, dans la maison, le temps s'était arrêté.

— Souhaites-tu que je reste jusqu'au début du mois de janvier? demanda Solange.

— Non, non. Tu dois avoir des choses à faire chez toi.

Son père ayant laissé ses affaires en ordre afin que son épouse ne manquât de rien, la jeune femme n'insista pas et, le 30 décembre, prit le chemin du retour avec une rapide escale à Paris qui bruissait des préparatifs accompagnant la Saint-Sylvestre.

En se faufilant au milieu de la foule qui montait et descendait les Champs-Elysées, Solange prit enfin conscience de sa fatigue. Au bord du malaise, elle commanda un taxi qui l'emmena jusqu'à la gare de Lyon où l'avaient précédée ses bagages. En dînant au Train bleu, elle attendit son départ pour Marseille et l'idée d'être bientôt caressée par le soleil, bercée par l'accent chantant des méridionaux l'aidait à se reprendre.

Dans l'atmosphère feutrée du wagon-lit, elle lut des magazines avant de s'endormir. Un article consacré à Jean Mermoz, qui avait trouvé la mort le 6 décembre à bord de l'hydravion *La Croix du Sud* en reliant Dakar à Natal, la fit penser à Philippe Bergeron. On avait beaucoup parlé de ce terrible accident mais Solange, préoccupée par ses soucis, ne s'était guère attardée sur l'actualité. Des photographies de l'aviateur illustraient les faits. Ancien élève de l'Ecole centrale, celui-ci avait obtenu son brevet de pilote en 1921 puis, entré à l'Aéropostale, il était devenu un héros après s'être sorti par ses propres moyens d'un précédent accident dans la cordillère des Andes où, pendant trois jours et deux nuits, il avait par − 20° réparé son appareil... En parcourant ces lignes, elle se remémora que Philippe n'avait jamais évoqué le danger au cours de leurs conversations. Etait-ce sa façon de l'exorciser ? Elle imagina le poids de sa solitude quand il décollait pour des destinations lointaines. Songeait-il à sa petite fille, à sa femme ? Etrangement, en cette avant-dernière nuit de décembre, dans ce train qui la ramenait vers la Rose des Vents, elle admit qu'elle serait déçue s'il ne tenait pas sa promesse de l'emmener visiter la maison qui l'avait séduit.

Le ciel était clair au-dessus de la Méditerranée et ce retour à la lumière, après l'épreuve que venait de connaître Solange, réchauffa son cœur.

— Ah... ça, on peut dire que vous nous avez manqué ! s'exclama Mireille qui, après lui avoir serré les mains à les broyer, s'effaça pour la laisser entrer dans la petite maison.

164

— Solange ! s'exclama Marianne en descendant quatre à quatre l'escalier.

Devant un chocolat chaud, la voyageuse huma avec délice les senteurs familières, celle de la cire mélangée à quelques gouttes d'élixir de lavande, celle des pommes de pin qui avec des pétales de roses séchées emplissaient une corbeille ou encore des tartines grillées recouvertes d'une gelée de cassis. Dragonet, installé sur la chaise voisine, lui donnait de petits coups de tête afin qu'elle le caressât. Consciente de s'être créé un vrai foyer où ne circulaient que des ondes d'affection, Solange s'abandonnait à ces instants qui, ces derniers jours, lui avaient tant fait défaut. Attentive aux propos de Marianne qui lui contait par le menu ce qu'elle avait accompli pendant son absence, elle renouait en douceur avec l'univers qu'elle avait façonné selon sa personnalité.

— Les Fischer m'ont invitée pour le souper de Noël. Ils avaient décoré un immense sapin et Sam s'est surpassé. La dinde était cuisinée à la perfection, les marrons onctueux.

— Nous sommes loin de nos traditions, gémit Mireille qui, avec sa famille, avait partagé ce que les Provençaux appelaient le « gros souper ».

Un repas, composé de poisson, de légumes et clos par les « treize desserts », que l'on dégustait avant de se rendre à la messe de minuit.

— Le lendemain, nous avons tous été invités à boire du punch à la villa Huxley, poursuivit la jeune fille avec exaltation.

— Tu en as, de la chance ! s'exclama Solange que n'avaient jamais reçue l'écrivain anglais Aldous Huxley et sa femme. Raconte-moi.

L'auteur du *Meilleur des mondes* habitait depuis 1930 Sanary, plus précisément à La Gorguette, un promontoire rocheux où il bénéficiait d'une plage privée. Fréquemment, il recevait ses confrères allemands avec lesquels il entretenait des liens d'estime et d'amitié. Lion Feucht-wanger, Hans Fischer, Sam Silberman discutaient souvent dans le vaste bureau où le romancier avançait son œuvre de visionnaire.

— Monsieur Huxley a été plutôt silencieux. En revanche, sa femme parle pour deux. Elle porte de très larges pantalons. On dit qu'elle lui tape à la machine tous ses manuscrits.

— Est-ce vrai qu'ils vont déménager?

— Ils ont commencé leurs cartons.

— Où partent-ils?

— En Amérique.

— Et leur maison?

— Sans doute sera-t-elle à vendre!

Etait-ce de s'être éloignée qui rendait Solange plus sensible aux changements chez ses proches? Marianne lui apparut différente de la jeune fille légère, rieuse, du début de l'été précédent. Une gravité nouvelle imprégnait ses actes et ses paroles, ainsi qu'une once de nostalgie. Ses amis d'enfance lui manquaient-ils? Cette année, Hélène n'était pas venue du Caire... Sylvie passait le plus clair de son temps à Marseille... et Antoine, le pêcheur, avait été appelé sous les drapeaux. Parmi les jeunes de son âge, restait Erika avec laquelle elle continuait de jouer au tennis et d'aller au cinéma à Bandol ou Sanary.

— Es-tu certaine de ne pas regretter Paris? demanda-t-elle à sa filleule quand le soir, après avoir écouté la radio, elles fumèrent ensemble une dernière cigarette.

— Pourquoi me poses-tu cette question?

— Je te vois souvent pensive.

— J'ai toujours été rêveuse. Souviens-toi, quand j'étais petite... combien de fois ne m'as-tu dit que j'étais dans la lune!

166

Les travaux de l'hôtel reprirent aussitôt après les fêtes. En Provence, on entrait dans la période la plus creuse mais, à l'inverse d'autres personnes, Solange ne détestait pas cet endormissement. Autour de la Rose des Vents, les villas ne bruissaient plus d'appels et de rires. Parfois, un jardinier venait travailler dans les parcs où la nature s'économisait. Le facteur jetait quelques lettres au creux des boîtes et, au lavoir, les femmes, privées de l'ouvrage fourni par les vacanciers, s'attardaient dans le seul but de cancaner. A Sanary, certains commerçants avaient fermé les rideaux de leur magasin pour s'accorder un peu de repos. C'était le cas des parents de Sylvie, partis retrouver leur famille du côté de Valence. Bon gré mal gré, la jeune fille les avait suivis; néanmoins un espoir l'habitait, celui d'être engagée, à son retour, comme vendeuse aux Nouvelles Galeries de Marseille. Le chef du personnel avait appelé madame Favier afin de prendre des renseignements et celle-ci ne s'était pas montrée avare de compliments sur son ancienne employée. Sylvie se pinçait parfois pour être sûre de ne pas rêver. Etait-il possible que travailler à Marseille devînt une réalité? Et ensuite... Il ne lui resterait plus qu'à rencontrer de temps à autre François, qui avait fini par répondre à sa troisième lettre. Sa joie quand elle avait découvert sa missive à la poste restante! A nouveau, il suivait ses cours au conservatoire et, en fin de semaine, jouait dans un bar du port. «Si tu croises Marianne, surtout n'oublie pas de lui faire toutes mes amitiés», avait-il ajouté dans un post-scriptum. Bien entendu, elle s'était gardée de transmettre ce message. François n'appartenait qu'à elle et rien dorénavant n'entraverait cette situation. Elle avait suffisamment souffert, l'été précédent, pour ne plus courir le risque d'une quelconque concurrence!

Loin d'imaginer les espoirs que nourrissait son amie, Marianne poursuivait son apprentissage de l'anglais et de la dactylographie. Elle continuait de se rendre deux fois par semaine en ville et, à plusieurs reprises, il était arrivé que Solange la rejoignît pour assister le soir à une représentation théâtrale, avec une préférence pour celles que donnait la compagnie du Rideau gris, fondée en 1931 par Louis Ducreux. Elles se rendaient aussi au concert dans les salons Massilia ou à l'Opéra. A mesure qu'elle découvrait la vie artistique, Marianne avait l'impression de se rapprocher d'Ernst qui, toujours en Amérique, ne manifestait, selon les Fischer, aucune hâte de retrouver l'Europe. La jeune fille ne perdait pourtant pas espoir. Habitée par une étrange intuition, elle percevait au plus intime de son être que tous deux n'avaient pas écrit le dernier mot de leur relation.

Ses visites chez les Allemands l'avaient rapprochée de Sarah Silberman qui, n'ayant pas eu d'enfant, avait une écoute particulière pour Erika. Tout naturellement, Marianne était entrée dans le cercle magique des confidences entre générations. Pour les deux jeunes filles, Sarah représentait la femme accomplie. Aucun domaine n'avait échappé à son approche de la vie. Aimée d'un homme lui-même recherché, caressée autrefois par la notoriété, adulée par son public, elle avait, en dépit de sa maladie, conservé une grâce infinie et un humour qui rejaillissaient sur son entourage.

— Poseriez-vous pour moi? demanda-t-elle un jour à Marianne.

— Vous voudriez faire mon portrait?

— J'aimerais essayer… Mais je ne garantis pas le résultat.

— Pourquoi pas? répliqua en riant la jeune fille.

— Promettez-moi, néanmoins, de ne pas m'en vouloir si je ne vous rends pas aussi jolie que vous l'êtes.

Les séances commencèrent à raison de deux par semaine. Sarah traça d'abord au crayon le visage de Marianne qui sous son examen se sentait intimidée.

— Sam me dit que j'ai l'air méchante quand je me concentre. Est-ce vrai ?

— Vous êtes différente.

— Voici la réponse polie que j'attendais, s'amusa l'Allemande.

Au fil de leurs rendez-vous, une intimité s'instaura. Le modèle questionna l'artiste sur son passé puis, tout naturellement, les conversations glissèrent vers ses relations avec son actuel entourage.

— Il n'est pas facile de vivre en communauté, admit Sarah, surtout pour des personnes aussi individualistes que nous tous. Que ce soit Hans, Sam ou moi-même, nous avons toujours agi comme nous l'entendions. Nous privilégions la solitude, l'intimité.

Sarah nettoya un pinceau avant de poursuivre :

— Mais, si l'exil nous a placés devant des difficultés financières auxquelles nous n'étions pas préparés, il nous a, en revanche, poussés à découvrir la richesse de l'amitié et la tolérance. Il a aussi placé, pour la seconde fois, notre couple face à l'épreuve.

En voyant Marianne s'agiter sur sa chaise, Sarah demanda :

— Souhaitez-vous vous détendre ? J'oublie toujours combien c'est fatigant de tenir la pose !

— Non, non pas du tout.

Un silence s'étira avant que Marianne ne murmurât :

— Si vous le voulez bien, parlez-moi encore de votre couple. J'aime votre histoire à tous les deux. Je l'aime d'autant plus que j'ai grandi auprès de veuves. Je n'ai pas connu mon père et mon parrain, le mari de Solange, est mort quand j'étais encore très jeune.

— Pendant de longues années nous avons été chanceux, Sam et moi... sans doute trop chanceux. Nous avions tout ce que l'on pouvait désirer ! Mais c'est plus tard, quand le sort a tourné, que nous avons véritablement mesuré notre attachement. D'abord ma maladie puis cet exil qui nous a transformés en nomades, dépendants d'un entourage bienveillant et des circonstances à venir. Sam espère que nous rentrerons, un jour, dans notre pays. Je ne veux pas le décourager mais je n'y crois pas.

Comme si elle se parlait à elle-même, Sarah poursuivit :

— Combien de temps tiendrons-nous ainsi... à la merci d'un fou qui a décidé de nous anéantir?

Puis, revenant à la réalité, elle ajouta :

— Allons... assez d'idées sombres pour aujourd'hui! Parlons plutôt de vous.

— Oh, il n'y a pas grand-chose à dire.

Sarah sourit avant de répondre :

— A votre âge, je tenais le même discours. Et pourtant, tout se met en place à votre insu.

— Vous le pensez vraiment?

— Rien n'est anodin dans vos choix ou dans ceux d'Erika. Toutes les deux, vous apprenez avec plus ou moins de douceur ou de violence à savoir ce qui vous convient. Vous apprenez à dire «oui» ou «non» en sachant pourquoi.

— Je me trompe beaucoup, avoua Marianne.

— Jusqu'au moment où vous vous tromperez moins. Nous avons tous une horloge intérieure mais nous ne savons pas toujours l'écouter.

Ainsi, en compagnie de cette femme singulière, Marianne découvrait les demi-teintes de l'existence; elle comprenait que les complications et les épreuves pouvaient donner naissance à des liens plus forts et plus subtils. Elle se soumettait davantage à la loi du temps, jugulait son trop-plein d'impatience, s'acceptait davantage et, surtout, apprenait à voir et à entendre.

Lorsque le climat le permettait, elle poussait le fauteuil roulant de Sarah dans les allées du jardin et toutes deux se taisaient pour écouter le chant d'un oiseau, le bruisse-

170

ment d'une feuille morte ou, au loin, la sirène d'un bateau.

— Vous vous rendrez compte, un jour, du bonheur que dispensent les mille riens de l'existence : le parfum du jasmin ou du mimosa, la fraîcheur d'une rosée, les brumes matinales qui se dissipent, l'accueil d'un animal, un sourire, la chaleur d'une voix... tous ces plaisirs que l'on a tort d'oublier.

16

Le mois de janvier 1937 se terminait lorsque Philippe Bergeron gara sa voiture devant la Rose des Vents. Pas un bruit ne filtrait de l'hôtel, dont il fit le tour sans percevoir de présence, et il se préparait à rebrousser chemin quand une porte claqua dans son dos. Chargée d'un panier contenant des pots de conserve en verre, Mireille se dirigeait vers un bosquet. En quelques enjambées, il la rattrapa.

— Ah... bonjour, monsieur! s'exclama la cuisinière en le reconnaissant.

— Bonjour. Je cherchais madame Favier.

— Elle est partie faire des commissions à Sanary mais elle va pas tarder. Vous allez bien l'attendre un peu.

Philippe découvrit alors, cachée par les arbustes persistants, la maison de poupée qu'habitaient Solange et Marianne.

— Madame Favier préfère la tranquillité. Ici, elle est pas obligée de croiser ses pensionnaires. Mais entrez donc et prenez place.

Docile, Philippe s'installa dans un fauteuil pendant que Mireille ranimait les braises de la cheminée. Dragonet, dérangé dans sa sieste, s'étira longuement, plongea ses yeux dans ceux du visiteur puis, reprenant sa pose de sphinx, se rendormit.

— Je vais vous préparer une tasse de café, ça vous réchauffera, déclara la Sanaryenne avant de s'éclipser.

En attendant le retour de Solange, Philippe se familiarisait avec le cadre dans lequel elle évoluait. Son regard caressa les meubles raffinés, les tissus confortables qui révélaient un goût sûr et original. Sur une table, il vit des livres d'anglais, des cahiers. Il s'approcha de la bibliothèque où voisinaient des romans de Balzac, Sand, Lehman et Colette. Posées contre les volumes, des photographies témoignaient du passé de Solange. Il la vit à la proue d'un voilier puis, une raquette à la main, en train de sourire à l'objectif. Un autre cliché l'avait surprise, assise à côté d'un homme plus âgé et élégant.

— Monsieur Favier, le renseigna Mireille qui, un plateau entre les mains, s'était approchée.

— Je m'en doutais...

— J'oublierai jamais le jour où il nous a quittés !

— L'hôtel n'existait pas, à ce moment-là.

— Oh non... C'est après que madame a décidé de changer sa vie.... Vous pouvez pas imaginer le luxe qu'elle avait connu ! Tout d'un coup, se mettre au travail... et réussir...

Avec force détails, elle expliqua les débuts de la Rose des Vents, les premiers pensionnaires puis les travaux d'agrandissement et Philippe découvrait ce que la discrétion de Solange l'avait empêché jusqu'à présent de savoir.

— Mais ce succès fait des tas de jaloux ! Imaginez que le soir où vous vous êtes tous amusés dans la crique, on lui a reproché d'avoir allumé un feu au milieu des galets... Un pêcheur, qui a vu ça de son bateau, l'a raconté aux gendarmes... et ce pêcheur... c'était Antoine, un camarade d'enfance de Marianne !

L'arrivée de Solange interrompit ces confidences. Essoufflée, la jeune femme laissa tomber les nombreux paquets qu'elle portait sur un siège puis se tourna vers son visiteur.

173

— Philippe, dit-elle sans oser ajouter que cette visite lui procurait un intense plaisir.

Tandis qu'il l'aidait à se débarrasser de son manteau, elle prit conscience de sa mise peu recherchée. La matin même, elle avait revêtu un vieux chandail gris, une confortable jupe en tweed du même ton et des chaussures plates. Dans ses yeux, pourtant, elle ne décela aucune trace de déception.

— J'apporte une seconde tasse, déclara Mireille en retournant vers la petite cuisine que madame Favier utilisait pendant la saison creuse.

— Etes-vous là depuis longtemps? demanda Solange à son visiteur.

— Une demi-heure, mais votre cuisinière m'a tenu compagnie.

— J'imagine qu'elle a parlé pour deux!

— Je l'y ai tout de même poussée, avoua Philippe en riant.

— Vous allez vous attarder en France cette fois-ci?

— Une quinzaine de jours. Après-demain, je partirai pour Paris. Nicole est très pressée de me montrer ses bons points.

Pendant une vingtaine de minutes, ils échangèrent les nouvelles des uns et des autres. Bernard était en voyage tandis que Luce et Michel filaient le parfait amour dans leur maison de l'Estaque.

— J'ai gardé l'appartement que nous partagions tous les deux sur le port mais je me demande si la fameuse «maison du bout du monde» pourrait devenir ma résidence dans le Midi. Elle a, cependant, le défaut d'être loin de Marignane.

— Tout dépend de la durée de vos congés.

— Jamais moins de trois jours.

— Dans ce cas, la distance n'a plus d'importance.

— J'étais venu dans l'idée de vous la montrer.

— Allons-y, renchérit Solange en se levant.

174

— Il vaudrait mieux que vous chaussiez des bottes. Le terrain est rempli de ronces et d'orties.

Avec une intense sensation de légèreté, ils parcoururent dans la voiture de Philippe la distance qui les séparait de La Cadière. Un pâle soleil d'hiver s'étendait sur les vignes endormies où aucune silhouette ne se profilait. Presque parvenus sur les lieux, ils se perdirent dans un dédale de chemins creux que les pluies des derniers jours avaient transformés en ornières.

— Ce doit être par ici, tenta Philippe, qui craignait de s'enliser.

Ils roulèrent encore quelques centaines de mètres puis abandonnèrent le véhicule.

— Je n'imaginais pas que cette promenade deviendrait un pensum, s'excusa-t-il en voyant Solange patauger dans la boue.

Au détour d'un virage, la maison apparut, sous son plus sévère aspect. La treille était dénudée de sa glycine et, gorgée d'eau, la nature alentour avait perdu tout éclat. Percevant la déception de son compagnon, Solange s'avança vers le bâtiment, en poussa la porte délabrée puis pénétra dans une pièce dont le sol de terre battue dégageait une forte odeur d'humidité.

— Quelle belle cheminée ! s'exclama-t-elle.

S'approchant ensuite d'une fenêtre, elle découvrit les collines et la mer, au loin. Il l'avait suivie et, derrière elle, contemplait la paysage. Ses cheveux exhalaient un léger parfum de lis.

— Vous ne pouvez pas l'abandonner à quelqu'un d'autre, murmura-t-elle en se retournant.

— Elle vous plaît à vous aussi ?

— Infiniment.

— Il y aura de gros travaux.

— Pas autant que vous le croyez. La charpente est bonne, la toiture ne m'a pas paru trop endommagée.

175

Il n'osa lui demander de monter à l'étage mais elle le fit et, avec une déconcertante facilité, lui expliqua ce que pourrait devenir l'habitation.

— Il y a suffisamment de place pour créer deux belles chambres, dit-elle, et peut-être une troisième, plus petite.

— Deux suffiront.

— Et si vous aviez un autre enfant ?

— Non... je ne le crois pas.

En même temps qu'il prononçait ces paroles, Philippe se rendit compte qu'il ne le souhaitait pas. Ce serait à nouveau le fils ou la fille de Nathalie qui avait trop bien su élever Nicole loin de lui. Lorsqu'il s'était marié, il avait sincèrement pensé fonder une famille mais, de ce vœu, il ne resterait bientôt que des cendres. S'il n'y allait pour retrouver Nicole, il n'aurait probablement pas mis les pieds à Paris tant son couple se trouvait au bord du naufrage. Depuis l'été précédent, il ne téléphonait à sa femme que pour parler quelques instants à la fillette, qu'il sentait avec soulagement toujours aussi affectueuse.

Solange était sortie afin d'observer avec plus d'attention l'état extérieur. Des éclaboussures de boue constellaient le dos de son manteau et son nez était rougi par le froid mais, ainsi, elle lui semblait plus proche. Il allait la rejoindre quand un petit chien, qui n'avait plus de couleur, sortit en boitant d'un taillis. Epuisé, il vint flairer le bas du pantalon de Philippe puis le regarda avec des yeux inquiets avant de se coucher à ses pieds. Le pilote se baissa pour palper l'animal.

— J'ai l'impression qu'un véhicule a heurté sa patte arrière gauche.

— Laissez-moi voir, répliqua Solange qui, à son tour, se pencha sur le chien qui gémissait.

Se relevant, elle murmura :

— Nous allons le ramener à la Rose des Vents et le soigner.

Indifférent à la saleté de leur protégé, Philippe le porta

avec précaution vers la voiture puis l'installa sur la banquette arrière, où il trembla jusqu'à leur arrivée dans la cour de l'hôtel.

— On va d'abord le laver à la fontaine, proposa Solange.

Déjà boueux, Philippe finit par être trempé à force de savonner la bête qui tenait du fox et de l'épagneul. Son pelage roux et blanc devint peu à peu visible et, collant à sa peau, révéla une inquiétante maigreur. Une fois essuyé, il put pénétrer dans la maison où Dragonet, qui l'avait aperçu par le carreau d'une fenêtre, l'accueillit en crachant.

— Seigneur... qu'est-ce que vous nous amenez là! s'exclama Mireille en découvrant l'arrivant.

Tout en maugréant, elle fila vers la cuisine pour lui préparer le contenu d'une gamelle qu'il mangea gloutonnement pendant que Solange appelait le vétérinaire afin qu'il passât le lendemain.

— Il faut vous changer, dit-elle à Philippe qui s'était approché de la cheminée pour se réchauffer. J'ai en réserve des chandails et des pantalons de pêche pour mes pensionnaires. Mireille va aller vous les chercher.

Elle-même monta dans sa chambre, Dragonet sur les talons.

— Ne crains rien... personne ne t'oublie, lança-t-elle au chat qui, dans un instinct de propriétaire, sauta sur son lit.

Une joie qu'elle n'avait pas éprouvée depuis longtemps l'envahissait et elle dut reconnaître que Philippe n'y était pas étranger. Depuis le mariage de Luce et de Michel, elle avait espéré sa visite et, maintenant qu'elle le savait au rez-de-chaussée en train de l'attendre, elle ne pouvait plus se cacher la vérité. Au moment où elle avait cru qu'aucun homme ne la bouleverserait, il avait croisé son chemin. Dans la fièvre, elle revêtit une jupe de velours prune assortie à un cardigan qui flattait son teint.

Il observait les pièces d'un jeu d'échecs quand elle le rejoignit.

— Regardez, s'amusa-t-il en désignant le chien qui s'était endormi devant le feu. Il n'a jamais dû connaître un tel bien-être. Et moi non plus, ajouta-t-il en tournant sur lui-même afin qu'elle admirât sa nouvelle tenue. Quel confort !

Revenant à ce qui l'occupait, il demanda :

— Que diriez-vous d'une partie ?

Solange avait gardé l'échiquier en mémoire de son mari avec lequel elle avait disputé d'âpres parties mais n'y avait plus touché. Elle se préparait à décliner l'offre de Philippe quand, à sa grande surprise, elle s'entendit déclarer :

— Vous prenez le risque de vous ennuyer face à une piètre adversaire.

— Nous verrons !

Il gagna mais pas aussi aisément qu'elle l'avait imaginé car, mue par le désir de le surprendre, elle trouva des parades qui lui attirèrent des compliments.

— Ou vous êtes trop modeste ou vous avez tenté d'endormir ma méfiance, lui dit-il après avoir prononcé « échec et mat ».

Lui-même s'étonnait de la fluidité de leur relation. Jamais, et certainement pas avec Nathalie, il n'avait connu cette complicité et cette aspiration réciproque d'être bénéfique à l'autre. Philippe ne croyait pas au bonheur ; pourtant, au creux de cette journée hivernale, il touchait à des instants d'une rare intensité. Son regard chercha celui de Solange. Il saisit sa main, qu'elle ne retira pas, et tandis qu'il en baisait la paume, sentit les doigts de la jeune femme caresser sa joue. La présence de Mireille dans la pièce voisine les empêchait de se rapprocher davantage mais Solange n'en était pas mécontente. Une peur irraisonnée l'envahissait soudain face à celui dont elle désirait l'étreinte. Crainte de renier son mari, crainte de ses propres sentiments, crainte de s'embourber

178

dans une relation compliquée ? Il dut le comprendre car il l'abandonna pour se diriger vers le sofa et elle envia sa maîtrise. Comment réussissait-il à évoquer des sujets mineurs après l'aveu muet qu'ils venaient de se faire ?

Le retour de Marianne créa une diversion. Il fallut lui raconter par le menu la découverte du chien, chercher un nom pour celui-ci. Mireille s'en mêla et l'atmosphère devint fort joyeuse autour de l'intéressé qui continuait tranquillement de dormir. Après quelques trouvailles plus ou moins heureuses, il fut baptisé Diabolo. Dehors, la nuit était tombée. Philippe consulta sa montre puis se leva afin de vérifier l'état de ses vêtements disposés devant l'âtre.

— Il est temps que je vous laisse.

— Mais nous nous sommes à peine vus ! s'exclama Marianne. Restez dîner avec nous.

Réservant sa réponse, Philippe attendit la réaction de Solange, qui utilisa Mireille.

— Vous la vexeriez si vous ne goûtiez à sa daube.

Le repas fut enjoué. Philippe raconta ses derniers voyages en Asie. Il était allé jusqu'en Chine pour y ouvrir de nouvelles lignes. Sur ses découvertes, il se montrait intarissable et, en écoutant ses souvenirs, Solange empruntait des venelles ornées de lampions, pénétrait dans des maisons de thé où officiaient, avec une insoupçonnable grâce, des femmes aux cheveux laqués. Il évoqua aussi le Siam et le Cambodge, les grands temples d'Angkor enfouis dans la jungle... Quand Marianne le questionna sur les vols, il relata ses décollages lorsque le soleil se levait, les nuits froides en compagnie des étoiles, les frayeurs engendrées par un problème mécanique.

— Avez-vous déjà cru ne pas vous en sortir ? insista la jeune fille.

— A deux reprises. La première au cours d'une tempête, au-dessus de la baie de Naples. La seconde pendant

179

que nous survolions les Alpes. Mais, comme vous pouvez le constater, tout a fini par rentrer dans l'ordre.

— Le Bon Dieu existe pour chacun de nous, s'interposa Mireille, qui se préparait à regagner sa chambre dans les communs.

— Et il me souffle de rentrer à Marseille avant d'être trop fatigué, répliqua l'aviateur en se levant.

Solange eut soudain très froid. Ne lui avait-il pas annoncé que le surlendemain il partirait pour Paris? L'idée de ne plus le revoir avant longtemps lui étant insupportable, elle déclara sur un ton qu'elle tenta de rendre détaché :

— J'ai un rendez-vous à Marseille demain après-midi...

— Eh bien... pourquoi ne prendrions-nous pas un verre sur la Canebière?

Dès que le lieu et l'heure de la rencontre furent fixés, Solange se sentit soulagée. Un sursis leur était accordé et, même si celui-ci s'accompagnait de risques aux lourdes conséquences, elle ne pouvait ni ne voulait reculer.

17

Diabolo s'était foulé la patte et le vétérinaire la lui banda.

— Ce chien devait errer depuis longtemps, constata-t-il en lui palpant les côtes, mais, chez vous, il va vite rattraper son poids.

« Et retrouver la joie de vivre », se disait Solange tandis que l'animal ne quittait la cuisine que pour se coucher devant la cheminée. En revanche Dragonet demeurait à l'étage et, au sommet de l'escalier, veillait à ce que l'intrus n'empiétât pas sur son territoire.

— Quel jaloux ! se moquait Marianne.

Les préoccupations de Solange étaient néanmoins ailleurs. Depuis la veille, elle savait que la journée à venir serait décisive et cette réalité l'avait non seulement empêchée de trouver le sommeil mais aiguisait sa nervosité. Combien de fois ne regarda-t-elle sa montre ou ne traqua-t-elle son reflet dans les miroirs ? Au déjeuner, elle ne put rien avaler et le café, bu à la hâte, brûla sa gorge. Durant le trajet qui la menait vers Marseille, elle eut la tentation de rebrousser chemin. Le souvenir de sa fugue vers Tours afin d'y retrouver Jacques s'imposait à sa mémoire. Une nouvelle fois, elle allait au-devant d'un homme et, en parcourant la distance qui la séparait de celui-ci, savait déjà qu'elle se brûlerait.

Il pleuvait quand elle entra dans la ville et, à mesure qu'elle se dirigeait vers le centre, l'averse redoubla. Le café où ils s'étaient donné rendez-vous était empli de monde. Accompagnée par le bruit du percolateur et des conversations, elle se fraya un chemin vers une seconde salle où elle ne trouva pas Philippe. Avait-il changé d'avis ? Au moment où elle se préparait à rebrousser chemin, il arriva.

— Excusez-moi, lui dit le pilote, essoufflé. On m'a appelé ce matin à Marignane et le retour a pris plus de temps que je ne le pensais. Mais ne restons pas ici. Il y a trop de vacarme !

Dehors, il ouvrit un grand parapluie, glissa son bras sous celui de Solange puis l'entraîna d'un pas rapide vers son véhicule.

— Un véritable déluge, constata-t-il en entendant l'eau crépiter sur le toit.

Il mit le moteur en marche et ils descendirent au ralenti la Canebière dont les trottoirs disparaissaient sous d'immenses flaques.

— Où pourrions-nous aller ? Au bar de l'hôtel de Noailles ?

Solange ne répondit pas. Aux lieux publics, elle préférait poursuivre leur promenade dans cette automobile qui les isolait de tout regard. Ils étaient arrivés devant le port où ciel et mer se confondaient jusqu'à former un immense rideau liquide. Solange avait l'impression que les battements de son cœur emplissaient le silence qui les enveloppait. A la dérobée, elle regarda Philippe, dont elle envia le calme et la maîtrise. Au bout de quelques minutes, ils s'arrêtèrent. Elle ne demanda pas où ils se rendaient et il ne la renseigna pas mais leur accord se passait de paroles. Bientôt, elle fut chez lui. Avec des gestes d'automate, elle ôta son manteau puis s'approcha du poêle dans lequel il venait de jeter du bois.

182

— Un bon grog nous fera du bien, promit-il avant de pénétrer dans la cuisine.

Par la porte entrouverte, elle le vit emplir une casserole d'eau et sortir d'un placard une bouteille de rhum. Puis il disparut dans la pièce voisine pour en revenir avec une serviette.

— Otez vos chaussures! Elles sont trempées!

A mesure que s'écoulaient les minutes, l'appréhension de Solange diminuait. Elle éprouvait même le curieux sentiment qu'ils avaient tous deux échappé à une catastrophe dont ils étaient les seuls survivants. Philippe alluma quelques lampes qui révélèrent un univers exotique.

— Après le départ de Michel, j'ai pu sortir mon bric-à-brac des caisses où il était enfermé depuis des mois, avoua-t-il alors qu'elle le complimentait sur les ibis en lapis-lazuli rapportés d'un périple égyptien.

Tour à tour, elle découvrit la statue du dieu Shiva taillée dans la pierre, une superbe tête de bouddha en terre cuite, des éventails, des statuettes d'un beau jade, des pipes à opium et un samovar, le tout posé, sans la moindre recherche, ici et là. Chaque objet avait une histoire et, à mesure qu'il les lui contait, elle l'imaginait s'immergeant dans les civilisations qui le fascinaient et apprenant ainsi l'usage du monde. A le côtoyer dans ce lieu qu'il avait transformé en caverne d'Ali Baba, elle sentait décroître sa timidité et il le perçut. Elle s'assit plus confortablement dans son fauteuil, s'exprima avec davantage d'aisance. Par la fenêtre, l'obscurité entrait peu à peu dans la pièce et ils apercevaient les lumières des maisons situées sur l'autre rive. La pluie continuait de gifler les carreaux des fenêtres mais, maintenant qu'ils étaient ensemble, à l'abri, ils en goûtaient le crépitement.

— Je pourrais l'écouter pendant des heures, avoua Solange. Lorsque j'étais petite, j'adorais les averses qui tombaient dru sur la campagne.

— Souvent, je me suis demandé où vous étiez née.

Elle lui livra alors son enfance tourangelle, évoqua le décès récent de son père et son peu de chagrin pour conclure :

— Je ne peux tricher avec moi-même.

A son tour, Philippe se pencha sur son passé. Il avait vu le jour dans une famille de fermiers qui, depuis plusieurs générations, s'étaient installés en Côte-d'Or. Dernier fils de trois enfants, il avait grandi à l'écart des aînés, accompli de correctes études puis, son bachot en poche, s'était préoccupé d'accomplir son rêve : devenir aviateur. Pour expliquer sa vocation à Solange, il sut trouver les mots vrais ; aussi n'éprouva-t-elle aucune difficulté à imaginer les aubes glacées ou les somptueux couchers de soleil, les décollages, les atterrissages sur des terrains de fortune, son premier vol en hydravion, la magie des grands fleuves asiatiques et la beauté des déserts alors qu'il les survolait à basse altitude. Il parla aussi de ses « chevaliers du ciel », avec un élan particulier pour Jean Mermoz.

— A sa mort, j'ai pleuré, avoua-t-il avec simplicité. Il rejoignait Noguès dans mon panthéon et sa disparition m'a ôté pendant plusieurs semaines le plaisir de voler.

Toutefois, conscient d'avoir assombri l'atmosphère, il se reprit :

— Je parle, je parle mais pour que tout cela ne reste pas abstrait... il faudrait que je vous emmène un jour.

— A bord d'un avion ?

— Oui. Pour accomplir ce que l'on appelle un baptême de l'air.

— Vous n'êtes pas sérieux !

— Au printemps prochain, vous en aurez la preuve.

Au printemps prochain ! Ainsi, il formait des projets !

— L'un de mes amis nous prêtera son avion et nous ferons un tour au-dessus de la Méditerranée.

Alors qu'il se levait pour vérifier le bon fonctionnement

du poêle, Solange consulta la pendulette posée sur la table où s'entassaient du courrier et des revues.

— Il est tard ! Je dois m'en aller.

— Déjà !

Debout à son tour, elle s'empara avec nervosité de son sac.

— Ne partez pas... pas encore, murmura Philippe en la rejoignant. Nous sommes si rarement ensemble...

Il avait posé les mains sur ses épaules et, à travers l'étoffe de sa robe, elle en sentait la chaleur. Alors, obéissant à un élan qu'elle ne voulait plus réprimer, elle se rapprocha. Il glissa les doigts sous sa nuque et, bientôt, sa bouche chercha la sienne. Dans ce baiser, Solange oublia tout ce qui n'était pas leur réalité présente. Elle avait à nouveau vingt ans et l'homme qui faisait battre son cœur la serrait contre lui. Renouant avec les gestes du désir, elle entoura son cou de ses bras, chercha ses lèvres, mêla sa langue à la sienne. Dans ses yeux, Philippe lut un vertige semblable à celui qu'il éprouvait et, bientôt, ils furent dans la chambre dont les rideaux ouverts laissaient filtrer la lumière du port. Leurs silhouettes se découpant en ombres chinoises sur le mur pâle, ils demeurèrent longtemps l'un contre l'autre, s'imprégnant de ces instants si particuliers qui précédaient l'acte d'amour. Paupières closes, Solange respirait l'odeur de santal mêlée à celle du tabac blond et palpait à travers la chemise le corps encore inconnu de celui qui l'avait choisie. Plus rien ne compta alors que cet élan qui les poussa vers le lit où ils se laissèrent tomber pour mieux se rejoindre. Oubliant sa timidité, Solange se tendit vers son amant tandis qu'il la libérait de sa robe fermée par de multiples petits boutons, mais un ultime sursaut de gêne l'envahit quand, délivrée des derniers remparts de dentelle, elle s'offrit nue à son regard. Pouvait-elle encore plaire ? Percevant sa crainte, il murmura :

— Laisse-moi te regarder.

Sous ses caresses, ses seins se durcirent, son ventre se creusa. Il avait glissé une jambe entre les siennes et doucement les écartait. Une fièvre envahissait Solange, annulant tout ce qui n'était pas contenu dans cette étreinte. Appuyé sur un coude, Philippe, attentif, guettait son vertige, le prolongeait. Lorsqu'il l'entendit gémir, il se fit plus lourd et murmura des mots qu'elle n'entendait plus. Il était en elle et instinctivement, naturellement, elle s'adapta à son rythme. Une brûlure fouaillait ses reins, l'emportant vers les contrées dont il traçait les frontières. Annexés par chaque pouce de leur chair, ils accédèrent à un plaisir qui les emporta loin de cette pièce devenue pourtant leur refuge.

Plus tard, quand ils reposèrent l'un contre l'autre, Philippe nicha sa tête contre l'épaule de Solange. Depuis combien de temps n'avait-il éprouvé cette sensation d'accomplissement? Elle bougea légèrement et il la ramena dans sa chaleur puis tira sur eux l'édredon. Rien ne pouvait les atteindre dans la forteresse qu'il venait de leur bâtir. Dehors, la pluie avait repris, et leur parvenait le glissement des pneus sur la chaussée détrempée.

— Il n'est pas prudent de rentrer à Sanary, murmura Philippe.

Sanary! Solange sursauta. Il posa sur son bras une main apaisante.

— Reste avec moi jusqu'à demain.

— Je ne crois pas que ce soit possible.

— Pourquoi?

— Marianne m'attend! Elle doit déjà s'inquiéter.

— Il suffit de lui téléphoner et de prétexter les intempéries pour rester à Marseille. Imagine... toute une nuit pour nous.

— Cela me paraît...

— De quoi as-tu peur, Solange? De toi?

Il avait vu juste et le savait. Prenant entre ses mains celles de sa maîtresse, il ajouta :

186

— Ne reste pas tournée vers le passé !

Réfugiée contre sa poitrine, elle avoua :

— Tu as sans doute raison mais j'ai vécu tellement en retrait depuis…

N'osant aller plus loin, elle s'interrompit et retrouva son sourire quand Philippe lui présenta un peignoir. Quelques minutes plus tard, elle prononça, téléphone en main, son premier mensonge et avec soulagement entendit sa filleule lui donner raison :

— Il est en effet imprudent de prendre la route. Reste au Splendide.

Rassurée, Solange raccrocha puis se tourna vers Philippe.

— Tu es vraiment sûr de vouloir me garder? demanda-t-elle.

— Certain, répliqua-t-il en souriant.

Il s'était habillé et passait un imperméable.

— Où vas-tu?

— Détends-toi, répondit-il en lui caressant les cheveux. Je reviens tout de suite.

Dès qu'elle fut seule, elle se réfugia dans le cabinet de toilette puis se contempla dans le miroir. Son regard plongea dans ses yeux trop brillants. Une allégresse l'envahissait, annulant enfin toute idée de culpabilité. Elle était simplement une femme sur laquelle un homme avait jeté son dévolu, une femme qui avait renoué avec le plaisir après tant d'années de solitude et de renoncement. Néanmoins, en utilisant de l'eau chaude elle embua la glace, faisant disparaître à tout jamais le reflet de cette plénitude qui, ce soir, l'habitait. Ayant perdu la notion du temps, elle consulta la pendulette quand elle revint dans le salon. Il était moins tard qu'elle ne le pensait, seulement huit heures dix… S'approchant de la fenêtre, elle se perdit dans la contemplation du port où les bateaux avaient repris leur va-et-vient. La pluie s'était transformée en crachin que ne craignaient plus les citadins qui allaient et venaient autour du bassin où, au gré du clapot, oscillaient navires et voiliers. Le bruit d'une porte qui se refermait la fit sursauter. En se retournant elle aperçut Philippe qui traversait le couloir, des paquets dans les bras.

— Tu ne mourras pas de faim, l'avertit-il lorsqu'elle le rejoignit dans la cuisine.

En disposant la terrine et le fromage sur des assiettes ébréchées, il ajouta :

— Il faudra être clémente pour la vaisselle. C'est une tanière de vieux garçon, ici.

Philippe avait en effet un troublant comportement d'homme libre et cette constatation la poussa à croire qu'il collectionnait les aventures. Que faisait-il au cours de ses escales ? L'idée de représenter un numéro parmi d'autres atténua sa joie et, malgré ses efforts pour le lui cacher, il perçut ce changement.

— Que se passe-t-il, Solange ? Regrettes-tu déjà d'être restée ?

Sur une nappe usée, il avait disposé leurs couverts et versait dans des verres dépareillés le vin qu'il venait d'acheter. Tandis qu'il s'affairait, elle l'observait. Tout chez son amant l'émouvait. Sa silhouette élancée, ses cheveux dont la couleur rappelait l'encre de Chine, son profil énergique, presque impérieux, sa voix semblable à celle de Jacques. Elle fit un effort pour repousser cette dernière évidence puis se reprocha de ne pas savoir s'abandonner aux événements. Pourquoi ne pas profiter de cette soirée ? Son sourire retrouvé, elle s'assit face à Philippe, qui de son verre effleura le sien.

Lui aussi avait décidé de repousser les pensées qui risquaient de le malmener. Solange se trompait lorsqu'elle lui imaginait une existence de don Juan. Il serait certainement demeuré fidèle à Nathalie si celle-ci ne s'était montrée aussi peu concernée par leur couple. Immanquablement, les voyages avaient placé sur son chemin des femmes séduisantes avec lesquelles il s'était diverti. Plusieurs étaient tombées amoureuses mais, la réciproque n'existant pas, il les avait rapidement mises en garde contre des sentiments qu'il savait ne pouvoir partager. Ce soir, pourtant, il se trouvait devant une situation différente, celle de se sentir à nouveau jeune et idéaliste. En quelques rencontres, Solange lui avait réinsufflé le goût de partager, de rire, d'être attentif à l'autre et de sentir avec regret les minutes s'envoler. Tandis que, plus tard, elle se blottissait contre lui dans le lit où ils venaient de se réfugier, il s'étonna de cette complicité qui déjà les unissait. Tout entre eux était naturel! Contre son épaule, il sentait le souffle léger de sa maîtresse, se grisait de son parfum et de la douceur de sa peau. Inlassablement, le désir le ramenait vers elle et il aimait la fougue avec laquelle elle y répondait. Quels mots prononcèrent-ils au creux de cette nuit sans sommeil, quels gestes créèrent-ils qui s'inscrivirent aussitôt dans leur mémoire emplie déjà de leur histoire?

Les premières lueurs du jour s'imposèrent trop vite. Philippe devait prendre un train au milieu de la matinée et Solange avait un rendez-vous à Sanary qu'elle ne pouvait remettre. Quand ils sortirent de l'immeuble, le brouhaha du port les replaça dans la réalité. Dans un vacarme de sirènes, de marteaux, d'enclumes ou de moteurs, on réparait, chargeait, déchargeait les bateaux. Des pointus rentraient de la pêche et s'approchaient du quai tandis qu'à la criée les femmes s'égosillaient pour vanter leur marchandise toute fraîche à une clientèle de connaisseurs. Les mains rougies par le froid et l'eau glacée, des marins se dirigeaient vers des cafés aux salles enfumées afin d'y boire la rasade qui leur donnerait du cœur au ventre. L'air, encore saturé de pluie, piquait les visages et, sous les cirés, les gros chandails n'étaient pas superflus. Main dans la main, Philippe et Solange, étourdis de fatigue, marchèrent jusqu'à la voiture qu'ils utilisèrent pour

rejoindre celle de la jeune femme, garée près de la Canebière. Une stupide envie de pleurer la surprit au moment
des adieux. D'une voix qu'elle tenta de rendre ferme, elle
répondit aux recommandations de son amant qui lui
paraissait déjà happé par les préoccupations de la journée. Avait-il rejoint par la pensée celle qui portait son
nom et l'attendait à Paris? Eprouvait-il des remords?

— Je serai absent jusqu'au milieu de mois de février,
lui dit-il avant qu'elle ne se glissât derrière le volant.

Il n'ajouta rien mais l'attira une dernière fois vers lui
et, après avoir cherché son regard, murmura, sa joue
contre la sienne :

— Tu mets beaucoup de désordre dans ma tête et dans
ma vie.

18

Les jours suivants, Solange vécut dans ses pensées. Repliée sur son secret, elle recherchait l'isolement afin de mieux revivre sa dernière rencontre avec Philippe. Partagée entre la joie et l'appréhension, elle oscillait entre l'espoir de le revoir bientôt et la crainte que son séjour à Paris, auprès de son épouse, ne le poussât à refuser une relation qui risquait d'outrepasser la simple aventure. Sachant qu'il ne lui donnerait pas de nouvelles, elle guettait pourtant le courrier et sursautait à la moindre sonnerie de téléphone. Une femme amoureuse ! Voilà ce qu'elle était devenue ! Et amoureuse d'un homme marié ! Elle tentait de ne pas songer à sa rivale mais le poison coulait dans ses veines. Utilisait-il les mêmes mots, les mêmes gestes avec Nathalie ?

Le retour de Suzanne l'obligea à se reprendre. La femme de chambre avait accouché deux mois plus tôt d'un petit garçon baptisé Barnabé et, après l'avoir confié à une nourrice, s'était présentée à la Rose des Vents, dont les travaux s'achevaient.

— J'arrive à point pour le nettoyage, remarqua-t-elle en visitant les chambres qui venaient d'être rénovées.

Pour des raisons différentes, Solange, Marianne et Mireille attendaient avec impatience la réouverture de l'hôtel. Avec le réveil de la nature, les amandiers en fleur, le parfum du mimosa et le soleil qui commençait timidement à réchauffer la terre, chacune souhaitait renouer avec une activité soutenue. Solange pensait que se préoccuper des clients la détournerait de son tourment, sa filleule avait besoin de mesurer ses nouvelles connaissances de secrétariat et la cuisinière ne songeait plus qu'à consolider sa réputation de cordon bleu avec d'inédites recettes. En attendant, elle faisait l'inventaire de la cuisine, dont les murs et le plafond venaient d'être lessivés. Suzanne l'aidait dans sa tâche, heureuse de se sentir à nouveau utile. Son bébé lui manquait mais il n'était pas question qu'elle le ramenât à Sanary, où personne ne l'imaginait mère.

Ses espérances volèrent en éclats quand elle se présenta chez ses parents. Sa mère était en train de repasser dans la cuisine.

— Maman, prononça Suzanne sans obtenir de réponse.

Elle s'avança.

— Maman, répéta-t-elle.

L'irruption de Remy, son frère aîné, l'empêcha de poursuivre.

— T'as rien à faire ici, lui dit celui-ci d'une voix mauvaise.

— Pourquoi?

— Ni toi ni ton avorton.

— Je vois pas de quoi tu parles.

— Si tu veux pas que notre père te file une bonne rouste, tu ferais mieux de partir avant qu'il te trouve.

Pour Suzanne, le monde s'écroulait. Quelqu'un avait parlé! Avant même qu'elle tentât de nier, Remy la devança.

— Pas la peine de nous raconter des sornettes. On t'a vue à Salon avec un gros ventre.

— Qui?

— Ça te regarde pas!

192

— Justement, ça me regarde!

— Suzanne... si tu pars pas, je te torgnole.

— Maman... dis quelque chose!

— Tu comprends pas qu'elle veut plus entendre parler de toi?

En même temps qu'il parlait, le garçon avait saisi sa sœur par le bras et avec violence la tirait vers l'extérieur. Elle eut beau se débattre, le mordre, le griffer, rien ne parvint à lui faire lâcher prise. Quand ils furent dans le jardin, il la jeta par terre puis lui assena un coup de pied dans les côtes.

— Fous le camp, putain, et reviens plus jamais. T'as déjà assez fait de mal!

Pour Suzanne, le cauchemar qui avait accompagné le début de sa grossesse recommençait. Après son amant, son frère la reniait et, pire, sa mère qui ne lui avait porté ni attention ni secours! Pour avoir donné elle-même le jour à un enfant, elle ne pouvait comprendre semblable attitude. En pleurant, elle reprit sa bicyclette et revint à la Rose des Vents, où elle s'écroula contre la poitrine de Mireille.

— Allons, ma fille, tu vas pas te laisser abattre par la mauvaiseté.

— C'est ma famille!

— Et le petit, c'est pas aussi ta famille?

— Mais je leur fais honte. Ma mère, si tu savais comment elle m'a même pas jeté un regard! J'aurais pu être une inconnue, c'était pareil!

Tout en se confiant, Suzanne essuyait ses larmes; néanmoins la culpabilité la rongeait.

— Regarde madame Favier, disait Mireille. Elle nous a jamais caché que ses parents l'avaient plus reçue quand elle avait suivi monsieur Favier et ça l'a pas empêchée d'être heureuse avec lui.

— Tu mélanges tout, Mireille. Elle avait un homme qui l'aimait... Ça aide!

193

— Bien sûr... mais toi, tu as un garçon qui va grandir.

— Il vit même pas avec moi !

— Pour le moment.

Dès que Solange apprit la situation, elle n'hésita pas. Ignorant les suppliques de son employée qui la conjurait de ne pas intervenir, elle se rendit dans la famille de celle-ci à l'heure où tous se réunissaient pour le repas.

— Madame Favier, s'étonna en lui ouvrant la porte le père, un paysan taciturne et borné auquel elle achetait des amandes quand commençait la récolte.

A contrecœur, il s'effaça pour la laisser entrer dans une salle où flottait une odeur de chou-fleur.

— Qu'est-ce que je peux pour vous ?

— Demander à votre fils de ne plus battre Suzanne.

— Justement, on aimerait que vous la gardiez pas, Suzanne, à la Rose des Vents.

— Désolée de vous décevoir mais, le travail de votre fille me donnant pleine satisfaction, il n'est pas question que je la congédie.

— Ecoutez, madame Favier, on a jusqu'à maintenant vécu en bonne entente... Seulement, je veux pas que Suzanne s'attarde dans les parages.

— Pourquoi ?

— Elle a sali notre nom.

— Elle ne l'a pas sali toute seule ! Et le partenaire qui l'a si joliment laissée tomber, vous le connaissez bien ! C'est un ami de Remy, un ami qui, il nous en a donné la preuve, a le sens de l'honneur et des responsabilités !

Pour prononcer ces paroles, Solange avait haussé le ton en sachant que le frère de Suzanne était avec leur mère dans la cuisine.

— Si vous craignez tant pour votre réputation, vous devriez demander à Remy ce qu'il fait certaines nuits avec le séducteur de Suzanne. Et, s'il continue de lever la main sur elle ou de la menacer, il peut avoir la certitude que j'irai le dénoncer à la gendarmerie pour contrebande de cigarettes et d'alcool le long de notre côte.

Dans les yeux de son interlocuteur, Solange perçut de la haine. Si l'on ne pardonnait rien au sexe féminin, il n'en était pas de même pour les garçons dont on voulait à tout prix ignorer les manquements. Solange était non seulement une femme qui osait lui tenir tête mais elle défendait Suzanne, sur laquelle il s'octroyait encore tous les droits! La guerre était déclarée... et les premiers boulets ne tarderaient pas à arriver. Solange en était consciente mais, depuis le décès de Jacques, elle avait appris à ne plus avoir peur. Par Mireille, elle en savait trop sur les uns et les autres pour qu'on l'ennuie. Bien sûr, on pouvait lui envoyer des contrôles, comme l'été précédent, mais elle était en règle. Quant au reste — les médisances qui immanquablement se colportaient —, il y avait longtemps qu'elle n'y prêtait plus attention.

— Qu'est-ce qu'il vous a dit? lui demanda Suzanne à son retour.

— Je ne lui ai pas laissé le temps de parler.

— Mon Dieu!

— Suzanne, vous n'allez pas vous laisser intimider alors que le père de votre bébé se pavane dans tous les cafés du village. Dès demain, vous allez m'accompagner au marché.

— Oh non, madame, j'aurais trop honte.

— C'est ce qu'on attend de vous.

— Ils vont m'insulter.

— Qu'ils essayent!

Le lendemain, Suzanne, plus morte que vive, monta dans la voiture de Solange pour se rendre à Sanary. Par solidarité, Mireille avait tenu à faire partie de l'équipée. Le froid ayant diminué, des clients s'étaient installés sur la terrasse désertée depuis quelques mois du Café de la Marine. Parmi ceux-ci, Hans Fischer fumait une cigarette en buvant du vin chaud. Solange le salua d'un grand signe de la main puis se dirigea vers les étals de marchandises. Il était clair que le passage de Suzanne, à ses côtés, déclenchait des regards moqueurs ou ulcérés suivis de conciliabules peu discrets. Indifférente à ce manège, Solange parlait à la malheureuse qui répondait par monosyllabes. Dans leur sillage, Mireille s'arrêtait à droite et à gauche pour bavarder avec des connaissances.

— Il faut vraiment que la Suzanne ait pas de fierté pour se montrer, dit à la cuisinière l'une de ses cousines.

— Tiens donc... pourquoi?

— Fille mère... Tout de même!

— C'est pas arrivé à d'autres! Et si on grattait à droite et à gauche, on trouverait pas mal d'enfants dont le père est pas celui qu'on croit!

— Mais, Mireille... quelle mouche te pique?

Les achats se poursuivirent sans que Solange se départe de son habituel sourire et, bientôt, les cabas que portait Suzanne furent pleins. Autour d'elles, l'hostilité filtrait, accompagnée d'une hypocrisie que madame Favier percevait pour l'avoir respirée depuis son plus jeune âge. C'était dans l'atmosphère étriquée de sa ville natale qu'elle avait noué des liens étroits avec la rébellion. Rien ne la mettait plus en colère que l'injustice ou la critique alimentées par la frustration et la médiocrité. Les femmes en faisaient toujours les frais. Mais comment en aurait-il été autrement alors que celles-ci étaient légalement considérées comme des irresponsables? Ne passaient-elles pas de la tutelle du père à celle du mari? Ne devaient-elles pas subir bon gré mal les étreintes de celui qu'elles avaient épousé et accueillir les grossesses non désirées qui s'ensuivaient? Avaient-elles le droit de voter? Ce matin, Solange prenait une nouvelle fois conscience du chemin qu'elle avait parcouru et espérait que la liberté qu'elle s'octroyait servirait tôt ou tard d'exemple à toutes celles qui étouffaient sous le joug d'une société essoufflée.

196

Le martyre de Suzanne prit fin quand elles quittèrent le port.

— Si je ne vous avais obligée à me suivre, vous vous seriez cachée à l'hôtel pendant des mois, remarqua Solange.

— Oh, j'oserais jamais sortir sans vous ou sans Mireille !

La Rose des Vents était prête à recevoir les hôtes d'une nouvelle saison. Fraîchement repeinte, la salle à manger accueillerait dans quelques jours un couple qui fêterait ses noces d'or entouré de sa nombreuse famille. Le bar avait subi quelques changements. Une jolie cotonnade rouge tapissait les fauteuils et les boissons seraient déposées sur des tables recouvertes de miroirs. A l'étage, les chambres bénéficiaient d'ultimes détails : un vase, un tableau, des coussins, une chaise cannée... L'escalier fleurait bon l'encaustique, de nouveaux livres ornaient les étagères de la bibliothèque et, sur le gramophone, Marianne écoutait les derniers airs à la mode.

Un matin, Hilda Fischer apporta les rideaux que lui avait commandés Solange, qui, ayant découvert ses dons de couturière, lui fournissait du travail.

— Vous semblez souffrante, remarqua la jeune femme en découvrant la mauvaise mine de l'Allemande.

— Non, non, répondit celle-ci en même temps qu'elle sortait son ouvrage d'une housse.

— Ne voulez-vous pas une infusion de thym ?

— Si, peut-être.

Aidée de Suzanne, Hilda commença d'accrocher les rideaux aux fenêtres mais ses doigts tremblaient. Une nuit sans sommeil et la peine qu'elle ressentait lui ôtaient tous ses moyens.

— Hilda, vous ne voulez vraiment pas me parler ? insista Solange.

— Il ne s'agit pas de moi mais de Sarah. La nouvelle

197

est arrivée hier. Son neveu qu'elle adorait a été arrêté à Dusseldorf, où il vivait avec sa femme enceinte de trois mois... et il est mort. On dit qu'il a été torturé.

— Torturé !

— Il était juif comme elle.

Hilda n'oublierait jamais la vision de Sarah lorsqu'elle avait reçu le coup. Elle s'était soudain ratatinée dans son fauteuil de paralytique et son visage avait pris la couleur de la cendre. Seul existait son regard d'animal blessé, insoutenable par ce qu'il recelait de douleur et de colère. Sam, bouleversé, s'était approché et ils étaient demeurés l'un près de l'autre dans un silence dont l'intensité aurait rendu toute parole inutile. Réfugiée dans la pénombre, Hilda avait longuement frissonné. Sans avoir connu le jeune homme, elle souffrait pour son amie, pour le peuple auquel appartenait celle-ci. Jusqu'où irait l'ignominie ?

— Personne ne nous croit lorsque nous racontons ce qui se passe en Allemagne, confia-t-elle à Solange

— Hélas, si !

— Vous, peut-être... parce que vous avez appris à nous connaître et que vous nous jugez dignes de confiance... mais les autres, tous les autres !

Les pleurs retenus coulèrent enfin.

— On a, paraît-il, accusé le malheureux d'organiser des réunions politiques. Mais qu'imaginent-ils ? Que tous ces êtres vont se laisser anéantir sans broncher ?

— Et sa femme ?

— Elle a réussi à se réfugier en Suisse. Il est question qu'elle retrouve de la famille au Canada.

Sous l'emprise de l'émotion, Hilda s'exprimait dans un mélange de français et d'allemand ; néanmoins il n'était pas difficile de comprendre la teneur de son discours. L'événement qui venait de se produire avait réveillé sa culpabilité car, même si Hilda avait choisi de quitter son pays, les atrocités qui s'y déroulaient étaient commises ou cautionnées par des gens qu'elle avait autrefois côtoyés.

198

Le malaise qui l'habitait depuis leur installation à Sanary grandissait jusqu'à l'étouffer. Qu'allaient-ils devenir, les uns et les autres, dans une tourmente qui ne faisait que commencer? Jour après jour, le découragement érodait les forces qu'elle tentait pourtant de préserver.

Dès qu'elle apprit la situation, Marianne rendit visite à Sarah mais la femme qui la reçut n'était que le fantôme de la comédienne.

— C'est gentil d'être venue, lui dit celle-ci en gardant sa main dans la sienne.

— Je ne sais que vous dire. C'est si difficile d'exprimer ce que... balbutia la jeune fille.

— Ne t'inquiète pas! Ta présence me fait du bien.

De longues minutes s'écoulèrent dans la pièce éclairée par le halo de deux petites lampes. A plusieurs reprises, Sarah toussa. Sans doute avait-elle attrapé froid. Spontanément, Marianne ôta son châle pour le poser sur ses épaules. Puis son regard s'attarda sur le chevalet où son portrait attendait d'ultimes retouches. Un jour viendrait peut-être où, ayant atteint l'âge de celle qu'elle considérait comme son amie, elle se souviendrait de cette journée qui lui faisait tant craindre l'avenir. A sa mémoire revenaient, en effet, les confidences de Sarah sur ses succès d'antan. Le bonheur, la notoriété devaient-ils être si chèrement payés? Marianne venait d'avoir dix-huit ans mais, soudain, se sentait très vieille!

19

Marianne organisa son emploi du temps afin de rendre chaque jour visite à Sarah, dont elle poussait le fauteuil dans le jardin quand apparaissait le soleil. Dès qu'elle rentrait à la Rose des Vents, la jeune fille aidait Solange, puis elle se penchait sur ses devoirs d'anglais ou tentait, sur la machine à écrire du bureau, d'améliorer sa vitesse de frappe. Fin juin, elle se présenterait à des examens et, si elle les réussissait, prévoyait d'accomplir à l'automne suivant un séjour en Angleterre. L'idée venait de Hans Fischer, dont une cousine, installée à Londres, avait proposé de la recevoir.

— Rien de tel que la pratique quotidienne pour apprivoiser une langue, avait-il déclaré à Marianne, qui s'était tout d'abord montrée hésitante.

Solange avait renchéri en pensant que sa filleule devait se changer les idées. A plusieurs reprises, elle s'en était voulu de ne pas l'avoir poussée à poursuivre des études universitaires en compagnie d'étudiants de son âge. Elle en avait même parlé à Erika.

— Marianne manque d'amis. Tu es toute la semaine à Aix, Hélène ne viendra pas avant l'été, Sylvie travaille maintenant à Marseille.

— Elle ne s'est jamais plainte de rester à Sanary, la rassura l'Allemande. J'ai l'impression qu'elle veut se cultiver par elle-même, à son rythme et selon ses goûts.

Marianne se réfugiait, en effet, dans la lecture. Avec l'aide de Hans, elle découvrait les auteurs anglo-saxons et allemands. Il lui avait même promis de lui traduire des passages du roman d'Ernst lorsqu'il le recevrait. En attendant, elle se familiarisait avec les poètes qu'aimait l'absent et, ainsi, se rapprochait de son univers car, les mois avaient beau s'écouler, ses sentiments pour lui ne perdaient pas une once de leur intensité. Et pourtant... personne n'évoquait son retour ! Erika souhaitait même qu'il restât le plus longtemps possible en Amérique.

— Des amis qui rentraient de Boston nous ont donné de ses nouvelles. Ernst accomplit un travail extraordinaire là-bas. Grâce à ses conférences et ses articles, les gens commencent à savoir ce qui se passe en Allemagne.

Face à la situation, Marianne avait honte de son propre souhait : revoir Ernst sur le rivage méditerranéen ! En attendant, elle se penchait sur le sort des exilés, envoyait une partie de ses économies à des comités de soutien chargés d'aider les plus démunis et suivait avec une grande attention les bouleversements qui secouaient l'Europe. Il était loin, le mois de juillet où elle s'était sentie dépassée lorsque Manuel les avait évoqués ! A plusieurs reprises, Erika l'avait emmenée chez Lion Feuchtwanger qui, plutôt que de se lamenter sur son sort, déclarait avec une inébranlable conviction :

— Si beaucoup de nos compatriotes se trouvent paralysés par l'exil, les esprits les plus doués s'en trouvent enrichis et animés d'une nouvelle fougue. L'exil leur apprend à ne pas rester accrochés au superflu. Quand ils se retrouvent à New York, Moscou, Stockholm ou Le Cap, ils doivent tenir bon et sont obligés de réfléchir plus rapidement que ceux qui sont restés dans leur fauteuil à Berlin. Nombre de ces réfugiés mûrissent intellectuellement, renouent avec leur jeunesse. Et puis, tant d'espoirs se greffent sur leur personne... Personne ne doute qu'ils chasseront, un jour, les barbares qui se sont approprié leur pays.

Il avait ajouté :

— Tous les non-Juifs, les «aryens», pour reprendre la terminologie allemande — totalement indéfendable sur le plan scientifique —, auraient pu ne pas fuir. Même ceux qui étaient fichés comme communistes... mais à l'unique condition de ne plus combattre les idées d'Hitler et de devenir de loyaux défenseurs du national-socialisme !

Aux yeux de Marianne, Lion Feuchtwanger était un homme que rien ne semblait pouvoir abattre. Infatigable travailleur, il écrivait avec une déconcertante ardeur. Son programme journalier était rigoureusement planifié et il notait sur un grand tableau les moments consacrés à ses différentes activités. Une heure pour manger, une heure de promenade, six pour écrire, deux pour lire, une pour exercer un sport. Sa femme, Marta, ancien professeur d'éducation physique, veillait à ce que ce programme fût respecté. Pour Lion, la célébrité était arrivée tardivement et pourtant peu d'auteurs savaient construire des romans comme ceux auxquels il s'attelait dans le but de défendre la justice et la liberté.

— Mon père admire son courage et son honnêteté, déclara Erika à Marianne alors qu'elles quittaient Lion et Marta. Jamais il n'a écrit une ligne dont il puisse avoir honte.

Plusieurs fois, Marianne avait tenté de sensibiliser Sylvie aux problèmes de ses amis allemands et au chagrin que venait de connaître Sarah. En vain ! Néanmoins, elle se rendit aux Nouvelles Galeries, où la jeune fille avait été embauchée.

— J'aimerais trouver un cadeau pour madame Silberman, dit-elle à son amie qui travaillait au stand de la confection féminine. Conseille-moi.

— Un foulard?

— Ce n'est pas très original.

— Des gants?

— Qu'en fera-t-elle?

— Et pourquoi pas une liseuse? Nous en avons reçu de très jolies à des prix abordables.

En suivant Sylvie à travers les allées du grand magasin, Marianne était surprise par sa transformation. Qui l'aurait reconnue derrière cette créature à l'allure précieuse, aux gestes trop étudiés... Et cette insupportable façon de minauder!

— Ne fais pas tous ces efforts, ne put-elle s'empêcher de murmurer. Je ne suis pas une cliente.

— Mais si...

Coiffée d'une permanente serrée, vêtue d'un tailleur ajusté et chaussée de souliers à talons, Sylvie entraîna d'une démarche ondulante Marianne vers les articles de lingerie et, après avoir contourné un rayon de chemises de nuit, lui montra des liseuses en mohair bleu ciel ou rose.

— En effet, cela devrait lui plaire.

Un homme d'une cinquantaine d'années suivait à quelques pas leur conversation.

— Notre chef de rayon, chuchota Sylvie en tapotant ses cheveux.

Celui-ci s'approcha et Marianne n'aima pas le regard qu'il leur adressa.

— Avez-vous trouvé ce qui vous convenait? lui demanda-t-il.

— Je crois.

— Mademoiselle Barbier est une excellente conseillère.

Sous le compliment, Sylvie se rengorgea pendant que Marianne, mal à l'aise, souhaitait en finir au plus vite.

— Je la prends, se décida-t-elle.

Sylvie l'accompagna jusqu'à la caisse, où elle paya son achat.

— On parlera plus tranquillement à Sanary, conclut Marianne en s'emparant de son paquet.

— Oh, tu sais, je n'y vais plus beaucoup. Mes parents ont enfin compris que je ne pouvais pas faire sans arrêt des allers et retours. Alors, j'ai obtenu une place dans un foyer pour jeunes filles.

— Eh bien, on trouvera un moment pour se rencontrer à Marseille.

— Oui... oui.

Au peu d'empressement que montra son amie, Marianne comprit que celle-ci ne chercherait pas à provoquer un rendez-vous. L'avait-elle blessée sans le vouloir ou tout simplement celle-ci souhaitait-elle oublier son passé de villageoise ? Il était clair que son poste aux Nouvelles Galeries lui avait tourné la tête.

L'existence de Sylvie avait en effet pris un tour heureux depuis qu'elle avait quitté la mercerie, du moins le pensait-elle. Elle aimait son métier dans ce grand magasin qui tenait de la caverne d'Ali Baba. Rien ne valait le moment où chaque matin elle en poussait la porte ! Avec la certitude d'appartenir au monde privilégié dont elle se préparait à vanter les trésors, elle se dirigeait vers le vestiaire où la rejoignaient les vendeuses qui, lors de ses débuts, l'avaient observée avec circonspection. Mais Sylvie était habile et, peu à peu, elle parvint à les apprivoiser suffisamment pour qu'on lui fît partager quelques secrets : les manies et les défauts des chefs de rayon, le goût de certains pour les jeunes demoiselles, l'avancement que l'on était en droit d'espérer après de bons et loyaux services, les primes de fin d'année et les fameux congés payés. Après tant d'années de frustration, Sylvie marchait sur des nuées même si les horaires et le travail lui laissaient peu de répit. Avoir retrouvé François n'était pas non plus étranger à cet état de grâce, pourtant leur relation demeurait lointaine. Lors d'une brève rencontre qui lui avait fait battre le cœur, il lui avait indiqué qu'il jouait certains après-midi dans un salon de thé où d'élégantes dames venaient écouter des romances en dégustant des gâteaux. Bien entendu, l'activité de Sylvie ne lui permettait pas de s'y rendre mais elle était parvenue à prélever de l'argent sur sa première paye pour assister à un gala de charité où se produisaient les élèves du conservatoire de musique. Assise au fond de la salle, elle n'avait pas quitté des yeux le pianiste tandis qu'il jouait une sonate de Schubert. Puis, après l'avoir applaudi à tout rompre, elle s'était dirigée vers la sortie des artistes. Accompagné d'une jeune violoniste et d'un flûtiste, il était hélas passé devant elle sans la voir. N'osant courir derrière lui, Sylvie avait longuement marché avant de se réfugier dans son foyer pour y entamer une longue lettre d'éloges sur son talent. Depuis, elle attendait un signe

Rien dans son manège n'avait échappé à François qui tentait de ne lui donner aucune espérance. Son aventure avec Rosemarie Girard l'avait échaudé quant aux relations de séduction mais, surtout, il ne voulait se consacrer qu'à la musique. Ses professeurs l'encourageant à persévérer, il oubliait les sacrifices que réclamait sa vocation. De maigres finances lui permettaient de vivre dans une chambre du côté de la porte d'Aix, glaciale l'hiver, surchauffée l'été. Le voisinage y était bruyant, antipathique, et il lui arrivait souvent de regretter son séjour à la Rose des Vents, où le distrayait le seul bruissement des feuilles de tilleul qui, sous la brise, caressaient ses fenêtres. Son début d'amitié avec Marianne lui manquait aussi. Il aurait aimé l'inviter à un concert mais n'osait le lui proposer après son départ précipité de Sanary. Qu'avait-elle pensé de son attitude ? Nombre de fois, la stupidité de son acte l'avait privé de sommeil. A posteriori, il ne comprenait pas à quel vertige il avait obéi car Rosemarie ne correspondait pas à son idéal féminin. Sans doute avait-elle su flatter sa vanité en lui répétant qu'il deviendrait un grand musicien. Comment s'était-il laissé prendre par ces balivernes quand, autour de lui, tant de gens possédaient davantage de talent? Certains jours, il désirait tout abandonner, en particulier quand sa mère et son beau-père lui demandaient où le conduirait son passe-temps. S'étaient-ils imaginé les heures de gammes et d'exercices, la peur presque viscérale de perdre un début d'expérience et de ne pas se créer une place parmi les heureux élus qui composaient un orchestre? Seuls ses amis du conservatoire étaient à même de comprendre sa solitude et parfois sa rage! Il songeait à Françoise, la violoncelliste, qui ne respirait que pour son art, au détriment d'une existence décente... à Gilles abandonné par une fiancée qui refusait d'avoir la musique pour rivale. Mais il se remémorait aussi leur joie à tous quand, obéissant à la baguette du chef d'orchestre, ils faisaient resurgir du néant les plus belles symphonies de Beethoven ou de Mahler. Pour l'intensité de ces moments-là, ils étaient prêts à vendre leur âme au diable!

A force de souhaiter certains événements, on finissait par les voir se matérialiser. Un soir de février, alors qu'il se dirigeait vers un bureau de tabac proche de la Bourse, François aperçut Marianne qui attendait un car. Oubliant sa réserve, il la rejoignit.

— François! s'écria-t-elle en lui tendant la main. Comme je suis contente! Souvent je me suis demandé ce que vous deveniez.

En quelques phrases, il la mit au courant de ses activités.

— Il faut m'indiquer l'endroit où vous vous produisez. Je viendrai vous écouter.

— C'est vrai?

— Bien sûr.

— J'étais si malheureux à l'idée de vous avoir déçues, vous et madame Favier...

— Ce que vous évoquez ne m'a jamais concernée... alors, soyez gentil, n'en parlons plus.

Un mouvement parmi les voyageurs indiqua l'arrivée d'un car.

— C'est celui qui mène à Sanary, lança Marianne en même temps qu'elle se dirigeait vers la porte du véhicule.

— Le Chat botté, lui précisa François en la suivant. Vous connaissez?

— J'en ai entendu parler.

— J'y joue du mardi au samedi, à l'heure du goûter.

— Alors, à très bientôt.

La buée qui recouvrait les vitres du car l'empêchait de voir la jeune fille après qu'elle y fut montée mais il ne put s'empêcher d'attendre son départ puis d'agiter la main en signe d'adieu.

20

Le mois de mars débuta sans que Solange eût reçu le moindre signe de Philippe et, à mesure que s'écoulaient les jours, grandissait sa conviction qu'il l'avait rejetée de son existence. Sa femme et sa fille avaient su lui faire oublier l'incartade d'un moment et, désormais, il ferait tout pour éviter de la croiser. En dépit de ses efforts pour se convaincre qu'il valait mieux que leur aventure ne se fût pas transformée en liaison, Solange ne parvenait pourtant pas à repousser les images qui la hantaient. Mêlé à l'intimité qu'ils avaient vécue, s'imposait cruellement ce que lui soufflait la jalousie. Avec une précision effrayante, elle voyait son amant s'adonner aux félicités conjugales, connaître et donner à une autre un plaisir similaire à celui qu'ils avaient partagé. Sans autre expérience que celle d'un mariage au cours duquel elle avait été adorée, Solange se trouvait démunie face à une situation qui ne lui accordait pas le premier rôle. Mais le pire demeurait cette douleur qui la brûlait, ce manque provoqué par l'absence de l'homme qu'elle n'arrivait pas à oublier.

— Vous avez l'air soucieuse, remarqua Mireille.

— Non, j'espère seulement que nous aurons rapidement des clients pour combler les dépenses occasionnées par trop de travaux.

— Mais quel résultat ! se rengorgea la cuisinière. C'est le plus bel hôtel des environs !

— L'exagération demeurera toujours votre plus grand défaut, répondit Solange avec un certain agacement. La Rose des Vents a du charme mais n'égalera jamais certains établissements de Bandol.

L'ouverture du restaurant battit le rappel des habitués, souvent des citadins de Toulon et de Marseille qui, en fin de semaine, venaient se délasser sur un rivage vierge de tout désagrément. Certains accostaient en bateau et, lorsque le ciel le permettait, on leur servait le café dans la crique où, allongés sur des chaises longues, ils se familiarisaient avec la douceur que dispensait l'arrivée du printemps. Raymond et André avaient repris leur poste dans la salle à manger qui résonnait à nouveau de rires et de conversations animées. Sensible à la vie qui s'imposait, Solange s'adonnait à son rôle d'hôtesse et avec fierté présentait à ses clients les menus sur lesquels se dessinait l'emblème de son hôtel.

Elle se dirigeait vers l'office afin d'en rapporter un rafraîchissoir lorsqu'elle entendit la voix familière.

— Madame Favier est-elle là ?

Le cœur battant la chamade, elle courut presque vers le vestibule où se renseignait Philippe.

— Vous... ne sut-elle que balbutier.

— Je vous dérange.

— Nous sommes en plein service mais...

— Je vais m'installer au bar et vous y attendre.

— Oui, oui... bien sûr. André va prendre votre commande.

— Il a suffisamment à faire et vous aussi.

Avec le sourire qu'elle aimait, Philippe ajouta :

— Ne vous inquiétez pas. J'ai tout mon temps.

Tandis que se terminait le déjeuner des uns et des autres, Solange tentait de contenir son impatience. Le dimanche, les convives avaient l'habitude de s'attarder devant une tasse de café, suivie d'un cognac. Quelques-uns s'installèrent dans la bibliothèque puis sortirent des jeux de cartes. Avec une nervosité qu'elle tentait de dissimuler, Solange répondit à toutes leurs demandes, prépara les additions, fit des réservations pour la fête de Pâques qui se profilait. Philippe risquait-il de s'impatienter et de partir?

— Voyez si monsieur Bergeron ne manque de rien, dit-elle à André. Il est au bar.

— Non, non... il s'est installé au soleil, près de la tonnelle.

A la recherche de tranquillité, Philippe avait en effet préféré le jardin, où ne lui parvenait que le bruit de la mer. Oubliant le journal posé sur ses genoux, il contemplait l'horizon en songeant aux semaines qui l'avaient tenu éloigné de Solange. Il était rentré à Marseille depuis une dizaine de jours mais s'était empêché de lui donner des nouvelles. La peur d'être entraîné plus loin qu'il ne le voulait et la culpabilité en étaient les explications; néanmoins, comment s'en débarrasser alors qu'il avait toujours rêvé d'un mariage sans nuage? D'autant plus que la mésentente de ses parents avait empoisonné son adolescence! Jamais il n'oublierait les retours avinés de son père au milieu de la nuit puis les injures se mêlant aux cris de sa mère qui reprochait à son époux de lui préférer l'alcool et d'autres femmes. Dans son lit, Philippe se bouchait les oreilles afin de ne plus entendre se déchirer les deux êtres qu'il aimait. Parallèlement, il se jurait de ne jamais ressembler à l'homme volage et faible qui, le lendemain, afin de retrouver son autorité menacée, s'emparait du moindre prétexte pour punir ses enfants. Des années plus tard, Philippe ne pouvait aborder ces souvenirs sans en éprouver une infinie tristesse. Fallait-il qu'il les traînât comme des boulets tout au long de son

210

existence? Le chien Diabolo qui sortait d'un bosquet le tira de ses réflexions. Il siffla l'animal, qui s'arrêta, le regarda, puis en remuant la queue s'approcha.

— Alors, tu me reconnais, lui dit Philippe en le caressant.

Diabolo alla chercher une petite balle oubliée sur la pelouse puis la déposa aux pieds du pilote, qui la lança au loin.

— Méfiez-vous. Il ne vous laissera plus en paix, le prévint Solange.

Elle l'avait rejoint et spontanément il s'empara de sa main pour la porter à ses lèvres. Tout lui semblait soudain évident, elle, lui qui maintenant l'entraînait vers le sentier menant au bas de la falaise et ce simple bonheur d'être à nouveau réunis. Il pensait à cette phrase lue dans un volume traduit du japonais, «de ton âme à mon âme». Rien ne pouvait mieux définir ce qu'il ressentait auprès de Solange, cet étrange sentiment de l'avoir toujours connue, la fluidité d'une relation qui pourtant n'en était qu'à ses débuts. En même temps il comprenait combien elle lui avait manqué.

La crique était déserte et ils trouvèrent refuge au creux d'un rocher qui les protégeait des regards.

— J'ai cru que tu ne reviendrais plus, murmura Solange en renouant avec le tutoiement qu'ils ne pouvaient se permettre en public.

— J'étais perdu, répondit-il simplement.

Puis il ajouta :

— Je ne suis pas un homme de mensonge... ni de duplicité.

Contrairement à d'autres qui en auraient été ravis, l'idée d'avoir deux attachements dans deux lieux différents lui déplaisait tout comme lui déplaisait la tournure que prenait sa relation avec Nathalie. Ils avaient mené une vie très mondaine pendant son séjour à Paris et, lorsqu'il s'en était plaint, sa femme lui avait répondu qu'elle entendait profiter de ses rares moments de présence pour sortir. Les représentations théâtrales avaient succédé aux séances de cinéma. Ils avaient dîné chez des amis, s'étaient attardés dans des boîtes de nuit dont ils rentraient trop fatigués pour ébaucher le moindre geste d'intimité ou entamer une discussion sur l'indifférence qui au sein de leur couple s'était installée. Une nouvelle fois, Philippe dut constater qu'aucune de ses activités, aucun de ses projets n'intéressait sa femme, qui ne faisait même plus semblant de l'écouter. Seule le comblait Nicole, à laquelle il vouait une tendresse de tous les instants. La fillette possédait non seulement un charme irrésistible mais était dotée d'une originalité et d'un humour qui l'enchantaient. Pour la satisfaire, il aurait décroché la lune.

Diabolo, qui avait suivi Philippe et Solange, apporta dans sa gueule un bâton mais, après avoir constaté que le temps du jeu était terminé, se coucha avec dépit sur les galets.

— Il s'est bien enrobé, remarqua Philippe.

— Mireille s'en est occupée. C'est tout dire !

En même temps qu'elle parlait, elle posa sa tête contre l'épaule de son amant. Les instants qu'elle était en train de vivre gommaient les doutes qui l'avaient assaillie pendant leur séparation. Soudain, elle se sentait précieuse pour l'homme qui lui rendait son cœur de vingt ans. Sans renier le passé, Solange se sentait en effet neuve face à cette relation qui ne devait rien à la précédente.

— Est-ce que tu travailles, ce soir ? lui demanda Philippe.

— Oui.

— Et demain ?

— Le lundi... jamais !

— Alors, garde-moi ta journée et ta nuit.

En essayant de ne pas rougir, Solange prétexta des affaires qui la retiendraient pendant deux jours à Marseille puis prépara sa mallette. Philippe lui avait donné rendez-vous devant la gare Saint-Charles, où elle gara sa voiture. Il l'attendait debout devant la sienne et lorsqu'il l'aperçut vint à sa rencontre.

— Quelle ponctualité! s'exclama-t-il avec un rire joyeux.

S'emparant de son bagage, il le rangea dans le coffre puis ouvrit la portière afin qu'elle s'installât.

— Où allons-nous? s'enquit-elle quand il mit le moteur en marche.

— Tu es bien curieuse!

Quand ils arrivèrent à l'aérodrome de Marignane, Solange comprit que son amant n'avait pas oublié sa promesse. Longeant des hangars dont les portes ouvertes laissaient voir des appareils autour desquels s'activaient des mécaniciens, ils parvinrent jusqu'au bâtiment qui abritait les bureaux.

— Attends-moi. Je n'en ai pas pour longtemps, déclara Philippe.

Dix minutes plus tard, il réapparut.

— Qu'es-tu en train de comploter? demanda-t-elle quand elle se trouva devant un appareil.

— Rien que tu n'aies déjà compris, répondit Philippe.

— Nous allons vraiment voler!

— La chance est avec nous. Il n'y a pas un nuage.

La jeune femme s'installa près de son amant qui s'était assis aux commandes. Maîtrisant son excitation, elle s'interdit de poser des questions tandis qu'il accomplissait la vérification des instruments. Par le hublot, elle voyait s'affairer le mécanicien. Il fit le signe que tout était prêt. Bientôt l'hélice se mit en marche puis l'appareil gagna la piste de décollage. Solange se pinça pour s'assurer qu'elle ne rêvait pas. Avait-elle réellement la chance d'accomplir un baptême de l'air que beaucoup lui auraient envié? L'appareil roula de plus en plus vite et bientôt décolla. A mesure qu'ils prenaient de l'altitude, arbres et maisons disparaissaient de leur champ de vision. Ils étaient dans les airs, suspendus à la seule fiabilité de l'avion et à la compétence de son pilote. Sans éprouver la moindre inquiétude, Solange s'abandonnait à l'ivresse d'être devenue oiseau. Quelques petits nuages s'effilochaient dans le ciel, n'ôtant rien à la visibilité. Un autre avion, qui se préparait à atterrir, se profila mais Solange n'avait de regards que pour Marseille qui s'étirait à ses pieds. Elle en reconnaissait les monuments et les clochers, les forts puis Notre-Dame de la Garde qui, juchée sur sa colline, veillait.

— Tu es contente? demanda Philippe.

En réponse, elle posa sa main sur son épaule. Aucun mot n'existait pour définir son émerveillement de découvrir la mer parsemée d'îles et cette lumière qui les enveloppait. La gorge serrée, elle se familiarisait avec la beauté des éléments, leur fusion. Oubliant toute réalité, elle flottait dans l'azur. Combien de fois n'avait-elle espéré pouvoir un jour s'évader dans les airs! Elle en avait même parlé à Marianne qui, partageant son engouement, lui avait assuré qu'un jour toutes deux s'offriraient un billet pour une destination lointaine.

L'avion ayant longé la côte, Solange avait pu admirer les calanques, le port de La Ciotat, et maintenant ils approchaient de Sanary.

— Regarde, lui dit Philippe.

Elle découvrit alors la Rose des Vents sur son promontoire, le toit de tuiles roses et, entre les chênes-lièges ou les pins, les terrasses qui s'étageaient jusqu'au rivage. Une minuscule silhouette attira son attention. Suzanne étendait dans un enclos réservé à cet effet le linge qu'elle venait de laver.

— Quand je lui raconterai qu'à midi moins le quart elle accomplissait ce travail, elle va me soupçonner d'être voyante, s'amusa-t-elle.

Ils firent demi-tour et l'aérodrome de Marignane arriva

trop vite. A mesure qu'ils perdaient de l'altitude, Solange savait qu'elle n'oublierait jamais ce moment de perfection absolue. Philippe était redevenu vigilant et elle se surprit à aimer cette part de lui-même qui le rendait inaccessible. Bientôt ils roulèrent entre les prairies qui longeaient la piste. Attentive, elle le regardait accomplir les gestes familiers.

Avant de quitter les lieux, ils burent un café au bar tenu par un ancien pilote qui, ne pouvant s'arracher au monde de l'aéronautique, servait des boissons à ses successeurs. Assise sur un tabouret, Solange écouta certains évoquer leurs exploits, la panne ou l'accident... Jusque-là, elle n'y avait guère pensé, Philippe lui paraissant invulnérable ; toutefois, lorsqu'ils furent à nouveau seuls dans la voiture, l'inquiétude l'envahit. Combien d'aviateurs chevronnés n'avaient pas péri ?

Avant de quitter cet univers où tout pouvait à chaque minute être remis en question, Philippe voulut lui montrer l'étang de Berre d'où s'élançaient les hydravions. Du doigt, il désigna celui qui l'avait souvent emporté vers l'Asie et, à sa voix, elle comprit qu'il lui tardait de partir.

— Ces journées d'inactivité à Paris m'ont pesé, avoua-t-il sans insister davantage.

Il était chargé d'étudier des lignes en Extrême-Orient et, à son ton, elle comprit que cette mission lui plaisait.

— Alors... tu seras absent très longtemps, ne put-elle s'empêcher de murmurer.

— Jusqu'au mois de juin.

Il avait posé sa main sur la sienne et ils ne parlèrent plus, s'interdisant de formuler leurs pensées. Autour d'eux la campagne flamboyait. Les genêts éclataient en buissons jaune d'or. L'hiver était déjà loin, même si l'air demeurait suffisamment frais pour qu'ils savourent la chaleur d'un feu dans l'auberge où ils s'arrêtèrent en fin de journée. Philippe les avait entraînés dans un village de poupée qui se situait non loin des dentelles de Montmirail.

— Je n'étais jamais venue jusqu'ici, avoua Solange, que le paysage enchantait.

Des collines aux courbes douces entouraient une vallée où le temps s'était arrêté. Autour d'une chapelle s'égrenaient quelques modestes maisons de pierre dont l'une offrait le gîte et le couvert. Une vieille paysanne les y avait accueillis.

— Est-ce que vous vous souvenez de moi? s'enquit Philippe.

— Oh là là... si je me rappelle! Vous êtes venu avec un groupe de messieurs pour un déjeuner et, après, vous avez tous fait une grande sieste dans la prairie.

— On avait vidé quelques bouteilles, avoua le pilote à Solange.

— Ah ça... on peut dire que vous avez pas rechigné sur le beaumes-de-venise.

— Ni sur les côtes-du-rhône!

Le lendemain, avant de prendre le chemin du retour, ils firent une promenade à pied et, pour la première fois, Philippe aborda le passé de Solange. Il posa des questions sur Jacques Favier auxquelles elle répondit sans rien omettre de leur histoire : la rencontre à Tours et sa fuite du foyer parental puis la découverte de Paris, sa soif d'apprendre, les promenades dans les musées et l'intimité qui, peu à peu, se créait avec un homme dont elle appréciait les qualités et les choix. Elle évoqua l'amour profond qui les avait unis mais aussi leurs soucis financiers, la démission de Jacques, sa dépression.

— Jour après jour, je le voyais sombrer et j'avais beau lui dire que nous trouverions des solutions, rien ne lui réinsufflait le goût de vivre.

Avec la sensation de se brûler, elle raconta l'accident et le décès de son mari puis, après une hésitation, ajouta :

— J'ai la conviction qu'il s'est suicidé.

216

— Si tu penses avoir raison… il faut te dire que c'était son choix.

— J'ai essayé, Philippe, mais rien ne pourra jamais m'empêcher de me sentir responsable. J'aurais dû insister pour qu'il ne parte pas à Briançon.

— Cela n'aurait rien changé. Si l'idée était en lui, il aurait trouvé un autre moment.

— Peut-être aurais-je fini par lui donner de nouvelles raisons d'exister. Souvent, je me suis reproché de ne pas avoir ouvert l'hôtel avant sa mort.

— Cette initiative n'aurait probablement pas suffi! Ton mari était un homme de défi. Il aimait brasser des affaires et des sommes importantes.

— C'est vrai mais…

— Solange, on ne peut se mettre à la place des autres et décider pour eux. Tu as d'autant moins le droit de te faire des reproches que Mireille m'a dit combien tu as toujours été attentive à ses désirs. Et tu ne dois pas, non plus, oublier qu'aucune preuve ne corrobore ce que tu imagines.

— Je fais confiance à mon intuition!

Leurs pas les avaient ramenés vers l'auberge mais, l'essentiel venant d'être formulé, tous deux se sentaient soulagés d'avoir trouvé le courage de l'évoquer. En sachant qu'ils ne se diraient jamais tout l'un de l'autre — et c'était bien ainsi —, Philippe percevait que cette conversation aiderait Solange à se départir d'une culpabilité injustifiée et trop longtemps entretenue. Captant dans son regard le début d'un changement, il serra plus fort sa main dans la sienne. Leur escapade allait se terminer et ils éprouvaient de la difficulté à quitter ce lieu où s'étaient échangées de si graves confidences. Assis sur un parapet de pierre, ils regardaient pour la dernière fois le panorama quand Philippe sortit de sa poche une feuille pliée en quatre.

— Lis, dit-il en la tendant à Solange.

Il s'agissait d'une promesse de vente.

— Mon Dieu, murmura-t-elle alors qu'elle en parcourait les lignes, moi qui croyais que tu ne l'achèterais jamais !

Il s'était décidé à acquérir la «maison du bout du monde» quelques jours après son retour à Marseille et, en signant les papiers, avait fugitivement imaginé la réaction de Nathalie. Elle serait furieuse mais, jusqu'à présent, il ne s'était jamais autorisé un caprice. La somme investie provenait d'un petit héritage que lui avait laissé, quatre ans plus tôt, un oncle privé d'enfant. Que ferait-il de cette masure ? Y accomplirait-il des travaux ? Il n'en savait encore rien.

— C'est sans doute stupide mais savoir qu'elle m'appartient et que je peux y installer un lit de camp me rassure.

Solange s'interdit de se demander si cet acte constituait un début de lien entre eux. Philippe demeurait si secret quant à ses sentiments... A défaut de paroles envoûtantes, il jouait au magicien, entraînant sa maîtresse de surprise en plaisirs. Toutefois, qu'aurait-il pu avouer ou promettre alors qu'il n'était pas libre ? A Marseille, ils se préparèrent à reprendre chacun son chemin. Hélas, cette fois-ci, la séparation ne se résumerait pas à quinze jours.

— Je te promets d'envoyer des nouvelles, lui dit Philippe, la bouche sur sa tempe.

— Tu n'es pas obligé.

— Je sais, Solange, que tu ne m'obliges à rien.

Au bord des larmes, elle se réfugia contre sa poitrine puis, lorsqu'elle se sentit plus forte, s'écarta et, avec un sourire qu'elle tenta de conserver, murmura :

— J'ai déjà hâte d'être à l'été !

21

La Rose des Vents connut peu d'accalmies pendant le printemps. Mariages, noces d'argent ou d'or, anniversaires furent dignement fêtés au restaurant et, avec les beaux jours, les chambres commencèrent d'être occupées. Non sans amusement, Solange accueillit quelques couples illicites qui, le temps d'un week-end, venaient se cacher. Puis il y eut la vague des Anglais et elle félicita Marianne pour ses progrès que confirmèrent d'excellents résultats aux examens. En récompense, Solange lui offrit un séjour à Paris où la jeune fille se rendit avec Erika afin de visiter l'exposition des Arts et Techniques qui avait connu tant de difficultés à voir le jour. Ironie du sort, les pavillons de l'URSS et de l'Allemagne se faisaient face mais les visiteuses ne pénétrèrent ni dans l'un ni dans l'autre, réservant leur temps pour le palais de la Découverte ainsi que pour la Voie triomphale de la Lumière et de la Radio que la capitale était fière de présenter à un vaste public.

Elles habitaient chez un couple d'Allemands dont le mari, sculpteur, venait d'exposer ses œuvres à New York. La gorge serrée, Marianne l'écouta, lors d'un dîner, évoquer les exilés qu'il avait rencontrés là-bas, notamment Ernst Seeling.

— Il a monté un comité de soutien pour ceux d'entre

nous qui se trouvent en difficulté financière, et parvient à récolter des fonds importants.

— Qui l'aide ? demanda Erika.

— Un puissant industriel américain dont la femme est d'origine allemande. Leur fille travaille aussi pour notre cause. On la dit d'ailleurs très éprise de Seeling.

— Cela ne m'étonne pas, renchérit Erika avant d'ajouter : Si seulement elle pouvait lui faire oublier cette idiote de Liselotte !

Chaque mot de la conversation se fichait telle une flèche dans le cœur de Marianne. Comme elle avait été naïve d'imaginer qu'Ernst chérirait le souvenir de leur relation ! Pris par sa vocation d'écrivain et par la mission d'assister les artistes privés de patrie, de domicile et de subsides, il avait relégué Sanary au fond de sa mémoire. Toutefois, si cette brutale évidence la fit souffrir, elle l'aida à prendre la décision de ne plus s'attarder en Provence à attendre un hypothétique retour du romancier. Elle seconderait Solange pendant la haute saison puis profiterait de l'opportunité qui se présentait d'aller à Londres.

Elle tint parole et, après un été sans événement majeur, prépara ses bagages.

— Quelle idée de partir dans un pays où il pleut sans arrêt ! répétait Mireille, qui refusait de trouver un intérêt à ce qui sortait de son train-train.

Sans répondre, Marianne regardait d'un œil navré le sac à provisions que lui préparait la cuisinière.

— Mireille… ils ont des confitures là-bas et du miel.

— Pas celui de chez nous !

Pour échapper à cette envahissante sollicitude, elle rendit visite à Sarah qui, depuis la mort de son neveu, tentait de reprendre des forces morales.

— J'ai beaucoup aimé Londres, rassura-t-elle la jeune fille. Toi qui apprécies les spectacles, tu n'auras que l'embarras du choix ! Ils ont un magnifique répertoire et les plus extraordinaires comédiens.

Emportée par ses souvenirs, l'Allemande avait momentanément retrouvé sa fougue pour vanter les représentations qui se déroulaient devant de fervents spectateurs. Elle évoqua un soir de première et son arrivée au Drury Lane, sous la neige. La représentation de *Pygmalion*, célèbre pièce de George Bernard Shaw, s'était révélée d'une exceptionnelle qualité ! Sarah possédant un réel don de conteuse, Marianne n'éprouvait aucune difficulté à la suivre dans sa description qui tenait du conte de fées. Puis elle posa des questions sur les dramaturges contemporains auxquelles la comédienne répondit en retrouvant une part de son entrain d'antan. Le temps s'écoula sans qu'elles en eussent conscience et Marianne sursauta quand elle entendit les préparatifs du dîner.

— Je dois vous quitter, murmura-t-elle avec confusion.

Alors qu'elle s'avançait pour prendre congé, Sarah déclara à brûle-pourpoint :

— Nous n'en avons jamais parlé mais je t'ai trouvée triste depuis ton retour de Paris.

En même temps qu'elle prononçait ces mots, elle cherchait le regard de la jeune fille qui balbutia :

— Je ne comprends pas ce que vous voulez dire...

— Marianne ! Je n'ai pas encore perdu toute ma perspicacité et je pense que tu as tiré un trait sur une espérance.

— Non, je ne crois pas.

— Ecoute-moi... Ne cherche pas à contrer, coûte que coûte, le destin.

— Pensez-vous qu'il serait meilleur pour moi de rester à Sanary ?

— Certes non... Mais ton séjour en Angleterre ne doit pas ressembler à une démission.

— Jamais Ernst ne reviendra en France, murmura

Marianne qui, pour la première fois, se délivrait de son secret.

— Nous n'en savons rien, ni toi ni moi.

— Je m'en veux tellement de penser encore à lui! En vérité, il ne m'a rien promis.

— Quels projets pourrait-il faire dans la situation où il se trouve? Réfléchis... Que peut-il offrir à une jeune fille? Un avenir sans repères, pas de réelle profession, aucun domicile attitré.

— Cela me serait égal!

— Tu n'as pas partagé l'exil avec lui pour en connaître la douleur.

— Mais je pourrais l'aider...

— Peut-être, Marianne. Toutefois, pour supporter l'insupportable, il faut bien se connaître et profondément s'aimer.

Face à la relation qui unissait Sam et Sarah, Marianne se sentait misérable avec son attachement d'un été. Misérable et ridicule! Qu'avait-elle en effet connu avec Ernst, sinon des journées ensoleillées, des jeux de plage et d'insouciantes soirées? Percevant son désarroi, Sarah ajouta :

— Je te le répète... Laisse-toi surprendre. N'espère rien mais ne te ferme à rien.

— J'essaierai même si c'est difficile.

Troublée par cette conversation, Marianne en parla à François. Ils s'étaient revus de nombreuses fois depuis leur rencontre fortuite et, peu à peu, avaient échangé les confidences qu'autorisait l'amitié. Au pianiste, Marianne pouvait confier son inquiétude quant à son séjour à Londres, la peur de s'y sentir seule et parallèlement son désir de quitter l'univers trop restreint de la Rose des Vents.

— Je me suis trompée lorsque j'ai cru pouvoir y seconder Solange. En réalité, j'ai besoin de circuler, d'apprendre. J'ai envie de découvrir le monde, d'être utile à des causes plus intéressantes que de veiller au bien-être de quelques vacanciers privilégiés. Le malheur des Fischer, des Silberman me pousse vers un autre chemin... J'ignore encore lequel mais il m'est impossible de demeurer passive.

Ils s'étaient retrouvés à Marseille, dans leur café habituel. François sortait du conservatoire et la jeune fille le sentait encore exalté par les moments qu'il venait de vivre. Parfois, elle lui enviait sa vocation, même si celle-ci réclamait d'incessants sacrifices. Lui, au moins, savait à quoi il était destiné ! Sans doute faisait-elle preuve de trop d'impatience mais le point d'interrogation qui symbolisait son avenir l'inquiétait.

— Solange dit que le temps passe si vite... Imagine que je ne sache pas l'utiliser ?

— Cela m'étonnerait, répliqua François sans pouvoir s'empêcher de sourire.

— Que le ciel t'entende ! Mais on ne parle que de moi !

Il évoqua alors son hypothétique espoir de se rendre prochainement à Paris afin d'y passer une audition pour entrer dans un orchestre de chambre. Sinon, il continuait à jouer les «fonds sonores» — c'était ainsi qu'il se définissait — dans des salons de thé ou des bars. L'hôtel Splendide venait de le convoquer pour égayer l'heure des cocktails.

— Je vais probablement accepter.

Puis, après un court silence, il murmura :

— Tu vas me manquer.

— Toi aussi.

Dénuée de toute ambiguïté, leur relation avait revêtu les jolies couleurs de la complicité et de la confiance. Ils étaient heureux de se raconter leurs faits et gestes, leurs tourments ou leurs tracas. Entourée de femmes, Marianne avait besoin de ce regard d'homme sur l'existence. Elle admirait aussi son courage, son talent et son obstination. Quant à lui, il appréciait cette relation où n'entrait pas la séduction. Une aventure avec une harpiste le satisfaisait et rendait pénibles les avances qu'il devait souvent repousser.

— Je dois plaire aux femmes mûres, confia-t-il plus tard à Marianne. Le romanesque pianiste... Seule ton amie Sylvie sort du lot.

— Sylvie !

Marianne tombait de haut.

— Elle ne cesse de m'écrire et de venir m'applaudir partout où elle le peut.

Lorsque Marianne passa voir Sylvie aux Nouvelles Galeries, celle-ci, occupée à servir une cliente, lui accorda peu d'attention. Elle attendit de pouvoir lui parler en regardant les colifichets présentés dans des vitrines.

— Quelque chose t'intéresse ? lui demanda Sylvie dès qu'elle l'eut rejointe.

— Non. Je venais simplement te dire au revoir avant de partir pour Londres.

— Ah...

Etonnée que son amie ne relançât pas la conversation, Marianne s'apprêtait à lui donner des détails mais la jeune fille ne lui en accorda pas le temps.

— Eh bien, bon voyage, lui dit-elle avant de se diriger vers un couple qui choisissait des gants.

Pour la seconde fois dans le même lieu, Marianne se sentit indésirable. Alors qu'elle gagnait la sortie, se mêlaient à sa vexation les années d'adolescence où on ne rencontrait pas Marianne sans Hélène ou Sylvie. Qu'était devenu l'inséparable trio ? Hélène était à peine restée à Sanary, l'été précédent, d'autres invitations l'attendant en Normandie et en Bretagne. Quant à Sylvie... ses parents se lamentaient de ne plus la voir.

— Une mijaurée, se plaignait sa mère, contente néanmoins de ne plus avoir sa fille à charge. Maintenant qu'elle joue à la demoiselle, elle a honte de nous !

C'était la vérité! A Marseille, Sylvie avait appris ce qu'elle imaginait être les bonnes manières. Il lui arrivait même de regarder avec condescendance certaines clientes qu'elle ne jugeait ni assez chics ni assez fortunées, la classe sociale et l'argent étant, en effet, devenus ses priorités! Seul François échappait à ses critères car il représentait l'artiste génial qui, tôt ou tard, serait connu et adulé de tous. Elle expliquait qu'il ne répondît pas à sa flamme par l'énergie qu'il consacrait à la musique mais, immanquablement, viendrait le moment où il la reconnaîtrait entre toutes comme la femme qui lui était destinée. En attendant, elle acceptait les avances de son chef de rayon, Guy Turpin, qui, ayant commencé par lui offrir quelques menus présents, l'invitait le lundi, jour de congé, à déjeuner dans un restaurant excentré où personne ne risquait de les rencontrer. Après quelques allusions peu raffinées, il avait glissé un bras autour de sa taille puis s'était risqué à l'embrasser. Sans prendre le moindre plaisir à cette étreinte, Sylvie l'avait néanmoins acceptée en pensant à l'avancement professionnel qui pourrait s'ensuivre. Succédèrent d'autres tentavives de plus en plus poussées et bientôt monsieur Turpin l'entraîna vers un hôtel confidentiel où il semblait avoir quelques habitudes. Dans une chambre à la peinture défraîchie où flottait une âcre odeur de naphtaline, Sylvie devint sa maîtresse en y attachant peu d'importance. Depuis, il se montrait froid, voire distant sur leur lieu de travail mais, dès qu'ils étaient seuls, elle faisait de lui ce qu'elle voulait. Grisée par ce succès, elle imagina qu'aucun homme ne saurait lui résister et, cherchant un portefeuille plus intéressant, commença par se promener sur la Canebière avec quelques camarades puis n'esquiva pas certaines propositions de messieurs plus âgés. Ils l'emmenèrent au music-hall, au cinéma, lui achetèrent quelques bijoux de pacotille, des parfums et des bas. Sylvie s'ennuyait dans leurs bras mais elle fourbissait ses armes. Que n'aurait-elle supporté pour damer le pion à Marianne ou Hélène qui, jusqu'à présent, avaient reçu davantage de privilèges! La revanche était, en effet, devenue un leitmotiv pour la jeune fille qui, délibérément, reniait les instants passés à la crique, la pêche et les fous rires de jeunesse, les serments d'amitié et de fidélité.

Incapable de garder pour elle sa déception, Marianne évoqua, le soir même, sa visite aux Nouvelles Galeries.

— Elle avait déjà changé quand elle travaillait pour nous, lui rétorqua Solange.

— Tout de même... Que lui ai-je fait?

— Rien, Marianne, et cela ne lui facilite pas la tâche. Elle aimerait tant pouvoir te reprocher quelque chose...

— Tu as tellement de force, Solange! Je me suis souvent demandé comment tu faisais pour ne pas te laisser malmener par les déceptions.

— Tout est appelé à passer, ma chérie, les plus grandes joies comme les tristesses. Sur le moment, on pense que rien ne pourra nous ôter l'intensité d'un bonheur ou, à l'inverse, nous consoler.

— Tout de même... La mort de Jacques...

— J'y pense chaque jour... sans la même révolte.

— Comment accepter?

— Ce n'est pas de l'acceptation mais moins d'égoïsme. Quand je le pleurais, je pleurais aussi sur moi. Maintenant, je suis capable d'admettre qu'il n'a plus à affronter un quotidien auquel il ne trouvait pas de signification.

— Tu pourrais le remplacer?

— On ne remplace pas quelqu'un que l'on a aimé mais on peut aimer quelqu'un d'autre d'une façon différente. Aucune relation ne ressemble à une autre.

En parlant, Solange songeait à Philippe qu'elle n'avait plus revu depuis le mois de mars. Il était parti pour l'Extrême-Orient, d'où il lui avait régulièrement envoyé des nouvelles — des lettres affectueuses mais réservées —, puis Michel Corbin l'avait, un soir de juillet, appelée au téléphone.

— Solange, pardonnez-moi de vous déranger. Philippe m'a demandé de vous prévenir. Nous devions rentrer ensemble de Singapour, seulement il est tombé malade trois jours avant notre départ.

— Malade! s'écria Solange. C'est grave?

— On a eu peur! Une saloperie de fièvre... mais il n'est plus en danger.

— Une fièvre!

— Oui. Ils le gardent sur place jusqu'à ce qu'il soit plus vaillant.

— Vous êtes sûr qu'il est bien soigné?

— Certain! Il rentrera dans une quinzaine de jours à Paris et, ensuite, sera en convalescence pendant plusieurs semaines.

Soulagée de savoir Philippe sur la voie de la guérison mais déçue de ne pouvoir être auprès de lui, Solange, en dépit d'un travail intensif, jugeait le temps désespérément long. Michel lui avait promis de la tenir au courant et il le fit. Ce fut ainsi qu'elle apprit l'arrivée de son amant en France.

— Il est chez lui et vous téléphonera dès qu'il le pourra.

Au début du mois d'août, alors qu'elle recevait de nouveaux clients, Philippe se manifesta :

— C'est toi, balbutia-t-elle quand l'opératrice lui eut passé son interlocuteur, puis elle ajouta avec nervosité : Excuse-moi un instant.

Après avoir demandé à Raymond de conduire les vacanciers jusqu'à leur chambre, elle reprit la conversation :

— J'étais tellement inquiète! Comment vas-tu?

— Beaucoup mieux mais j'ai passé un sale moment.

— Michel m'a expliqué et j'étais malheureuse de ne pouvoir rien faire pour toi.

— C'est fini maintenant. Mais… donne-moi de tes nouvelles… Tout va bien?

— Mieux depuis que je t'entends.

— Moi aussi.

Il y eut un silence avant que Philippe n'ajoutât :

— Tu m'as manqué, Solange.

Pour mieux savourer cet aveu, elle ferma les paupières. Elle aurait tant voulu qu'un tapis volant l'emmenât au chevet de son amant qui lui disait :

— Je vais partir pour la côte basque me refaire une santé. Si tu me voyais, tu ne me reconnaîtrais pas. Un vieillard! Je t'écrirai de là-bas.

Solange n'osa lui demander si elle pourrait lui répondre en envoyant ses lettres à la poste restante. Avec la sensation de ne pas trouver les mots adéquats, elle répliqua aux questions qu'il lui posa sur sa vie. Etaient-ce les grésillements sur la ligne qui la rendaient gauche? Dès qu'elle eut raccroché, elle s'en voulut de n'avoir su saisir la chance qu'il lui avait donnée. Aussitôt, elle l'imagina auprès de Nathalie qui, elle, avait le droit de le réconforter et de le soigner. Du jardin provenaient des exclamations joyeuses. Des familles jouaient à la pétanque et, en les observant, Solange se dit qu'elle ne connaîtrait jamais semblable situation.

22

Le départ de Marianne créa un grand vide et Solange ne pouvait passer devant la porte close de sa chambre sans tristesse. L'hôtel n'était plus rempli qu'au tiers et, en cette fin septembre, les journées se trouvaient fort raccourcies. L'atmosphère générale était morose mais, dans le monde, rien n'allait bien. En avril, Guernica, ville du pays Basque, avait été détruite par un bombardement d'avions allemands portant secours aux armées nationalistes du général Franco. Un bilan horrible de 1 500 morts et 1 000 blessés. Début juillet, le Japon avait envahi la Chine sans déclaration de guerre. En Allemagne, le régime nazi condamnait ce qu'il appelait l'«art dégénéré». Partie de Munich, une exposition itinérante montrait de ville en ville les œuvres «typiques d'une époque décadente» et désignait à l'opprobre public les tableaux de grands artistes tels Otto Dix, Paul Klee, Wassily Kandinsky ou Oskar Kokoschka. Mussolini venait, le 25 septembre, d'être reçu à Berlin, où il avait nommé Hitler caporal d'honneur de la milice fasciste tandis que celui-ci lui offrait, en échange, la grand-croix de l'ordre du Mérite de l'aigle allemand à laquelle s'ajoutait l'insigne doré du parti nazi qu'il était, jusque-là, le seul à pouvoir porter. Puis, à l'unisson, les deux dictateurs avaient condamné le communisme et déclaré la solidarité de leurs pays. Sans être alarmistes, les personnes dotées de clair-voyance frissonnaient et Solange en faisait partie. Cet été, elle avait eu l'intuition que la Rose des Vents ne connaî-trait bientôt plus sa sérénité coutumière, même si Mireille lui assurait qu'elle se faisait à tort du «mauvais sang».

L'arrivée de Barnabé, le fils de Suzanne, créa une diver-sion. Le petit venait de fêter ses dix mois. Replet et jouf-flu, il possédait déjà un caractère autoritaire auquel sa mère ne savait s'opposer.

— Elle est fichue, notre Suzanne! Cet enfant la fera toute sa vie tourner en bourrique, clamait Mireille qui, elle-même, devançait les caprices du bébé.

Privée de Barnabé depuis son retour à la Rose des Vents, sa mère compensait en effet le temps perdu. Et pourtant, il avait fallu toute la persuasion de Solange pour qu'elle le prenne avec elle maintenant que l'hôtel entrait dans sa période calme.

— Qu'est-ce qu'on va penser? s'était-elle défendue.

— Qu'importe! répliqua Solange. Les années passent trop vite pour que vous vous priviez de votre enfant. Allez le chercher chez sa nourrice.

Un petit lit avait été installé dans la chambre de Suzanne qui, pendant ses heures de repos, surveillait Bar-nabé tandis que celui-ci jouait dans son parc. Solange, qui ne connaissait pas les joies de la maternité, s'amusait souvent avec lui mais aucune frustration n'entrait dans cette relation. Sa vie s'était dessinée autrement et elle s'ef-forçait non seulement d'en capter le sens mais de profi-ter pleinement de ce qui lui était accordé.

Dans sa dernière lettre, aussi affectueuse et réservée que les précédentes, Philippe lui annonçait son retour à Paris, où il se préparerait à reprendre ses fonctions de pilote. L'océan Atlantique était parvenu à lui faire oublier les pires souvenirs de sa maladie.

«J'ai nagé, lu, mangé du poisson et dormi. Une exis-

230

tence saine et tranquille qui, j'en ai enfin pris conscience, me manquait. »

Par Luce Corbin, venue déjeuner au début du mois d'octobre avec ses beaux-parents à la Rose des Vents, Solange apprit que Michel et Philippe avaient emmené une dizaine de passagers vers Athènes. Ils iraient ensuite à Istanbul puis rentreraient via Naples. Jusqu'au milieu de l'après-midi, elles conversèrent et, en dépit de la discrétion de la jeune femme, Solange comprit que celle-ci n'ignorait rien de sa liaison.

— N'êtes-vous pas malheureuse d'être si souvent seule ? finit-elle par demander à Luce.

— Si, bien sûr... seulement Michel adore son métier. Et puis, lorsque nous nous retrouvons, nous avons tellement de choses à nous raconter ! Vous n'aviez pas le temps d'y prêter attention mais, tout à l'heure, parmi les couples qui déjeunaient dans votre salle à manger, j'en ai repéré qui ne se sont pas adressé la parole. Ils n'avaient vraisemblablement rien à se dire. Alors, sans hésitation, je préfère ma situation.

A maintes reprises, Solange avait pu constater cette indifférence parmi ceux qui vivaient ensemble. Annihilés par le quotidien, ils devenaient transparents l'un pour l'autre. Il en résultait des associations que faisaient perdurer, pour certains, les diktats de la religion... pour d'autres, la peur de la solitude ou de l'opinion publique. Les habitudes savaient si bien étouffer les velléités de liberté ! Solange se souvint des paroles de Mireille. « Les gens, on les refera pas... ils préfèrent une bonne paire de pantoufles usées jusqu'à la corde que de belles chaussures vernies qui, au début, leur feraient un peu mal aux pieds. » Pour la première fois, elle osa se poser une question : si Jacques n'avait disparu... aurait-elle été capable de continuer à l'aimer malgré lui ? Lui aurait-elle, à long terme, dispensé les mêmes trésors d'abnégation et de compréhension ? En la période actuelle, elle n'était plus sûre de rien sinon de marcher sur des sables mouvants. Où la mènerait son nouvel attachement ? Etait-il partagé avec la même intensité ? Il y avait longtemps qu'elle ne s'était sentie aussi découragée !

Un samedi matin, Philippe lui téléphona de l'aérodrome de Marignane.

— Solange... je viens d'arriver et j'ai hâte de te retrouver. Je sais que tu es occupée par la Rose des Vents mais...

— Il n'y a guère de monde et Raymond est capable d'accueillir les clients.

Elle avait presque crié cette réponse tant sa joie était forte.

— Alors, nous pourrions nous retrouver chez moi, à La Cadière. Tu te souviendras de la route ?

— Je crois.

Il tint néanmoins à lui en répéter les détails puis ajouta :

— Je serai là-bas à partir de trois heures.

Il faisait un temps radieux quand Solange, après avoir accompli une marche arrière, emprunta le chemin qu'elle venait de dépasser. En approchant de la maison, elle constata que les fossés avaient été débroussaillés. Elle se gara derrière le véhicule de Philippe puis entra dans le jardin, nettoyé lui aussi de ses ronciers. Les fenêtres du bâtiment avaient retrouvé leurs carreaux et un seau surplombait le puits.

— Philippe ! appela-t-elle.

N'obtenant pas de réponse, elle poussa la porte et ne vit personne.

— Philippe...

— Je suis là, répondit de l'extérieur la voix familière.

Elle revint sur ses pas puis l'aperçut qui s'extirpait d'un hamac tendu entre deux arbres.

— Pardonne-moi mais je n'ai pas dormi la nuit dernière.

232

En souriant, il passa une main dans ses cheveux ébouriffés puis, très vite, Solange fut dans ses bras.

— N'était-ce pas une bonne idée de se revoir ici? chuchota-t-il avant de poser ses lèvres sur la veine qui battait à son cou.

Ils revinrent enlacés vers la maison où, autour d'un empilement de caisses en bois, Philippe avait installé deux chaises bancales. Dans la cheminée, des bûches étaient préparées pour allumer une flambée et elle découvrit, posées sur une étagère, des bouteilles de vin ainsi que des provisions.

— Si tu es d'accord, nous ne bougerons plus d'ici jusqu'à demain.

— Mais je n'ai rien apporté!

— Ne t'inquiète pas. J'ai pris des gros chandails, des sacs de couchage et des couvertures!

Lorsque tomba la nuit, il alluma des bougies qu'il planta, à l'aide de la cire qui en coulait, dans de petits pots en verre, puis se préoccupa du feu. Le bois fuma un peu avant que ne s'élèvent les flammes desquelles Solange s'approcha afin de se réchauffer. Pas un bruit ne filtrait de l'extérieur et elle songea que ce moment d'intimité était leur récompense après une trop longue séparation. Elle empila des couvertures devant l'âtre puis s'assit, laissant de la place pour que Philippe la rejoignît. Pendant qu'il continuait d'organiser leur campement, elle l'observa. Ses gestes étaient précis et rapides, sa démarche souple. Quelques fils blancs s'étaient glissés dans le noir ébène de ses cheveux mais, étrangement, il lui parut plus jeune. Etait-ce ce nouvel éclat dans son regard? Ce sourire qui rappelait le garçonnet turbulent qu'il avait certainement été? Dès qu'il eut terminé sa tâche, il vint près d'elle puis, l'emprisonnant entre ses bras, l'attira contre lui. Alors il se remémora tous ces mois, toutes ces journées où elle lui avait manqué.

— Si tu savais combien j'ai espéré ces instants! Quand nous nous sommes quittés, j'étais conscient que des liens particuliers s'étaient tissés entre nous mais je n'étais pas prêt à les affronter. Il a fallu l'éloignement pour que je comprenne. Le temps m'a semblé si long, loin de toi!

Il resserra son étreinte avant d'ajouter :

— Je ne croyais plus aux sentiments amoureux lorsque nous nous sommes rencontrés. Quand tu as commencé d'occuper mes pensées, j'ai voulu minimiser cette attirance.

— Par peur?

— Certainement!

Faisant taire sa pudeur, il se força alors à prononcer ce qu'il éprouvait :

— Je t'aime, Solange. C'est à la fois très simple et douloureux.

Puis, comme s'il se parlait à lui-même, il ajouta :

— Il n'existe pas un événement important de ma vie auquel tu demeures extérieure.

— Toi non plus, chuchota-t-elle.

A l'inverse de ce qu'elle avait imaginé, Solange se sentait libérée d'avouer son amour à cet homme qui ne lui offrirait qu'absences et attentes. Devinant ses pensées, n'était-il pas en train de murmurer :

— Je souhaiterais tellement t'offrir davantage!

— Mais je ne te demande rien!

— Je le sais, ma chérie.

— Tu ne m'as jamais caché que tu n'étais pas libre.

— Oh... Nathalie ne m'enflamme plus depuis longtemps!

— Elle est, néanmoins, la mère d'une petite fille que tu adores.

Solange se redressa alors pour chercher le regard de son amant.

— Ne t'inquiète pas, je ne te réclamerai pas de la quitter. En revanche, je te demande de ne pas me mentir. Si, un jour, pour une raison ou une autre, tu souhaitais ne plus me voir...

— Ne plus te voir ! Es-tu sérieuse ?

— Qui peut augurer de l'avenir ?

— Dans ce cas, je pourrais te dire la même chose.

— Je ne suis pas dans la même position. Tu es entré dans mon existence quand je pensais qu'aucun homme ne pourrait plus me troubler.

D'un baiser, il la fit taire et tout naturellement ils retrouvèrent les gestes dont ils étaient devenus dépendants. Dans cette maison où ils allaient passer une première nuit, ils imprimèrent l'histoire d'un homme et d'une femme qui, ne se faisant aucune illusion sur la vie, vivaient intensément le présent. Protégés du monde et des autres, ils pouvaient ne se consacrer qu'au plaisir qu'ils se prodiguaient. Avec lenteur, Philippe redessinait le corps de Solange, s'attardant sur la courbe des seins, le pli de la hanche et la douceur de sa peau qu'avait réchauffée le feu. Sur son visage, dans son regard, il lisait le désir qu'il faisait naître et lui-même se sentait emporté par le même besoin de posséder, donner, fusionner. Ajoutant leurs noms aux millions d'amants qui les avaient précédés depuis les origines de l'humanité, ils découvraient l'alchimie des corps.

La chaleur avait envahi la pièce quand ils reposèrent sur les couvertures. De temps à autre, les braises crépitaient. Lové contre sa maîtresse, Philippe éprouvait la sensation d'être enfin pacifié. Solange, quant à elle, aurait pu mourir dans l'instant ! L'un et l'autre étaient, en effet, suffisamment lucides pour savoir que le bonheur était éphémère et que les débuts d'une liaison bénéficiaient d'un état de grâce dont il fallait apprécier la plus infime parcelle.

— Je t'aime, chuchota Solange.

En prononçant ces mots, elle éprouvait une sensation de renaissance. Toutes ses défenses étaient tombées, emportant les derniers vestiges de doute, de méfiance ou de peur. Quoi qu'il advînt, ils auraient connu, dans sa beauté et sa fragilité, cette union des âmes et des corps, cet oubli de soi-même pour tenter d'approcher une hypothétique perfection. Dehors, le vent s'était levé, faisant grincer un volet. Au moment où Philippe voulut se lever pour le fermer, elle le retint.

— Ne bouge pas. Nous sommes si bien...

23

Pour préserver leur liaison de toute indiscrétion, Philippe n'entreprit pas de gros travaux à La Cadière. La maison demeura rudimentaire et personne, dans le voisinage, ne l'imaginait habitée. Son appartement de Marseille demeurait aux yeux de ses employeurs et de son entourage sa résidence officielle. Il y séjournait pendant les courtes escales mais, dès qu'il en avait l'opportunité, demandait à Solange de le rejoindre dans leur retraite. A sa demande, elle y avait apporté des livres et des objets personnels, tels un miroir, quelques flacons de toilette et des disques qu'il passait sur un gramophone.

Ces escapades où ils ne se consacraient qu'à eux-mêmes faisaient oublier à chacun les responsabilités qui les obligeaient à vivre trop longtemps éloignés. Les voyages de Philippe étaient, en effet, nombreux et ses séjours à Paris réguliers. Solange avait beau ne pas mettre en doute son attachement, il lui était toujours difficile de le savoir auprès de Nathalie. Bien entendu, elle ne l'avouait pas à son amant qui, en dehors de Nicole dont il racontait par le menu les faits et gestes, n'évoquait jamais sa vie familiale.

Un jour cependant, après qu'il eut passé le 1er Janvier 1938 à Paris, elle demanda :

— Tu es certain que ta femme ne se doute de rien ?

— Elle est beaucoup trop occupée par sa personne !

— Raison supplémentaire pour qu'elle te trouve plus distant !

— Non... Je t'assure, elle ne m'a fait aucun sous-entendu.

Le sujet ne fut plus abordé jusqu'au mois d'avril, au cours duquel la Rose des Vents reçut un prix couronnant la qualité de son accueil et de son confort. La remise du trophée devait se dérouler à Toulon, où Philippe tenait à accompagner sa maîtresse.

— C'est risqué, le mit-elle en garde.

— Pour qui ?

— Pour toi, bien sûr !

— Personne ne me connaît, là-bas !

Il se trompait car parmi les organisateurs de la manifestation figurait un cousin lointain de Nathalie qui, tout au long de la soirée, les observa. Pour atténuer d'éventuels soupçons, Philippe alla le saluer puis lui présenta Solange comme une amie de longue date qu'il escortait.

— Je crains qu'il n'en ait rien cru, lui dit celle-ci sur le chemin du retour.

— Nous verrons, répondit Philippe sans paraître contrarié.

Au fond de lui-même, il souhaitait presque la confrontation avec Nathalie. L'amour qu'il éprouvait pour Solange, le besoin qu'il avait de sa présence, leur entente le poussaient à envisager un divorce qui, en fin de compte, ne constituerait que le dénouement logique d'une situation délétère. Restait Nicole ! Sa mère la dresserait-elle contre lui ? En son for intérieur, il le craignait ! Mais comment continuer de vivre entre deux foyers ? A l'inverse d'hommes qui se seraient satisfaits d'un tel cas de figure, Philippe n'y puisait aucun plaisir. Le désir de construire des liens durables avec Solange était devenu une priorité et, à maintes reprises, il s'était demandé s'il en était de même pour sa maîtresse.

— Si je devenais libre, m'épouserais-tu ? lui demanda-t-il.

Il la vit hésiter avant de répondre :

— Tu ne l'es pas et je ne veux pas influencer tes choix.

— Dis plutôt que tu ne tiens pas assez à moi !

— Libre à toi de le penser, se défendit-elle.

Elle sursauta lorsqu'il claqua la porte. Quelques instants plus tard, elle entendait ronfler le moteur de sa voiture. C'était leur première dispute mais elle ne s'en considérait pas responsable. Les larmes aux yeux et le cœur battant la chamade, elle rassembla ses affaires puis, à son tour, quitta la maison. Sur le chemin qui la ramenait vers la Rose des Vents, elle eut tout le loisir de se remémorer la scène. Qu'avait-elle dit de mal sinon qu'elle lui laissait la liberté de démêler ses vraies aspirations ?

— Ah... je pensais pas vous voir aussi vite, s'exclama Mireille quand elle pénétra dans l'hôtel, mais ça tombe bien ! Un jardinier est venu se présenter et il est encore là.

Jean, qui veillait sur le parc depuis l'installation des Favier à Sanary, s'était plaint un mois auparavant d'une douleur à la poitrine. Il avait soixante-trois ans et le médecin lui avait ordonné de s'arrêter.

— Mais je peux pas laisser madame Favier, avait protesté l'employé.

— Nous trouverons un remplaçant jusqu'à ce que vous vous rétablissiez, l'avait rassuré Solange.

Le premier qu'elle engagea vida des bouteilles de vin derrière les bosquets, le deuxième fit des avances à Suzanne, le troisième disparut au bout de deux jours. Inquiète pour ses plantations, Solange s'évertuait à chercher sans résultat un candidat.

— Vous paraît-il sérieux ? demanda-t-elle à Mireille.

— C'est pas un bavard!

Emigré italien, Leonardo devait avoir une quarantaine d'années. Il répondit par de courtes phrases aux questions que lui posa Solange. Sa femme était morte en couches une dizaine d'années auparavant et il avait abandonné son domicile près de Menton pour proposer ses services au fil de ses pérégrinations. De la poche de sa veste, il sortit des lettres de recommandation qui vantaient son travail, son honnêteté et sa persévérance.

— Qui vous a envoyé chez moi? s'enquit Solange.

— Des Allemands à qui je proposais mes services. Ils avaient pas besoin de moi mais savaient que vous étiez dans la difficulté.

— Monsieur et madame Fischer?

— Tout juste! J'ai sonné chez eux quand j'ai vu leur jardin pas trop bien entretenu.

— Et vous logez dans les environs?

— Oui... oui... vous inquiétez pas.

Elle l'embaucha à l'essai puis rentra chez elle. La saison ayant débuté, plusieurs clients occupaient l'hôtel en ce mois de mai : deux couples d'Américains qui, chaque année, venaient sur la côte et des Belges à la recherche de soleil. Peu encline à les retrouver, elle s'attarda dans sa chambre. Philippe allait-il lui téléphoner ou lui écrire? Chaque mot de leur discussion tournait dans son esprit. Pourquoi avait-il jugé blessants les propos qu'elle lui avait tenus?

Les jours suivants, elle demeura absente à ce qui l'entourait. Jamais elle n'aurait imaginé qu'ils fussent l'un et l'autre capables de se rendre aussi malheureux. Pour tenter d'égayer ses pensées, elle se rendit chez les Fischer qui, l'avant-veille, avaient reçu des éditions Querido le roman d'Ernst Seeling.

— Après m'avoir ignorée pendant deux jours, Hans

vient de le terminer, s'amusa Hilda. Il est tellement fier de son ancien élève !

— Je le savais doué mais il a dépassé mes espérances, renchérit Hans. Quel dommage, Solange, que vous ne puissiez le lire ! L'histoire est magnifique, le style pur, ciselé.

— Peut-être sera-t-il traduit en français.

— Dieu vous entende mais, avec les derniers événements, cela m'étonnerait !

Depuis le mois de février où Hitler, devenu chef suprême des armées du Reich, avait remplacé l'état-major, la situation ne cessait d'empirer. A Berchtesgaden, le Führer avait demandé à son hôte, le chancelier autrichien Kurt von Schuschnigg, d'amnistier les nazis emprisonnés en Autriche, d'accepter l'unification des deux Etats et de mener au sein de son pays une «politique allemande». En dépit de sa colère, celui-ci dut accepter une partie de ces diktats. Ce fut le début du cauchemar ! Le 12 mars, après avoir franchi la frontière par sa ville natale de Braunau-am-Inn, Hitler entrait dans Vienne où l'accueillait Seyss-Inquart, le nouveau chancelier nazi, puis les deux hommes signaient à Linz : l'Anschluss, un traité qui unifiait l'Autriche et le Reich allemand. Pendant ce temps, en Espagne, la guerre continuait entre nationalistes et républicains. Le général Franco avait atteint l'embouchure de l'Ebre, isolant la Catalogne du reste du pays. Quant à la politique intérieure française… elle se trouvait au cœur d'une tourmente dont on ne voyait pas la fin. Le 13 mars, Léon Blum formait un second ministère comprenant quinze socialistes, quinze radicaux, trois membres de l'USR et un Jeune République. Treize de ces personnes faisaient déjà partie du premier cabinet. Mais, le 10 avril, le même Blum donnait sa démission face à de nouvelles grèves (213 usines automobiles occupées). Il avait auparavant tenté d'instaurer le contrôle des changes et un impôt sur le capital, ce qui avait entraîné l'opposition de la commission des Finances du Sénat. Daladier avait succédé au « père » du Front populaire. Début mai, le franc dévaluait. Ainsi, lorsqu'on ouvrait les pages de *Paris-Soir* ou de *L'Intran*, on était sûr de lire, venant de toutes parts, d'alarmantes nouvelles.

— Hitler a commencé par envahir l'Autriche mais ce n'est qu'un début, prédisait Hans. Vous allez voir ce qui va se passer en Tchécoslovaquie ! Voler au secours des Allemands des Sudètes ne sera, bien entendu, qu'un prétexte !

Sam Silberman savait que son ami avait raison et que, tôt ou tard, l'Europe risquait d'être à feu et à sang. Que deviendraient-ils alors, avec Sarah ? De leurs biens, il restait des miettes et, privés de nationalité, ils n'avaient plus de passeport. Souvent, il se demandait si sa femme se posait les mêmes questions. Depuis la mort tragique de son neveu, elle vivait dans un autre univers où peu de choses semblaient l'atteindre, encore moins celles qui la concernaient. En vérité, elle avait tiré un trait sur leur existence actuelle et il avait la conviction qu'elle n'avait plus envie de vivre. La compagnie d'Erika l'égayait un peu lorsque celle-ci les rejoignait le temps d'un week-end et il lui arrivait de s'enquérir du retour de Marianne.

— Elle devrait rentrer vers la fin juillet, répondit Solange à cette question. Mais je ne sais pas si elle demeurera à Sanary. Elle s'est beaucoup investie dans les organismes qui secourent les exilés et cela m'étonnerait qu'elle ait encore envie de me seconder à la Rose des Vents.

Dès qu'elle avait pu s'exprimer couramment en anglais, Marianne s'était rendue utile en s'occupant de personnes âgées qui, parties d'Allemagne ou d'Autriche, arrivaient en Angleterre où la plupart se sentaient perdues. La jeune fille les aidait à accomplir les démarches administratives ou à s'installer dans de modestes logements. Puis elle les mettait en relation les unes avec les autres afin qu'elles puissent s'apporter un peu de réconfort. Ceux qui avaient tout perdu trouvaient asile dans des foyers financés par des expatriés fortunés. Souvent d'origine juive, ils volaient à la rescousse de leurs frères que l'on pourchassait sous l'infâme prétexte qu'ils n'appartenaient pas à la race aryenne. Ce face-à-face avec des gens qui subissaient de terribles épreuves avait changé Marianne. Dotée d'une maturité supérieure à celle de son âge, elle apprenait ce qui était essentiel et ce qui ne l'était pas. Cette attitude se retrouvait aussi dans la sélection de ses loisirs, qui tournaient autour du théâtre, des concerts ou du cinéma. Des amis, rencontrés au collège où elle étudiait, l'accompagnaient mais avec aucun d'entre eux elle n'était parvenue à instaurer une véritable complicité. En réalité, son pays lui manquait et, à mesure que s'installait l'été, sa nostalgie grandissait. Il lui arrivait de fermer les yeux pour mieux revoir la couleur de la mer, sentir l'odeur des pins et la chaleur sur sa peau. Des parfums d'ailloli et d'abricots mûrs chatouillaient ses narines et, à ses oreilles, résonnait l'accent chantant des villageois. Les lettres que lui envoyait régulièrement Solange lui révélaient les faits et gestes de chacun. Ainsi, elle connaissait tout de Barnabé, le bébé de Suzanne, et imaginait sans difficulté les nouveaux hôtes de la Rose des Vents, auxquels s'ajouterait, au mois de septembre, le couple qui l'hébergeait. Afin de les remercier pour leur hospitalité, Solange les avait, en effet, invités à séjourner à Sanary, ce qui permettrait à Rosamond Benton de revoir son cousin Hans Fischer. Marianne appréciait cette Anglaise dont le grand-père bavarois était le grand-oncle paternel de Hans Fischer. Après son mariage avec une jeune fille du Kent, il s'était installé à Londres et y avait fondé une famille. Sa descendante, Rosamond, était une originale mais son époux Walter l'était davantage. Professeur de physique, il vivait au cœur d'univers parallèles desquels il s'extirpait pour assister aux comédies musicales dont il était un « aficionado ». Sa préférence allait au couple Fred Astaire-Ginger Rogers et, de retour chez lui, il tentait de les imiter en entraînant Rosamond dans des figures sophistiquées. Leur fantaisie et leur humour s'avérant communicatifs, Marianne n'hésitait pas à les rejoindre dans leurs pitreries. Il en résultait des fous rires qui la laissaient sans souffle et lui faisaient oublier l'âpreté de certaines journées.

Sa compagnie manquait à Solange qui comptait les jours jusqu'à son retour. Sanary avait repris les couleurs de la belle saison. Les villas s'étaient ouvertes, les hôtels se remplissaient et des parasols s'épanouissaient sur les plages. Grâce aux soins de Leonardo, le nouveau jardinier, les fleurs relevaient la tête. Cet homme nourrissait une véritable passion pour son métier. Dès l'aube, il arrosait les plates-bandes puis, tout au long de la matinée, élaguait, nettoyait les massifs. L'après-midi, Solange l'avait plusieurs fois surpris en train de jouer avec Barnabé qui, debout dans son parc, lui tendait ses jouets. Le visage de Leonardo se transformait alors. Son expression sévère se muait en tendresse. Puis il reprenait son sécateur et retournait à sa tâche. Quand l'enfant dut partir chez une nourrice, il l'embrassa et Suzanne vit qu'il avait de la peine. Elle-même retenait avec difficulté ses larmes mais, pendant l'été, il était impossible de concilier travail et maternité. Barnabé habiterait chez une dame au Castellet et elle lui rendrait visite une ou deux fois par semaine jusqu'à ce qu'elle le ramène fin septembre à la Rose des Vents.

A l'hôtel, l'ouvrage ne manquait pas, toutefois Solange goûtait peu au succès qui, année après année, se confirmait. Depuis qu'il était parti en claquant la porte, Philippe n'avait donné aucune nouvelle et ce silence ôtait de la couleur aux journées. Elle avait beau se répéter que tout passait et qu'un jour, sans doute, son tourment

244

perdrait de son acuité... l'épine, pour l'instant, fouaillait son cœur. Ils bénéficiaient déjà de si peu de temps pour être ensemble qu'elle lui en voulait de ce gâchis. Un jour, néanmoins, faisant taire son orgueil, elle lui envoya une longue lettre à Marseille où, sans s'excuser, elle lui demandait de comprendre les paroles qui, à tort, l'avaient blessé puis elle attendit la réaction de son amant avec la certitude d'avoir été au bout de ce qu'elle pouvait s'autoriser. Une semaine s'écoula avant qu'il ne frappât à sa porte. L'après-midi se terminait et elle venait de passer un peignoir sur son maillot de bain.

— Philippe!

— Je te dérange? demanda-t-il avec un sourire qui annulait tout reproche.

— J'allais nager.

— Alors, je t'accompagne.

Quelques minutes plus tard, ils étaient dans l'eau.

— Je suis désolé, dit-il en la retenant contre lui. Ma réaction était stupide.

Les mots lui manquaient pour lui avouer combien il s'était morfondu à Paris. D'autres révélations montaient à ses lèvres mais il aurait été malséant de les prononcer. Qu'aurait-il souhaité lui dire? Que Nathalie l'avait perdu... Et, pourtant, elle n'avait jamais été aussi attentive à lui que pendant cette dernière quinzaine. Soudain, elle avait porté de l'intérêt à ses voyages, ses projets et, fait inimaginable, lui avait même proposé de passer les prochaines vacances sur la côte méditerranéenne. Elle s'était montrée séductrice, avait insisté pour qu'ils fassent l'amour mais il avait eu la sensation d'étreindre une étrangère tant elle était sortie de sa vie. Puis elle s'était plainte de ses trop nombreuses absences. Elle s'ennuyait de lui et Nicole ne pouvait pleinement s'épanouir sans son père. Face à ce nouveau discours, Philippe s'était tout d'abord trouvé déconcerté puis il était entré dans le vif du sujet.

— Nous ne nous sommes pas rendus heureux, Nathalie, et je crains que nos modes de vie soient différents. Tu es jeune, belle… Tu pourrais aspirer à une existence plus joyeuse.

— Pourquoi me parles-tu ainsi?

— J'ai beaucoup réfléchi à notre couple, ces derniers temps.

— Tiens… En voilà, une nouvelle!

En dépit de ses efforts, elle n'était pas parvenue à contrôler son agressivité. Toutefois, il ne la releva pas.

— Je pense que tu ne m'as jamais aimé.

— Et toi? As-tu été amoureux de moi?

— Tu le sais bien.

La beauté froide de Nathalie, son élégance l'avaient aveuglé jusqu'à lui faire croire qu'elle était nécessaire à sa vie. Après l'avoir courtisée avec passion, il l'avait demandée en mariage sans véritablement la connaître. Le désenchantement s'était, hélas, vite installé. Nathalie était égoïste, superficielle et Philippe s'ennuya vite en sa compagnie, plus encore depuis qu'il avait découvert l'amour auprès de Solange.

Alors que sa maîtresse nageait la brasse à ses côtés, il se promit de ne plus jamais mettre leur liaison en péril. Se laissant couler, il se lava de tous ses soucis puis avec lenteur remonta à la surface. Allongée sur le dos, elle l'éclaboussa en battant des pieds. Il l'attrapa puis, la serrant contre lui, l'embrassa jusqu'à l'étouffer.

— Ma douce, si tu savais combien je t'aime!

Philippe s'installa pendant trois jours dans une chambre de la Rose des Vents. Solange ne pouvant s'absenter les samedi et dimanche, c'était leur unique moyen de se voir. Avec un réel bonheur, il s'adapta aux rites de l'établissement et à ceux de sa maîtresse qu'il quittait avant l'aube pour regagner ses appartements. Il la rejoignait un peu plus tard sur la terrasse où elle prenait son

246

petit déjeuner et, ensemble, ils regardaient la lumière s'étendre sur la mer. Solange refusant sa présence pendant qu'elle travaillait, Philippe se promenait dans les environs, s'installait à la terrasse du Café de la Marine ou rendait visite aux Fischer qui, en général, l'entraînaient vers la plage de Port-Issol. Allongé sur un tapis de raphia, il jouait aux échecs avec Hans pendant que Hilda lisait des journaux qui continuaient de dispenser les mauvaises nouvelles.

— L'Allemagne vient d'instaurer une loi sur la confiscation des productions d'«art dégénéré», leur apprit-elle.

— Comment n'ont-ils pas conscience d'avoir décapité leur pays de tous les artistes dignes de ce nom? demanda Philippe.

Ecrivains, peintres, sculpteurs, scientifiques s'étaient en effet dispersés à travers le monde. L'Amérique les accueillait et certains pouvaient y entamer une carrière de professeur, de cinéaste ou de scénariste. C'était le cas d'Ernst, qu'un producteur de films avait remarqué pour son talent romanesque. Le jeune Munichois avait sollicité un temps de réflexion : non seulement son travail dans les universités et au sein des comités de soutien aux réfugiés prenait une part importante de son temps mais il projetait de retourner pour quelques mois en France. Son métier d'enseignant lui donnant un visa d'entrée et de sortie, il comptait profiter de cette liberté.

— En dépit de tout le plaisir que nous aurons à le revoir, disait Hans, je ne trouve guère raisonnable qu'il revienne en Europe. La lutte qu'il mène contre le nazisme le met en danger!

24

Ernst était conscient des risques qu'il courait mais il avait pour mission d'exhorter les intellectuels allemands à faire attention. On savait que de faux exilés s'infiltraient parmi les vrais dans le but de mieux connaître leurs projets car, pour le Reich, ceux-ci représentaient un véritable fléau en alertant les opinions étrangères sur les horreurs qui se déroulaient dans leur ancienne patrie. Il voulait aussi s'assurer de l'avenir des Fischer et des Silberman. Dans ses lettres, il avait poussé Hans à se rendre en Amérique, où son statut de professeur lui ouvrait les portes, mais celui-ci faisait la sourde oreille. Le face-à-face serait-il plus convaincant ? Quant à Sam et Sarah, leur cas était épineux, l'absence de passeports étant quasi impossible à résoudre !

A bord du paquebot qui le ramenait vers la France, Ernst trouva le temps long tant grandissait son impatience de revoir Paris, les cafés familiers et les amis avec lesquels il avait tenté de rebâtir un monde meilleur. New York, Boston lui avaient apporté de nombreuses satisfactions mais aucune de ces villes ne rivalisait avec les journées si riches que lui avait offertes l'Europe. Au cœur de ce constat se situait Sanary, où s'était écrit presque à son insu le roman qui lui rapportait les éloges de la critique.

— Rien ne pouvait mieux illustrer notre jeunesse munichoise et nos hésitations de jeunesse, lui avait dit

Klaus Mann, dont il aimait l'intelligence et la lucidité désenchantée.

Les dernières activités d'Ernst l'avaient trop long-temps tenu éloigné de l'écriture et il était en véritable état de manque. Tant de faits vécus ou observés emplis-saient son esprit ! Il se remémorait son arrivée sur le sol américain, la fascination que lui avait inspirée Manhat-tan, l'émulation ressentie dès les premiers jours, le sen-timent qu'avec des idées, du talent ou de la débrouillar-dise tout restait possible dans ce pays qui rimait avec futur. Puis, immanquablement, s'était installée la nos-talgie et le besoin de se regrouper entre Européens afin d'évoquer Amsterdam ou Londres en sachant que, tôt ou tard, ils n'y circuleraient pas librement. Chacun sui-vait les événements politiques avec inquiétude et voyait se profiler une guerre. C'était la raison pour laquelle Ernst avait fini par accepter la proposition du produc-teur de Hollywood. Après une visite dans les studios de cinéma, ils s'étaient mis d'accord pour une collaboration à la condition que le jeune Allemand réside à Los Angeles. A son retour, serait mise à sa disposition une petite maison qui s'ajouterait à de correctes mensualités. Etait-il heureux de cette décision ? En toute sincérité, il n'en savait rien. Ses amis, en particulier Helen qui se considérait à tort comme sa fiancée, lui reprochaient de trahir la « côte est » ; toutefois Ernst demeurait insensible à ce genre de critique. Sa survie intellectuelle et finan-cière n'était pas régie par des choix mais par des néces-sités. Comment le faire comprendre à la fille d'un homme fortuné qui voyait tous ses caprices exaucés ? S'il s'était laissé faire, ils auraient été déjà mariés ! Néan-moins, elle avait eu beau le supplier, le menacer de ne plus le revoir, il n'avait pas cédé.

A Paris, il renoua avec ses habitudes. La ville était plon-gée dans la touffeur de l'été et les terrasses des cafés emplies de consommateurs. En regardant déambuler les jeunes filles vêtues de robes fleuries, Ernst se rendait compte que les Françaises possédaient un charme particulier auquel il n'était pas insensible. Il écouta les dernières chansons à la mode, *Escales* de Suzy Solidor, *Lambeth Walk* de Ray Ventura et ses Collégiens, dansa des slows langoureux dans des boîtes de nuit, connut quelques aventures sans lendemain. Située au dernier étage d'une pension de famille de la rue d'Assas, sa chambre lui permettait de se promener quotidiennement au Luxembourg où il donnait rendez-vous à d'autres exilés chargés de lui fournir des listes d'Allemands en danger. A son tour, il envoyait leurs noms en Amérique et, pendant que pour certains s'organiseraient des départs outre-Atlantique, à d'autres, plongés dans la détresse financière, seraient envoyés des subsides.

Le 14 Juillet 1938 fut accompagné de sa parade officielle. Des avions vrombirent dans le ciel, des tanks défilèrent à l'Etoile devant le président Lebrun puis descendirent les Champs-Elysées dont fenêtres et balcons étaient pavoisés de drapeaux tricolores. Périscopes en main, les Français et les étrangers en visite admirèrent les régiments de marine, les spahis vêtus de leur burnous, la cavalerie. Un sentiment de fierté envahissait la population qui, soudain, ne craignait plus les menaces d'Hitler. Qu'il tente de passer la frontière, on saurait lui montrer le chemin du retour ! Oublieux des grèves, du chômage, de l'inflation, hommes et femmes ne pensaient qu'à s'amuser dans les bals de quartier et les fêtes foraines.

Ernst, quant à lui, prépara ses bagages pour Sanary, où l'attendaient ses amis. La veille au soir, il avait parlé au téléphone avec Hans et Hilda devenus sa famille de substitution. L'idée de les revoir lui serrait la gorge et il ne trouva pas le sommeil dans sa couchette. Dès son arrivée à Marseille, l'ambiance du Sud le rattrapa. Dans la cohue de la gare Saint-Charles, il s'abandonna à l'accent chantant, au phrasé imagé, à la redondance des compliments échangés entre locaux et voyageurs. Au bout du quai, il aperçut Erika qui lui faisait de grands signes. Hâlée par le soleil, elle lui parut resplendissante.

— Ernst! s'écria-t-elle, avant de se jeter dans ses bras.

Dans l'automobile qu'elle conduisait avec rapidité, ils évoquèrent pêle-mêle ce qu'ils avaient accompli pendant leur séparation. Face à l'entrain de la jeune fille, Ernst retrouvait une part d'insouciance. Comment avait-il vécu privé de tant de splendeur? se disait-il en contemplant la mer qui, au pied des rochers et des pinèdes, miroitait sous les rayons du soleil. Le désir de lézarder sur la plage de Port-Issol l'envahit ainsi que le besoin d'oublier ses responsabilités l'espace de quelques jours. Ernst n'avait pas trente ans et, pourtant, il se sentait lourd des misères qu'il avait côtoyées.

— Et la Rose des Vents? demanda-t-il. Vous y allez toujours?

— Solange est devenue une grande amie, répliqua Erika, en particulier de papa et maman.

— Pourquoi ne parles-tu pas de Marianne?

— Pour la bonne raison qu'elle vit à Londres depuis presque un an.

— A Londres? Qu'y fait-elle?

— Elle apprend l'anglais et, comme toi, se rend utile aux réfugiés.

En quelques phrases, Erika expliqua l'action de son amie pour conclure :

— Elle ne devrait plus tarder à nous rejoindre. Son retour est prévu pour la fin juillet.

Curieusement, Ernst se sentit soulagé après avoir obtenu ces renseignements. Marianne avait souvent traversé sa mémoire quand il se penchait sur ses souvenirs sanaryens auxquels, inévitablement, elle se rattachait.

251

L'image était toujours empreinte d'une douce nostalgie ainsi que d'une sensation d'inachèvement.

— Elle revient définitivement en France ? demanda-t-il.

— Comment peux-tu employer le mot définitif ?

— Tu as raison, s'amusa Ernst. Je suis très mal placé.

Sarah était seule dans le salon lorsqu'ils y pénétrèrent et Ernst fut surpris par son changement. La comédienne était devenue une vieille femme qui, non maquillée et vêtue d'une robe de chambre, ne semblait plus se soucier de son apparence.

— Ernst, murmura-t-elle tandis qu'Erika observait une fugitive lueur de plaisir dans son regard.

Attirant une chaise près du fauteuil roulant, le voyageur garda les mains de son amie entre les siennes.

— Tu as su, lui dit simplement celle-ci.

— Oui, j'ai su.

— Jamais je ne me serais crue capable d'autant de haine envers nos ennemis. Tous les jours, je prie pour leur destruction et leur malheur ! Tous les jours, je souhaite que leurs enfants subissent le même sort que mon neveu... Comme eux, je me suis transformée en monstre !

Ernst avait déjà entendu ce genre de confession. Des parents dont on avait torturé les enfants, des femmes auxquelles on avait enlevé leur mari et qui craignaient de ne jamais le revoir... Que pouvait-il répondre, lui qui refusait de mentir ? Devait-il avouer qu'ils n'en étaient qu'au début de la tourmente et qu'à leur douleur s'en ajouteraient, hélas, bien d'autres ?

La venue de Hans et Hilda égaya l'atmosphère. Le premier ouvrit une bouteille d'un excellent cru pour fêter l'arrivée de son ancien élève tandis que la seconde exhibait la tapenade dont elle le savait friand. Presque deux années s'étaient écoulées depuis qu'il était parti et, pourtant, ils éprouvaient tous la sensation de s'être vus la veille. C'était cela l'amitié... ce pied de nez au temps !

Après un déjeuner animé suivi d'une courte sieste, Ernst eut enfin la liberté d'aller se baigner. La plage n'avait pas changé, toujours aussi joyeuse et bruyante. Une jeune fille le héla. C'était Hélène, l'amie de Marianne ! Arrivée du Caire l'avant-veille, elle reprenait ses habitudes estivales.

— Ce sont mes dernières vacances avant mon mariage, déclara-t-elle à Ernst.

— Toutes mes félicitations.

Voyant s'approcher un jeune homme, il demanda :

— L'heureux élu ?

— Oh non, s'exclama Marianne en riant. Ce n'est que mon cousin ! Manuel, cria-t-elle, viens que je te présente !

Quelques instants suffirent à Ernst et Manuel pour comprendre qu'ils partageaient les mêmes idées de liberté et de justice. Journaliste, Manuel était parvenu à se faire envoyer comme correspondant en Espagne où pendant plusieurs mois il avait suivi les républicains dans leurs combats.

— Je serais resté avec eux si l'on ne m'avait pas rappelé en France.

Le parcours d'Ernst accapara ensuite toute son attention. Il voulut que celui-ci décrivît par le menu sa vie en Amérique. Où avait-il donné des conférences ? De quelle manière son discours était-il perçu ? Quels étaient les noms des comités de soutien aux réfugiés ?

Hélène, qui depuis le début de la conversation n'avait prêté qu'une oreille distraite à leurs propos, fut contente d'apercevoir Erika qui, un sac en bandoulière, venait vers eux. A son tour, la jeune fille fit la connaissance de Manuel qui la regarda avec insistance avant de déclarer :

— J'avais entendu parler de vous mais nous ne nous étions pas encore rencontrés.

Erika se garda de répondre qu'elle aussi connaissait son

existence grâce aux confidences de Marianne. Tandis qu'elle ôtait sa robe, elle sentit qu'il détaillait son corps et en fut agacée. Encore un qui se croyait tout permis sous le prétexte qu'il avait bourlingué et connu des aventures au gré de ses pérégrinations. «Beau garçon, séducteur et sûr de lui» furent les premières constatations qu'il lui inspira. En même temps qu'elle devisait avec Hélène, elle l'écouta expliquer à Ernst ses débuts dans le journalisme et, malgré elle, apprécia son point de vue. Plus tard, ils se baignèrent mais Erika, qui aimait battre ses propres records d'endurance, les laissa pour se diriger en nageant le crawl vers le large.

— Elle va trop loin, s'inquiéta Manuel.

— Ne vous inquiétez pas. Elle est très entraînée, répliqua Ernst.

Au bout d'une quinzaine de minutes, l'Allemande les rejoignit essoufflée et peu enthousiasmée par sa performance.

— Il faudrait que j'arrête de fumer, déclara-t-elle en allumant une cigarette dont elle aspira avec volupté la première bouffée.

— Et vous, Erika, vous vivez toute l'année dans le Midi? demanda Manuel.

— Oh, cela va changer! D'ailleurs, je ne le lui ai pas encore dit... mais Ernst va devoir influencer mes parents pour qu'ils me laissent m'installer à Paris.

— Eh bien, je suis content d'apprendre que je vais te servir à quelque chose, plaisanta l'Allemand. Néanmoins, tu devrais tout de même réfléchir... Ce n'est pas le meilleur endroit pour une exilée.

— Tu es devenu comme maman! A vous écouter, il faudrait se terrer comme des rats. Qu'est-ce que je risque? J'ai un permis de séjour!

— Ton père est connu pour ses prises de position contre le Reich.

— Personne n'est obligé de savoir que je suis sa fille.

— Et que souhaitez-vous faire à Paris? s'interposa Manuel.

— Comme vous, travailler dans la presse.

— Tiens... quelle drôle d'idée pour une femme!

— J'imagine que cela doit vous déplaire que quelques-unes d'entre nous veuillent vous imiter.

— Je n'y avais jamais pensé, répliqua Manuel.

Les retrouvailles d'Ernst avec Sanary se déroulèrent comme il l'avait imaginé... ou presque... car un changement s'était instauré dans la relation des exilés et des villageois qui, jusque-là, ne leur avaient pas fait grise mine. Les menaces d'Hitler avaient ravivé la haine nourrie au fil des deux dernières guerres par la population française envers leurs ennemis allemands. Aux terrasses des cafés, Ernst remarqua que les garçons ne prenaient plus ses commandes avec la même amabilité. Dans les magasins, on le saluait du bout des lèvres et il arrivait que l'on s'écartât sur son passage. Il n'avait pas besoin de l'entendre pour savoir qu'on le traitait de «sale Boche»! La femme de ménage qui, depuis plusieurs années, travaillait chez les Fischer s'était servie d'un prétexte auquel personne n'avait cru pour donner sa démission et aucune remplaçante ne s'était présentée. Quant au journal *Le Petit Var*, il s'était donné pour mission de critiquer avec un désolant systématisme la colonie allemande qui avait fait du charmant port de pêche un «Montparnasse-sur-mer». Si les uns et les autres ne voulaient pas s'attarder sur ce regrettable comportement, il leur était néanmoins difficile d'être traités d'espions à la solde des nazis.

— On aura décidément tout supporté! s'exclama Hans avec colère.

La propriétaire de la Rose des Vents n'échappait pas, elle non plus, aux critiques. Depuis longtemps, la personnalité de Solange alimentait les cancans. Un mari trop

255

âgé, une faillite suivie d'un enviable succès avec la reconversion de la propriété en hôtel, son indépendance que beaucoup considéraient comme de la provocation et, depuis deux ans, ses liens d'amitié avec des gens peu recommandables ! Il y avait de quoi médire et l'on ne s'en privait pas. Sans rien ignorer de la situation, la jeune femme affichait un visage serein et une gentillesse qui exaspérait ses détracteurs.

Ce fut dans cette atmosphère pesante qu'arriva Marianne.

— L'enfant prodigue, s'amusa Solange en la serrant dans ses bras.

Sa filleule avait coupé ses cheveux et sa silhouette élancée était mise en valeur par un élégant tailleur de toile bleu pâle. En l'observant, Solange découvrit dans son regard une assurance nouvelle. Incontestablement, l'Angleterre lui avait été bénéfique ! Profitant des moments où tout le monde s'adonnait à la sieste, elles s'allongèrent, en compagnie de Dragonet, sur le sofa du salon puis se racontèrent les faits marquants de leur existence.

— Il faut que je t'avoue quelque chose, murmura Solange.

— Tu es amoureuse de Philippe Bergeron, répliqua Marianne. Rassure-toi, je m'en étais aperçue avant mon départ pour l'Angleterre.

— Ah oui !

— Il aurait fallu être aveugle pour ne pas s'en rendre compte.

— Et alors, qu'en penses-tu ?

— Rien de mal s'il te rend heureuse.

— C'est bien vrai ? Tu ne me juges pas ?

— Te juger ?

— Il est marié.

— C'est son problème. Pas le tien !

— J'ai l'impression qu'il veut reprendre sa liberté.

Pourtant, je ne lui ai rien demandé. Et toi, personne ne t'a fait battre le cœur à Londres?

— Non.

— Voilà qui réjouira tes chevaliers servants!

— Lesquels, mon Dieu?

— Manuel, par exemple... qui m'a demandé de tes nouvelles.

— Tiens, il s'est souvenu de mon existence.

— Ainsi qu'Ernst.

— Ernst, s'exclama Marianne en se redressant sur un coude. Ernst Seeling! Il est là!

Marianne avait presque crié la dernière phrase. Ainsi, Ernst était revenu d'Amérique. Une stupide envie de pleurer la prit au dépourvu.

— Il habite toujours chez les Fischer? demanda-t-elle d'une voix altérée.

— Bien sûr... et je les ai invités à prendre un verre après le dîner pour fêter ton retour à la Rose des Vents.

25

Marianne retrouva Ernst dans des circonstances semblables à celles qui avaient précédé le départ du jeune Allemand de Sanary. Il arriva avec les Fischer et les Silberman alors que les pensionnaires de la Rose des Vents terminaient leur repas. A travers la fenêtre du bar où elle préparait un verre de cognac pour un client, Marianne le vit pousser le fauteuil de Sarah qui, exceptionnellement, avait accepté de sortir. Avec presque de la timidité, elle les rejoignit et, dans un tourbillon, Erika, Hilda l'embrassèrent. Puis ce fut au tour de la comédienne.

— J'ai souvent pensé à toi, lui dit celle-ci avec un sourire qui étonna son entourage. Et je te remercie de toutes ces gentilles lettres auxquelles je n'ai pas trouvé la force de répondre.

— J'espérais qu'elles vous distrairaient un peu.

Marianne se tourna alors vers Ernst et se sentit rougir tandis qu'ils se serraient la main. Evitant son regard, elle continua de saluer les arrivants. Hans la pressa contre lui, imité par Sam qui s'exclama :

— Décidément les brumes et le thé sont les amis des femmes ! Elle est encore plus jolie que lorsqu'elle nous a quittés.

Ils s'assirent autour d'une grande table et Marianne eut l'impression de vivre son rêve le plus familier. Combien de fois n'avait-elle imaginé une soirée estivale semblable à celle-ci, combien de fois n'avait-elle visualisé la présence de celui qu'elle n'osait toujours pas regarder? Il était en train d'allumer la cigarette de Solange qui échangeait des propos légers avec Erika. Les Berthier, fidèles à leurs vacances méditerranéennes, s'arrêtèrent pour saluer les Allemands puis montèrent se coucher. Ainsi, d'année en année, rien ne changeait! Alors qu'elle conversait avec Sam, Marianne sentit qu'Ernst l'observait mais délibérément l'ignora tout en s'en voulant de cette réaction. Il fallut l'arrivée d'Hélène et de Manuel pour lui faire oublier sa gêne. Avec des exclamations ravies, les deux amies d'enfance se congratulèrent. Hélène exhiba sa bague de fiançailles.

— C'est l'Anglais dont tu m'avais parlé? demanda Marianne.

— Oh non... Il s'agit d'un Français qui vit au Caire. Un banquier!

Avec volubilité, Hélène décrivit son futur mari pour conclure qu'il lui manquait même si cela ne se voyait pas. A côté d'elle, Manuel s'amusait de ses confidences. Marianne le trouva changé sans pouvoir en définir la raison. Et ce constat se confirma au fil de la soirée, pendant laquelle il lui sembla plus attentif aux autres, moins absolu dans ses jugements. Elle le vit discuter longtemps avec Ernst mais ne chercha pas à se mêler à leur conversation. Ce fut Erika qui l'informa de leur décision de partir le surlendemain pour Porquerolles.

— Nous dormirons là-bas, sous des tentes. Et, bien entendu, nous t'emmenons.

— Je ne sais pas, Erika. Solange a sans doute besoin de moi.

— Arrête de trouver des excuses! Manuel, appela la jeune Allemande, dites à Marianne que nous ne partirons pas sans elle.

Manuel était en train de laver le pont avant du voilier quand Marianne le rejoignit sur le port de Sanary. Dans la cabine, Hélène rangeait les denrées nécessaires à leur escapade.

— Te reste-t-il de la place? demanda Marianne en lui tendant les provisions préparées par Mireille.

— On croirait que nous partons pour une semaine, s'amusa Hélène.

La croisière, autour de Porquerolles, devait durer trois jours. Grâce à l'enseignement de son père, Manuel connaissait bien la navigation en mer et c'était en toute confiance qu'on le laissait emprunter le bateau familial. En attendant le départ, Marianne retourna sur le quai où étaient amarrées les embarcations de plaisance. Le soleil brillait sur le village, révélant le clocher autour duquel tournoyaient des oiseaux et les balcons des maisons chargés de géraniums. Elle vit la voiture de Hans s'arrêter à l'entrée de la jetée. Erika et Ernst en descendirent. Puis le véhicule repartit en sens inverse.

— Le temps est avec nous, leur lança Manuel.

Après quelques ultimes préparatifs, ils gagnèrent la haute mer. A l'inverse de leur dernière traversée où Ernst avait navigué à l'intuition, il était, cette fois-ci, très à l'aise pour aider Manuel.

— Je me suis formé à Hyannis Port, expliqua-t-il à Erika qui l'observait avec étonnement.

Installée sur le pont arrière, Marianne respirait à pleins poumons l'air du large. A sentir le soleil sur sa peau, à respirer l'odeur saline, elle revivait. Personne ne pouvait imaginer combien la lumière méditerranéenne lui avait manqué! A côté d'elle, Hélène s'était protégé le visage derrière de grosses lunettes noires.

— Fais attention aux coups de soleil, conseilla celle-ci en lui tendant un tube de crème protectrice.

Cela ne fut, hélas, pas suffisant! Marianne avait la couleur d'un homard lorsqu'ils atteignirent l'île. Sa peau la brûlait mais rien ne lui aurait ôté sa joie à contempler le va-et-vient des pointus et des tartanes amarrés le long d'une jetée où discutaient, en fumant, des vieillards. Mettant pied à terre, Marianne et ses amis enjambèrent les filets qui séchaient. Après être passés dans une décoction d'essence de pin destinée à les solidifier, certains étaient devenus rouges alors que d'autres, troués, attendaient un remaillage.

— On dirait une carte postale, s'étonna Erika en découvrant les maisons qui s'échelonnaient jusqu'à la place du village.

Ils s'arrêtèrent au bar de l'Escale afin de se désaltérer puis se dirigèrent vers la coopérative qui faisait office de mercerie, épicerie, droguerie. Manuel chercha des bougies tandis qu'Hélène se laissait tenter par des espadrilles jaunes dont elle noua les lacets autour de ses jambes bronzées.

— J'ai bien envie de t'imiter, murmura Marianne qui sortit de la boutique chaussée de bleu.

L'insouciance les avait tous rattrapés. Ernst s'était acheté des hameçons pour pêcher, Erika chantonnait et Manuel racontait des histoires drôles dont il était le premier à rire. Délaissant les joueurs de pétanque, ils poursuivirent leur promenade à travers les potagers et vergers dont s'enorgueillissait l'île de Porquerolles, qui expédiait sur le continent légumes et fruits. Puis leurs pas les ramenèrent vers le rivage où ils retrouvèrent leur embarcation. Le ciel commençait à se teinter de rose quand ils jetèrent l'ancre dans une crique que connaissait Manuel.

— Nous allons nous y installer pour la nuit.

Deux tentes furent montées puis on déploya les sacs de couchage. A l'abri du vent, Ernst avait empilé fagots et branchages pour allumer un feu. Une étrange atmosphère d'intimité régnait dans ce lieu qui ressemblait au paradis terrestre. Oubliant les brûlures du soleil, Marianne s'affairait à préparer le dîner tandis qu'Erika et Manuel jouaient à la crapette. A l'écart, Hélène écrivait sa lettre quotidienne à son fiancé dont elle avait exhibé la photographie au cours de la traversée. Un homme moustachu d'une trentaine d'années dont Marianne avait déjà oublié le visage! Rendrait-il son amie heureuse? Elle le souhaitait de tout cœur. L'espace d'un instant, elle se demanda si elle l'enviait de connaître déjà une partie de son avenir. Spontanément, elle regarda Ernst qui étudiait ses hameçons. Ils n'avaient encore jamais été seuls depuis qu'ils s'étaient retrouvés; aussi, faisant taire sa réserve, elle le rejoignit pour qu'il lui explique les différentes techniques de pêche. Puis Manuel et Erika donnèrent le signal du repas, qui se déroula autour du feu dont la chaleur bienfaisante eut un effet soporifique sur Marianne, qui n'avait plus l'habitude des longues journées en mer. Allongée sur un drap de bain, elle percevait dans un demi-sommeil quelques bribes de phrases. Manuel et Ernst discutaient politique mais, ce soir, elle voulait oublier ce qui ne se rapportait pas au plaisir d'être tous les cinq sur cet îlot où exultait la nature et régnait la paix.

Après une nuit réparatrice dans la tente qu'elle partageait avec ses deux amies, Marianne, à peine levée, revêtit son maillot de bain puis entra dans l'eau refroidie par la nuit. Au loin, se dessinait l'embarcation qui faisait la navette entre Porquerolles et La Tour Fondue, où se rendaient les îliens lorsqu'ils avaient à vaquer sur le continent. Pas un bruit ne venait dénaturer le cri des oiseaux ou le bruit du ressac et, pour ne rien perdre de cette perfection, Marianne fit la planche. Refusant toute pensée perturbatrice, elle s'abandonnait aux flots. Une récompense après les mois de travail et d'investissement qu'elle avait connus en Angleterre.

A son retour sur la petite plage, elle découvrit Ernst qui, à l'abri d'un rocher, préparait du café à l'aide d'un réchaud.

— Je n'ai pas encore trouvé le courage de me baigner, avoua-t-il en lui tendant un gobelet de métal.

Pour ne pas réveiller leurs amis, ils continuèrent de parler à mi-voix pendant qu'ils prenaient le petit déjeuner. A quelques encablures, leur voilier tanguait au gré des flots. Perchée sur le mât, une mouette accueillait le soleil qui, à l'est, montait dans le ciel. C'était leur premier moment d'intimité depuis qu'ils avaient embarqué et, à mesure qu'Ernst lui posait des questions sur son séjour à Londres, Marianne oublia sa réserve. Elle sut trouver les mots justes pour décrire le dénuement de ceux et celles qui arrivaient d'Allemagne ou d'Autriche en ayant tout perdu, l'assistance qui leur était prodiguée.

— Nous avons connu les mêmes activités, constata Ernst avant de demander à la jeune fille les raisons d'un tel engagement.

— Vous côtoyer les uns et les autres m'avait insufflé le désir d'être utile mais Sarah a été le détonateur. Je n'ai pas supporté la fin tragique de son neveu! Il fallait que je m'implique de façon concrète.

— Et maintenant que vous êtes rentrée en France... qu'allez-vous faire?

— La même chose qu'en Angleterre.

Ils évoquèrent alors les années d'Ernst en Amérique, ses relations avec les étudiants, son entêtement à leur ouvrir les yeux sur ce qui se tramait de l'autre côté de l'Atlantique, les risques que courait le monde.

— Je leur vantais le prix d'une liberté qui, jusque-là, leur paraissait normale.

Cette fameuse liberté qui lui avait été arrachée au moment où il se préparait à concrétiser ses espérances! Spontanément, il évoqua le poids d'un exil dont il ne voyait pas la fin.

— Je ne sais plus où me situer, Marianne. J'aimais la Bavière, j'ai dû la quitter. Je me plaisais en Provence mais ne me sentais pas le droit d'y rester. On avait besoin de moi pour divulguer, ailleurs, certaines vérités. Et, maintenant, on m'offre de vivre en Californie.

— En Californie! Cela vous plaît?

— Suis-je autorisé à me plaindre?

— Non, c'est vrai.

Ernst raconta sa rencontre avec le producteur de cinéma et sa prochaine installation à Los Angeles.

— Non seulement on me propose un travail qui me tient à cœur mais on me donne de quoi subsister. De plus, avec ce que je pressens, il me sera plus facile, là-bas, d'aider ceux qui en auront besoin.

En même temps qu'il lui confiait ses projets, la joie désertait Marianne. Devraient-ils toujours se séparer? Depuis son retour à Sanary, l'absurde espoir que le destin ne les avait pas sans raison réunis avait empli son esprit de rêves insensés. Et maintenant que la réalité la rattrapait, elle se sentait misérable. Ernst capta l'ombre qui passa dans son regard. Lui aussi se posait des questions depuis qu'il avait revu la jeune fille. Jamais il n'aurait imaginé que la retrouver le rendrait aussi heureux. Et cette croisière qui leur donnait l'occasion de vivre côte à côte lui permettait de mieux capter sa personnalité car, incontestablement, elle avait changé. De charmante, elle était devenue intéressante. Un idéal l'habitait et ce que contenait son âme de douceur et de générosité rejaillissait sur son visage. Obéissant à son élan, il s'empara de sa main pour la garder dans la sienne.

— Marianne, murmura-t-il... Ce sont des instants comme ceux que nous sommes en train de partager qui m'empêchent de désespérer.

Ils voguèrent dans le sillage des mouettes, se baignèrent dans les eaux pures, s'aventurèrent au creux de l'île et de ses vignes. Manuel riait beaucoup avec Erika qui, sportive comme lui, n'en finissait pas de plonger, d'escalader, de courir. En véritable casse-cou, elle n'avait jamais dit son dernier mot, ce qui le ravissait. Ernst, quant à lui, privilégiait des occupations plus tranquilles telles la pêche ou la marche. Oiseaux, fleurs bénéficiaient de tout son intérêt et il ne se lassait pas de les photographier ou de les dessiner dans un calepin. Il lui arrivait aussi de s'isoler afin de réfléchir au nouveau roman qui, en douceur, s'imposait. Des personnages déjà se bousculaient dans son esprit! Il en discernait les visages, en composait les caractères. De cette maturation, il sortait presque étourdi et il lui fallait plusieurs minutes pour renouer avec la réalité. Ainsi s'écoulèrent les deuxième et troisième journées. Les coups de soleil de Marianne avaient disparu et sa peau commençait à prendre une jolie teinte dorée. Avec l'eau de mer et le soleil, ses cheveux s'étaient éclaircis. Bouclant autour de son front, ils lui donnaient une beauté sauvageonne qu'accentuait le pagne noué autour de sa taille. Nombre de fois le regard d'Ernst se posa sur la jeune fille, s'attardant sur les yeux où alternaient la tendresse et l'amusement, suivant la courbe des épaules dénudées, admirant la grâce d'un geste ou de la démarche. Fugitivement il la compara à Liselotte qui, pourtant, depuis des mois n'occupait plus ses pensées. Non qu'il eût renié ses sentiments d'antan, simplement l'oubli s'était ajouté à la déception. Aujourd'hui, face à Marianne, il se sentait à nouveau jeune, idéaliste, romantique, et guettait dans son regard l'effet de certaines paroles. Se rendait-elle compte qu'elle le réconciliait avec lui-même?

Ils rentrèrent à Sanary par une mer d'huile. Ernst continua de s'avérer un bon navigateur et Manuel ne cachait pas son plaisir de l'avoir à bord. Les deux hommes partageaient le même point de vue sur de nombreux sujets et des liens d'amitié s'étaient tissés entre eux au cours de la traversée. Après quelques semaines de vacances, Manuel projetait de s'installer à Paris où on lui offrait une place de reporter à *L'Intran,* dont le rédacteur en chef avait remarqué ses articles relatant la guerre d'Espagne. Non seulement Manuel était un homme de terrain mais il obéissait à une rigoureuse éthique. Sa curiosité des événements étant insatiable, il savait les débusquer et, parfois, y participer ! On lui devait une description sans complaisance des combats entre franquistes et républicains. Il avait maintenant d'autres plans en tête dont celui de se rendre en Allemagne.

— Je veux vivre dans l'intimité d'une famille qui a opté pour Hitler et le national-socialisme. Une famille dont les enfants font partie des Jeunesses hitlériennes. Je veux comprendre ce qui les pousse à glorifier un régime abject.

— Il ne sera, hélas, pas difficile de la trouver, répliqua Erika.

Ernst s'était alors interrogé sur la fascination que représentait un homme dont la première partie de l'existence était jalonnée d'échecs. Fils de douanier, Hitler était né en avril 1889, à Braunau-am-Inn, en Autriche. Etudiant peu brillant, il avait refusé de faire carrière dans l'administration pour se consacrer à la peinture mais son manque de talent lui avait fermé les portes de l'académie des Arts plastiques de Vienne. Après avoir participé à la guerre de 14-18, il était entré en politique en adhérant au Parti allemand des ouvriers. C'était le début d'une carrière, déjà marquée par la publication de *Mein Kampf,* et, à la surprise générale, en perpétuelle ascension. Elu, après la mort de Hindenburg, à la chancellerie du Reich le 2 août 1934, le Führer était devenu un sauveur pour la population allemande. Ses succès en politique étrangère en constituaient la première raison. Il rendait sa grandeur à la mère patrie en libérant la Sarre et la Rhénanie, en amenant l'Autriche dans le giron du Reich.

— Le véritable problème réside dans l'attitude des puissances étrangères qui continuent de sous-estimer ce fou dangereux, déclara-t-il à Manuel. Il est en train de réarmer le pays, de s'approprier peu à peu des Etats voisins... et personne ne cherche à l'arrêter ou ne prend ses menaces au sérieux. Vous allez voir ce qui va se passer avec le problème des Sudètes!

En même temps qu'il parlait, il avait envie d'oublier ce qui les empêchait tous les cinq de bénéficier d'une jeunesse qui leur était volée. Il voulait profiter de la liberté que leur octroyait cette croisière, profiter des ondes de bonheur que Marianne savait dispenser. Il voulait que le souvenir de cet été 1938, qu'il prévoyait comme un ultime répit, réchauffât leur cœur quand ils seraient emportés par la tourmente.

26

Ernst avait repris ses habitudes chez les Fischer avec une déconcertante facilité. Une sensation de familiarité le liait non seulement à leur famille mais à la maison. Tout naturellement, il s'était assis à son bureau sur lequel il avait installé sa machine à écrire, tout naturellement il avait inscrit «Chapitre premier» puis s'était laissé emporter par son imagination. Chaque matinée était consacrée à cette plongée en lui-même qui, souvent, lui faisait oublier le temps. Il fallait qu'Erika frappât à sa porte pour l'avertir que le déjeuner allait être servi. Il retrouvait alors ses amis sous un grand tilleul afin de déguster une nourriture simple mais bonne. Hilda était devenue experte dans l'art d'accommoder les restes car l'argent manquait même si, depuis son retour des Etats-Unis, Ernst prenait à son compte les plus grosses dépenses de la communauté.

— Vous m'avez tellement aidé quand je n'avais rien! insista-t-il lorsque son hôtesse commença par refuser un apport qu'elle jugeait excessif. Et cela permettra à Sam de garder un peu d'économies.

— Dans ce cas, je m'incline.

Elle-même ne refusait aucun des travaux de couture que lui confiait Solange et, le soir, il lui arrivait de veiller tard afin de terminer un ourlet.

— Tu t'uses les yeux, lui disait son mari.

— Mais non, tout va bien.

La présence d'Ernst stimulait Hans, qui non seulement avait repris des traductions mais songeait à un nouveau livre. Au premier étage, il n'était pas rare d'entendre se répondre d'une pièce à l'autre le martèlement de leurs machines à écrire. Erika, pour la forme, se plaignait de ce bruit désagréable mais, préoccupée par ses activités personnelles, ne s'attardait guère dans ce qu'elle appelait la «grotte des ermites».

Elle rendait quotidiennement visite à Solange et Marianne, auxquelles la Rose des Vents laissait peu de répit. Il avait fallu engager une femme de chambre supplémentaire ainsi qu'un garçon de salle tant l'établissement était fréquenté. Aux pensionnaires s'adjoignaient, en effet, de nombreux passants en faveur desquels on ajoutait des tables. Ce fut le cas pour un couple d'Allemands d'une quarantaine d'années qui arriva au moment où débutait le service du déjeuner. Ils furent les derniers à quitter la terrasse où, en dégustant les petits farcis de Mireille, ils avaient observé le va-et-vient de leurs voisins. A la fin du repas, l'homme demanda à Raymond si, par miracle, il ne restait pas une chambre disponible pour une nuit ou deux.

— Il faudrait vous renseigner auprès de madame Favier. Vous la trouverez à la réception.

La chance était avec eux. Solange leur proposa une petite chambre sous les toits avec une vue sur le jardin.

— C'est tout ce qu'il me reste... et seulement jusqu'à demain.

Suzanne, qui les avait accompagnés, leur ouvrit les volets puis vérifia si rien ne manquait dans la salle de bains.

— Il y a du monde tout l'été? lui demanda la femme en ôtant son chapeau.

— Oh oui! Jusqu'en septembre, on désemplit pas!

— Et vous avez beaucoup d'Allemands ?

— Quelques-uns ! Surtout au restaurant.

— Des habitués ?

— Des voisins.

— Ils habitent là toute l'année ?

— Oui. Ils apprécient notre climat.

— Il s'agit sans doute de retraités.

— Il y a des jeunes aussi !

L'homme s'était approché.

— Des jeunes ? Ils travaillent par ici ?

Alors qu'elle arrivait, chargée d'un vase contenant des fleurs, Marianne avait, du corridor, entendu les deux dernières questions. Souriante, elle disposa le bouquet sur la table, souhaita un bon séjour aux nouveaux hôtes puis lança :

— Suzanne, madame Favier vous réclame.

Dès qu'elles furent seules, elle murmura :

— Vous ne devez pas parler de nos clients ou connaissances à des gens dont nous ne savons rien.

— Mais je faisais pas de mal. Ils sont allemands... et...

— Français, allemands, anglais ou chinois, il faut apprendre à vous taire.

Etonnée par la brusquerie de la jeune fille, Suzanne la regarda.

— Je comprends pas pourquoi vous êtes fâchée.

— Certaines personnes de notre entourage ne souhaitent pas que l'on évoque leur vie.

Vexée par cette remontrance qu'elle jugeait injustifiée, Suzanne gagna la lingerie afin d'y prendre le panier dans lequel elle allait déposer le linge étendu dans une arrière-cour clôturée par des murets de pierre et des arbustes persistants. En même temps qu'elle libérait les draps des pinces qui les retenaient sur les fils, elle commença de pleurer mais pas seulement sur les critiques de Marianne... Son fils lui manquait cruellement et chaque fois qu'elle lui rendait visite chez sa nourrice leurs câlins rendaient plus difficile la séparation. Quant à l'avenir... Pour sa famille et les villageois qui la connaissaient, elle ne serait jamais rien d'autre qu'une fille déshonorée ! Une douleur au doigt la fit soudain crier.

— Saleté de bête, dit-elle en voyant une guêpe s'éloigner.

Elle commençait de presser la piqûre avec sa main valide quand une voix masculine la fit sursauter. Leonardo le jardinier venait vers elle en lui disant de le laisser faire. Depuis combien de temps l'observait-il ?

— Tout va bien, se défendit-elle alors qu'il s'emparait de son index droit.

La bête avait planté son dard sous la première phalange. De ses doigts, il pressa fort afin de l'en extirper puis, sans qu'elle pût l'en empêcher, posa sa bouche sur la blessure et aspira le venin pour le recracher aussitôt.

— Voilà... Il faudrait y mettre du vinaigre. Ça va mieux ? s'inquiéta-t-il en découvrant ses traits livides.

Il y avait si longtemps que l'on ne s'était préoccupé d'elle ! Une digue se rompit et rien n'arrêta plus les sanglots qui lui faisaient perdre le souffle.

— Allons, allons... c'est pas si grave, répétait avec gaucherie le jardinier en sortant de sa poche un grand mouchoir à carreaux.

— Il s'agit pas de la guêpe, hoqueta Suzanne.

— J'ai bien compris. Tu pleures pour Barnabé.

— Eh oui. Je suis bêtasse.

— A moi aussi, il manque, ce petit. J'aimais bien l'amuser quand il était dans son parc.

Jamais Suzanne n'avait imaginé que cet homme taciturne possédât cette voix aux douces intonations.

— La saison va bientôt se terminer et tu vas le reprendre avec toi, la rassura-t-il pendant qu'elle s'essuyait les yeux.

271

— Tu as raison. Mais il y a des drôles de jours où tout semble noir.

— Regarde le ciel et les mouettes là-bas... C'est pas joli ?

Suzanne hocha la tête puis murmura :

— Je vais continuer mon linge.

— Allez, à bientôt, et oublie pas le vinaigre sur la plaie.

Le soir, Marianne guetta l'arrivée d'Erika qui avait rendez-vous au bar avec Manuel et Hélène. Interceptant son amie, elle l'entraîna à l'abri des indiscrétions.

— Je peux me tromper mais deux Allemands se sont installés jusqu'à demain et je m'en méfie. Ils ont questionné Suzanne.

En quelques phrases, elle expliqua la situation pour conclure :

— Ils jouent aux vacanciers.

— Et tu penses qu'ils espionnent ?

— J'en suis quasi certaine. Alors, j'aimerais qu'ils ne te voient pas et que tes parents ou Ernst ne nous rendent pas visite.

— Sois tranquille. Je vais les prévenir.

Dans la confidence, Solange et le personnel continuèrent d'afficher des visages avenants mais répondirent évasivement aux questions qui leur furent posées. L'homme et la femme avaient beau simuler les attitudes d'un couple, certains de leurs gestes manquaient de naturel, et, pour de soi-disant adeptes de la Provence, ils semblaient peu apprécier les plaisirs nautiques et encore moins le soleil. A la fin de la soirée, Ernst fit une entrée discrète dans le bureau de Solange où Marianne enregistrait les additions de différentes tables.

— Erika vous a parlé ? lui dit-elle en se levant.

— Oui. Mais j'aimerais les apercevoir.

— Dans ce cas, suivez-moi jusqu'à l'office.

272

De la fenêtre où ils se postèrent, Ernst put discerner les visages des deux protagonistes. Leurs traits ne lui rappelaient rien mais, comme Marianne, il éprouva un mauvais pressentiment. Bien entendu, les nazis n'ignoraient pas qu'une colonie d'intellectuels exilés s'étaient installés à Sanary... Qu'ils enquêtent sur leurs faits et gestes devenait néanmoins inquiétant. Etait-ce lui qui pouvait attirer leur intérêt? Son acharnement à dénoncer leurs pratiques scandaleuses outre-Atlantique en faisait un homme à combattre.

— Erika m'a dit qu'ils restaient jusqu'à demain.

— Chez nous... Néanmoins, rien ne les empêche de s'attarder dans les environs.

La contrariété d'Ernst n'échappait pas à Marianne qui, elle-même, se sentait gagnée par l'inquiétude.

— Personne ne parlera, assura-t-elle alors qu'il se préparait à la quitter.

— Merci de nous avoir prévenus, murmura-t-il.

Sans bouger, elle le regarda s'éloigner. Un voile de tristesse s'étendait soudain sur ce qu'elle avait eu la naïveté de considérer comme des vacances. N'auraient-ils jamais le droit d'être délivrés d'un tourment? N'auraient-ils jamais le droit d'être tout simplement insouciants?

Solange ne se sentait pas, elle non plus, le moral au beau fixe. Si la Rose des Vents n'était pas une cause de soucis, sa liaison avec Philippe lui provoquait des insomnies. Entre les départs pour de lointaines destinations et les vacances familiales de son amant, ils ne s'étaient pas vus depuis le début de l'été. Hélas, il en serait toujours ainsi! A plusieurs reprises, elle avait pensé s'isoler quelques heures dans leur maison puis s'était ravisée. Comment supporter l'absence de Philippe dans un lieu qui recelait les plus infimes détails de leur relation?

Il la surprit au moment où elle l'imaginait sur la côte basque.

— Philippe, tu vas bien?

— Je suis à Marseille. Si je viens jusqu'à La Cadière, m'y rejoindrais-tu cette nuit?

En raccrochant le combiné du téléphone, Solange était perplexe. Que se passait-il pour qu'il eût cette voix différente, presque froide? Jusqu'au moment où elle s'éclipsa, elle passa en revue plusieurs cas de figure. Sa dernière lettre lui avait-elle déplu? Commençait-il à se lasser?

Elle fut la première à franchir le seuil de leur demeure dans laquelle les volets clos avaient maintenu une température supportable. Près de la cheminée, elle trouva les allumettes qui lui servirent à redonner vie aux bougies plantées dans des bouteilles. Puis l'attente commença : chargée d'impatience au début... angoissante à mesure que s'écoulait un temps qui débordait largement l'heure de leur rendez-vous. En faisant les cent pas, Solange se questionnait sur la cause de cet inexplicable retard. L'ouïe en alerte, elle guettait le moindre bruit de pas. Philippe avait-il eu un accident? Elle ne parvenait pas à repousser cette idée. Mais que faire dans cette solitude? Comment savoir? Le pire scénario s'imposait à son esprit quand elle entendit grincer la barrière du jardin. Bientôt il fut là, sain et sauf.. mais le visage épuisé et les mains pleines de cambouis.

— Ne t'approche pas, ma chérie. Je suis dégoûtant!

— Que s'est-il passé?

— Une panne stupide à la sortie de Marseille. Tu as dû me maudire.

— J'étais surtout folle d'inquiétude.

Philippe eut un sourire triste avant de se rendre vers le puits afin d'en actionner le seau. Après s'être lavé, il réapparut et presque timidement l'attira contre lui.

— Comme tu m'as manqué! murmurait-il, la bouche sur sa tempe.

274

Sans douter de sa sincérité, Solange avait néanmoins du mal à retrouver leur intimité. Etaient-ils trop fatigués tous les deux? S'était-elle trop tourmentée? Réfugiés sur les deux matelas empilés qui leur servaient de sofa, ils demeurèrent un long moment silencieux.

— Quelque chose ne va pas? finit-elle par demander.

— Il faut que je te parle mais pas tout de suite.

Au milieu de la nuit, elle sentit qu'il ne dormait pas. Posant la main sur son bras, elle murmura :

— Dis-moi ce qui te tient éveillé.

— Ce n'est pas facile.

La tête sur sa poitrine, elle entendit les coups désordonnés de son cœur quand il déclara :

— Nathalie attend un second enfant.

— Ah oui, répondit Solange, la gorge sèche.

— Elle me l'a annoncé au moment où je comptais lui répéter que notre couple ne ressemblait plus à rien. Et je suis certain, Solange, qu'elle avait tout manigancé.

— Pourquoi?

— Elle sait pour nous deux.

— Tu crois?

— Le fameux cousin rencontré à Toulon n'a pas tenu sa langue. Et depuis, elle a tout fait pour essayer de me reprendre. La sachant versatile, je ne me suis pas méfié. Elle est enceinte de trois mois.

Que pouvait répondre Solange? Que cela n'avait pas d'importance? Que l'autre avait davantage de chance? Que cette nouvelle réveillait sa blessure de se savoir stérile? Qu'elle saurait s'accommoder des miettes qu'il voudrait bien lui donner? Des mots montaient à ses lèvres, vite réprimés car appartenant aux scènes de mauvais mélodrames. Etait-ce cela, le grand amour? Cette brûlure au fer rouge qui fouaillait les entrailles? Cette affreuse constatation de ne pas savoir faire mieux que les autres ? Sans qu'elle parvînt à la réprimer, la peine enflait, alimentée par la jalousie.

— Tu peux ne pas me croire mais j'étais décidé à la quitter.

— Au risque de ne plus voir Nicole.

— Elle n'aurait pu m'en empêcher !

— Ecoute, Philippe, tout cela relève de ta vie. Moi... je...

— Oui, cela relève de ma vie et j'assumerai mes responsabilités. Mais celle que j'aime, Solange, c'est toi... et je n'arrive pas à te le prouver. Pire, je fais l'inverse !

Il avait refermé ses bras sur elle et, lovée contre lui, elle retenait ses larmes.

— Mon existence ressemble de plus en plus à un leurre, poursuivit-il. Je suis obligé de te cacher alors que je voudrais te retrouver à chacun de mes retours, te protéger, t'accompagner. Je sais combien tu t'es battue, combien tu continues à te battre pour la Rose des Vents et ceux qui en dépendent. Et je n'ai jamais pu te soulager de quoi que ce soit. J'ai honte, Solange, de ne partager que les moments agréables avec toi et de t'infliger mes absences, mes tracas. J'ai honte de ne pouvoir te rendre au centuple ce que tu me donnes.

Le silence de Solange ressemblait à un assentiment. Qu'aurait-elle pu contrer parmi ces vérités qu'elle lui était néanmoins reconnaissante de formuler ? Une immense lassitude la gagnait. Soudain, leur relation se peuplait d'ombres. Philippe s'était tu, replié sur sa culpabilité, et l'aube les surprit alors qu'engourdis par la peine ils avaient fini par sombrer dans un sommeil peuplé de mauvais rêves.

— Je dois rentrer, murmura Solange en se redressant sur un coude.

Il se leva avec elle, l'aida à rassembler ses affaires puis l'accompagna jusqu'à la barrière du jardin.

— Je pars pour Hong-Kong après-demain mais dès mon retour...

— Philippe, l'interrompit-elle, j'aimerais que nous laissions passer du temps. Je ne sais plus très bien où j'en suis.

S'attendant à cette réaction et la respectant, il ne chercha pas à la contredire même s'il en mourait d'envie. Pourquoi le destin ne leur avait-il pas accordé de se rencontrer avant d'accomplir de mauvais choix? Toute joie avait déserté le cœur de Philippe tandis que Solange s'éloignait. Accepterait-elle un jour de le revoir? Rien n'était moins sûr!

27

En dépit des efforts qu'elle accomplissait pour paraître enjouée, Solange ne parvenait pas à extirper de son esprit sa dernière rencontre avec Philippe. Devait-elle rompre avant de souffrir davantage ? La raison le lui soufflait mais elle craignait le gouffre vertigineux dans lequel l'entraînerait cette décision. Que lui resterait-il, alors, sinon d'insupportables regrets et le sentiment de ne plus vivre ? Certes, elle avait relevé la plupart des défis qu'elle s'était fixés et réussi dans de nombreux domaines mais cela ne pouvait contrebalancer la faillite d'une liaison. Sa lucidité l'empêchait néanmoins de se plaindre de son sort car, même si rien ne s'était révélé facile depuis qu'elle avait pris son existence en main, elle reconnaissait avoir été bénie par les dieux.

— Vous avez une vraie vie de roman, ne cessait de lui répéter Mireille.

Si l'on s'en tenait à la surface des choses, on pouvait en effet considérer que Solange suivait une trajectoire particulière. Mais tout ayant un prix, elle ne se voilait pas les yeux sur l'envers du décor et mesurait sa solitude. Celle-ci entrait-elle dans les arcanes d'une initiation qui la dépassait ?

— Tu sembles préoccupée, lui dit Marianne.

— Non. Je suis seulement inquiète de ne plus trouver le même plaisir à veiller sur l'hôtel.

— C'est la fatigue !

— Je n'en suis pas certaine. Depuis quelque temps, j'ai l'impression d'être prisonnière d'un lieu qui finira par m'anéantir si je m'y attarde.

— Solange... je croyais que la Rose des Vents représentait beaucoup pour toi !

— Je l'ai cru, moi aussi.

Interloquée, Marianne dévisageait sa marraine pendant que celle-ci lui avouait :

— Mais j'ai besoin de découvrir le monde ou, plutôt, de recréer quelque chose ailleurs. Si tu savais combien je t'ai enviée de pouvoir aller à Londres !

— Rien ne t'empêchait de m'y rejoindre l'hiver dernier !

Rien sauf Philippe dont la jeune femme attendait le moindre signe. Là encore, elle était furieuse contre sa dépendance.

— Solange, réponds-moi... Si l'on te proposait d'acheter la Rose des Vents, t'en séparerais-tu ?

— Je ne sais pas. En ce moment, tout est flou dans ma tête.

On se préparait à fêter le 15 août et Manuel, dont les vacances se terminaient, avait réservé une table pour ses amis au dancing du casino de Bandol qui attirait chaque soir une foule d'estivants. Pour la circonstance, Marianne avait revêtu une robe en soie dont le bleu-vert rappelait la couleur de la mer et chaussé de fines chaussures à bride. Retenus par des barrettes de strass, ses cheveux ondulaient autour de son visage bruni par le soleil.

— Mumm... pas mal, murmura Manuel en lui ouvrant la portière de sa voiture.

Ernst et Erika les attendaient dans l'une des salles de

jeu où ils avaient l'un et l'autre perdu leurs modestes mises.

— La chance n'est pas avec nous, reconnut le Munichois en quittant le tapis vert.

L'air bruissait de conversations joyeuses et de rires. Fume-cigarette entre les doigts, des femmes offraient leurs profonds décolletés à la convoitise de leurs admirateurs qui hésitaient entre leur tenir compagnie ou, jetons en main, continuer à tenter le sort. Les vrais joueurs, eux, formaient un clan à part. Le regard rivé sur la roulette, ils attendaient son verdict et rien, pas même un tremblement de terre, ne les aurait tirés de leur obsession.

— Sylvie! s'écria Hélène en se dirigeant vers son amie qui, debout derrière un homme d'une soixantaine d'années, attendait que celui-ci décidât sa mise.

— Tiens, la petite bande, répliqua sans enthousiasme l'intéressée.

— Je suis passée la semaine dernière chez tes parents pour leur demander de tes nouvelles, déclara Hélène après l'avoir embrassée.

— Oh, ils ne me voient guère.

— C'est ce qu'ils m'ont dit.

Marianne s'était à son tour approchée et elle fut frappée par le vieillissement de Sylvie et sa vulgarité. On aurait dit une fille de bar!

— Commande-moi une fine à l'eau, lui demandait son partenaire sans ôter son mégot de sa bouche.

— Excusez-moi, dit celle-ci à Hélène et Marianne avant de tourner les talons.

Elles la revirent, plus tard, sur la piste de danse où l'enlaçait étroitement son cavalier qui, à plusieurs reprises, s'épongea le front à l'aide d'un mouchoir chiffonné. Vêtu de blanc, l'orchestre, installé dans une loge surplombant les danseurs, n'en finissait pas d'enchaîner les airs à la mode avec une préférence pour les tangos. Des camarades

280

de Manuel avaient investi une table voisine de la leur et l'ambiance était joyeuse, voire éméchée, quand éclatèrent les premières fusées du feu d'artifice. Ce fut la précipitation vers les hautes fenêtres qui dominaient la mer. Appuyée contre la rambarde d'un balcon, Marianne sentait derrière elle la présence d'Ernst qui, en allemand, échangeait quelques plaisanteries avec Erika. De la foule massée sur le port montaient des exclamations ravies face aux gerbes multicolores qui constellaient le ciel de pierres précieuses. En contrebas, le long du rivage, des enfants lançaient des pétards. On était joyeux à Bandol en cet été 1938! Toutefois, Manuel ne parvenait à participer à cette liesse. Il avait trop vu d'horreurs en Espagne pour ne pas savoir que l'humain ne changerait jamais et qu'au milieu de cette cohue sommeillaient des délateurs, des bourreaux ou tout simplement des lâches. Quand les dernières étincelles du bouquet furent retombées au large, Erika chercha sa main pour l'entraîner dans un fox-trot. Depuis quelques jours, ils avaient entamé un flirt que Manuel refusait de prendre au sérieux. Pendant qu'ils dansaient, il aperçut Ernst qui, escortant Marianne et Hélène, regagnait leur table où un serveur venait de déposer de nouveaux verres de gin-fizz. Un inconnu s'inclina devant sa cousine pour l'inviter sur la piste et il la vit le suivre avec un plaisir évident. Hélène possédant un cœur d'artichaut, il plaignait déjà son futur mari! Puis son regard revint vers Marianne qui, à l'aide d'une paille, buvait sa boisson en écoutant Ernst. Dès que la musique devint plus douce, ils gagnèrent la piste où ils côtoyèrent Sylvie dont le partenaire semblait épuisé. Face à ses amies, celle-ci avait honte de ne pouvoir exhiber plus fringant amoureux. Devrait-elle toujours se contenter des miettes? Depuis la formation de leur «inséparable» trio, Sylvie avait en effet envié Hélène et Marianne. Jolies, élégantes, spirituelles, celles-ci l'avaient toujours dominée. Et, ce soir, elles s'imposaient encore! Pire, elle avait tout à l'heure surpris son vieux protecteur en train de les convoiter. Autour de sa main, Sylvie sentit se resserrer les doigts moites de Raoul. Il traitait mal les femmes mais elle ne prêtait attention qu'à l'argent qu'il laissait sur la table de chevet. Cet argent lui servait à s'acheter des billets pour les concerts ou à faire des cadeaux à François que ces attentions gênaient affreusement. Il en avait même refusé certains... les plus coûteux ! Pour se concentrer sur l'image du pianiste, Sylvie ferma les yeux. C'était avec lui qu'elle tournoyait sur ce rythme langoureux. Un coup de cymbale la ramena à la réalité. Le tirage de la loterie allait commencer et chacun devait regagner sa place.

La chance était avec Marianne qui gagna une montre au minuscule cadran. Ce fut Ernst qui la lui ferma autour du poignet.

— Elle vous va bien, lui dit-il avec un sourire qu'elle aima.

Par les fenêtres ouvertes, la brise marine pénétrait dans la salle surchauffée. L'orchestre avait repris sa place et, bientôt, s'imposa la plainte du saxophone. Ernst entraîna la jeune fille au milieu des couples qui, dans une demi-pénombre, s'étaient reformés. Ignorant ceux qui les entouraient, Marianne se concentrait sur ces instants particuliers où, obéissant à chaque injonction du rythme, elle s'abandonnait à l'étreinte de son cavalier. Sa joue contre la sienne, sa main autour de sa taille, il semblait lui aussi attentif à ce qu'ils étaient en train de vivre. Ce fut Hélène qui donna le signal du départ.

— Il n'est que trois heures, remarqua Erika.

— La fumée des cigarettes me pique les yeux !

— Elle a toujours quelque chose, maugréa Manuel avant de demander : Vous êtes fatigués, vous ?

— Non, répliqua Marianne.

— Dans ce cas, finissons la nuit à la maison. Les

parents d'Hélène et les miens sont partis pour plusieurs jours à Cannes. La voie est libre.

Sur les hauteurs de Sanary, la villa se cachait dans une pinède. Un chien aboya à leur arrivée mais, reconnaissant la voix de Manuel, il redevint calme.

— Allons voir ce que nous trouverons dans la cuisine, proposait celui-ci.

En quelques minutes, il rassembla de quoi constituer un festin puis voulut déboucher une bouteille de champagne.

— Pas pour moi, se défendit Marianne, qui craignait les mélanges.

Léthargique, Hélène s'éclipsa tandis qu'Erika se servait une part de clafoutis. A la recherche de calme, Marianne sortit dans le jardin pour s'asseoir sur un petit parapet de pierre qui surplombait la mer éclairée par une lune pleine aux trois quarts. De loin lui parvenaient des bribes de la conversation qu'entretenaient ses amis mais elle n'avait pas envie de refaire le monde. Seule comptait cette nuit où elle avait perçu chez Ernst un trouble similaire au sien. Au moment où elle se demandait s'il chercherait à la rejoindre, elle entendit des pas sur le gravier et, sans se retourner, le laissa s'approcher. Il fut bientôt là, debout derrière elle, puis posa sa main sur son épaule. Elle sentit ses lèvres sur ses cheveux, sa tempe. Se leva-t-elle toute seule afin de lui faire face ou l'y aida-t-il? Incapable de retenir son élan, elle noua les bras autour de son cou tandis qu'il cherchait sa bouche. Marianne avait peu d'expérience mais elle sut oublier sa timidité pour répondre au baiser de l'homme qui illuminait sa vie depuis si longtemps. A son trouble se mêlait une émotion qu'elle ne pouvait maîtriser. Etait-il possible que tant d'espérances fussent exaucées? Autour d'eux la nuit complice protégeait leur secret et leur prodiguait la sensation d'être seuls au monde. Une lumière s'éteignit sous

283

la véranda, suivie d'une autre. Ni l'un ni l'autre ne s'en rendirent compte.

Ils ne se revirent pas avant la fin de la semaine où Hélène avait projeté une promenade dans le Haut-Var.

— Nous irons jusqu'à Moustiers-Sainte-Marie. C'est un excellent point de départ pour découvrir les gorges du Verdon.

Un ami de leur famille avait transformé, là-bas, une bergerie en refuge. Manuel s'y rendait souvent, en particulier quand fleurissaient les champs de lavande.

— Ce sera ma denière excursion avant mon départ pour Paris.

Erika ne répliqua rien mais, à sa mine, il n'était pas difficile de comprendre que cette prochaine séparation la contrariait. Elle-même assiégeait ses parents pour leur extorquer l'autorisation d'aller travailler dans la capitale.

— Je n'ai aucun avenir ici, répétait-elle à sa mère, qui choisissait de faire la sourde oreille.

Dans la voiture, Marianne regardait défiler le paysage qui à mesure qu'avançait l'été revêtait des teintes saturées de soleil. Après la cohue autour des plages, le silence de l'arrière-pays était apaisant. Dans les villages, les champs et les vergers, on ignorait les vacances. Fenaisons, récoltes, cueillettes, les hommes et les femmes vaquaient sous la chaleur à leurs habituelles occupations. Ernst ne parvenait à détacher son regard de ce spectacle qui lui rappelait les étés de son enfance. Il songea à ses parents qu'il n'avait pas vus depuis cinq ans. Au fil de ses pérégrinations, des nouvelles lui étaient parvenues. Mis au ban de la société, son père et sa mère avaient quitté Munich pour s'installer dans une petite maison à la frontière autrichienne. Ernst s'en voulait d'être le responsable d'une telle situation. A plusieurs reprises, il leur avait envoyé des messages pour les exhorter à se rendre en Amérique où il pourrait veiller sur eux. C'était peine perdue. Le couple préférait mal vivre en Allemagne plutôt que de s'exiler.

Ils arrivèrent en fin d'après-midi dans l'habitation mise à leur disposition. Sommaire, celle-ci bénéficiait d'un site paradisiaque au milieu d'une oliveraie. On aurait pu se croire au début des temps ! Avec l'aide de Manuel, Ernst déchargea de la voiture leurs sacs de couchage et leur matériel de camping puis ils s'installèrent dans l'unique salle où, sur une table bancale, étaient rassemblés quelques vieux ustensiles de cuisine. Afin d'annuler l'odeur de poussière et de renfermé, Hélène laissa ouverte la porte ainsi que l'unique fenêtre. Puis ils allèrent à la ferme voisine pour acheter du jambon, des œufs, du lait et des fromages. Erika avait emporté sa guitare et, avant le dîner, elle commença d'en jouer tandis que Manuel partait avec Ernst pour ramasser du bois mort. Allongée dans l'herbe, Hélène écrivait sa lettre quotidienne à son fiancé. A quelques mètres, Marianne tentait de lire mais aucune ligne, aucun mot ne se fixaient dans son esprit qui, depuis quelques jours, privilégiait la rêverie inquiète. Elle n'avait pas connu un moment d'intimité avec Ernst depuis leur retour du casino et pensait qu'il évitait les tête-à-tête. Regrettait-il déjà de s'être dévoilé ?

Les deux hommes revinrent, les bras chargés de fagots, puis ils cherchèrent un endroit pour préparer le feu. Du puits, Hélène remonta plusieurs seaux d'eau dont elle emplit des jarres. Sur la campagne, la lumière déclinait peu à peu et, des hameaux avoisinants, provenaient les hennissements des chevaux ou, parfois, le bêlement d'une brebis. La soirée se déroula à disserter et à rire jusqu'au moment où chacun se glissa dans son duvet. Incapable de s'endormir, Marianne en voulait presque à ses amis dont elle entendait le souffle régulier. Ernst était-il parvenu à trouver le sommeil ? A le sentir à la fois si proche et, en même temps, si réservé, elle ne savait plus que penser. Dans une somnolence entrecoupée de cauchemars, elle l'imagina décidant de repartir pour l'Amérique... et l'abandonnant une nouvelle fois face à ses points d'interrogation.

La journée suivante fut consacrée à la découverte des gorges du Verdon au-dessus desquelles planait un impressionnant silence. Surplombant le défilé, ils marchèrent longtemps jusqu'à ce que, sujette au vertige, Hélène préférât les attendre à mi-chemin. Marianne regretta de ne pas l'avoir imitée quand, un peu plus tard, elle sentit qu'elle ne suivrait pas longtemps la cadence que lui imposaient, en sportifs avertis, Erika, Manuel et Ernst. Alors qu'il se retournait, celui-ci découvrit qu'elle avait les larmes aux yeux et, devinant que l'orgueil l'empêcherait de déclarer forfait, proposa de s'arrêter.

— Nous ferons une pause quand nous aurons atteint ce point de vue, promit Erika en désignant du doigt un promontoire escarpé.

— Continuez, nous restons ici, lui répondit Ernst.

— Merci, murmura Marianne quand il se fut assis à côté d'elle. Mais je ne voudrais pas que vous vous priviez de cette promenade pour me tenir compagnie.

— Je ne me prive de rien du tout.

Du regard, il suivait le vol d'un vautour qui tournoyait au-dessus d'une proie.

— J'aime cet endroit mais je ne pourrais y demeurer longtemps, reconnut-il.

— Trop dramatique?

— Trop minéral.

Ils restèrent un moment sans parler puis Ernst murmura :

— Marianne, il faut oublier ce qui s'est passé l'autre soir.

— Vous le regrettez?

— Non, mais j'ai beaucoup pensé à nous deux. Je ne vais pas rester en Europe et...

— Pourquoi évoquez-vous l'avenir?

Pour trouver le courage de parler, elle avait posé la main sur la sienne.

— Je suis jeune, Ernst, je n'ai pas d'expérience mais, malgré tout, j'ai compris que l'époque dans laquelle nous vivions nous interdisait tout projet. Alors, je n'ai pas envie de gâcher ce qui nous est accordé. Je n'ai plus envie de vous cacher que vous m'avez manqué quand vous étiez en Amérique. Il n'y avait pas un jour, pas un moment important où je ne pensais à vous. Et pourtant, je ne savais pas si nous nous reverrions... encore moins si vous vous souveniez de moi.

— Je ne vous ai jamais oubliée... mais je ne me suis jamais permis de penser à vous sur un autre plan qu'amical.

— Et maintenant?

— Marianne, pourquoi rendez-vous les choses si difficiles?

— Croyez-vous que ce soit simple pour moi d'admettre que je vous aime et de vous l'avouer alors que vous n'avez pas envie de l'entendre?

— Hélas si... j'ai envie de l'entendre, répliqua-t-il en s'approchant.

Elle blottit la tête contre son épaule et, pendant qu'il caressait ses cheveux, respira l'odeur de santal qui filtrait à travers le tissu de la chemise. Sentant Marianne frissonner, il resserra son étreinte. Avait-il jamais éprouvé semblable émotion? Et que possédait cette jeune fille pour lui faire croire à nouveau aux sentiments partagés? D'un commun accord, ils ne prononcèrent plus une parole, attentifs seulement au tumulte de leurs cœurs.

28

Manuel partit pour Paris au début du mois de septembre, suivi d'Hélène qui, avant de retourner au Caire, devait rendre visite à ses grands-parents à Bordeaux. Leur absence aurait été difficile à supporter si les cousins de Hans Fischer n'étaient venus de Londres comme ils l'avaient projeté. Solange leur avait réservé une chambre à la Rose des Vents et Marianne fut heureuse de leur faire découvrir la Provence. D'autant plus heureuse qu'Ernst proposait souvent de les accompagner. Il en résultait des promenades joyeuses qui invariablement se terminaient par des chansons empruntées aux plus célèbres comédies musicales. En dépit de la discrétion dont faisaient preuve Ernst et Marianne pour tenir secrète leur relation, personne n'était dupe, encore moins Solange que le regard brillant et les rires intempestifs de sa filleule avaient alertée. Elle-même avait décidé de ne plus penser à Philippe qui, obéissant à sa demande, ne lui donnait pas de nouvelles. Par Luce, venue se baigner un dimanche avec une amie, elle savait qu'il était récemment resté une semaine à Marseille avant de partir pour Paris puis à nouveau pour Hong-Kong, l'une des dernières lignes ouvertes par Air France. Néanmoins, malgré sa volonté de l'oublier, elle ne parvenait pas à faire taire la petite voix qui lui soufflait que, peut-être, subsistait un espoir. Lequel? Selon ses calculs, Nathalie accoucherait au mois de janvier. Pour lutter contre le chagrin qui l'envahissait, elle se forçait à faire des projets personnels. Pourquoi ne pas voyager l'hiver prochain? Les parents d'Hélène l'avaient invitée en Egypte. Walter et Rosamond Benton lui proposaient Londres puis une escapade à Dublin. Sans savoir encore ce que ferait Marianne, elle pouvait compter sur Mireille pour garder l'établissement qui, de toutes les façons, serait fermé.

— Aucun problème. On s'occupera de tout avec Suzanne, répondit la cuisinière dans l'ignorance de ce qui couvait à côté d'elle.

Suzanne avait, en effet, apprivoisé le jardinier Leonardo... ou était-ce le contraire? Connaissant le jour où elle rendait visite à Barnabé, il lui avait donné un jouet pour l'enfant puis, la fois suivante, demanda à l'accompagner. En le voyant, le petit garçon poussa des cris ravis. Plus tard, Leonardo invita Suzanne dans la cahute qu'il louait à un fermier. Ils y mangèrent une tranche de terrine et burent un verre de vin. Depuis, il déposait chaque matin un petit bouquet devant la fenêtre de la lingerie. Peu habituée aux démonstrations de gentillesse, la jeune femme craignit tout d'abord qu'il ne lui fît des avances auxquelles elle n'avait pas envie de répondre. Il n'en fut rien. A la fin du mois d'août, ils allèrent ensemble à une fête foraine puis assistèrent à des joutes nautiques. Leonardo lui offrit une gaufre. Il parlait toujours peu mais, avec lui, elle se sentait en sécurité. A tel point qu'elle accepta de le suivre à Sanary où Antoine, le pêcheur, fut la première personne qu'elle croisa.

— Je te croyais à l'armée, s'écria-t-elle.

— J'ai une permission.

— Er tu es pas venu dire bonjour à mademoiselle Marianne!

— Sûrement pas!

— Ah... s'étonna Suzanne.

— Il est pas question que je mette un pied à la Rose des Vents. Ça pue le Boche, là-bas !

Une telle haine filtrait dans les propos d'Antoine que Suzanne se sentit mal à l'aise.

— Un nid d'espions... Voilà ce qu'il est devenu, l'hôtel ! Quant à Marianne, je préfère pas dire ce que j'en pense !

Se tournant vers Leonardo, le garçon demanda :

— C'est qui, ce type ? Ton nouveau fiancé ?

— Mais non... voyons !

— On m'a appris que t'avais eu un mioche.

— Il s'appelle Barnabé, répliqua Suzanne en éprouvant pour la première fois de la fierté.

— Et Sylvie, tu la vois de temps en temps ?

— Jamais.

Suzanne n'aimait pas la lueur cruelle que reflétait le regard d'Antoine. Qu'était devenu le galopin qui riait de tout et de rien, n'avait pas son pareil pour pêcher les oursins ? Qui l'avait changé en cet homme au visage de fouine, à la voix métallique ?

— A bientôt, lui dit-elle avant de rejoindre, mal à l'aise, Leonardo qui l'attendait à quelques pas.

A la Rose des Vents, le salon était empli de clients et d'amis qui, assis autour de la radio, s'apprêtaient à écouter le discours qu'allait prononcer Hitler pour la clôture du congrès de Nuremberg. Depuis plusieurs jours, on ne pouvait ouvrir un journal sans lire des articles consacrés aux Allemands persécutés des Sudètes. Sans nul doute, le Führer mettrait une nouvelle fois en garde le gouvernement tchécoslovaque contre les représailles qu'entraînerait l'absence de concessions de celui-ci envers les Allemands vivant sur son territoire.

— L'Angleterre a conseillé à la Tchécoslovaquie de céder aux exigences d'Hitler, disait Rosamond Benton.

290

— Cela ne suffira pas, répliqua Hans, venu avec Ernst et Erika. Une fois réglé ce problème, Hitler se jettera sur autre chose.

— Il veut l'Europe, renchérit Ernst. Mais, hélas, peu de personnes sont prêtes à l'admettre.

Marianne se taisait ainsi que Solange. Elles aussi avaient compris qu'échapper à une guerre relèverait du miracle. Face à un fou mégalomane qui clamait que l'unité germanique s'accomplirait coûte que coûte et que le nazisme était invulnérable, il était difficile de croire aux paroles apaisantes que s'évertuaient à dispenser Chamberlain ou Daladier. A l'heure prévue, les aboiements occupèrent les ondes, hurlés par une voix nasillarde. En fumant avec nervosité une cigarette, Ernst écoutait ce qui ressemblait à une vitupération pour le traduire ensuite à ses amis.

— Il ne supportera pas que trois millions et demi d'Allemands continuent d'être opprimés par le gouvernement de monsieur Benes et ne demande plus seulement l'indépendance des Sudètes mais leur annexion pure et simple par l'Allemagne.

Les jours suivants, le monde entier retint son souffle. Le président tchèque Edvard Benes proclama l'état d'urgence dans les territoires occupés par des populations allemandes. Le Premier ministre britannique lord Chamberlain se rendit en Allemagne afin de rencontrer Hitler puis, avec Edouard Daladier, chercha des moyens pour échapper à un conflit. Le 23 septembre, ce fut une avalanche de mauvaises nouvelles. L'Allemagne devenait de plus en plus exigeante et la Tchécoslovaquie signait un ordre de mobilisation générale destiné aux hommes de moins de quarante ans. Pour tous ceux qui avaient suivi les événements des deux dernières semaines, cela signifiait la guerre.

— C'est pas possible, se lamentait Mireille.

— Rien n'est encore définitif, tenta de la rassurer Suzanne.

Le 26 septembre, la tension monta un peu plus. En revenant de Sanary, la cuisinière se précipita dans le bureau de Solange.

— Madame Favier, madame Favier…. Ça y est! Ils mobilisent!

— Je suis au courant, Mireille.

— Non, vous savez pas! Ils mobilisent, ici, chez nous, en France.

— Vous vous trompez!

— Comment ça, je me trompe? répliqua Mireille, vexée. Si vous me croyez pas, allez au village.

Quelques minutes plus tard, Solange eut la confirmation que son pays rappelait certaines catégories de réservistes : les officiers, les sous-officiers et les spécialistes. Etaient concernés les «fascicules 2» dont les détenteurs devaient se présenter sans délai à leurs casernes.

— C'est la guerre, se lamentait le propriétaire du Café de la Marine dont les serveurs, tous en âge d'être sous les drapeaux, n'en menaient pas large.

— Qu'est-ce qu'on a besoin de se mêler des Sudètes? glapissait une villageoise. Si c'était l'Alsace-Lorraine, on comprendrait!

En conduisant avec des gestes d'automate, Solange revint à l'hôtel où les Benton, avertis de la nouvelle, l'informèrent qu'ils rentraient en Angleterre.

— On ignore ce qui peut se passer et on craint de rester coincés en France!

Raymond et René ne cachaient pas leur inquiétude. Si l'on continuait de mobiliser, ils ne passeraient pas à travers les mailles du filet! L'un et l'autre demandèrent à Solange la permission de téléphoner à leurs familles mais les lignes étaient saturées. Imitant les Benton, les clients de la Rose des Vents bouclaient leurs bagages, pressés de retourner chez eux. Occupée par les réservations de trains, la préparation des factures, Solange n'eut pas le loisir de penser. Mais, dès qu'elle fut seule, elle songea à Philippe. Où était-il ? Toujours en Asie. Une stupide envie de pleurer la gagnait. Elle l'imaginait, mobilisé lui aussi, et partant pour le front sans qu'ils se fussent revus ! Ne pouvant affronter davantage cette éventualité, elle chercha le numéro de Luce à l'Estaque mais il était impossible d'obtenir une opératrice. Jusqu'à neuf heures et demie du soir, elle tenta, sans résultat, de la joindre puis, dès qu'elle en eut l'opportunité, s'enferma dans ses appartements privés.

Sans allumer de lampe, elle s'allongea sur le canapé. Par la fenêtre entrouverte, elle entendait le bruissement de la fontaine achetée des mois auparavant quand son existence lui semblait tournée vers d'heureuses promesses. Ce soir, alors que l'Europe ne savait plus à quel saint se vouer, elle avait l'impression de s'être fourvoyée dans ses décisions. A quelle vanité avait-elle obéi pour demander à Philippe de ne plus chercher à la voir ? Jamais il ne lui avait caché sa situation et ses responsabilités d'homme marié ! Que Nathalie fût enceinte ne changeait rien aux sentiments qui les liaient et, au lieu d'encourager, de protéger cet élan, elle l'avait sacrifié à un ridicule sursaut d'orgueil. Au cours de la nuit blanche qui s'ensuivit, elle se promit d'agir pour que leur relation redevînt profonde et infiniment lumineuse.

Jusqu'à la fin septembre, l'Europe imagina qu'elle allait devenir un gigantesque champ de bataille. Dans un ballet ininterrompu d'avions et de voitures, les ministres britannique et français tentèrent de sauver ce qui pouvait encore l'être. Le 30 septembre, la paix se signait à Munich, après trois jours de négociations entre l'Allemagne, l'Italie dont Mussolini avait servi de médiateur auprès d'Hitler, la France et l'Angleterre. La Tchécoslovaquie sortait découpée de façon à satisfaire le Führer.

En France, la population laissa éclater son soulagement. On l'avait échappé belle! Raymond et René dansèrent de joie dans l'office de la Rose des Vents. Solange respira et Marianne reprit ses belles couleurs.

— Il n'y a pourtant pas de quoi pavoiser, lui dit Ernst.

— Mais on a évité le pire!

— Le pire! Hitler a atteint son but : démembrer la Tchécoslovaquie. Ses troupes occupent la partie qu'il convoitait. Il est tout simplement en train de créer un Etat allemand des Sudètes!

Le 5 octobre, le président Benes se retirait et, le lendemain de cette démission, un nouvel Etat tchèque quittait la confédération. Les Slovaques, intégrés comme nation à part entière, demandaient une indépendance que leur promettait le nouveau gouvernement de Prague. La Tchécoslovaquie cédait ainsi plusieurs régions à la Pologne et à la Hongrie, ce qui la réduisait à une peau de chagrin. Mais ce n'était, hélas, pas le pire dans l'avalanche des catastrophes. En Allemagne, les Juifs, conformément à un décret-loi, devaient remettre aux autorités leur passeport dans un délai de deux semaines.

— Ils ne prennent même plus de gants pour cacher leurs affreux desseins, remarqua Hans.

Pour Ernst, tout s'accélérait à une vitesse vertigineuse et, une nouvelle fois, il exhorta ses amis à partir.

— Nous ne pouvons abandonner les Silberman, répliqua Hilda.

— Ne vous inquiétez pas! Des comités s'occuperont de leur sort.

— Ce n'est pas pareil! Ici, ils se sentent chez eux.

— Est-ce une raison pour vous mettre en péril? Et Erika, vous y pensez?

— Elle veut s'installer à Paris.

— Poussez-la plutôt à partir pour New York.

— Si loin!

— Hilda, la France ne sera pas toujours sûre. Et, bientôt, je ne serai plus là pour vous secourir.

— Tu vas repartir ?

— Dès que j'aurai terminé d'établir certaines listes de réfugiés.

Ernst se rendait, en effet, régulièrement à Marseille où, avec d'autres compatriotes, il recensait les exilés. En faveur de certains, bénéficiant de passeports, ils demandaient des visas leur permettant d'entrer en Amérique ; pour les autres, ils tentaient d'obtenir des papiers d'identité auprès des autorités françaises.

— Je peux placer Erika dans un foyer pour jeunes filles à New York ou à Boston, poursuivit-il.

— Cela m'étonnerait qu'elle accepte. D'autant qu'elle s'est toquée de Manuel, qui n'a pas l'intention de s'expatrier outre-Atlantique.

— Manuel ! Elle n'a rien à en attendre. Il ne pense qu'à sa carrière de grand reporter.

— Va lui faire comprendre !

Dans le but de familiariser Erika avec l'Amérique, Ernst lui demanda de travailler avec lui dans les bureaux de la rue Paradis où il se rendait trois fois par semaine.

— Et moi, je n'ai pas le droit de vous aider ? s'interposa Marianne.

Ernst hésita.

— Je ne voudrais pas que vous preniez des risques en étant fichée comme l'une de nos collaboratrices. Les Allemands sont de plus en plus mal vus et...

— Cela m'est égal.

— Mais je ne veux pas me faire de souci pour vous.

— Et, moi, j'ai besoin que nous partagions ce qui vous tient à cœur.

Sans qu'elle eût besoin de s'expliquer davantage, Ernst comprit que la jeune fille voulait franchir des degrés supplémentaires dans leur relation. Depuis leur escapade à

Moustiers, ils se voyaient presque quotidiennement et, dès qu'ils étaient ensemble, parvenaient à oublier la folie des hommes. Afin de mieux protéger leurs tête-à-tête, ils se baignaient à la Cride ou partaient en promenade à travers la campagne. De ces journées d'arrière-saison, l'un et l'autre revenaient porteurs du précieux trésor d'être deviné et compris. Auprès de Marianne, Ernst avait la sensation de se départir d'un fardeau pour renouer avec une jeunesse dont il avait peu profité. Leur complicité était si grande qu'ils en étaient venus à se tutoyer, ce qui accroissait leur intimité.

Malgré les événements, ils riaient beaucoup et, de la sorte, Marianne se libérait d'une ultime timidité. Ernst n'était plus le héros, l'artiste inaccessible, mais un homme de chair et de sang dont elle cherchait le regard afin d'y lire un désir similaire au sien. Ayant compris qu'il ne voulait pas s'engager dans un domaine dangereux, encore moins l'y entraîner, elle ne cherchait pas à brusquer leur relation même si au fond d'elle-même elle se savait prête à tout partager avec l'être qui, en vertu des caprices de l'histoire, lui était le moins destiné. Qu'allaient-ils devenir ? Ni lui ni elle ne le savaient mais elle était décidée à le suivre dans les missions les plus dangereuses.

— Je préfère ne plus vivre que de vivre sans lui, confia-t-elle à François, qu'elle rencontrait régulièrement à Marseille.

Les deux hommes s'étaient revus et, souvent, discutaient autour d'une bière. Pour François, Ernst faisait resurgir ses souvenirs musicaux. Il évoquait les visites chez Bruno Franck, célèbre chef d'orchestre et ami de sa famille. Marianne les écoutait vanter les mérites de tel ou tel compositeur. Il arrivait que François jouât du piano pour eux deux. Ernst les quittait alors en pensée pour se remémorer les sortilèges d'un paradis perdu.

29

Le 28 octobre, Marianne se rendit à Marseille avec Ernst, qui la déposa sur la Canebière, où elle avait l'intention de faire des emplettes. Lui-même devait rencontrer à l'hôtel Astoria un fonctionnaire américain.

— On se retrouve à six heures chez François, lui rappela-t-il alors qu'elle claquait la portière de la voiture.

Après avoir déambulé le long de l'avenue, admiré quelques vitrines, pénétré dans plusieurs boutiques, Marianne prit le chemin des Nouvelles Galeries où elle souhaitait acheter un tailleur dont elle avait vu le croquis dans un magazine de mode. En se frayant un passage au milieu des comptoirs, elle aperçut Sylvie mais, déçue par leurs dernières rencontres, l'évita. Avec l'aide d'une autre vendeuse, elle essaya le modèle qui lui plaisait.

— Il ne me va pas, reconnut-elle après s'être observée dans un miroir.

— Je pense à un autre costume qui devrait mieux vous convenir, lui répondit la jeune fille.

Elle revint avec une veste courte et une jupe à peine froncée dont la couleur vert mousse mettait en valeur la carnation et la chevelure de Marianne qui, en consultant l'étiquette, vit que l'ensemble dépassait la somme que contenait son portefeuille.

— C'est vrai... Il est seyant, reconnut-elle.

— Vous le portez très bien !

— Pourriez-vous le mettre de côté ? Je reviens dans moins d'une heure.

Le temps d'aller à la banque chercher l'appoint qui lui manquait ! Après avoir fait la queue au guichet et pris sa liasse de billets, Marianne reprit la direction du grand magasin et, en même temps qu'elle déambulait à travers les rues, se pencha sur les accessoires susceptibles d'améliorer son futur vêtement. Elle s'arrêta chez un chausseur, essaya quelques paires d'escarpins puis, assourdie par le bruit des voitures de pompiers qui passaient en trombe, reprit la route des Nouvelles Galeries. Les sirènes ne s'arrêtant pas, elle se demanda quelle pouvait en être la cause. Sur la chaussée, un encombrement d'automobiles se formait et des badauds sortaient des cafés ou des bureaux pour tenter de comprendre la situation. Un nuage de fumée s'éleva dans le ciel, tout d'abord brun foncé puis de plus en plus noir.

— Il y a le feu quelque part ! s'écria une fleuriste en s'arrêtant de couper les tiges d'un bouquet.

— Et un gros, renchérit son voisin.

Les véhicules, maintenant, n'avançaient plus et, à mesure que le nuage s'épaississait, une odeur de brûlé emplissait l'air.

— On dirait que ça vient de la Canebière.

Inquiète, Marianne accéléra le pas, imitée par d'autres personnes, mais, bientôt, un cordon de police les arrêta.

— Vous ne pouvez aller plus loin !

— Pourquoi ?

— Un incendie s'est déclaré aux Nouvelles Galeries.

— Quoi ? s'exclama Marianne.

— C'est interdit d'approcher.

Aux Nouvelles Galeries ! Un frisson la traversa. Si elle ne s'était attardée dans les rues en sortant de la banque, elle aurait sans doute été sur les lieux au moment du sinistre. Immédiatement, elle pensa à la vendeuse qui s'était si aimablement occupée d'elle puis à Sylvie... Tout le monde avait certainement dû sortir à temps! Autour d'elle, les gens s'agitaient. Certains habitaient non loin du lieu interdit et craignaient que les flammes ne se propagent.

— Ce n'est pas grave, tentait-on de les rassurer.

— Pas grave avec cet énorme nuage! Et ces pompiers qui arrivent de toutes parts. On dirait que les casernes de la ville se sont donné rendez-vous, rétorqua un buraliste en se bouchant les oreilles.

Les hurlements des sirènes étaient en effet assourdissants, relayées par celles de la police. Aux balcons des immeubles, des gens criaient qu'ils apercevaient des lueurs rougeoyantes. Il y eut un bruit d'explosion puis à nouveau des sirènes. La panique gagna alors les badauds et Marianne se sentit emportée par un courant. En vain, elle essaya de contourner le barrage contre lequel elle s'écrasait.

— Le quartier est bouclé. Il paraît que le feu s'est propagé vers les maisons voisines. On craint même pour les hôtels alentour!

Les hôtels! L'Astoria n'était pas loin des Nouvelles Galeries!

— Laissez-moi passer! Laissez-moi! hurla Marianne en tentant de jouer des coudes.

Rapidement, elle fut ceinturée par un agent.

— On vous a déjà dit, mademoiselle, que c'était interdit.

— Mais il est là-bas!

— Qui?

— Un ami.

— Il faut être patiente

Elle se mit à sangloter comme une petite fille. A quelques pas Ernst pouvait être en danger! L'impossibilité de savoir ce qui se déroulait aiguisait son angoisse.

— Venez vous asseoir, lui proposa une femme âgée qui s'était réfugiée sur un banc.

— Merci. Je préfère rester debout.

L'attente se poursuivit pendant des minutes qui lui parurent une éternité. Relayé par des informations plus ou moins crédibles, le bruit courut que les Nouvelles Galeries étaient ravagées par les flammes. Il y aurait des victimes... et le quartier n'avait pas été épargné.

— Imaginez! Daladier se trouvait à l'hôtel de Noailles pour le congrès du Parti radical.

— Il s'agit peut-être d'un attentat, risqua un jeune homme.

— On n'en sait rien mais tous les pompiers des environs ont été réquisitionnés.

Jusqu'à l'heure du rendez-vous chez François, Marianne vécut en «points de suspension». Passant du plus fol espoir à la plus grande inquiétude, elle aurait voulu que le temps s'accélérât. Jamais Marseille n'avait connu un tel mélange d'agitation et de stupeur. De toutes parts, des gens accouraient aux nouvelles. Les téléphones étaient saturés, de nombreuses lignes coupées. Un va-et-vient d'ambulances se mêlait aux voitures rouges. L'air était irrespirable et la fumée piquait les yeux. Sortis de l'école, des enfants cherchaient à rentrer chez eux. On disait que les Nouvelles Galeries étaient en grande partie détruites. Le ciel était devenu rouge et la chaleur montait.

— Il y avait le ministre des Affaires étrangères avec Daladier. Mais on a réussi à les faire sortir de la suite où ils tenaient leur réunion.

Incapable d'écouter davantage ces propos, Marianne décida de se rendre chez François. Une marée humaine l'entourait et elle dut bousculer des personnes pour quitter les lieux. Essoufflée, le cœur battant la chamade, elle arriva chez le pianiste qui lui ouvrit la porte avec un grand sourire.

— Tu n'es pas au courant? s'exclama-t-elle.

— Au courant de quoi?

En quelques phrases, elle lui raconta l'incendie.

— Je ne suis pas sorti de chez moi et, mes fenêtres donnant sur la cour, je... Mais assieds-toi, tu es toute pâle.

Epuisée par son tourment, Marianne se laissa tomber sur le sofa.

— Bois, ordonna François en approchant de ses lèvres un verre de cognac.

— Tu crois?

— Oui.

Ils discutaient de la catastrophe quand des pas résonnèrent dans le couloir.

— Marianne est là? demanda Ernst dès qu'il pénétra dans le petit vestibule.

— Oui, répondit-elle en se jetant dans ses bras.

Dans une succession de mots incompréhensibles, de phrases entrecoupées par des baisers, ils tentèrent de se raconter leurs périples respectifs.

— J'étais persuadé que tu étais déjà dans la souricière quand le feu s'est déclaré. Si tu savais combien je me suis inquiété!

— Et moi... j'ai essayé de rejoindre l'Astoria mais on m'en a empêchée.

— Heureusement!

Après avoir bu, à son tour, quelques rasades d'alcool, Ernst expliqua qu'il se trouvait dans un salon de l'hôtel quand on leur avait demandé de sortir sans discuter.

— Des femmes ont commencé à hurler. Certaines se ruaient vers les ascenseurs pour aller chercher quelqu'un ou quelque chose dans leur chambre. Bien entendu, tout accès aux étages était interdit. On a eu droit à des évanouissements, des crises de nerfs! Néanmoins, les pompiers ont réussi à faire évacuer les lieux et nous nous sommes retrouvés dans la rue noire de fumée. Les yeux me brûlent encore!

301

Médusé, François écoutait ce discours tandis que Marianne s'était blottie contre Ernst qui ajoutait :

— Je ne pensais qu'à me précipiter vers les Galeries, seulement le barrage de police était infranchissable. J'ai essayé par des petites rues. Impossible ! Mon Dieu... comme je suis soulagé ! murmura-t-il en retenant dans la sienne la main de la jeune fille.

Elle lui expliqua alors que sa coquetterie l'avait sauvée.

— J'ai perdu un temps fou à essayer des chaussures et des colifichets.

— Il y a de nombreuses victimes et beaucoup de blessés, les avertit Ernst.

— Pourvu que Sylvie ait réussi à s'échapper !

— Elle travaillait dans les étages ?

— Au second.

— Sans doute devait-elle bien connaître les issues de secours, les tranquillisa leur hôte.

Soulagés d'être l'un et l'autre sains et saufs, Ernst et Marianne acquiescèrent.

— Je dois vous quitter, les avertit François, prêt à partir pour le bar où il se produisait.

— Il n'y aura personne, ce soir !

— Peu importe. Je dois respecter mes engagements.

— Pourrais-tu téléphoner à Solange pour l'avertir que nous allons bien ? demanda Marianne. Tout à l'heure, les lignes étaient saturées.

— Bien sûr. Comptez-vous rentrer tard à Sanary ?

— Dans moins d'une heure.

— Mais vous êtes épuisés ! se récria le pianiste. Restez ici, le temps de vous reposer, et, lorsque vous partirez, vous claquerez juste la porte derrière vous.

Seuls dans l'appartement, Ernst et Marianne se blottirent plus étroitement l'un contre l'autre. Dans leur esprit s'imposaient encore des images de bousculade, des scènes d'hystérie mais, peu à peu, ils s'abandonnèrent au calme

302

de cette retraite qui les protégeait des événements extérieurs. Le halo des lampes faisait surgir l'univers de François : piles de livres et de partitions, photographies prises au cours des concerts, disques, objets récupérés dans des brocantes. A l'extérieur, la nuit était tombée sur la cour où résonna un bruit d'ustensiles que l'on traînait. Puis le silence revint, vite entrecoupé de murmures.

— J'ai cru devenir fou, disait Ernst. Ne pas savoir s'il t'était arrivé quelque chose....

— Alors, tu tiens un peu à moi?

— Tu le sais bien!

— Je pense que tu éprouves une certaine attirance, répliqua-t-elle avec un rire léger.

— Je t'aime, Marianne.

Pour la première fois, il prononçait ces mots et se sentait heureux de ne pas avoir cherché à les réprimer.

— Je t'aime sans doute depuis longtemps. Mais il fallait l'éloignement, l'absence puis cette joie immense de te retrouver pour que je veuille bien m'en rendre compte.

— On dit que les femmes sont plus rapides à comprendre les sentiments.

— Elles en ont sans doute moins peur.

Réfugiée contre lui, elle goûtait à ce moment unique où, les ultimes garde-fous évanouis, ils s'abandonnaient aux confidences.

— Je ne m'accordais pas le droit de t'entraîner dans mes errances, ajouta Ernst.

— Chut, l'interrompit Marianne en posant ses lèvres sur les siennes.

Peu à peu, il découvrit les courbes fermes, la chaleur de son corps, respira l'odeur devenue familière. Ses doigts s'attardèrent sur la nuque, suivirent la ligne délicate du cou, rencontrèrent les boutons de nacre de la robe. Elle s'était encore rapprochée de lui et, à travers les tissus, il sentit durcir ses seins. Puis elle fut nue, à la fois timide et offerte à ses caresses.

— Tu es belle, répétait-il avec douceur en découvrant l'attache fine des épaules, la carnation de la gorge, la taille si flexible et une grâce qui lui était particulière. Oui, tu es telle que je l'imaginais.

Ces compliments rassuraient Marianne qui, en dépit de son inexpérience, tentait de faire oublier à son amant qu'elle n'en avait pas connu d'autre. Il posa la bouche sur son ventre, chercha le pli de l'aine. Sous ses caresses naissaient de longs frissons mais, conscient de la valeur que représentait pour sa compagne cette première étreinte, il ne voulait pas la brusquer. Dominant sa fougue, il attendit qu'elle se tendît davantage vers lui puis, obéissant à sa supplique, se libéra de ses derniers vêtements. Alors, faisant taire sa peur, elle vint à sa rencontre et, oublieuse de la douleur, l'encouragea dans son initiation. Attentif, Ernst guettait dans le regard de Marianne, dans la moindre de ses réactions, une réponse au vertige qui l'emportait et, avec patience, annexait chaque pouce de sa chair. Lorsqu'il comprit qu'elle allait le rejoindre dans un plaisir qui prolongerait leurs aveux, il pesa plus lourdement sur elle et, ainsi, unis par toutes les fibres de leurs êtres, ils conclurent leurs noces secrètes.

La paix les enveloppa tandis qu'ils reposaient dans un lieu où ni l'un ni l'autre n'avaient leurs repères. A l'abri des indiscrétions, à l'écart de l'agitation, ils n'étaient plus qu'un homme et une femme qui faisaient l'apprentissage d'un amour où se mêlaient étroitement l'esprit et la sensualité. Ernst avait conscience d'être enfin parvenu à une plénitude dont il s'était longtemps cru écarté. Contre son cou, il sentait le souffle léger de sa maîtresse. Il tourna la tête pour la regarder puis de l'index redessina son visage : les yeux mi-clos, le petit nez impertinent, la bouche entrouverte sur un léger sourire.

— Je t'aime, ne put-il s'empêcher de répéter avant de déposer un baiser sur la fossette qui creusait son épaule.

Deux prunelles où il avait envie de se noyer sondaient les siennes.

— Et je ne veux pas te perdre !

— Moi non plus, répondit-elle, les doigts noués aux siens.

30

L'incendie avait non seulement ravagé les Nouvelles Galeries mais des immeubles de la Canebière. Pour en venir à bout, les pompiers d'Istres, de Salon et de Toulon s'étaient joints aux casernes de Marseille. On comptait soixante-quatorze victimes et de nombreux blessés parmi lesquels figurait Sylvie. La jeune fille se trouvait dans une remise quand le feu s'était déclaré. Elle avait entendu une sirène mais, en enjambant des caisses, avait trébuché... sa tête heurtant un placard. Il lui fallut un certain temps pour reprendre ses esprits. Après avoir retiré de son front une main maculée de sang, elle se dirigea en titubant vers la porte qui s'ouvrit sur un épais rideau de fumée duquel provenaient des cris de frayeur.

— Que se passe-t-il ? cria-t-elle sans obtenir de réponse.

Un grondement attira son attention et elle vit, sur sa droite, des flammes qui progressaient dans la direction de l'escalier. N'obéissant qu'à son instinct de survie, elle courut vers les premières marches où se pressaient clients et employés mais, les poumons emplis de fumée, les yeux larmoyants, fut vite engloutie par une marée humaine. Il y eut des coups, un malaise à quelques pas... puis le courant l'entraîna vers l'étage inférieur où des gens poussaient avec violence pour se précipiter vers le rez-de-chaussée. Sa connaissance des lieux ne pouvait servir Sylvie, affolée par la chaleur et l'air devenu irrespirable. L'espace de quelques instants, ses pieds ne touchèrent plus le sol tant elle était emportée comme un fétu de paille. Autour d'elle, des gens suffoquaient mais elle savait que, pour s'en sortir, il ne fallait pas s'attarder sur leur sort. De sa poche, elle tira un mouchoir qu'elle plaça sous ses narines. Alors qu'elle atteignait le rez-de-chaussée, Sylvie aperçut des pompiers qui, armés de lances d'arrosage, tentaient de pénétrer dans l'établissement. A quelques mètres, un plancher s'écroula, livrant passage au brasier. Une sortie n'était plus très loin et la jeune fille tenta de l'atteindre. La distance qui l'en séparait diminuait mais elle avait l'impression que sa poitrine allait éclater. Il y eut soudain un grand bruit, accompagné d'une multitude d'étincelles. Sylvie sentit une douleur fulgurante puis elle perdit connaissance.

Elle se réveilla à l'hôpital où se succédèrent des journées et des nuits de souffrance. Son épaule et son bras droits avaient été gravement brûlés ainsi que son visage. A son chevet défilaient médecins et infirmières mais ils avaient beau lui répéter qu'elle avait bénéficié d'une chance extraordinaire, elle ne partageait pas leur avis. Que serait-elle à l'avenir sinon une infirme, défigurée de surcroît! On ne lui avait pas caché la vérité. Son bras demeurerait privé de motricité. Quant à ses traits! Il existait la chirurgie esthétique mais, dans l'état où ils se trouvaient, on ne pouvait espérer de miracle. Lorsque la morphine ne l'abrutissait pas, Sylvie songeait qu'elle venait tout juste d'avoir vingt ans et que son existence s'accompagnerait dorénavant de sa propre honte et de la pitié des autres. A chacune de leurs visites, ses parents lui promettaient de tout faire pour la rendre heureuse. Et, ainsi, se montraient encore plus stupides qu'elle ne l'avait imaginé. Heureuse! Comment ne comprenaient-ils pas que ce mot était définitivement banni de son vocabulaire ? Pour ce manque de discernement, elle les haïssait davantage, tout comme elle détestait Marianne qui avait cherché à la voir.

— Je ne veux personne à mon chevet.

Cet ordre concernait aussi François qui lui envoyait régulièrement des lettres de réconfort et proposait de lui tenir compagnie lorsque son état se serait amélioré. La certitude de ne plus pouvoir se montrer sous un aspect avenant à l'homme qu'elle aimait lui insufflait le désir de se suicider. Qu'avait-elle fait pour mériter un tel châtiment ? Etait-elle punie de s'être fait entretenir par des protecteurs qu'elle méprisait ? En même temps que s'écroulait son rêve de conquérir le pianiste s'aiguisait sa jalousie envers toutes celles qui auraient dorénavant la chance de l'approcher. Avec lenteur, Sylvie s'enfonçait dans la rancœur et le désespoir pendant que, navrée de ne pouvoir lui démontrer son amitié, Marianne passait régulièrement prendre de ses nouvelles et lui laissait des friandises, des livres dont elle n'était pas remerciée.

— Sylvie n'a plus envie d'entendre parler de nous, dit-elle à Solange.

— Dommage ! Mais nous n'allons pas la critiquer. Qui sait de quelle façon nous réagirions dans son cas !

Début novembre, Solange se consacra à la fermeture annuelle de l'hôtel. Alors qu'elle faisait avec Suzanne l'inventaire du linge à remplacer, celle-ci lui dit à brûle-pourpoint :

— Madame Favier... Il me faut votre avis.

— Je ne suis pas certaine d'être de bon conseil.

— Oh si... vous connaissez la vie !

Solange retint un sourire. Personne, décidément, n'imaginait dans quels tourments elle se débattait.

— Il s'agit de Leonardo, poursuivit la femme de chambre.

— Le jardinier?

— Il voudrait qu'on se marie.

— Leonardo vous a demandé de l'épouser?

— Avant-hier.

— Vous vous connaissez bien?

— On est allés plusieurs fois voir Barnabé. Le petit l'adore! Et il m'a emmenée à des fêtes.

— Moi qui le croyais solitaire!

— Il l'était avant de me rencontrer. Et puis, je sais pas ce qui lui est passé par la tête mais il s'est attaché à nous... Sans doute qu'on lui rappelle sa femme et son enfant!

— Oui, je me souviens. Elle est morte en accouchant.

— C'est ça... et il est malheureux de pas avoir de famille.

— Mais vous, Suzanne, vous avez envie de vivre avec lui?

— C'est un homme bon, madame Favier, et honnête.

— Ce ne sont pas des qualités négligeables.

— Et il me prend avec mon fils... sans me juger.

— Qu'avez-vous envie de lui répondre?

— Justement, je voulais en parler avec vous.

— Vous avez des sentiments pour lui?

— De l'affection, mais je suis pas amoureuse comme je l'étais du père de Barnabé.

— Ce n'est pas forcément une mauvaise nouvelle.

— Vous croyez?

— Suzanne, vous méritez que l'on vous aime et que l'on vous protège. Leonardo m'a toujours fait bonne impression.

— Alors vous me donnez votre bénédiction?

— Bien sûr!

— Et on pourra continuer à travailler pour vous?

— Il y a un mois, j'ai définitivement engagé Leonardo pour remplacer notre vieux jardinier qui prenait sa retraite. Quant à vous, Suzanne, vous savez combien je suis satisfaite de votre ouvrage.

— Si vous saviez comme je me sens soulagée de vous avoir parlé! Il m'a emmenée visiter un logement sur la route de Saint-Cyr. Pas bien grand mais coquet.

— Où vous habiteriez tous les trois?

— C'est ça.

— Je suis très heureuse pour vous, Suzanne.

— Merci, madame Favier, merci...

En regardant s'éloigner la femme de chambre, Solange l'envia presque de vivre une histoire d'amour sans nuage. Elle-même avait envoyé une longue lettre à Philippe dont la réponse ne s'était guère fait attendre. Il devait se rendre à Paris pour y séjourner une quinzaine de jours avant de repartir pour un nouveau vol, cette fois-ci vers Saigon. «Ne crois pas, ma chérie, que je ne sois conscient du désordre que j'apporte dans ta vie. Moi-même, je suis pris dans une tourmente dont je ne maîtrise pas les éléments. Je n'ose te demander de m'accorder encore un peu de temps! Solange, si tu savais combien je rêve de te retrouver! Néanmoins, je ne suis ni assez fou ni assez inconscient pour tourner le dos aux responsabilités qui m'incombent.» Il la rassurait une nouvelle fois sur l'intensité de ses sentiments et lui réclamait sa confiance. Cependant, Solange avait beau considérer dans tous les sens la situation, elle n'entrevoyait pas d'issue sinon celle de perpétuer une liaison discrète. Une solution qui, en définitive, la gênait moins que Philippe. En même temps qu'elle réfléchissait, elle s'approcha de la fenêtre du bureau où elle venait de pénétrer. Couché dans un massif de géraniums écarlates, Dragonet profitait du soleil. La mer était calme et, déserté par les pensionnaires, le jardin se parait de tonalités plus douces. On entrait dans l'arrière-saison mais, cette année, Solange en craignait l'atmosphère mélancolique. Etait-ce de ne pas connaître son avenir sentimental qui l'empêchait de goûter à un repos mérité? Etait-ce de savoir que, fatalement, Philippe se sentirait retenu par de nouveaux liens lorsque naîtrait le bébé? Elle avait calculé que l'enfant verrait le jour au mois de janvier et, pour pallier le désenchantement, s'était promis d'accomplir un voyage.

— Nous pourrions aller chez les Benton, avait-elle proposé à Marianne.

— Peut-être...

— L'idée ne semble guère te séduire.

— Ce n'est pas cela mais...

En quelques phrases, Marianne expliqua que son travail la retenait à Marseille.

— Ernst m'a demandé de taper à la machine ses listes d'exilés et ils sont de plus en plus nombreux à espérer l'immigration en Amérique. Il faut chaque fois constituer un dossier.

— Tu vas bien finir, un jour ou l'autre, par en venir à bout!

Hélas, les événements donnèrent rapidement tort à Solange. Le 7 novembre, un attentat eut lieu à Paris contre le secrétaire de la délégation allemande : Ernst von Rath. Il s'agissait de l'acte désespéré d'un jeune Juif, Herschel Grynspan, qui s'était trompé et avait pris le conseiller de la légation pour l'ambassadeur d'Allemagne en France. Par cet acte, il avait cherché à venger ses pairs des tortures que leur infligeaient les nazis. La réponse s'avéra, hélas, effrayante. Le 9 novembre, après un nouveau discours prononcé par Hitler contre les Juifs, des groupes terroristes principalement composés de SA détruisaient à travers toute l'Allemagne des commerces juifs et des synagogues en violentant ou assassinant leurs propriétaires et leurs fidèles. Lors de cette «nuit de cristal», environ 35 000 Juifs furent emmenés dans des camps et l'on compta quantité de morts et de lieux incendiés ou dévastés. Trois jours plus tard, l'Etat allemand infligeait une amende d'un milliard de marks à la communauté juive. La terreur et l'injustice n'ayant plus de limites, ceux

311

et celles qui avaient espéré des jours meilleurs firent leurs bagages et se présentèrent aux frontières suisse, belge et française.

A Sanary, les Fischer étaient en état de choc.

— Je veux oublier mon passé, répétait Hans, oublier que j'ai été allemand !

En même temps qu'il prononçait ces mots, il repoussait de sa mémoire ses années d'enseignement à Munich durant lesquelles il avait eu la naïveté de penser qu'il contribuait à former des esprits éclairés. Qu'étaient devenus ses anciens élèves dans cette folie ? Et, s'ils avaient à leur tour basculé dans l'ignominie, à quoi avait servi sa vocation de professeur ? A ses côtés, Sam se taisait, la tête rentrée dans les épaules. Semblable à un boxeur sonné, il ne cherchait plus à esquiver les coups. Quant à Sarah, elle vivait dans un autre monde. Seuls Marianne et Ernst parvenaient parfois à la ramener vers la réalité.

— Comment les aider ? répétait Hilda.

— Je ne sais pas, je ne sais plus, lui répondait son mari.

Les Fischer se rendaient souvent chez les Werfel, où ils trouvaient les Feuchtwanger qui, comme eux, recherchaient la chaleur de l'amitié. Franz et Alma Werfel s'étaient installés, l'été précédent, dans un ancien moulin à vent baptisé le Moulin gris. Lui trônait dans la pièce la plus élevée : un bureau orné de douze fenêtres, abandonnant à Alma une cuisine et un petit salon au rez-de-chaussée. Celle-ci ne supportant ni la chaleur ni les moustiques avait accueilli l'automne avec soulagement. L'exil était déjà assez difficile à vivre pour la veuve du célèbre compositeur Gustav Mahler, qui, après avoir connu la célébrité et les honneurs, répétait : « Nous en sommes réduits à vivre en pays de personne. »

Franz Werfel ne partageait pas les opinions communistes de Lion Feuchtwanger ; aussi préférait-il la compagnie d'Ernst, dont il appréciait le jugement même si celui-ci ne correspondait pas à ce qu'il souhaitait entendre.

— Les Sanaryens ne nous acceptent plus, disait le jeune homme. Ils nous confondent avec les nazis et nous considèrent comme des espions.

— Il est pourtant clair que nous sommes des réfugiés.

— Pas pour eux! Si la situation empirait, ils ne prendraient jamais notre parti, encore moins notre défense!

Dans les bureaux de Marseille, Ernst se trouva vite devant une tâche écrasante : fournir des logements à ceux qui n'avaient plus rien. L'argent des comités de soutien s'avéra vite insuffisant face à l'afflux d'exilés. Hommes auxquels on avait pris leur outil de travail, femmes harassées et inquiètes pour leurs enfants : tous conservaient dans leur regard le reflet des horreurs dont ils avaient été les témoins ou les victimes.

— La plupart ne parlent pas le français, dit Marianne à Solange. Ils ne peuvent donc exercer un métier.

— Et si je mettais des chambres de la Rose des Vents à la disposition des plus démunis? répondit Solange.

— Je n'osais te le demander!

Dès qu'il fut au courant de la nouvelle, Ernst joua l'avocat du diable.

— Solange, vous avez déjà des difficultés avec les gens du village qui vous reprochent de nous considérer comme vos amis. Une telle initiative ne pourrait que vous apporter des soucis supplémentaires. Votre hôtel en pâtira.

— Ils ont déjà essayé de m'intimider mais j'ai tenu bon.

— Ce sera pire au fil du temps.

— J'en prends le risque!

Ernst hésitait mais l'insistance de Marianne eut raison de ses ultimes atermoiements.

Au milieu du mois de décembre, arrivèrent la famille Friedman, composée des parents et de leurs deux enfants, ainsi qu'une fillette de neuf ans qui leur avait été confiée et répondait au prénom de Clara.

— Les nazis ont emprisonné son père pour ses opinions communistes et sa mère n'a pas voulu quitter Francfort sans savoir où il se trouvait. Elle a demandé à leurs amis Friedman de veiller sur la petite, expliqua Marianne.

Timide et triste, l'enfant ne s'anima qu'en découvrant Barnabé.

— Il lui rappelle son petit cousin, remarqua Anita Friedman, l'aînée des enfants.

A peine plus jeune que Marianne, Anita étudiait l'histoire de l'art quand son existence avait volé en éclats avec la boutique de maroquinerie que possédaient ses parents à Francfort. Elle ne pouvait se remémorer cette affreuse nuit sans trembler de tous ses membres. Il y avait eu des bris de glace, des hurlements dans la rue qu'elle entendit de la cave où elle s'était réfugiée avec Heinrich, son frère cadet, qui l'avait serrée contre lui pendant ces interminables instants. Où étaient leurs parents? Craignant le pire, ils n'osaient se le demander! Elle apprit plus tard, quand tout fut fini, que ceux-ci étaient parvenus à se glisser dans une niche située entre l'entresol et le premier étage. Anita n'avait jamais vu son père pleurer mais lorsqu'il découvrit ce qu'il restait du magasin hérité de ses ancêtres, il éclata en sanglots. Puis ils apprirent que d'autres avaient connu pire... des tueries, des arrestations, des séparations! La décision d'Arnold Friedman fut prise sans délai. Lui et les siens quitteraient ce pays de malheur. A quoi ressemblerait leur avenir? Il l'ignorait mais rien ne serait pire que ce qu'ils venaient de traverser.

— Nous avons bouclé nos bagages en une journée, conscients que ce que nous laissions derrière nous serait perdu à jamais. Ma mère ne s'est pas plainte une seule fois, s'estimant sans doute heureuse d'avoir auprès d'elle son mari et ses enfants. Puis on lui a confié Clara, expliqua dans un bon français la jeune fille à Solange

Les Friedman et leur petite protégée occupaient trois chambres au premier étage de la Rose des Vents. Très vite, Arnold chercha à se rendre utile en aidant Leonardo à bâtir des murets de pierre où seraient, à la belle saison, déposées des jarres de fleurs. Lotte s'occupa de Clara, traumatisée par son départ d'Allemagne, et Anita, grâce à Marianne, rencontra François.

— Elle faisait partie d'une chorale à Francfort, expliqua la jeune fille à son ami.

En même temps qu'elle évoquait les concerts auxquels elle avait participé, la réfugiée retrouvait son habituel entrain. Elle revoyait les célèbres églises, les scènes où, vêtue d'une longue robe de soie noire, elle chantait pour un auditoire averti et enthousiaste. Captivé par sa ferveur, François l'écouta puis lui proposa de l'aider à entrer dans une chorale de Marseille.

— C'est vrai? Vous feriez cela? s'exclama Anita.

Il tint parole et, la semaine suivante, elle passait avec succès une audition et devait participer aux répétitions du *Requiem* de Fauré.

— Jamais je n'aurais imaginé qu'un tel rêve se concrétiserait!

A partir de ce jour, Ernst eut une passagère supplémentaire dans sa voiture lorsqu'il se rendait à Marseille.

— Monsieur et son harem, s'amusait Erika.

En dépit de la bonne humeur qu'ils tentaient tous d'afficher, ni les uns ni les autres n'oubliaient la précarité de leur situation. Ernst continuait à se battre sur tous les fronts... y compris chez les Fischer.

— Hans, vous devez partir!

— Nous n'en avons pas les moyens, répliquait son interlocuteur. Je te l'ai déjà dit.

— Bientôt, il sera trop tard!

— Feuchtwanger et Werfel n'ont pas, eux non plus, l'intention de bouger.

— Ils ont tort.

La dernière fois que ce sujet avait été évoqué, Hilda était demeurée silencieuse mais, le lendemain, elle demandait à Ernst de l'emmener à Marseille où elle souhaitait faire des courses.

Au retour, elle murmura :

— Hans n'est au courant de rien mais je viens de vendre mes bijoux.

— Hilda... pourquoi ne m'en avez-vous rien dit?

— Cela va sans doute t'étonner mais je suis assez douée pour conclure à bien des affaires.

Elle était passée chez trois joailliers puis les avait mis en concurrence. Le produit de la transaction se révélait plus qu'honorable et Ernst vit que, dans son malheur, Hilda en tirait une certaine fierté.

— Je voudrais que cet argent profite aussi aux Silberman, ajouta-t-elle. Est-ce vraiment impossible de leur obtenir des passeports?

— Très difficile... mais j'ai déjà entamé des démarches en haut lieu. Seulement... si je parviens à mes fins, je ne suis pas certain que Sarah acceptera de quitter la France.

— Elle le fera pour sauver Sam!

En dépit des nouvelles alarmantes, Sarah était en meilleure forme depuis le retour de Marianne et d'Ernst. Leur jeunesse la sortait peu à peu de sa dépression et elle prenait à nouveau part à la conversation générale. Elle appréciait aussi les visites de la famille Friedman; Lotte lui rappelait sa sœur. Celle-ci venait régulièrement la voir, accompagnée de la petite Clara qui demandait à l'ancienne comédienne de lui mimer des personnages de la mythologie enfantine. Prise au jeu, Sarah retrouvait son talent et l'enfant oubliait sa tristesse pour rire aux éclats.

Tenir le rôle de demoiselle d'honneur au mariage de Leonardo et de Suzanne égaya aussi la fillette. Pour la circonstance, Hilda avait coupé la robe que porterait la femme de chambre dans une jolie serge ivoire. Solange lui avait acheté un chapeau, des gants et des chaussures à talons du même ton, et Marianne s'était occupée de trouver un sac rebrodé de petites perles.

— Mon Dieu... on dirait une citadine! s'exclama Mireille alors que se terminait l'habillage. Il va pas te reconnaître, Leonardo.

Le promis avait revêtu son costume du dimanche et Lotte lui glissa un œillet à la boutonnière. Barnabé, magnifique dans sa barboteuse bleu ciel, avait glissé sa menotte dans celle de l'homme qui, déjà, avait à son égard des gestes de père. Puis ce fut le départ pour la mairie de Sanary. Alors qu'elle s'en approchait, Solange vit que des villageois la toisaient avec un air mauvais. Parmi ceux-ci figurait Antoine, rentré du service militaire. Pour ne pas croiser son regard, il détourna la tête. L'arrivée des Fischer et des Friedman n'arrangea pas les choses.

— Quelle atmosphère! souffla Marianne à Erika.

La mariée arriva la dernière et des sifflets l'accompagnèrent jusqu'à son entrée dans l'hôtel de ville. Même le maire semblait mal à l'aise. Son discours fut bref et peu chaleureux. Mais, sur un petit nuage, Suzanne ne s'en rendit pas compte. Attentive à la présence rassurante et émue de son mari, aux pitreries de son fils, elle savourait ce moment qui faisait d'elle une femme respectable. Dans le rôle de témoin, Solange se souvenait de son propre engagement et regarda l'alliance qu'avait glissée Jacques à son doigt. Jamais elle ne s'en était séparée! Accompagnée de culpabilité, la nostalgie la fit frissonner. Elle avait moins pensé à son mari, ces derniers temps ! Certains lui auraient sans doute dit que l'on se devait aux vivants mais elle ne pouvait leur donner raison. A qui se rattacher ? Même au début de son deuil, elle ne s'était sentie aussi perdue et désillusionnée.

31

Noël approchait et Solange tenait à ce que cette fête, très ancrée dans les traditions provençales, fût dignement célébrée. L'intuition que ce serait peut-être l'une des dernières occasions d'être tous réunis la poussa à faire dresser dans le salon deux tables autour desquelles s'installeraient ses amis le soir du 24 décembre. Quelques jours auparavant, elle avait sorti d'une grande armoire les caisses dans lesquelles étaient rangés la crèche et les santons. On devait ces petits personnages à un certain Jean-Louis Lagnier qui les avait modelés à la fin du XVIIIe siècle. Ce fut le début des santonniers qui fleurirent non seulement dans la cité phocéenne mais à Aubagne, Toulon ou Aix. A la fois réalistes et poétiques, les figurines trouvaient leur place chez chacun; aussi, de foyer en foyer, découvrait-on tambourinaire, curé, bastidans, poissonnières, bergers, meuniers ainsi que les autres représentants des métiers dont s'enorgueillissait la région. Chaque année, Solange complétait, à Marseille, sa collection en achetant de nouveaux sujets dans les allées de Meilhan où, au gré des étals, les artisans proposaient leur savoir-faire. Une fois le décor planté, elle ajouta de la mousse, une rivière miniature puis, satisfaite de son ouvrage, rejoignit Mireille afin de choisir les plats de légumes et de poissons qui constitueraient le « gros souper ».

En fin de matinée, elle se consacra aux tâches administratives et lut le courrier qui venait d'arriver. Laissant de côté les factures, elle jeta un regard distrait sur quelques cartes de vœux puis ouvrit une enveloppe dont s'échappa une feuille. Dans un style ordurier et truffé de fautes d'orthographe défilèrent une succession d'injures où elle était qualifiée d'espionne et de traître. S'ensuivaient des menaces. On lui promettait d'incendier son hôtel devenu un nid d'Allemands mal intentionnés et affublé d'un personnel aux mauvaises mœurs. La missive recelait une telle haine qu'un frisson la parcourut. Qui pouvait lui en vouloir avec autant d'acharnement ? Ce n'était sûrement pas la lettre d'un concurrent jaloux... Alors ? Un villageois ? En dépit d'un malaise grandissant, elle s'interdit d'en parler à quiconque, pas même à Marianne qui, avec Anita et Clara, s'occupait de décorer le sapin apporté, la veille, par Leonardo. Rien ne devait gâcher la trêve qui accompagnerait la fin d'une année difficile pour tous.

L'après-midi du 24 décembre, elle fit installer dans la cheminée une grosse bûche d'amandier. Puis, avec l'aide de Suzanne, disposa sur les tables recouvertes de nappes immaculées des assiettes contenant les grains de blé et des lentilles germées depuis la Sainte-Barbe. La vaisselle en céladon et l'argenterie des grands jours furent mises en valeur par de petits bouquets de roses entourés de rubans rouges. Dans les carafes, les meilleurs vins de la cave décantaient. Satisfaite du résultat, Solange vérifia si rien ne manquait. Trois bougies brûleraient tout à l'heure dans les chandeliers en argent et treize petits pains ornés de myrte venaient d'être déposés par Mireille au creux de jolies corbeilles.

En contemplant ce résultat, elle songea aux sobres Noëls de son enfance. Non seulement ses parents n'avaient jamais eu le sens de la fête mais la guerre s'était chargée d'apporter son lot de privations! Jacques avait rattrapé les choses en la comblant d'attentions pendant leur mariage et, aujourd'hui, le souvenir de cette tendre sollicitude aiguisait son sentiment d'abandon. Pour lutter contre son humeur chagrine, elle se prépara avec soin, s'habillant d'une robe de velours bleu nuit qu'elle rehaussa de sautoirs en perles baroques. Puis elle peigna ses cheveux dont les souples ondulations caressaient ses épaules. Elle fut bientôt prête et le miroir lui renvoya l'image d'une femme séduisante au regard triste. Avait-elle, néanmoins, le droit de se plaindre quand tant de gens souffraient? Elle pensa à la petite Clara, à Sarah et à tous ceux qui avaient perdu des proches, une situation, un logis ou une fortune.

— Solange! appela de l'extérieur la voix de Marianne.

— Oui, répondit la jeune femme en entrouvrant une fenêtre.

— Téléphone!

— Sois gentille, prends le message pour moi.

— Non... Philippe Bergeron insiste pour te parler.

— Philippe!

Après avoir descendu quatre à quatre l'escalier, Solange traversa la cour, entra en trombe dans l'hôtel puis se rua dans le bureau où se trouvait le téléphone.

— Solange... C'est toi?

La ligne était mauvaise, la voix lointaine.

— Où es-tu?

— A Marignane. J'arrive seulement de Rome. Nous avons eu très mauvais temps.

Il y eut un silence avant que le pilote n'ajoutât :

— J'ai raté le dernier train pour Paris. Et je me demandais si tu accepterais de me voir.

Tout allait très vite pour Solange, trop vite!

— Te voir... maintenant?

— Maintenant.

— Oui, oui... bien sûr.

— Alors, je saute dans ma voiture.

— Mais...

Il avait raccroché sans qu'elle pût lui expliquer que la Rose des Vents allait manquer d'intimité. En revenant sur ses pas, Solange vit que le feu crépitait déjà dans la cheminée du salon. Debout sur un tabouret, Suzanne raccrochait les guirlandes que Diabolo avait tirées.

— Ce chien mérite bien son nom, dit-elle à Solange.

Celle-ci, l'esprit ailleurs, ne répondit rien. Rompant avec la tristesse, elle se sentait soudain envahie d'une incontrôlable allégresse. En un tournemain, elle ajouta un couvert, approcha une chaise.

— Nous avons un nouveau convive ? demanda Mireille en la voyant s'affairer.

— Monsieur Bergeron.

— Ça alors... j'en aurais pas espéré autant !

— Mireille...

Une odeur de cannelle et de pommes de pin accueillit les invités lorsque ceux-ci franchirent le seuil. Chacun avait, pour l'occasion, revêtu ses plus beaux atours, y compris Sarah, coiffée d'un turban chamarré et les poignets ornés des multiples bracelets qui jadis ne la quittaient pas. Attirée par la crèche qu'illuminaient de savants éclairages, la petite Clara remarqua qu'il manquait l'âne qu'elle y avait vu le matin même.

— Ce doit être Dragonet, s'exclama Marianne. Il ne peut résister aux santons.

Entre le chien et le chat, il y avait décidément surenchère de bêtises. On eut beau chercher partout, l'âne demeura introuvable. Pour pallier sa perte, Hans dessina puis découpa l'animal dans un morceau de carton qu'il passa au crayon noir. Chaque fois que tintait la clochette de la porte d'entrée, Solange, les nerfs à fleur de peau, sursautait. Elle eut une fausse surprise avec l'arrivée de François, convié pour l'occasion. Le pianiste n'était pas revenu à la Rose des Vents depuis sa houleuse liaison avec Rosemarie Girard et Marianne le sentit ému. Elle-même ne pouvait juguler sa propre allégresse à vivre cette soirée de Noël en compagnie d'Ernst qui était en train de disposer avec Erika des présents au pied du sapin.

— Celui-ci est pour Anita, disait-il. Celui-là pour Solange.

Il s'interrompit en découvrant Philippe.

— Quelle surprise! s'écria-t-il en allant au-devant du pilote.

Marianne le présentait aux Friedman, qu'il ne connaissait pas, quand Solange revint de la cuisine. Elle s'approcha alors qu'il lui tournait le dos puis posa une main sur son épaule.

— Bonsoir, Philippe.

Devant leurs amis, ils renouèrent avec le vouvoiement mais leurs regards ne pouvaient tromper personne.

— Excusez-moi de ne pas être plus élégant, murmura-t-il.

Solange se contenta de rire. Elle l'aurait accueilli en haillons! Le cœur battant, elle l'entendit expliquer aux autres convives les raisons de sa présence et bénit les mauvaises conditions de vol qui l'avaient empêché de rejoindre sa famille. A plusieurs reprises, il tenta de l'approcher mais Hans et Sam l'accaparèrent jusqu'à l'heure du repas. Solange le plaça face à elle, leur donnant ainsi l'illusion qu'il était le maître de maison. Elle sentait son regard la caresser tandis qu'elle conversait avec ses hôtes qui dégustaient les plats dont se composait le «gros souper»: omelette aux épinards qui fleurait bon l'ail et le persil, capiotade, chou en gratin, artichauts à la pebrado et poireaux blanchis dans le sable. Les joues rougies par la chaleur du fourneau, Mireille apporta avec Suzanne les poissons grillés qu'accompagnèrent plusieurs bouteilles d'un excellent meursault. Puis vinrent les treize desserts que l'on appelait les mendiants. Noix, noisettes, abricots secs, amandes, figues, la famille Friedman ne savait que choisir.

— Prenez de tout! C'est le rite, les encourageait la cuisinière.

Dans les compotiers, de lourdes grappes de raisin voisinaient avec des mandarines présentées en pyramides. Il y avait aussi du nougat blanc et du noir, enveloppé dans de jolies papillotes dorées. Lotte fit goûter les deux à Clara qui s'était réfugiée auprès d'elle. Puis ce fut le moment des présents. Avec des mines d'enfant, tous s'approchèrent du sapin tandis que François, assis au piano, jouait une comptine de Noël. Dans un bruit de papier froissé, les paquets furent ouverts. Ernst s'extasia sur son calepin; Marianne exhiba les disques qu'il lui avait offerts. Quand Solange eut distribué à ses amis ce qu'elle avait acheté à leur intention, Philippe l'attira près de l'embrasure d'une fenêtre puis lui tendit une petite boîte enrubannée.

— Mon Dieu... mais...

— Je l'ai choisi pour toi pendant une escale à Calcutta, murmura-t-il... et pourtant je n'imaginais pas que nous nous reverrions si vite.

— Qu'est-ce que c'est?

Avec des doigts fébriles, elle ouvrit un écrin contenant un collier où s'entremêlaient des boules de corail et d'or!

— Il est magnifique!

Alors qu'elle cherchait à ôter son sautoir de perles, il l'arrêta.

— Tout à l'heure... lorsque nous serons seuls.

— Tu as raison. J'avais oublié!

A la demande générale, Anita s'approcha du piano et, bientôt, sa voix s'éleva pour chanter en allemand des romances. Ce fut comme une caresse pour les exilés qui, soudain, se retrouvaient chez eux. Clara avait fermé les paupières et Lotte essuya une larme avec son mouchoir de dentelle. Spontanément, Marianne s'approcha d'Ernst, qui noua ses doigts aux siens. Certes, il pensait à ses parents mais, pour la première fois depuis longtemps, il ne se sentait plus seul. Dans la période si difficile, si amère qu'il traversait, la jeune fille était devenue son soleil et la sentir à ses côtés, aimante, attentive, lui insufflait une force supplémentaire pour se battre contre la peste brune. Au cœur de cette nuit de trêve, il se prit à espérer un monde meilleur où ils pourraient ne penser qu'à eux deux. En attendant, il lui faudrait faire quitter l'Europe à ses amis. Alors qu'il parlait avec Philippe, il confia à celui-ci ses inquiétudes.

— Les Silberman n'ont pas de passeport et les Friedman sont venus en fraude.

Après avoir demandé des précisions, le pilote déclara :

— A plusieurs reprises, j'ai transporté un homme important dont je préfère taire le nom. Je vais essayer d'intercéder auprès de lui… mais ne parlez à personne de cette conversation, pas même à Solange.

— Je vous le promets.

Un peu avant minuit, Mireille partit pour la messe, emmenée par Leonardo et Suzanne, qui avait confié Barnabé à Lotte. Epuisé, le petit garçon s'était endormi dans les bras de celle-ci et Clara, assise sur les genoux d'Anita, était sur le point de l'imiter. La veillée pourtant se poursuivit jusqu'à une heure avancée de la nuit.

— Il n'est pas question que vous retourniez à Marseille après avoir bu tout cet alcool, déclara Solange à Philippe. On vous a préparé votre chambre.

Elle l'y rejoignit quand la maison eut retrouvé son calme.

— Ma douce, mon amour, viens vite que je te réchauffe, chuchota-t-il alors qu'elle se glissait dans le lit où il l'attendait.

Autour d'eux, tout était silence et, tirés sur l'obscurité, les rideaux rouges formaient une protection contre le

325

monde extérieur. Plongeant son regard dans celui de Solange, Philippe y chercha la réponse aux mots d'amour qui montaient à ses lèvres. Pour cette femme ancrée dans ce qu'il possédait de plus précieux, il était prêt à toutes les folies.

— Je ne pourrai plus supporter d'autre malentendu, la prévint-il lorsque au cœur de la nuit ils échangèrent les confidences que leur permettaient enfin ces moments d'intimité volée.

Il lui avoua alors son désarroi face à leur éloignement, sa révolte contre les principes établis et son désir d'étouffer un sens des responsabilités qui le plaçait devant un gouffre.

— Je ne veux plus vivre avec Nathalie !

Percevant sa détermination, Solange trouva le courage de plaider contre elle-même.

— Tu habites très peu avec ta femme et, si tu lui parles de séparation, elle te rendra l'existence impossible. Tu ne pourras plus voir Nicole.

— Et tu dis m'aimer, l'interrompit-il.

— Oui. Et ce sentiment me donne la force de te protéger contre ce que toi et moi nous souhaiterions tant nous accorder. Je te connais bien, Philippe ! Très vite, tu éprouverais de la culpabilité et, très vite, tu m'en voudrais.

— T'en vouloir !

En même temps qu'elle choisissait les mots pour lui expliquer les conséquences qu'entraînerait un choix erroné, elle était convaincue de sauver leur liaison du sordide.

— Qui nous empêche de nous voir comme nous l'avons fait jusqu'à maintenant, qui nous empêche d'être heureux comme nous le sommes en ce moment?

— Heureux ! Tu ne parles certainement pas pour moi qui dois prendre un train pour Paris dans la matinée ! Crois-tu vraiment que cette vie de nomade me comble !

— N'as-tu pas choisi un métier qui t'emmène au bout du monde?

— Décidément, tu as réponse à tout.

Pour alléger l'atmosphère, elle décida de rire.

— Philippe, je t'en supplie, nous nous sommes déjà posé ces questions et elles ne nous ont pas été bénéfiques. Je sais que tu m'aimes et cela me comble. La surprise que tu m'as faite en venant hier soir était plus intense que des journées gâchées par des remords.

Pour ne pas être entendus des chambres voisines, ils parlaient à voix basse. Malgré leur fatigue, ils refusaient de s'abandonner au sommeil car celui-ci les aurait privés de cette réconciliation qui, au-delà des mots, des gestes, des caresses, les entraînait vers les contrées du véritable et difficile amour où l'on donnait sans penser à prendre. En cette période de l'année, l'aube était tardive et, lorsqu'elle les surprit sous le volumineux édredon qui les protégeait de son rempart de plumes, ils eurent l'impression d'avoir transcendé les obstacles. Rien ni personne ne pourrait entacher ou flétrir cette connaissance qu'ils avaient l'un de l'autre, cette mutuelle confiance.

— Je vais tenter de revenir quelques jours avant mon prochain voyage, lui promit Philippe. Nous pourrions partir tous les deux quelque part.

32

Peu après le 1er Janvier, Philippe fut père pour la seconde fois. Le petit garçon, baptisé Jérôme, naquit au soir d'une journée de givre. Epuisée par un accouchement difficile, Nathalie somnolait tandis que la sage-femme présentait au papa le bébé.

— Un bel enfant, constatait-elle.

Philippe était avant tout heureux pour Nicole qui n'en finissait pas de s'extasier sur la minuscule créature que lui avait apportée un ange.

— Il est presque aussi beau que mes poupées, répétait-elle en tournant autour du berceau.

Philippe demeura une semaine et demie dans son foyer où il continuait de se sentir un étranger. Il lui fallut affronter les visites de sa belle-famille puis celles des amis, recevoir leurs félicitations. Le pire demeurait le tête-à-tête avec Nathalie qui cherchait à renouer les fils distendus de leur mariage. Dès qu'elle se sentit plus vaillante, elle commença d'établir des projets.

— Tu pourrais demander un congé pour Pâques. Les Simonet nous invitent dans la baie de Somme.

— Certainement pas! J'ai un programme de vols très chargé!

— Combien de fois n'ai-je entendu cette réponse!

— Nathalie... ne m'oblige pas à être plus précis. Il y a

quelques mois, nous nous sommes expliqués et, depuis, mes sentiments n'ont pas changé.

Nathalie pâlit. Pour la première fois, elle se rendit compte qu'elle avait réellement perdu son mari, qui la dévisageait avec une indifférence plus blessante que de la haine. Elle se remémora, alors, leurs premières années de vie commune... quand elle avait instauré son pouvoir. Aujourd'hui, face à cet homme différent, cet étranger, elle se sentait vulnérable. Rien de ce qui la concernait ne semblait l'atteindre! Certes, il était resté à Paris pour l'accouchement, s'était occupé avec tendresse de Nicole, mais il déambulait en somnambule dans leur appartement. Que Philippe lui échappât blessait davantage son orgueil que ses sentiments car elle était attachée à son statut social. Epouse de pilote! Nathalie songea à ses amies qui, s'ennuyant auprès de financiers ou de magistrats, l'enviaient de partager l'existence d'un aventurier, voire d'un héros. Comment allait-elle garder la tête haute s'il la délaissait?

— Tu vois toujours cette femme? demanda-t-elle d'une voix mauvaise.

— Cela ne te regarde pas!

— Comment... cela ne me regarde pas!

— Je reste auprès de toi afin de veiller sur la famille que nous avons fondée. Maintenant... si tu souhaites mon départ...

— Je n'ai pas dit cela, se récria Nathalie.

— Dans ce cas, il serait préférable de vivre en bonne intelligence.

— Sinon?

— Sinon, je te quitterai officiellement.

— Tu n'oseras jamais.

— A ta place, je n'en prendrais pas le pari.

Pendant qu'il prononçait ces paroles, Philippe se demandait comment il avait éprouvé de l'attirance pour cette femme qui ne répondait à aucune de ses aspirations.

Sans doute avait-il été ébloui par sa beauté convenue, son élégance, son aisance à circuler dans un monde policé? De cette erreur étaient cependant nés deux enfants qui n'avaient pas à en supporter les conséquences. Non sans agacement, il vit que Nathalie pleurait. Une ruse pour l'apitoyer ou de la vexation? Les deux, sans doute.

— Je partirai après-demain, l'avertit-il.

— Tu as raison, s'écria-t-elle avec rage. Moins je te verrai... meilleur ce sera!

Il s'engageait dans le couloir quand il entendit un objet lourd frapper contre la porte qu'il venait de refermer.

Pendant qu'il séjournait à Paris, Philippe avait accompli la démarche dont il avait parlé avec Ernst, aussi appela-t-il le jeune Allemand dès son retour à Marseille et se donnèrent-ils rapidement rendez-vous dans un café du port.

— La personne en question pourrait intervenir en faveur de trois réfugiés.

— Trois réfugiés pour lesquels elle obtiendrait des passeports?

— Oui.

— Dans ce cas, il faudrait accorder la priorité aux Silberman. De toutes, leur situation demeure la plus compliquée.

— Alors, donnez-moi les renseignements nécessaires. Ainsi que pour un troisième exilé.

— Je pense à Arnold Friedman. Une fois qu'il aura des papiers, ce sera plus facile d'intercéder pour les autres membres de sa famille.

Quotidiennement, Ernst se trouvait face à d'insupportables choix. L'obligation de privilégier certains afin de respecter les quotas lui causait un réel tourment. Il n'y avait, hélas, aucune solution miracle, même si, auprès du consul des Etats-Unis, il parvenait parfois à arracher des visas supplémentaires.

— Je suis affolé par le nombre croissant de demandes, confia-t-il à Marianne. Jamais nous ne parviendrons à sauver tous ces gens !

Les candidats à l'émigration affluaient et, à partir du 17 janvier de cette année 1939, ce fut une vague déferlante. En Allemagne, les Juifs n'avaient plus le droit de posséder un permis de conduire. Leurs enfants ne pouvaient fréquenter les écoles du pays et il était interdit aux adultes de se présenter aux examens professionnels des chambres de commerce, d'industrie et de l'artisanat. Quant aux dentistes, vétérinaires et pharmaciens, ils ne devaient plus chercher à exercer leur métier ! Le départ s'avérait donc l'unique solution mais seuls ceux qui «léguaient» leur patrimoine au Reich ou qui étaient rachetés en devises par leurs coreligionnaires étrangers obtenaient la permission de quitter leur ancienne patrie. Arrivaient ainsi, aux frontières des nations voisines, des hommes ayant tout perdu, des femmes exsangues, certaines étant néanmoins parvenues à cacher des bijoux dans leurs vêtements... Qu'allaient-ils devenir ? Ernst et ses compagnons tentaient sans relâche de trouver des solutions. Nombre de fois, il resta dormir dans les bureaux où il travaillait, tant sa tâche s'avérait lourde. La présence de Marianne était un baume pour les malheureux qui ne savaient plus où se rendre. Elle les réconfortait, trouvait pour les enfants des gestes apaisants et, au-delà des serments, cette mission qu'ils accomplissaient ensemble les liait en profondeur.

Dès qu'il en avait le loisir, François venait les aider à établir des fiches.

— Je me sens si heureux de vivre mon rêve, reconnaissait-il, que je veux aider ceux qui n'ont pas les mêmes privilèges.

Son talent l'avait fait remarquer par ses professeurs et les engagements pour participer à des concerts s'avéraient nombreux. Il s'était plusieurs fois rendu à Aix, Nice et Montpellier pour jouer devant des salles combles. Le but suprême demeurait, néanmoins, Paris où se précisait une possibilité. En attendant, afin de subsister, il continuait d'assurer l'ambiance musicale d'un bar élégant de la Canebière.

— Tu as gagné du galon, s'amusait Marianne qui se souvenait des endroits miteux où avait joué le pianiste.

En fin de semaine, il rejoignait ses amis à la Rose des Vents. Certes, il appréciait la compagnie de Solange et de Marianne mais Anita occupait la majeure partie de son temps. Il aimait l'accompagner au piano quand elle chantait et leur entente musicale le poussa à imaginer un spectacle où ils se produiraient ensemble. Non seulement ce projet les stimulait mais il leur donnait l'occasion d'accomplir de longues promenades afin d'en disserter. Tous deux aimaient le port de Sanary où, indifférents à ce qui les entourait, ils s'adonnaient aux confidences. Anita n'osait encore avouer à François combien sa présence adoucissait son exil... des mots qu'il aurait pourtant rêvé d'entendre!

Occupés par la découverte qu'ils faisaient l'un de l'autre, ils ne s'étaient pas rendu compte qu'on les épiait. Depuis son retour à Sanary, Sylvie habitait dans la maison que possédaient ses parents près de l'hôtel de ville. Refusant de montrer son visage défiguré par les brûlures, elle demeurait des journées entières devant la fenêtre du second étage à ruminer ses sombres pensées. A quoi ressemblerait son avenir, sinon à celui d'une recluse? En effet, elle refusait les visites, hormis celles d'Antoine qu'elle utilisait comme informateur. Il lui apportait des friandises auxquelles elle ne touchait pas puis lui livrait, pêle-mêle, les faits et gestes des villageois pour se fixer sur les habitants de la Rose des Vents, qui mobilisaient leur attention. Grâce à lui, Sylvie connaissait les tendres liens qui unissaient Ernst et Marianne. Elle savait aussi que Solange était partie en voyage, probablement avec le séduisant aviateur que l'on voyait de plus en plus fréquemment dans la région.

— J'imaginais bien qu'elle oublierait monsieur Favier, dit-elle sur un ton méprisant.

— S'il y avait que monsieur Favier! Elle oublie tout simplement qu'elle est française... Quand je pense que cet endroit est devenu un repaire d'ennemis... Elles sont folles, je te le dis... et Marianne est bien la pire des deux.

L'engouement qu'avait eu Antoine pour la jeune fille s'était mué en aversion. Il la haïssait de l'avoir toujours considéré comme un gentil camarade de vacances; il la haïssait d'être descendue du piédestal où il l'avait si longtemps placée! Avec des mots orduriers, il commentait son attitude et ses relations.

— On dit même qu'elle travaille pour son Boche!

— Mais comment sais-tu tout cela? s'étonna Sylvie.

— J'ai mes sources!

Antoine n'avait pas son pareil pour espionner. Curieux, patient et silencieux, il parvenait à découvrir ce qui l'intriguait. Sa barque de pêche lui donnait tout loisir de naviguer devant la Rose des Vents et d'y guetter les mouvements de ses habitants. Quant au reste... S'il ne pouvait directement questionner Mireille qui se méfiait de lui, il glanait chez les maraîchers ou les viticulteurs voisins les informations qui, mises bout à bout, le renseignaient.

— L'ancien pianiste vient de temps en temps, avait-il raconté à Sylvie.

— François!

— Oui, je l'ai aperçu l'autre jour. Il était sur la terrasse de l'hôtel avec une protégée de madame Favier.

— De qui me parles-tu? avait répondu Sylvie d'une voix métallique.

A sa façon, Antoine raconta l'arrivée des Friedman.

— Ils ont deux rejetons et la fille est un peu plus jeune que toi.

— Elle est jolie ?

— C'est pas mon genre !

— Ce n'est pas ce que je te demande.

— Si on veut. Une brune, pas très grande.

Le poison circulait déjà dans les veines de Sylvie qui, le soir même, s'alita avec de la fièvre. Elle demanda un miroir et, impuissante, regarda son visage boursouflé, son œil gauche à demi fermé, la peau blanchie par endroits... Un monstre !

— Même toi, ma propre mère, tu me trouves horrible, s'écria-t-elle en lançant la glace contre un mur où elle se brisa en multiples éclats.

— Sylvie.... calme-toi... tu te fais du mal !

— Et alors... Ai-je d'autres occupations ?

Elle en découvrit une autre en espionnant. A demi cachée derrière un rideau, elle contemplait le port les samedi et dimanche. Quand le soleil brillait, les cafés ouvraient leurs terrasses et il lui arrivait d'y voir, assis côte à côte, François et sa conquête qui buvaient un café en bavardant. La rage alors l'envahissait, amenant à son esprit des pensées inavouables. Mais comment accepter, lorsqu'on était amoindrie, qu'une autre au sourire resplendissant eût droit à une sollicitude amoureuse ? Au fil de l'hiver, l'obsession devint plus envahissante. Sylvie n'était plus qu'une attente douloureuse mais ce mal lui procurait la sensation de vivre.

Les démarches entreprises par Philippe commencèrent à donner des résultats et Ernst se vit dans l'obligation de dévoiler à Erika ce qu'il avait accompli.

— Sans ton aide, je ne parviendrai pas à pousser ton père au départ... et, s'il ne bouge pas, les Silberman l'imiteront. Tu dois émigrer aux Etats-Unis

334

— Il n'en est pas question!

— Quitte à revenir ensuite en Europe.

— Tu plaisantes!

— Erika, il y va de leur survie.

— Et ma santé mentale? Qu'en fais-tu? Je n'ai aucune envie d'aller à New York.

— Tu as tort.

Après une longue discussion, Erika, vaincue par les arguments de son ami, accepta de s'oublier en faveur des siens. Ernst put alors passer à la seconde phase de son plan : convaincre son ancien professeur.

— Tu es têtu comme une mule, se récria celui-ci.

— Erika a décidé de partir pour New York et personne ne peut lui donner tort.

— Cela m'étonnerait qu'elle n'ait pas subi ton influence! Voyons, tout cela est ridicule.

— Hilda ne supportera pas que votre fille soit loin de vous deux. Et j'ai une possibilité pour que les Silberman vous suivent.

— C'est vrai?

Percevant la faille, Ernst s'y engouffra.

— S'ils ne saisissent pas l'opportunité que je leur ai trouvée...

— Mais, Ernst... tu ne te rends pas compte! Nous sommes âgés, fatigués. Et nous nous sommes habitués à cet endroit. Que trouverons-nous là-bas?

— La possibilité d'enseigner, des amis...

Durant plusieurs jours, la villa des Fischer résonna de propos contradictoires. Hilda ne voulait pas vivre loin de sa fille, Hans se jugeait victime d'un complot.

— Tout était prémédité, reprocha-t-il à sa femme, sinon tu n'aurais pas vendu tes bijoux.

Celle-ci éclata en sanglots avant de s'enfermer dans sa chambre.

— Il ne manquait plus que nous nous disputions! cria Hans avant de la rejoindre.

Que se dirent-ils pour qu'il revînt avec une nouvelle vision des événements?

— Tu es certain que nous ne croupirons pas là-bas comme des renégats? demanda-t-il à Hans.

— Certain! D'autre part, des éditeurs commencent eux aussi à trouver refuge en Amérique. Il vous sera plus facile d'écrire dans des revues et de faire publier vos ouvrages.

— Et les visas?

— Je m'en occupe mais votre ancien statut d'enseignant facilitera les choses.

Hans regarda autour de lui. Bientôt, il quitterait cette maison qui, en dépit des circonstances, était devenue son foyer. Par la fenêtre, il contempla le jardin où fleurissaient les genêts. Une nostalgie l'envahissait face à ce qui avait empli ses journées méditerranéennes. Ici, il avait été fugitivement heureux. A ses oreilles résonnaient les échos des réunions d'amis sous le grand tilleul...

Respectueux de son repli, Ernst sortit sans bruit du salon. Des démarches l'attendaient à Marseille. Il prit les clés de la voiture dont il partageait l'entretien avec ses amis, sa sacoche, puis gagna la route où était garé le véhicule. En chantonnant il mit le moteur en marche et descendit à petite vitesse le chemin qui rattrapait la route mais, à l'intersection, s'arrêta pour vérifier s'il n'avait pas oublié des documents dans son cartable. Ce fut en relevant la tête qu'il découvrit dans le rétroviseur une automobile qui, débouchant du dernier virage, roulait sur ses traces, une Peugeot grise qu'il avait déjà croisée plusieurs fois. Que pouvait-elle faire au sortir d'une impasse où les Fischer n'avaient pas de voisins? Ernst comprit que le chauffeur ralentissait, probablement surpris de ne pas voir plus loin celui qu'il suivait. Le jeune Allemand fit mine de ne se rendre compte de rien et s'engagea dans la direction de Bandol où il profita des petites rues pour semer l'inconnu qui cherchait à connaître ses desseins. Alors qu'il gagnait Marseille, son malaise ne se dissipait pas. Qui pouvait l'épier et pour quelles raisons ? Il regarda autour de lui quand il arriva rue Paradis mais rien ne lui sembla anormal. Bientôt, il fut dans les locaux où l'attendait François, auquel il fit part de sa préoccupation.

— Tu prends trop de risques, lui répondit celui-ci.

— Ai-je le choix ? Mais ce n'est pas pour moi que je m'inquiète.

S'emparant du téléphone, il demanda à l'opératrice le numéro du consulat américain puis il ajouta à l'intention de son ami :

— Je ne respirerai que lorsqu'ils auront tous traversé l'Atlantique.

33

La deuxième semaine de mars, Solange rentra d'un voyage en Egypte. Philippe avait tenu sa promesse et ils avaient séjourné à Alexandrie puis au Caire où le temps s'était trop vite écoulé. Pour la première fois, ils avaient eu le loisir de se consacrer uniquement l'un à l'autre et, de ces journées riches de découverte et de partage, de couleurs, de bruits et de senteurs, ils gardaient un souvenir émerveillé qui les aiderait à affronter les séparations à venir. En même temps qu'elle apprenait à vivre au rythme de son amant, à deviner ses souhaits, combler ses désirs, Solange s'étonnait de toucher aussi facilement au bonheur. Pourtant, elle ne reniait rien du passé et des liens ténus qui l'avaient attachée à Jacques. Elle éprouvait même la curieuse impression qu'il veillait sur elle.

Cette prise de conscience aida-t-elle à la découverte qu'elle fit un matin où, préparant la Rose des Vents à une nouvelle saison, elle triait les papiers qui emplissaient les tiroirs du grand bureau en acajou sur lequel travaillait autrefois son mari? Aux factures, carnets de comptes se mêlaient les plans de la propriété avant qu'ils n'eussent entrepris les travaux de rénovation ainsi que des fascicules d'horticulture et des réclames pour des bateaux de plaisance dont elle jeta la majeure partie. Elle cherchait sans résultat à ouvrir un tiroir récalcitrant quand, après l'avoir trop violemment tiré, celui-ci tomba avec bruit sur le carrelage où il se fendit. Ce fut ainsi qu'elle découvrit son double fond, duquel s'éparpillèrent des enveloppes décachetées et un épais cahier recouvert de toile noire. Intriguée, elle en tourna quelques pages pour comprendre qu'il s'agissait du journal intime de Jacques. Avec la sensation de s'être brûlée, elle le lâcha et préféra fixer son attention sur les premières lettres qu'elle lui avait adressées. Le film de leur union défila alors, relayé par des photographies qui les représentaient rieurs, amoureux, indestructibles. Une forte émotion l'envahit face à cet amour qui avait illuminé sa jeunesse et, l'espace de quelques instants, elle ferma les yeux pour mieux protéger les images que lui imposait sa mémoire. Puis, aimanté par la curiosité, son regard revint se fixer sur le fameux cahier qu'elle ouvrit au hasard. Emplissant les feuilles blanches, l'écriture petite et penchée de Jacques le faisait revivre après des années de silence. Le cœur battant, Solange descendit en enfer car il n'avait rien occulté de son désarroi face à sa faillite et à la certitude qu'il n'était plus bon à rien. Souvent il l'évoquait, elle, la femme qu'il chérissait et qu'il se désolait de décevoir! Immergée dans cette confession, Solange était devenue absente au temps et plus d'une heure s'écoula avant qu'elle ne parvînt aux passages correspondant aux dernières semaines vécues par Jacques. Quelle ne fut sa surprise d'apprendre qu'il avait songé à transformer leur maison en auberge. «Solange est très attachée à cet endroit et le moyen de ne pas nous en séparer serait d'y recevoir des vacanciers. S'occuper de leur bien-être lui ferait oublier mon peu d'entrain… et après tout… qui dit que moi aussi je ne me prendrai pas au jeu!» Elle apprit ensuite qu'il avait rencontré plusieurs personnes susceptibles de l'aider dans cette démarche. «Les choses avancent et, dès que j'aurai vendu la papeterie de Briançon, je pourrai me consacrer à ce projet qui commence à vraiment m'intéresser. Pour l'instant, je ne dis rien à Solange. Pas avant que tout ne soit au point. Mais je crois qu'elle sera heureuse de cette décision.» Venait ensuite : «J'ai du mal à garder le secret. Dès mon retour de Briançon, j'inviterai Solange, comme autrefois, à dîner au restaurant et je lui dévoilerai tout.» Pour s'assurer qu'elle ne se trompait pas, l'intéressée relut ce qui levait les doutes qui depuis plusieurs années la hantaient. Ainsi son époux avait-il nourri des projets pour eux deux, ainsi ne s'était-il pas suicidé comme elle l'avait longtemps pensé! Le fardeau qui l'étouffait se dissolvait soudain. Jacques était mort dans un accident de voiture et il était mort alors qu'il espérait de nouveau en lui, en eux! A mesure que s'amoindrissait la culpabilité de Solange, jaillissaient des sanglots nés au plus profond de son être. Elle pleurait sur la vie qui donnait, reprenait, sur la difficulté de grandir, elle pleurait sur le tourment que causait toute renaissance. La clochette annonçant le déjeuner l'obligea toutefois à se reprendre. Pendant qu'elle remettait les écrits à leur place, sa lassitude devant les responsabilités qu'entraînait la bonne marche de l'hôtel disparut. Au-delà de toute réalité tangible, Jacques, aujourd'hui, lui apprenait à ne plus avoir peur des autres ou d'elle-même. Elle songea aux lettres anonymes qu'elle continuait de recevoir. Leurs injures et leurs menaces ne la troublaient plus. Elle continuerait d'accomplir ce qu'elle croyait juste, elle continuerait de protéger ceux qui avaient besoin d'aide et la Rose des Vents, bien arrimée sur son promontoire, tiendrait bon contre les médisances, les jalousies et les tourmentes.

— Vous avez un drôle d'air, s'étonna Mireille lorsqu'elle la rejoignit dans la cuisine.

Parce qu'elles partageaient le meilleur et le pire depuis longtemps, Solange confia à la cuisinière sa découverte.

— Mireille, dites-moi la vérité... Monsieur Favier ne vous avait jamais parlé d'ouvrir une auberge?

— Jamais, je vous le jure.

340

— Alors, vous êtes télépathe !

— Ça veut dire quoi ?

En riant, la jeune femme expliqua la signification du mot.

— Je sais pas ! C'est trop compliqué, tout ça. Moi, je crois que ce que je peux voir ou toucher !

L'après-midi, Hilda annonçait à Solange leur départ de Sanary.

— Ernst a réservé nos billets. Nous embarquerons au Havre le 4 avril.

— Pour New York ?

Au bord des larmes, l'Allemande hocha la tête.

— Vous avez choisi la solution la plus sage, tenta de la rassurer Solange

— Sans doute... mais c'est dur. Qu'allons-nous trouver là-bas ? Un climat difficile, des inconnus...

— Et les Silberman ?

— Ils viennent d'obtenir leurs passeports et leurs visas. Au tout début, Sarah ne voulait pas quitter la France mais Ernst et Marianne sont parvenus à la convaincre. Pour ne pas mettre Sam en péril, elle accepte d'affronter un nouvel exil qui la terrifie. Ils partiront avec nous.

— Et la villa ?

— Nous avons donné notre congé en disant que nous souhaitions nous installer à Nice. Ernst insiste pour que nous cachions notre vraie destination.

Depuis qu'il avait été suivi, le jeune Allemand n'était, en effet, pas tranquille. Exagérait-il en se sentant épié ? Ses agissements étaient certainement connus des nazis ainsi que ses liens privilégiés avec le consul américain dont il obtenait un nombre grandissant de visas. Pour ne pas affoler les Fischer et les Silberman, il ne leur avait pas révélé qu'il était surveillé mais leur avait demandé de se montrer discrets quant à leurs projets.

341

— Et toi, que vas-tu faire ? s'enquit Sarah.

— Rien tant qu'ils n'auront pas envoyé de Washington quelqu'un pour me remplacer.

— Et Marianne, tu as songé à ce qu'elle allait devenir ?

— J'y pense tout le temps et j'aimerais qu'elle non plus ne s'attarde pas en Provence.

— Tu lui en as parlé ?

— Pas encore.

La nuit qui suivit, Ernst ne trouva pas le sommeil. Depuis plusieurs semaines, il souhaitait demander la jeune fille en mariage mais cette proposition signifierait pour elle l'exil avec un homme qui n'avait plus de racines, plus de patrie... un homme déchu par ses anciens pairs. Avait-il le droit de l'entraîner dans un parcours de nomade ? Parallèlement, il était incapable d'envisager sa vie sans elle, loin d'elle. Marianne était devenue son centre et son univers. En elle il puisait la force mais aussi la paix ; à ses côtés il était devenu un homme accompli, esprit et cœur à l'unisson. Il songea à son regard dans lequel il ne craignait pas de se perdre, à sa voix claire et modulée, aux rires qui les unissaient. Demain, il jouerait son va-tout et lui parlerait.

Jusqu'à l'aube, il sommeilla et, lorsqu'il se leva avec le chant du coq, comme il le faisait chaque matin, il ne se sentit guère disposé à écrire. Pourtant, après une toilette énergique et une tasse de café qu'il versa d'un thermos, il s'assit à sa table. C'était le seul moment de la journée où il pouvait lâcher la bride à la «folle du logis», expression par laquelle il définissait l'imagination. En dépit de ses occupations, son roman avançait, avec lenteur certes, mais il n'était pas mécontent du tour que prenait l'histoire. Aujourd'hui, l'échauffement fut cependant plus long que d'habitude. Les mots n'atteignaient pas la précision souhaitée, les phrases s'emboîtaient mal. Il persista et, jusqu'à huit heures, écrivit les grandes lignes d'un texte qui après des ratures et des reprises serait dactylographié. Au moment où, relevant la tête, il sortait de ce corps à corps, son attention fut attirée par une silhouette qui se dessinait entre les cyprès bordant le chemin. Un cycliste sans doute... mais qui s'était arrêté car il ne le vit pas déboucher derrière le muret ceinturant le jardin des Fischer. Intrigué, Ernst quitta avec discrétion sa chambre puis, abrité des regards par une haie, gagna l'endroit où s'était évanoui le promeneur. La route était déserte mais, opposée à la villa, une petite sente grimpait à travers des taillis. Ernst s'y engagea et vit, masquée par des ronciers, la bicyclette. Aussi silencieux qu'un chat, il continua d'avancer pour apercevoir Antoine. Installé sur une butte herbeuse, le pêcheur surveillait la maison à l'aide de jumelles. Un court moment, Ernst hésita entre obtenir une explication ou demeurer caché. Il opta pour la seconde solution et retourna chez lui aussi discrètement qu'il était venu. Antoine! Pour quelle raison les observait-il?

Solange lui fournit la réponse en fin de matinée. Elle l'avait invité à la Rose des Vents sous le prétexte de boire un verre avec Philippe Bergeron qui rentrait de voyage.

— Je n'ai pas voulu en parler à Marianne, lui dit-elle, mais Suzanne a aperçu, non loin d'ici, les deux Allemands qui, l'été dernier, ne nous avaient pas inspiré confiance. Ils parlaient avec Antoine.

— Le pêcheur?

Dans l'esprit d'Ernst, le puzzle se reconstituait. Mais pourquoi Antoine?

— La jalousie, sans doute... Il a toujours été amoureux de Marianne!

Solange sortit alors d'une pochette toutes les lettres anonymes qui lui avaient été adressées.

— Je pense maintenant qu'il n'y est pas étranger.

Philippe et Ernst les parcoururent à tour de rôle.

— Tout simplement sordide, se récria le pilote. Il faut porter plainte.

— Pas dans l'immédiat, répondit Solange, qui craignait des représailles à l'encontre de ses amis allemands. Nous aviserons lorsque les Fischer et les Silberman auront quitté Sanary. Mais, en attendant, Ernst, je vous demande de ne plus faire courir de risques à Marianne.

— Il serait, en effet, préférable de l'éloigner, répliqua le jeune homme.

— Elle ne m'écoutera pas!

— Je vais tenter de la convaincre.

— Dans ce cas, elle pourrait séjourner à Bordeaux chez les grands-parents d'Hélène.

— Et toi... euh vous... Solange, se soucia Philippe.

— Oh, je ne crains rien.

— C'est faux. Vous recueillez les Friedman et...

— Arnold va bientôt partir.

— Pas sa famille!

Solange soupira. Que faire? Sous le prétexte de se protéger, elle n'allait pas jeter sur les routes des gens qui n'avaient plus rien.

— Pourquoi ne pas les installer dans mon appartement à Marseille, le temps qu'ils rejoignent Arnold?

— Mais vous? Où habiterez-vous? demanda Ernst.

— Ne vous inquiétez pas.

Solange retint un sourire. Nul ne connaissait l'existence de la maison qui, près de La Cadière, abritait leurs rencontres.

— Vous êtes certain, Philippe, de ne pas vous compliquer l'existence? s'enquit-elle. Comment ferez-vous quand vous aurez de courtes escales?

— Il y a plus important que mon confort personnel!

Depuis combien de temps Solange n'avait pu se reposer sur une présence masculine! Aujourd'hui, Philippe veillait sur sa destinée et elle lui en était reconnaissante.

344

Une nouvelle intimité s'instaurait entre eux où se mêlaient l'amour et la confiance.

— Vous prétexterez l'afflux de clientèle pour expliquer le départ des Friedman, disait Philippe.

Après le déjeuner, Ernst prit le chemin de Marseille afin de rejoindre Marianne qui, depuis la veille, habitait chez François. Le pianiste avait attrapé une mauvaise bronchite accompagnée d'une forte fièvre et, le voyant alarmé par son état, elle avait insisé pour rester auprès de lui. Aujourd'hui, il allait un peu mieux et une amie concertiste avait proposé de prendre la relève.

— Le pauvre... il n'a pas arrêté de tousser. Le médecin lui a posé des ventouses mais elles ont donné peu de résultat.

Ils eurent des encombrements pour sortir de la ville ; toutefois, à partir d'Aubagne, la route devint calme.

— J'ai réfléchi, Marianne, il serait plus prudent que tu arrêtes de travailler pour notre cause.

— Certainement pas !

— Ecoute-moi...

— Ernst, n'essaie pas de me faire changer d'avis. Je veux rester auprès de toi.

Pendant qu'ils passaient le col de l'Ange puis traversaient le village de Cujes, il tenta de la raisonner et, en ultime recours, utilisa la Rose des Vents.

— Tu risques de porter préjudice à Solange. Imagine que nous soyons surveillés...

— Arrête de te projeter dans un roman, s'amusa-t-elle.

Ils arrivèrent au sommet du Camp qui surplombait une grande plaine et, au croisement de deux routes, Ernst prit la direction d'Ollioules. Une ligne droite menait à une série de lacets qui dans un paysage déchiqueté descendaient vers Le Beausset. Il la parcourait à une vitesse supérieure à la moyenne quand il aperçut dans le rétroviseur la Peugeot devenue familière. Sans révéler ses craintes à Marianne, il réfléchit. Faire demi-tour s'avérait impossible et dangereux car ils atteignaient le premier virage. Ernst compta alors sur leur chance et ses prouesses de conducteur.

— Tiens-toi, dit-il à la jeune fille.

Il négocia rapidement quelques tournants mais la Peugeot demeurait dans son sillage.

— Tu fais la course ? demanda la jeune fille.

Concentré sur sa conduite, il ne répondit rien. La moindre faute les enverrait dans le précipice qui, à leur droite, était impressionnant.

— Ernst.... moins vite, j'ai peur, avoua Marianne qui se retenait tant bien que mal à son siège.

La Peugeot gagnait du terrain et Ernst évaluait la distance qui les séparait encore de la plaine. Son poursuivant fut rapidement dans ses roues. Ernst accéléra, roula au milieu de la route pour lui barrer le passage, mais il ne pouvait prendre davantage de risques. La Peugeot parvint à s'infiltrer sur la gauche puis arriva à leur hauteur. Marianne, qui cherchait à voir son conducteur, poussa un cri en reconnaissant l'un des Allemands dont elle s'était méfiée l'été précédent. Demeurant à leur hauteur, l'homme tentait de les pousser vers le précipice. Terrifiée, la jeune fille se retenait pour ne pas hurler. Ils allaient périr dans la minute, dans la seconde ! C'était aussi la conviction d'Ernst qui tentait de lutter contre les assauts de l'ennemi. Aile contre aile, roue contre roue, le duel à mort était entamé. Jamais ils ne s'en sortiraient, se répétait Marianne. Ernst n'avait, lui, qu'une idée : la sauver. De toutes ses forces, il tenta d'envoyer la Peugeot dans la muraille mais il ne parvenait qu'à la déséquilibrer. Ce fut néanmoins cette tactique qui les sortit du guet-apens. Au sortir d'un virage, la Peugeot n'eut aucune marge de manœuvre face au véhicule qui montait la côte. Le choc fut violent mais Ernst, après avoir ralenti, vit les deux chauffeurs sortir de leurs automobiles. Celle de leur

346

agresseur avait une roue dans le vide. Sans prononcer une parole, il continua sa descente. A côté de lui, Marianne claquait des dents.

— C'est fini... c'est fini, murmura-t-il quand il put se garer.

Lui-même tremblait encore tandis qu'il serrait à l'étouffer sa compagne qui s'était réfugiée dans ses bras. Elle pleurait maintenant à gros sanglots.

— C'est fini, c'est fini.

Aucun autre mot ne montait à ses lèvres. La bouche dans ses cheveux, il tentait de retrouver une respiration normale. Une sueur froide coulait le long de son dos. Il ferma les paupières. Ainsi, par la grâce de Dieu, ils étaient sortis sains et saufs de ce cauchemar! Dès qu'ils eut retrouvé un semblant de calme, il murmura :

— Ne nous attardons pas.

D'une voix mal assurée, Marianne raconta à Solange et Philippe ce qu'elle venait de vivre avec Ernst. Comprenant qu'elle avait besoin d'exorciser cette épreuve par la parole, celui-ci ne l'interrompit pas.

— Ce n'est pas possible, disait Solange d'une voix blanche.

Puis, retrouvant son bon sens et sa combativité, elle déclara sur un ton sans réplique à sa filleule :

— Il n'est pas question que tu t'attardes à Sanary.

— Je pourrais m'installer à Marseille.

— Non, Marianne, tu vas te rendre le plus discrètement possible à Bordeaux.

— A Bordeaux. Mais c'est très loin !

— Justement.

La jeune fille chercha le soutien de son amant qui, hélas, ne fit qu'approuver la décision de Solange.

— Pour éviter tout danger, je vous y accompagnerai, proposa Philippe.

347

Comprenant qu'elle ne trouverait aucun soutien, Marianne dut s'incliner.

Déjà, Solange prenait des dispositions en cherchant dans son carnet d'adresses le numéro de téléphone des grands-parents d'Hélène.

— Combien de temps devrai-je rester chez eux? demanda la jeune fille.

— Tout dépendra des circonstances.

34

Epuisée, Marianne se leva tard le lendemain. En repoussant les volets de sa chambre, elle vit Leonardo qui taillait des massifs tandis que Barnabé ramassait les branchages puis les déposait dans sa petite brouette. Dragonet, qui avait entendu bouger sa maîtresse, gratta à la porte et, bientôt, se frotta contre ses jambes. Marianne prit le chat dans ses bras et le garda longtemps serré sur son cœur. Bientôt, elle serait à Bordeaux, loin de son univers familier et d'Ernst que les derniers événements obligeraient à partir. Elle savait que, dès aujourd'hui, il demanderait à ses supérieurs d'être rapidement remplacé. Quitterait-il l'Europe ? Elle le souhaitait pour sa sécurité mais, égoïstement, ne pouvait s'empêcher de maudire cette décision.

Dans la salle à manger, Raymond terminait de mettre le couvert pour les clients qui, tout à l'heure, viendraient déjeuner.

— Un café, mademoiselle Marianne ?

Elle le but sur la terrasse où des oiseaux picoraient les miettes de pain restées çà et là. En même temps, elle contemplait le paysage où s'étaient déroulés les plus jolis moments de sa jeune existence. Un intense sentiment de solitude l'envahit soudain face aux semaines qui l'attendaient. N'aurait-elle pas dû, pourtant, se réjouir d'être saine et sauve ?

Au moment où elle commençait de faire ses valises, Suzanne la prévint que monsieur Seeling la demandait.

— J'avais envie de descendre avec toi au bord de l'eau, lui dit-il simplement.

Par mesure de sécurité, il avait été convenu que, jusqu'à son départ, la jeune fille quitterait le moins possible la Rose des Vents, aussi restèrent-ils dans la crique où étaient échouées les barques appartenant à l'hôtel.

— Tu as mal dormi, murmura-t-il en découvrant les traits tirés de sa compagne.

Elle hocha la tête puis avoua :

— Je n'arrivais pas à sortir de ma tête notre retour de Marseille. Les images revenaient sans cesse !

A son silence, elle comprit que lui aussi demeurait fortement ébranlé par ce qu'ils avaient vécu. Ils s'étaient assis dans une niche que surplombait un rocher et pendant quelques minutes se laissèrent bercer par le clapot.

— Philippe va t'emmener en voiture... C'est bien cela ? demanda Ernst.

— Oui, après-demain. Il dit que c'est imprudent de me laisser prendre le train.

— Il a raison.

— Et toi ?

— On va certainement m'envoyer un successeur.

— En attendant, promets-moi d'être prudent.

Il la regarda et fut ému par la vulnérabilité qu'elle ne cherchait plus à cacher.

— Marianne, commença-t-il, j'avais déjà beaucoup réfléchi et ce qui s'est produit hier m'a permis de voir encore plus clair dans mes sentiments. Je voudrais t'épouser et t'emmener à Los Angeles, où l'on m'a proposé de m'installer. Je sais... c'est très loin...

— Très loin ! s'écria-t-elle en riant.

— Alors... tu accepterais ?

350

En même temps qu'elle se blottissait contre son amant, Marianne s'étonnait des situations extrêmes que pouvait, en un minimum de temps, distribuer le destin. La tête lui tournait face aux instants qu'elle vivait. De très loin, elle entendait Ernst lui expliquer comment ils se rejoindraient au Havre. Puis il évoqua la statue de la Liberté, leur mariage à New York et leur traversée de l'Amérique jusqu'à la Californie où ils habiteraient une petite maison blanche aux volets verts. Pour Marianne, la journée qui avait si mal débuté se parait soudain de couleurs chatoyantes. L'air lui sembla plus léger, les parfums de la nature plus exubérants. Elle avait vingt ans et enfin s'accordait le droit de former des projets heureux.

La veille de son départ, Marianne, accompagnée de Philippe et de Solange, se rendit chez les Fischer dont la villa revêtait déjà une allure d'abandon. Eux aussi faisaient leurs préparatifs, triant les effets personnels et les papiers.

— A l'inverse de toute logique, plus nous vieillissons et moins nous sommes chargés de souvenirs, remarqua Sam dont l'existence était contenue dans deux malles.

Avec Sarah, ils étaient parvenus à sauvegarder quelques programmes des spectacles qui avaient autrefois enchanté les Berlinois. S'y joignaient des photographies témoignant de leur célébrité, des coupures de presse encensant leur travail.

— A la fois émouvant et dérisoire, disait la comédienne.

Pour lutter contre la nostalgie et la peur des années à venir, elle participait autant qu'elle le pouvait à leur déménagement. Assise dans son fauteuil roulant devant une table recouverte d'écrits de toutes sortes, elle composait des petits tas qu'elle attachait par des ficelles. A l'arrivée de Marianne, elle s'arrêta.

— Alors, petite fille… Ernst nous a annoncé une heureuse nouvelle !

— Vous êtes déjà au courant ? s'exclama en riant la visiteuse.

Si Ernst avait caché à ses amis l'affreuse poursuite entre Cujes et Le Beausset, il n'avait pu s'empêcher d'évoquer sa demande en mariage et l'acceptation de Marianne. Solange et Philippe, au courant depuis la veille de cette décision, affichaient leur joie. Dans la crise qu'ils traversaient les uns et les autres, le bonheur n'avait plus sa place et, pourtant, fugitivement, celui-ci leur rappelait que tout n'était pas cendres.

Un peu plus tard dans la journée, on déboucha les bouteilles de champagne qu'avait apportées Philippe et, au milieu des malles, des ballots, Ernst et Marianne scellèrent leurs fiançailles. L'espace de quelques heures, on oublia les journaux qui depuis plus d'une semaine commentaient l'entrée des troupes allemandes à Prague, ce qui signifiait la mainmise du Reich sur la Bohême-Moravie. La réalité saurait suffisamment vite rattraper chacun d'entre eux pour qu'ils se permettent une ultime fête en terre méditerranéenne. Marianne approcha sa chaise du fauteuil de Sarah. Se verraient-elles outre-Atlantique ? Chacune s'accrochait à ce mince espoir pour profiter de cette trêve. La jeune fille s'aperçut pourtant que le regard de la comédienne errait sur le lieu où, à l'abri des soubresauts d'un monde déchiré, ils étaient parvenus à former une famille de cœur. Idiomes confondus, tous avaient tenté d'y protéger leur éthique et de privilégier le partage et le respect des idées. S'il n'y avait eu Sam, la comédienne n'aurait probablement pas trouvé le courage de partir pour un hypothétique ailleurs… Comment survivraient-ils dans un pays où personne ne les attendait ? Ernst leur avait laissé entendre qu'ils seraient placés sous la protection d'un comité de soutien. Encore la charité ! Eux qui, jusqu'à leur exil, n'avaient dépendu de personne étaient devenus une charge. Afin de ne pas sombrer dans une neurasthénie qui avait failli l'anéantir, elle repoussait l'écho des applaudissements qui avaient ponctué sa carrière. Qu'était-elle devenue sinon la vieille femme au regard éteint que lui renvoyaient les miroirs ? Sur sa main, elle sentit se poser celle de Marianne ; alors, de son cœur usé, elle formula le vœu que celle-ci ne connût jamais d'épreuves aussi lourdes que les siennes.

Autour d'elles, on discutait des préparatifs relatifs à leur départ.

— Il serait préférable de quitter votre maison avant qu'il ne fasse jour, conseillait Ernst.

— Quelle drôle d'idée ! se défendit Hilda. Nous...

— Il a raison, l'interrompit Philippe, et je propose qu'avec mon ami Michel Corbin nous vous emmenions dans nos deux voitures jusqu'à Avignon.

— Mais nous devions prendre le train à Marseille.

— Cela ne changera rien quant à votre destination finale.

— Je croyais que vous vous rendiez à Bordeaux, s'étonna Sam.

— J'en rentrerai le 26 mars et votre déplacement est prévu pour le 28.

Sans dévoiler leur plan, le pilote avait décidé avec Ernst que les pistes devaient être brouillées afin que leurs amis ne courent pas de risques inutiles. Le jeune Munichois continuerait de faire croire que personne n'avait quitté la villa jusqu'à l'expiration du bail, le 31 mars. Après avoir rendu les clés au propriétaire, il s'en irait à son tour et louerait une chambre à Marseille où il attendrait d'être relevé de ses fonctions. Ensuite, il donnerait rendez-vous à Marianne pour laquelle il aurait obtenu un visa. Puis ce serait leur aventure à tous les deux.

Au courant de ces projets, Solange tentait de faire taire une tristesse qu'elle acceptait mal car elle la jugeait

353

égoïste. Son tête-à-tête avec Marianne allait prendre fin, ainsi que leur complicité quotidienne et la joie qu'elles avaient connue à cohabiter. A la mémoire de Solange s'imposait l'image de la petite fille qui avait illuminé de son rire et de ses chansons la Rose des Vents quand celle-ci n'était pas encore un hôtel. Ensemble, elles avaient partagé les années fastes puis le deuil de Jacques, ensemble elles avaient relevé les défis mais, avant tout, s'étaient voué une affection sur laquelle aucune ombre ne s'était jamais dessinée. C'était leur œuvre à toutes les deux que d'avoir connu tant de complicité. Du fond de son être, Solange sentait monter une ineffable tendresse pour celle qui n'était ni sa fille, ni sa jeune sœur et pour laquelle elle aurait décroché la lune.

Le soir, Philippe prétexta la fatigue pour monter dans sa chambre mais Solange avait compris qu'il ne voulait pas s'immiscer dans les derniers instants d'intimité qu'elle allait partager avec Marianne. Dès qu'elles furent seules, celle-ci se noya dans un flot de détails matériels pour masquer l'essentiel : l'émotion qui commençait à lui serrer la gorge. Toutes deux s'étaient installées dans le canapé de leur petite maison et, spontanément, Marianne retrouva la position qu'elle appréciait quand elle était fillette : allongée sur le dos, sa tête posée sur les genoux de Solange.

— Tu n'es pas trop triste ? demanda-t-elle à sa marraine.

— Si, mais c'est normal.

— Moi aussi.

Un silence s'étira avant que Marianne n'ajoutât :

— Pourquoi les choses ne peuvent-elles être parfaites ?

Solange eut un petit rire avant de répondre :

— Sans doute nous en lasserions-nous !

— Je ne crois pas. Et tous ces choix qui nous déchirent... c'est affreux !

354

— Ne sois pas tourmentée, Marianne. Il est normal que tu t'en ailles.

— Je suis malheureuse de te laisser.

— Tu ne me laisses pas... Tu t'éloignes pour suivre un homme que tu aimes, ce qui est parfaitement légitime.

Marianne soupira, s'agita, puis, d'une voix mal assurée, murmura :

— Solange, je ne t'ai jamais remerciée pour tout ce que tu as fait pour moi. Tu m'as tant donné...

— C'est réciproque ! Si je ne t'avais pas eue pour me soutenir et égayer mes jours après la mort de Jacques, j'aurais probablement sombré. Tu sais, Marianne, je n'ai hélas pu avoir d'enfant mais, grâce à ta présence, ce qui aurait pu se transformer en sentiment d'injustice ou de rancœur a pris les couleurs de la tendresse. Tu étais orpheline... Je pouvais adoucir ta solitude, te donner confiance en toi.

— Et tu as réussi !

Ce fut à ce moment-là que Diabolo, couché sur le carrelage, poussa des petits cris dans son sommeil, ce qui allégea l'atmosphère.

— Il doit rêver des pâtées que lui prépare Mireille, remarqua la jeune fille.

— Tu ne crois pas qu'il est à saturation ?

— Alors, il fait un cauchemar !

Jusqu'au milieu de la nuit, elles devisèrent de tout et de rien, de leur passé, des lubies de Mireille, de la Rose des Vents qui entamait avec brio la saison.

— Tu penses toujours à la vendre ?

— Non.

Depuis qu'elle avait découvert le Journal de Jacques, Solange s'était sentie davantage liée à la propriété pour laquelle ils avaient ensemble éprouvé le coup de foudre. En continuant de s'en occuper, elle avait la conviction de ne pas trahir celui qui lui avait offert son nom et sa confiance. La Rose des Vents demeurait leur création à tous les deux et tant qu'elle en aurait la force elle n'en céderait la jouissance à personne.

— Et Philippe? demandait Marianne.

— Nous nous aimons avec les difficultés que connaissent ceux et celles qui ont un passé sentimental. Mais ce qui aurait dû nous séparer nous a étrangement unis. Je me rends compte que sans rien altérer du souvenir de Jacques, il a une vraie place dans ma vie et dans ce lieu.

— J'ai remarqué qu'il prenait grand soin de toi.

Elles continuèrent de bavarder jusqu'au moment où, Marianne devenue silencieuse, Solange se rendit compte qu'elle s'était endormie. Il devait être deux heures et, à cinq heures, la jeune fille monterait dans la voiture de Philippe. Sans bouger, Solange s'assoupit à son tour et ce fut Suzanne qui les éveilla en frappant à la porte.

Après une rapide toilette, elles rejoignirent Philippe qui terminait de boire un café.

— J'aimerais que nous ne tardions pas, leur dit-il.

Marianne hocha la tête. Tout allait soudain très vite. Du regard, elle balaya le bar où elle avait souvent servi des clients puis la bibliothèque dont elle connaissait chaque ouvrage. A une patère du vestiaire, elle décrocha son imperméable car une petite pluie s'était mise à tomber. Dans la cour, Leonardo achevait de nettoyer le pare-brise de la voiture. A la demande de Philippe, il veillerait sur Solange pendant son absence et dans ce but s'était installé avec Barnabé et Suzanne dans l'ancienne chambre de sa femme. Dragonet, qui avait vu les bagages posés sur le gravier, s'était couché à côté. Marianne le caressa puis elle se tourna vers Suzanne et Mireille. Habillée à la hâte, la cuisinière était venue pour l'embrasser.

— Allez, ma tourterelle, à bientôt, lui disait-elle en ignorant ses projets de vie future.

Ce fut au tour de Solange de s'avancer vers la jeune fille. Pas un mot ne fut prononcé... Contre sa joue, Solange sentit les cheveux de Marianne, son souffle puis il y eut le claquement d'une portière, suivi d'un autre. La jeune fille agita la main par le carreau ouvert de la voiture qui s'engagea dans l'allée, franchit le portail et disparut.

Indifférente à la pluie qui la mouillait, Solange, avec des gestes d'automate, ramassa une balle oubliée par de jeunes clients ainsi qu'une petite pelle et rentra. Dans le vestibule flottait l'odeur familière de cire mêlée à de l'élixir de lavande. Elle ôta d'un bouquet une tulipe fanée puis se trouva face à une peine qu'elle ne put contenir. Les sanglots la submergèrent tandis qu'elle trouvait refuge dans les bras de Mireille qui tentait de la consoler.

— Madame Favier… C'est pas la fin du monde. Elle va revenir, notre Marianne.

— Oui, oui, Mireille, je suis stupide !

— Allez… On a connu plus dur ! Regardez… La Rose des Vents marche plus qu'on l'aurait rêvé. Vous avez un beau et gentil monsieur dans votre vie. Il est tout chamboulé dès qu'il est près de vous.

— Mireille, surtout ne changez jamais ! Votre discours remonterait à coup sûr le moral des plus désespérés !

35

La Rose des Vents vécut au rythme des arrivées d'une clientèle qui souhaitait profiter du printemps dans une région ensoleillée mais aussi des départs. Celui d'Arnold Friedman qui se rendait à Boston où l'accueillerait le comité de soutien pour lequel avait travaillé Ernst.

— Soyez tranquille, nous veillerons sur les vôtres, le rassura Solange.

— Que serions-nous devenus sans vous? lui répondit l'Allemand.

Lotte et Anita l'accompagnèrent en car jusqu'à Marseille, confiant Clara à la surveillance d'Heinrich.

— François nous ramènera dans la soirée, dirent-elles à l'adolescent.

Jusqu'à la fin de la matinée, ils peignirent des figurines en carton puis la petite fille s'amusa avec Diabolo. En courant, l'enfant et l'animal descendirent la colline rocheuse jusqu'à la mer où, assis dans son bateau, un jeune pêcheur tentait sa chance.

— Bonjour, lança-t-il à la fillette.

— Bonjour.

— Tu es en vacances?

Quatre mois avaient suffi à Clara pour comprendre le français. En revanche, elle s'exprimait avec de grosses fautes grammaticales et un fort accent.

— Oui.

— Comment tu t'appelles ?

— Clara.

— Et ce chien qui arrête pas d'aboyer ?

— Diabolo.

— Il est à toi ?

— Non.

— Tu es allemande ?

— Oui.

— Et tes parents ? Ils habitent ici avec toi ?

— Ils sont partis.

— Tiens donc ! Ils t'ont laissée.

— Oui mais moi aussi je...

— Clara, appela une voix masculine.

Alerté par les aboiements de Diabolo, Leonardo avait surgi de derrière un taillis. Au premier regard, il reconnut Antoine qu'avait salué Suzanne lors de leur première promenade à Sanary. Se souvenant des paroles de Philippe Bergeron, il entraîna la fillette vers l'hôtel.

— Ta mère t'a donc jamais dit qu'on parlait pas aux inconnus ?

— Il avait l'air gentil !

— Tu dois rien dire sur ce qui se passe à la Rose des Vents. Rien... tu comprends !

Alertée par l'incident, Solange avait hâte que tout le monde fût à l'extérieur du piège qui inexorablement se refermait. François s'était proposé d'assurer le transfert des Friedman jusqu'à l'appartement de Philippe qui, de son côté, transporterait, à la date prévue, les Fischer et les Silberman vers Avignon. En même temps qu'elle se préoccupait du confort de ses pensionnaires, elle tentait de ne pas relâcher sa vigilance. Leonardo l'aidait dans cette démarche, allant et venant à travers le parc, observant les voitures qui passaient, les bateaux s'attardant le long de la côte

— Il a veillé sur nous comme un cerbère, dit-elle à son amant.

— C'est ce que j'attendais de lui.

Fatigué par son voyage en Gironde, Philippe s'était allongé dans une chaise longue.

— Marianne n'était pas trop triste?

— Elle m'a semblé très raisonnable et responsable.

— Tant mieux, soupira la jeune femme.

L'air embaumait le parfum des roses et tous deux profitaient de la splendeur que leur offrait la nature. Pour avoir intensément voyagé, le pilote était presque blasé des beaux paysages mais, ici, la perfection esthétique rejoignait la quintessence du plaisir. Debout derrière le siège du pilote, Solange avait posé les mains sur ses épaules avec la certitude qu'en dépit des interdits, des obstacles, ils étaient parvenus à bâtir une relation de plénitude et de confiance que nombre de gens auraient pu leur envier.

— Je suis bien avec toi, murmura-t-elle en déposant un baiser sur sa tempe.

Jusqu'à son prochain vol, Philippe avait décidé de demeurer à la Rose des Vents pour ne pas laisser Solange affronter seule d'éventuels soucis. Accompagné de Michel Corbin, il se présenta la nuit du 28 mars chez les Fischer afin d'accompagner ceux-ci et leurs amis Silberman jusqu'à la gare d'Avignon. Erika semblait la plus nerveuse, déambulant à travers les pièces pour voir si elle n'avait rien oublié. Dans le vestibule, Ernst rassemblait les bagages que Michel chargeait ensuite dans les coffres des véhicules.

— Ernst, promets-moi de ne pas t'attarder dans cette maison, dit la jeune fille à celui qui était un peu devenu son frère.

— Sois tranquille, dans trois jours j'habiterai Marseille.

Ernst était fatigué du travail qui s'accumulait sur son bureau. Non seulement d'Allemagne mais d'Autriche et de Tchécoslovaquie affluaient des réfugiés pour lesquels il fallait trouver sur-le-champ des solutions. En assistant au départ de ses amis, il songeait que, par la faute d'un dictateur et de ses affreux sbires, ces pays avaient été désertés par des artistes, intellectuels, professeurs, scientifiques dont ils auraient pu s'enorgueillir. En revanche, le président Roosevelt et l'Amérique se féliciteraient bientôt d'avoir accueilli ceux qui prouveraient leur reconnaissance en leur offrant talent et savoir-faire.

Par discrétion, ils n'avaient allumé que peu de lampes et l'embarquement des passagers se fit dans l'obscurité. Sarah fut installée à côté de Michel Corbin puis Sam et Erika se glissèrent à l'arrière de l'automobile pendant que les Fischer rejoignaient celle de Philippe. Retenant par son collier le chien que recueillerait Solange, Ernst les regarda s'éloigner avec la sensation que se tournait une page essentielle de son existence. Incapable de dormir, il demeura dans le salon encore imprégné de l'odeur du tabac qu'aimaient ses amis. Sur la table de bridge, un paquet de cartes avait été abandonné ainsi qu'un verre où restait un fond de cognac. Il se dirigea vers le guéridon, s'empara de la bouteille puis au goulot en but plusieurs rasades. Si seulement l'alcool avait pu lui apporter l'oubli !

Il dormait profondément quand Philippe revint afin de le rassurer sur le sort de leurs protégés qui séjourneraient chez des connaissances à Paris avant de gagner Le Havre. Ce furent les aboiements du chien qui l'éveillèrent. La lumière du jour filtrait à travers les volets mais il mit un certain temps à reconnaître son visiteur.

— Philippe... murmura-t-il d'une voix pâteuse. J'ai dû forcer sur le cognac.

— Il y a du café ? lui demanda celui-ci.

— Erika en a moulu hier soir.

Quelques minutes plus tard, ils étaient assis dans la cuisine mais la fatigue pour l'un, la gueule de bois pour l'autre les rendirent silencieux. Ernst avait l'impression qu'on lui frappait la tête à coups de marteau.

— Tout s'est bien passé ? finit-il par demander.

— Oui.

Alors qu'il se laissait envahir par la léthargie, Philippe fut néanmoins intrigué par le comportement du chien qui, inquiet, allait de la porte à la fenêtre. Quittant sa chaise, le pilote monta à l'étage puis, tapi derrière un volet entrouvert, surveilla le jardin. Ce fut un léger bruit du côté de l'appentis qui attira son attention. Ce pouvait être un animal... ce pouvait être autre chose. Redescendant au rez-de-chaussée, il prévint l'Allemand.

— Allons voir, répondit celui-ci.

Ils traversèrent la demeure puis pénétrèrent dans le garage. Ernst attira un tabouret bancal sous une ouverture puis grimpa dessus.

— Rien ne semble anormal, chuchota-t-il.

Philippe le remplaça et, au bout d'un certain temps, entendit plusieurs craquements d'allumette. Un doigt sur la bouche, il fit signe à son ami de le suivre. La porte du garage avait été huilée ; aussi s'ouvrit-elle sans grincer. Longeant le mur, ils gagnèrent un bosquet puis un autre. Le chien qu'ils avaient enfermé à l'intérieur de la villa commença d'aboyer, ce qui précipita les choses. Une silhouette vêtue de vert foncé s'écarta de l'appentis et Ernst reconnut le chauffeur-tueur qui avait tenté de les faire basculer avec Marianne dans le précipice. Dans un français approximatif, il exhortait un autre individu à se hâter. Une fumée provenait de l'endroit où se cachait celui-ci. Lorsqu'il apparut, Ernst ne fut pas étonné de découvrir Antoine mais, déjà, Philippe bondissait vers les deux hommes qui, surpris, tentèrent de s'enfuir. Avant de le suivre, Ernst se précipita vers l'appentis où des bûches allaient prendre feu. Otant son chandail, il en recouvrit les morceaux de journaux d'où s'élevaient des flammes et piétina le tout avant de rejoindre Philippe qui venait de ceinturer l'Allemand.

— Occupe-toi de son copain, lui cria le pilote. Il va nous filer entre les doigts.

Antoine avait franchi le portail mais Ernst le rattrapa. Evitant les coups que le pêcheur tentait de lui assener, il le plaqua sur le sol boueux.

— Qu'est-ce que tu faisais… salopard?

Le Sanaryen essayait désespérément de se relever mais Ernst, que la fureur avait débarrassé des dernières vapeurs d'alcool, l'empêchait d'ébaucher un quelconque mouvement.

— Tu travailles pour les nazis? Depuis quand?

Des deux mains il lui enserrait le cou.

— Ils te payent cher pour jouer les indicateurs et nous mettre en danger?

Accentuant la pression de ses doigts sur le cou du garçon, Ernst continua son interrogatoire.

— Réponds ou…

— Ils payent… oui…

— Et tu te disais l'ami de Marianne?

— Marianne! C'est une putain!

— Répète et je te fends le crâne!

— Il y a pas que moi qui le pense.

— Qui d'autre? demanda Ernst en se retenant pour ne pas tuer son adversaire.

— Sylvie!

Malgré sa peur, Antoine revit en l'espace de quelques secondes ses visites chez la brûlée, et la haine, la jalousie que celle-ci vouait à Marianne. C'était Sylvie qui l'avait encouragé à répondre aux questions posées par l'Allemand qu'intéressait le va-et-vient des habitués du café Schwob ou de la Marine. Pour une forte somme d'argent mais surtout par dépit de ne pas séduire Marianne, le pêcheur avait quotidiennement observé les faits et gestes des exilés et, alors qu'Ernst le tenait à sa merci, il n'en éprouvait aucun regret. La gorge dans un étau, il avait du mal à respirer. Allait-il mourir des mains de celui qu'il haïssait ? D'un coup de reins, il tenta d'échapper à l'emprise de son rival mais ne réussit qu'à prendre un coup dans les côtes qui lui coupa un peu plus le souffle. A demi asphyxié, il entendit un bruit de pas. Philippe arrivait, l'arcade sourcilière ouverte et saignant du nez.

— J'ai fini par lui régler son compte, dit-il à Ernst d'une voix essoufflée. Et cette saloperie, là... qu'en fait-on ?

Du bout de son pied, il avait tapé l'épaule d'Antoine.

Ernst se releva, obligeant le pêcheur à l'imiter.

— Attachons-le à l'autre, proposa le pilote. Ils se tiendront compagnie.

Sans ménagement, ils l'entraînèrent jusqu'à la pelouse où gisait l'Allemand qui, à demi conscient, gémissait. Philippe alla prendre une corde dans le garage puis il ligota les deux hommes au tronc d'arbre le plus proche.

— La gendarmerie viendra vous chercher, lança-t-il.

— Non, non... pas les gendarmes, supplia Antoine.

— Oh si... Nous allons déposer plainte pour tentative d'incendie... Et si tu continues à tourner autour de la Rose des Vents comme tu l'as trop souvent fait, je te jure que tu entendras parler de moi.

En même temps qu'il menaçait Antoine, Philippe l'avait agrippé par les cheveux pour l'obliger à le regarder.

— Et ce ne sera pas un simple avertissement comme aujourd'hui.

Après un passage à la gendarmerie où fut enregistrée leur déclaration des faits, Philippe et Ernst prirent la direction de la Rose des Vents.

— Seigneur, monsieur Bergeron ! s'exclama Suzanne en découvrant celui-ci.

— Ce n'est rien, la rassura Philippe.

— Rien ! Mais vous êtes tout défiguré !

Avant de rejoindre Solange dans son bureau, Philippe fit un détour par le vestiaire où il nettoya le sang qui avait séché sur son visage. Puis il frappa à la porte du bureau.

— Ne t'inquiète pas, lui déclara-t-il.

— Tu as eu un accident?

En quelques phrases, il la mit au courant des événements.

— Ernst est dans le vestibule.

— Dis-lui de nous rejoindre. Je vais chercher la trousse de secours.

Pendant que Solange désinfectait les plaies, tous deux lui donnèrent davantage de détails sur la situation.

— Il était grand temps que tout le monde s'en aille.

Elle-même se sentait soulagée de ne plus avoir charge d'âmes puisque les Friedman étaient tout à l'heure partis pour Marseille où François avait proposé de les installer dans l'appartement de Philippe.

— Tout ce vide d'un coup, avait soupiré Mireille. C'est trop triste! On avait fini par s'attacher!

Solange plaça un pansement sur le sourcil gauche de Philippe.

— Je ne te fais pas mal?

— Un peu, répondit-il en attrapant ses doigts pour y déposer un baiser.

Désireux de les laisser en paix, Ernst sortit sur la terrasse puis descendit le sentier bordé d'aloès et de lauriers en fleurs. Allongés dans des chaises longues, quelques clients lisaient ou remplissaient des grilles de mots croisés en attendant le déjeuner. Il poursuivit sa marche jusqu'à un petit tertre où il s'arrêta pour s'imprégner de son environnement. A sa gauche, il apercevait l'archipel des Embiez et le phare du Rouveau; à sa droite, la Cride. A ses oreilles tinta le rire de Marianne. Il ferma les yeux pour mieux la revoir, lors de leur première rencontre, rattrapant des deux mains un ballon. Aurait-il imaginé ce jour-là qu'elle deviendrait si précieuse à son existence?

1969

ÉPILOGUE

L'heure de la sieste se terminait et Solange posa sur la table le journal qu'elle avait distraitement parcouru. La majorité des pensionnaires somnolaient dans leurs chambres en attendant que diminuât la chaleur des derniers jours de juillet. Allongée sous le grand tilleul, la maîtresse des lieux goûtait ces instants de tranquillité que ponctuait le chant des cigales. Cette année, elle avait fêté ses soixante-sept ans et, en dépit de la natation à laquelle elle s'adonnait régulièrement, ne se sentait plus aussi alerte. Elle consulta sa montre : quatre heures et demie. Philippe rentrerait dans la soirée de sa promenade en mer. Il était parti tôt le matin pour les Embiez avec son fils Jérôme. Une bouffée de tendresse l'envahit pour l'homme qui était devenu son époux quinze ans auparavant.

Nathalie, qui jusque-là refusait le divorce, s'était amourachée d'un veuf et fortuné Canadien. Reprendre sa liberté était alors devenu son obsession. Personne ne s'en plaignit, encore moins ses enfants qui la virent avec soulagement partir pour Montréal. Nicole terminait alors des études de droit et se préparait à devenir avocate tandis que Jérôme venait tant bien que mal de réussir son bachot. Après leur relation difficile avec une mère égoïste et peu intelligente, ils apprécièrent les qualités subtiles de Solange et la demeure de La Cadière devint leur récréation ensoleillée. Au fil des années, celle-ci s'était agrandie et embellie pour devenir l'habitation du couple. Solange s'était demandé si elle s'habituerait à vivre ailleurs qu'à la Rose des Vents puis la magie avait opéré. Elle aimait cette maison dont chaque pièce révélait les goûts de Philippe et les siens. Au rez-de-chaussée, le salon aux murs blancs s'était orné de profonds et confortables canapés où ils se racontaient leurs faits et gestes de la journée. Depuis qu'il avait pris sa retraite de pilote, Philippe se passionnait pour l'ornithologie et la flore. Dans le bureau attenant, une bibliothèque contenait des volumes spécialisés ainsi que les cahiers où il consignait ses notes et des herbiers. Devant la cheminée où flambait souvent un grand feu, ils s'amusaient à se remémorer leur premier rendez-vous et la clandestinité qui l'avait accompagné. Alors que leur jeunesse s'enfuyait, ils étaient conscients d'avoir bénéficié d'une chance immense en se rencontrant. Jamais ils ne s'étaient lassés l'un de l'autre, jamais ils ne s'étaient déçus.

Solange n'était pas pressée de quitter sa chaise longue. Des voiliers se dessinaient à l'horizon tandis que, plus près, filait un bateau à moteur derrière lequel un homme s'exerçait avec plus ou moins d'adresse au ski nautique. La Côte était très recherchée depuis le début des années 50. Si certains s'en plaignaient, Solange pour sa part s'en félicitait. Après les années de guerre, l'occupation de Sanary par les troupes allemandes et italiennes, les privations, le marché noir, la réquisition de la Rose des Vents par les ennemis, elle avait béni les pensionnaires qui avaient peu à peu redonné grâce et vie à son hôtel.

La présence d'un transistor qui laissait échapper une chanson des Beatles lui fit tourner la tête. Une jeune fille en bikini remontait de la crique. De longs cheveux blonds

368

dans lesquels elle avait piqué des fleurs tombaient sur ses épaules.

— Solange, je ne t'ai pas réveillée? s'excusa-t-elle en baissant le son de son appareil.

— Sois tranquille, je viens de replier mon journal.

— Je peux m'asseoir à côté de toi?

En Janet, Solange retrouvait Marianne. La ressemblance n'était pas seulement physique, elle existait dans les attitudes, les gestes, une gaieté particulière! La jeune fille avait quitté la Californie quelques mois plus tôt et, après un périple avec des amis en Inde et au Népal, s'était arrêtée à la Rose des Vents où Solange la dorlotait. Petite fille, elle avait d'emblée adoré la marraine de sa mère qui venait leur rendre visite à Los Angeles, accompagnée d'un séduisant époux. A l'inverse, elle suivait régulièrement ses parents en France, ce qui lui avait permis de parler convenablement la langue. Son père Ernst Seeeling était un écrivain célèbre, respecté, que son épouse Marianne protégeait des tracas quotidiens en même temps qu'elle travaillait à des traductions. Ils vivaient à Hollywood dans une villa dont le parc rappelait l'univers méditerranéen. Plusieurs fois, le couple avait été tenté de rentrer en Europe mais, au fil du temps, ils s'étaient entourés d'un réseau d'amis, exilés pour la plupart, dont ils ne voulaient pas se priver. Les Allemands qui avaient fui le nazisme formaient, en effet, une importante colonie sur la côte Pacifique et bénéficiaient de facilités qu'ils ne rencontreraient sans doute pas ailleurs. Leur pouvoir créatif était recherché et nombre d'entre eux s'étaient fait un nom dans le cinéma, la littérature ou la musique. Sans compter les scientifiques auxquels on devait d'importantes découvertes! Leur fille Janet était demeurée auprès d'eux jusqu'à son entrée à l'université de Berkeley. Depuis, elle résidait à San Francisco où l'on manifestait contre la guerre du Vietnam et défendait le *peace and love*.

— J'ai promis à Mireille de lui rendre visite, disait-elle à Solange.

L'ancienne cuisinière de la Rose des Vents s'était arrêtée de travailler six ans plus tôt et habitait à Sanary dans le petit logement hérité de ses parents. Ne supportant pas l'oisiveté, elle passait une grande partie de son temps à l'hôtel où elle aidait son successeur lorsque celui-ci était débordé et se rendait chez Leonardo, devenu pour la seconde fois veuf. Suzanne était morte d'une embolie alors qu'ils venaient de fêter leurs noces d'argent.

— Si c'est pas injuste, une chose pareille, répétait Mireille à qui voulait l'entendre. Ils avaient tout juste ouvert leurs pépinières.

Solange et Philippe avaient encouragé leur jardinier à voir plus grand qu'il n'osait le faire. Non seulement il connaissait bien les plantes et les fleurs mais il n'avait pas son pareil pour organiser un jardin.

— Heureusement que ce nouveau travail démarrait... sinon il aurait pas supporté son deuil! Mais notre Suzanne... elle aurait mérité de profiter de tout ça! La vie est trop mal fichue!

En même temps que Janet rejoignait sa chambre pour se doucher et s'habiller, Solange alla jusqu'à son bureau afin de consulter le calendrier des réservations. Le surlendemain, arriveraient François et sa nouvelle épouse... la quatrième.

— Cette fois-ci, c'est la bonne, avait-il promis à Erika alors qu'elle l'interviewait à Londres pour un magazine allemand.

— Je suis mal placée pour te donner des leçons de bonne conduite, avait rétorqué l'Allemande dont on ne comptait plus les liaisons orageuses.

Trilingue, Erika sillonnait le monde pour en rapporter les articles que lui achetaient à prix d'or les journaux. La mort de ses parents la laissait sans racines et sans attaches, ce qui n'entrait pas en contradiction avec son esprit curieux et indépendant. Dès qu'un conflit éclatait, elle s'y précipitait pour en rapporter son témoignage. A plusieurs reprises, elle avait croisé sur le terrain Manuel, reporter à *Paris Match*, et, chaque fois, l'avait envahie l'émotion. Mais, avec son cortège de scandales, de révolutions et de combats, l'actualité les emportait vite, trop vite, loin l'un de l'autre. C'était sans doute mieux ainsi, tentait de se persuader la journaliste. Lorsqu'elle rentrait à Manhattan où elle partageait un appartement avec une photographe, elle rendait visite à Sarah Silberman qui, à plus de quatre-vingt-quinze ans et veuve, terminait ses jours dans un hospice pour vieillards. La comédienne avait depuis longtemps perdu la mémoire mais, par brèves intermittences, semblait reconnaître Erika qui tentait de lui faire comprendre que, traduites en anglais grâce à Marianne puis vantées par Ernst à des producteurs, certaines pièces de Sam connaissaient un succès dans les théâtres de Broadway. Aucune lueur ne s'allumant dans le regard de Sarah, sa visiteuse devait, hélas, admettre que l'âge ajouté au deuil et à la douleur de l'exil rendaient la vieille dame imperméable à tout ce qui avait autrefois tenu la première place dans son existence.

Solange continua de mettre de l'ordre dans ses papiers administratifs. Demain se présenterait le comptable et il lui fallait préparer documents et factures. Sur les murs de son bureau s'étageaient, dans des cadres de bois, les récompenses obtenues par la Rose des Vents mais, plutôt que d'en éprouver de la fierté, sa propriétaire les utilisait comme un stimulant. On ne devait jamais s'assoupir sur une réputation, aussi méritée fût-elle ! En même temps qu'elle parcourait le courrier, elle se rendit compte que les verres de ses lunettes étaient devenus trop faibles. Pas un jour ne s'écoulait, hélas, sans lui rappeler les méfaits du temps. A nouveau, elle se demanda si elle ne devait pas vendre son hôtel. Face aux propositions d'achat qui lui étaient régulièrement faites, elle avait évoqué cette éventualité avec Philippe.

— Je ne veux pas t'influencer, lui avait répondu celui-ci. La Rose des Vents est ton œuvre... A toi de décider.

— Mais nous aurions moins de soucis, plus de liberté. Nous pourrions voyager davantage.

Après tout, rien ne pressait, chercha-t-elle à se convaincre tandis qu'elle accomplissait la troisième inspection quotidienne des différents services que proposait l'établissement. Dans la buanderie, une repasseuse terminait d'amidonner les nappes du restaurant tandis qu'à l'office une femme de chambre cirait des chaussures. Un garçon de salle frappait à la porte d'une suite dont les occupants avaient réclamé des boissons fraîches. Il en profiterait pour garnir la corbeille de fruits frais mise à leur disposition puis regagnerait l'office où l'attendaient d'autres commandes. Sur la terrasse, les parasols protégeaient des rayons du soleil ceux et celles qui s'y étaient installés pour s'adonner à des jeux de société. En maillot de bain, des enfants, déjà ceinturés de bouées, se préparaient à gagner la crique où ils s'amuseraient sous la surveillance d'un maître nageur. Solange entra dans la salle à manger. Pliées en éventails, les serviettes immaculées coiffaient des assiettes de faïence verte qui, bientôt, contiendraient les mets du chef, un Niçois qui avait pris avec brio la suite de Mireille. Il terminait la préparation d'une bouillabaisse quand Solange le rejoignit. Sur la table refroidissaient des sablés.

— Goûtez, madame Favier, vous m'en direz des nouvelles.

D'habitude, Solange se retirait dans ses appartements privés afin de s'y reposer avant le dîner mais, aujourd'hui, elle redoutait la solitude. Du bar provenait le bruit d'un shaker. En s'approchant, elle aperçut juché sur un tabouret un Américain qui, dès l'ouverture, prenait possession des lieux. Pour l'éviter, elle s'arrêta dans la bibliothèque déserte puis s'approcha d'une table sur laquelle étaient empilés des albums de photographies prises depuis les débuts de La Rose des Vents. Aucun des pensionnaires ne résistait au plaisir de les feuilleter et Solange, qui ne les avait plus regardés depuis longtemps, ouvrit presque timidement le plus ancien d'entre eux. Mêlée à la destinée de l'hôtel, défilait sa propre vie... elle et Mireille revenant du marché, Barnabé dans son parc, Erika et Hélène en tenue de tennis, Marianne faisant la grimace, les Fischer et les Silberman en train de jouer au bridge. D'autres clichés se succédèrent et Solange s'arrêta sur l'un d'entre eux représentant François jouant du piano sur la terrasse. Derrière lui se dessinait la silhouette de Sylvie. A sa mémoire surgirent les péripéties jalonnant l'été 36 au cours duquel plusieurs destinées avaient pris leur envol ou basculé. Sylvie n'avait, en effet, plus jamais été la même depuis qu'elle était tombée amoureuse du musicien, et l'incendie des Nouvelles Galeries s'était chargé d'accélérer la situation. Enfermée chez ses parents, elle avait refusé de montrer son visage de grande brûlée... et, à sa mort au début des années 60, la plupart des gens s'étaient avec étonnement souvenus de son existence. On murmura que dans le tiroir d'une commode avaient été trouvées de nombreuses coupures de presse relatant les concerts du pianiste. François comptait, en effet, parmi les virtuoses de son époque. On lui devait une approche particulière de Bach dont il était l'un des rares à retranscrire les plus infimes nuances. Souvent Solange et Philippe écoutaient les disques qu'il avait enregistrés et tous deux attendaient avec une joie sincère son imminente arrivée. Une photographie tomba et Solange se pencha pour la ramasser. Il s'agissait d'Antoine, le pêcheur qui au seuil de l'adolescence posait avec Hélène, Sylvie et Marianne. Qui aurait imaginé en observant ce quatuor que le garçon tournerait si mal? Après avoir tant haï les Allemands, il avait, contradiction suprême, trahi par dépit amoureux ses amis auprès de ceux-ci puis, la guerre venue, ne s'était pas gêné pour continuer à collaborer avec l'ennemi. On l'avait retrouvé une balle dans la tête juste avant la Libération... Sans hésitation, Solange déchira l'image. Elle consulta sa montre mais celle-ci s'était arrêtée. S'approchant de la fenêtre, elle découvrit que des peignoirs de bain avaient été oubliés sur la terrasse inférieure; aussi sortit-elle pour les récupérer. Dans le jardin, l'arrosage avait commencé et les fleurs exhalaient leurs entêtants parfums. A l'ouest, des traînées mauves et indigo s'épanouissaient dans le ciel où déclinait le soleil. Envoûtée par ces instants de perfection, Solange ne put résister au désir de s'attarder. De tout son être, elle recevait ce spectacle qui lui serrait la gorge. A ses oreilles, résonnaient les exclamations des joueurs de pétanque et les cris des enfants qui se mesuraient au badminton. Elle se retourna pour contempler l'hôtel. Dans la position du lotus, Janet méditait sur son balcon. Le va-et-vient des pensionnaires ne semblait pas la déranger. Solange les voyait pourtant s'asseoir à leurs tables où les serveurs qui avaient succédé à Raymond et André allumaient des bougies avant d'apporter les seaux en argent au creux desquels rafraîchiraient les vins de Bandol ou d'ailleurs. Semblable à un théâtre, la Rose des Vents offrait sa scène aux uns et aux autres. Au fil des décennies, certains y avaient écrit de longues tirades, d'autres quelques répliques mais, dans le cœur de Solange, aucun mot prononcé par ses proches n'avait perdu de son intensité. Gardienne de leur mémoire à tous, elle se promit en cette douce soirée de consacrer le reste de son existence à ce lieu auquel l'alchimie des sentiments et le goût du partage avaient donné son caractère d'exception et son infinie poésie.

Ce roman vous a plu,
vous aimerez,
du même auteur :

A l'ombre des amandiers

Une jeune femme tente de sauver le domaine familial. Un roman passionnant et émouvant qui restitue avec ferveur le charme et la magie de la Provence.

Après la mort de son père, en 1919, Jeanne, vingt ans, doit veiller sur la destinée des Restanques, la bastide familiale, située sur les hauteurs de Cotignac, au cœur de la Provence.

Réputé pour la qualité de ses oliviers et de ses amandiers, le domaine connaît cependant de graves soucis financiers. Pour le sauver, Jeanne décide de fabriquer son propre nougat.

Rien ne la décourage, ni le départ de son frère Laurent pour un tour du monde, ni le combat sans merci que lui livre un beau-père qui cherche à s'approprier les Restanques, encore moins sa passion contrariée pour Régis, un jeune négociant marseillais qui l'initie aux plaisirs de la vie. Sa rencontre avec Jérôme, brillant botaniste, changera-t-elle le cours des événements et rendra-t-elle aux Restanques les échos du bonheur d'antan ?

Dans la lignée des *Gens de Mogador*, ce roman d'amour et de haine, de cultures provençales, de fêtes, de senteurs et de sensualité, conte l'aventure d'une femme déterminée à sauvegarder la terre et l'œuvre de ses ancêtres tout en y ajoutant sa foi en l'avenir et son empreinte.

Du côté de Pondichéry

*Au sud des Indes, Pondichéry, le plus célèbre des comptoirs
français, connaît sous le second Empire un renouveau.*

Dans les maisons à colonnades de la «ville blanche» où
se sont regroupées les familles créoles, Juliette Fournel
s'adonne à la peinture. Le monde cloisonné dans lequel
elle a grandi ne pouvant lui convenir, elle cherche auprès
d'un jeune ingénieur agronome, Louis Tempête, à évo-
luer loin des préjugés et des jalousies. A ses côtés, Manon
Galbret, venue pour quelque temps de Paris, s'éprend
d'un navigateur solitaire et secret qui, dès son plus jeune
âge, a voué son existence à la mer.

De la fraîcheur des vérandas aux bals du gouverneur,
de la poésie des rizières aux temples et cérémonies hin-
dous où dansent les bayadères, des parties de campagne
aux entrepôts regorgeant d'épices, défile la chronique
intimiste et foisonnante des Français et des Indiens, de
leurs amours et de leurs passions, de leurs rivalités et de
leurs plaisirs.

**Ce roman de traditions et de senteurs, d'exotisme
et de sensualité révèle, au rythme des moussons et
des récoltes, les pages peu connues d'une terre
légendaire.**

DANS LA MÊME COLLECTION

Un si joli village
La Rouvraie
La Dent du loup
L'Arbre à poules
Les Demi-Frères
Michel Jeury
Au cabaret des oiseaux
Louis-Jacques Liandier
Les Gens de Bois-sur-Lyre
Jean-Paul Malaval
Le Domaine de Rocheveyre
Jean Markale
Notre-Dame de la nuit
Dominique Marny
A l'ombre des amandiers
Du côté de Pondichéry
Henry Noullet
Sur la piste de Samrang
La Falourde
La Destalounade
Bonencontre
Michel Peyramaure
Les Tambours sauvages
Pacifique Sud
Louisiana
Frédéric Pons
Les Troupeaux du diable
Claude Riffaud
Mékong Palace

La Crique de l'or
Rêve de Siam
Jean Rosset
Vir'vent
Les Derniers Porteurs de terre
Jean Siccardi
Le Bois des Malines
Jean-Claude Sordelli
La Dernière Saison
Jean-Michel Thibaux
La Bastide blanche
Le Secret de Magali
La Fille de la garrigue
Le Roman de Cléopâtre
La Colère du mistral
L'Homme qui habillait les mariées
Violaine Vanoyeke
Les Schuller
Le Serment des 4 rivières
Brigitte Varel
Un village pourtant si tranquille
Les Yeux de Manon
Emma
L'Enfant traqué
Colette Vlérick
La Fille du goémonier
Le Brodeur de Pont-l'Abbé
La Marée du soir

Cet ouvrage a été composé
par l'**Imprimerie Bussière**
et imprimé sur presse Cameron
dans les ateliers de
Bussière Camedan Imprimeries
à Saint-Amand-Montrond (Cher)
en avril 2000

N° d'édition : 6820. — N° d'impression : 558-001041/1.
Dépôt légal : avril 2000.
Imprimé en France